Paru dans Le Livre de Poche :

P. Bellemare
L'Année criminelle (2 vol.)
C'est arrivé un jour, 2
Dictionnaire des 1 000 trucs
Suspens (2 vol.)

P. Bellemare et J. Antoine
Les assassins sont parmi nous
Les Dossiers incroyables
Histoires vraies (5 vol.)
Les Nouveaux Dossiers incroyables

P. Bellemare, J. Antoine et M.-T. Cuny
Dossiers secrets

P. Bellemare et J.-M. Épinoux
Ils ont vu l'au-delà

P. Bellemare et J. Equer
Complots

P. Bellemare et G. Frank
Sans laisser d'adresse
26 dossiers qui défient la raison

P. Bellemare et J.-F. Nahmias
Crimes dans la soie
Destins sur ordonnance
L'Enfant criminel
Ils ont osé !
Je me vengerai
Mort ou vif
Quand la justice perd la tête
Survivront-ils ?
Les Tueurs diaboliques

P. Bellemare, J.-M. Épinoux et J.-F. Nahmias
L'Empreinte de la bête
Les Génies de l'arnaque

P. Bellemare, M.-T. Cluny et J.-M. Épinoux
Les Amants diaboliques

P. Bellemare, M.-T. Cuny, J.-M. Épinoux et J.-F. Nahmias
Instant crucial
Instinct mortel (2 vol.)
Issue fatale

P. Bellemare, J.-F. Nahmias, F. Ferrand et T. de Villers
Journées d'enfer

P. Bellemare, J.-M. Épinoux et R. Morand
Possession

P. Bellemare, J.-M. Épinoux, F. Ferrand, J.-F. Nahmias et T. de Villers
Le Carrefour des angoisses

P. Bellemare, M.-T. Cuny, J.-P. Cuny et J.-P. Rouland
C'est arrivé un jour, 1

P. Bellemare, G. Frank et M. Suchet
Par tous les moyens

SURVIVRONT-ILS ?

Pierre Bellemare mène une carrière d'homme de radio, de télévision et d'écrivain. En diversifiant ses activités et ses sources d'inspiration, il a prouvé qu'il n'était pas à court d'imagination. Tous ses livres sont de grands succès de librairie.

PIERRE BELLEMARE
JEAN-FRANÇOIS NAHMIAS

Survivront-ils ?

45 suspenses
où la vie se joue à pile ou face

Documentation Jacqueline Hiegel
et Gaëtane Barben

ALBIN MICHEL

ISBN : 978-2-253-15507-2 – 1re publication LGF

AVANT-PROPOS

Il est environ 8 heures du soir ce 27 décembre 1999, nous sommes dans les environs de Monflanquin, bastide du Lot-et-Garonne. La voiture de Jean-Pierre et de sa compagne, une « deuch » sympathique, roule à son allure sous une pluie battante et de fortes rafales de vent. Soudain à cinquante mètres devant l'auto, un grand peuplier s'abat et coupe la route. Jean-Pierre connaît bien son pays, il fait demi-tour sur place et s'engage bientôt sur un chemin vicinal. Ils n'ont pas fait cent mètres qu'un cèdre tricentenaire s'écrase à moins de dix mètres. Jean-Pierre ne peut pas éviter le choc, la « deuch » percute le tronc énorme et s'immobilise. Il faut trouver un abri plus solide que cette voiture de toile et de tôle ondulée. Ils décident de partir à pied pour rejoindre leur maison qui est encore à deux kilomètres. Mais pour arriver à bon port, il va leur falloir traverser une forêt de chênes et de châtaigniers...

Sur une photo de presse, prise à cet endroit deux jours plus tard, on voit des centaines de troncs brisés à mi-hauteur. C'est une image de fin du monde ou d'explosion atomique. Jean-Pierre et sa compagne ont-ils survécu au cataclysme qui, le 26, le 27 et le 28 décembre 1999, a traversé la France de part en part ?

C'est cette question que vous allez vous poser pour chacune des histoires qui suivent et, heureusement pour vos nerfs, vous aurez la réponse ! Bonne lecture à tous.

... J'ai oublié quelque chose ? Ah oui, il faudrait que j'appelle Jean-Pierre pour lui demander s'il va toujours bien !

Pierre Bellemare

VA-T-ON SAUVER KATHY FISCUS ?

Un bel été s'achève en Californie. Il fait doux, chaud même, ce 20 septembre 1949, c'est ce qu'on appelle l'été indien, et les trois enfants de M. et Mme Fiscus, qui habitent un pavillon de San Marino, près de Sacramento, ont reçu de leur mère l'autorisation d'aller jouer dans le terrain vague à côté. C'est que leur jardin est tout petit, et, quand on a douze ans comme Gus, onze comme Barbara, et cinq comme la petite Kathy, on a besoin de se dépenser.

Les trois gamins ne se font pas prier et filent vers le terrain vague, qui n'est qu'à cent mètres de chez eux. Dans cette vaste étendue plate recouverte de hautes herbes et de buissons, ils vont vraiment s'amuser, jouer à cache-cache, par exemple, ce qui est impossible dans l'espace exigu de leur jardinet.

A peine sont-ils arrivés sur place, que Kathy s'écrie en battant des mains :

— C'est moi qui commence ! Comptez jusqu'à cinquante...

Gus et Barbara s'exécutent. Ils se bouchent les yeux et comptent. Lorsqu'ils se retournent, leur petite sœur n'est plus là. Ils commencent à chercher, ce qui ne devrait pas être bien long, car, à cinq ans, on ne sait pas vraiment se cacher... Mais cette fois, Kathy a vraiment bien fait les choses. Les minutes passent, sans que ses aînés n'aperçoivent quoi que ce soit. Au bout d'un moment, Gus Fiscus en a assez, il se met à crier :

— Allez, Kathy, tu as gagné ! Montre-toi...

Mais Kathy ne se montre pas et il a beau tendre l'oreille, il n'obtient aucune réponse... Si, pourtant, au bout d'un moment, il entend quelque chose, mais ce n'est pas en face de lui, ni derrière, ni à droite, ni à gauche, c'est en dessous, sous terre ! Il tend l'oreille et, cette fois, il perçoit distinctement la voix de sa sœur. Elle est lointaine et elle dit :

— Au secours !

Gus Fiscus pousse un cri, imité par sa sœur Barbara, qui a entendu elle aussi, et tous deux rentrent en courant à la maison.

Ils ont compris ce qui s'est passé. Leur mère leur avait dit, avant qu'ils ne s'éloignent :

— Surtout, faites bien attention aux trous !

Mais si eux, qui sont grands, ont regardé où ils mettaient les pieds, Kathy n'en a pas fait autant. Kathy est trop petite. C'est de leur faute, ils n'auraient pas dû la laisser toute seule... En les voyant arriver en courant, Mme Fiscus se porte à leur rencontre. Gus lui crie, tout essoufflé :

— Kathy est tombée dans le trou !

Leur mère comprend à son tour et, en leur compagnie, retourne en courant vers le terrain vague...

Ces trous, qui constituent des pièges terribles, ne sont pas des orifices naturels, débouchant sur quelque grotte, mais des puits de forage, dits, en langage technique, « puits américains ». Il s'agit de tuyaux d'acier de quarante centimètres de diamètre et d'une profondeur variable, pouvant aller jusqu'à une centaine de mètres. D'ordinaire, ils sont recouverts d'une dalle de béton, mais dans ce terrain vague, ils sont restés à ciel ouvert. Leur étroitesse les rend peu dangereux pour les adultes, qui risquent seulement de se tordre un pied, mais un enfant de petite taille, comme la jeune Kathy, peut se faire engloutir. C'est ce qui vient d'arriver...

Les habitants de San Marino se sont pourtant émus

de cette situation, à commencer par le père des enfants, M. Fiscus lui-même. Quelques jours plus tôt, il a été voir le maire, Ron Lewis, pour lui enjoindre de remédier à la situation. Il faut dire que M. Fiscus connaît bien ce genre de puits : il est inspecteur à la Compagnie californienne des eaux, qui en creuse sans arrêt de semblables. Le maire a promis qu'il allait les reboucher. Mais c'est trop tard.

Guidée par les enfants, Mme Fiscus arrive sur le lieu de l'accident. Une ouverture ronde de petite dimension est là, dissimulée dans les hautes herbes. Elle se penche au-dessus de l'orifice tout rouillé. Elle scrute du regard tant qu'elle peut, mais elle ne distingue rien. C'est l'obscurité la plus totale.

— Kathy, c'est maman. Tu m'entends ?

La voix qui lui répond est à la fois frêle et caverneuse.

— Oui, maman.

— Tu t'es fait mal ?

— Non.

— Tu peux bouger ?

— Non.

Cette fois, la fillette se met à pleurer.

— Kathy, je vais revenir et te faire sortir. N'aie pas peur...

Mme Fiscus se met à courir en direction de la maison de ses voisins, en recommandant à Gus et Barbara de rester auprès du puits et de parler sans arrêt à leur sœur pour la rassurer... Les voisins, les Jones, sont horrifiés en entendant le récit du drame. Mais ils réagissent sans perdre de temps. M. Jones interroge :

— A quelle distance est-elle ?

— Je ne sais pas, loin sans doute, d'après la voix.

— J'ai une longue corde. Je vais la chercher...

— Non. Elle dit qu'elle ne peut pas bouger. Ce qu'il faudrait, c'est un lasso.

— J'ai cela aussi...

Mme Jones, de son côté, va vers son téléphone.

— Moi, je préviens le maire pour qu'il demande des secours.

— Prévenez aussi mon mari à la Compagnie des eaux...

Quelques minutes plus tard, Mme Fiscus et M. Jones sont penchés au-dessus du trou rouillé.

— Kathy, on va te remonter...

M. Jones fait descendre son lasso, mais il n'accroche rien. Patiemment, il le fait remonter et recommence. Mme Fiscus est penchée à ses côtés. Le temps s'écoule... Dans leur dos retentit une sirène, suivie d'un crissement de pneus et, l'instant d'après, deux policiers viennent les rejoindre.

— C'est le maire qui nous envoie, madame Fiscus. Il vous fait dire qu'il a pris les choses en main...

La mère de Kathy ne répond pas. La corde vient brusquement de se tendre et M. Jones s'est mis à tirer. Elle a, pour la première fois, un sourire, mais brusquement, celui-ci s'efface et elle pousse un cri épouvantable.

— Arrêtez !

— Mais pourquoi ? Je la tiens...

— Par quoi, puisqu'elle ne peut pas bouger ?... Vous la tenez par le cou ! Vous êtes en train de l'étrangler, de la pendre !

Cela semble l'évidence, mais dans leur affolement ni elle ni le voisin n'y avaient pensé... A l'aide de petits coups sur la corde, M. Jones entreprend de défaire le nœud coulant. Mme Fiscus interroge fébrilement, au bord du trou :

— Kathy, tu vas bien ? Tu respires ?

— Oui, maman.

— Tu n'as pas de corde autour du cou ?

— Non...

Peu après, M. Jones parvient à faire remonter son lasso. Il avait accroché autre chose. Quoi ? On ne le saura jamais... La mère de Kathy se laisse tomber au bord du puits. Elle pousse un soupir accablé.

— Mais comment est-ce qu'on va faire ?...

Un nouvelle sirène retentit, suivie d'un nouveau crissement de pneus. Cette fois, c'est le maire lui-même qui sort de la voiture, en compagnie d'autres policiers. Ron Lewis est un homme corpulent, rouge de teint. Il s'éponge le front avec un grand mouchoir à carreaux.

— J'ai fait le nécessaire, madame Fiscus. Pour du renfort, vous allez en avoir ! J'ai prévenu les autorités de Sacramento et de Los Angeles. Les journalistes aussi. Ils m'ont dit que la nouvelle allait être diffusée sur toutes les radios...

Et effectivement, dans les minutes qui suivent, les gens venus prêter main-forte ne cessent d'affluer. Ce sont d'abord des habitants de San Marino, qui arrivent avec des cordes et des lassos inutilisables. Ils s'agglutinent autour du puits et les policiers, qui sont de plus en plus nombreux eux aussi, ne sont pas de trop pour les faire dégager.

Puis ce sont les premières voitures qui arrivent des environs. A l'intérieur, il y a, pour la plupart, des curieux, car la nouvelle a été effectivement diffusée sur toutes les radios. Il y a aussi des journalistes, attirés par cet accident sensationnel. Parmi les arrivants figure M. Fiscus, qui a été prévenu à son travail et qui se fraie difficilement un passage dans la cohue. Il se précipite vers sa femme.

— Est-ce qu'elle est en vie ?

— Oui. Elle vient de parler.

Il se penche à son tour sur le trou.

— Kathy, c'est papa ! Tu m'entends ?

La voix est faible et lointaine, mais distincte :

— Oui, papa.

— Kathy, je vais te tirer de là. Tu me crois ? Tu as confiance ?

— Oui, papa...

C'est maintenant la bousculade devant les lieux du drame. Des camions arrivent de partout. Trois grues géantes, précédées par des policemen qui leur ouvrent le passage, font irruption. Pourquoi des grues ? A quoi peuvent-elles bien servir et pourquoi trois ? D'ailleurs, elles font immédiatement la preuve de leur inefficacité. L'une d'elles se met en place et, après avoir vaguement remué les environs, renonce à poursuivre davantage. On saura plus tard que les grues ont été envoyées par une entreprise de travaux publics pour se faire de la publicité...

Il est 17 heures. Kathy est tombée dans le puits aux alentours de 14 heures et le terrain vague ressemble déjà à un champ de foire. Il y a un service d'ordre pour refouler les curieux et laisser approcher ceux qui peuvent vraiment être utiles... Soudain, une rumeur se propage :

— Il va sauver l'enfant ! Laissez-le passer !

Le maire de San Marino, qui a pris la responsabilité des opérations, lance des ordres pour qu'on ouvre le passage et il se trouve en face... d'un nain. Il est vraiment minuscule. Il lui arrive juste à la ceinture.

— Qu'est-ce que vous voulez faire ?

— Attachez-moi par les pieds et je descendrai la tête en bas.

— Mais c'est très profond. Vous risquez la congestion ou l'asphyxie.

— Pour une fois que je peux servir à quelque chose... Cela vaut le coup, non ?

Ron Lewis ne discute pas davantage. Le nain est attaché à un câble et s'engage la tête la première dans le trou. Mais il est incapable d'y entrer : ses épaules ne passent pas, il y a une dizaine de centimètres en trop. Il faut renoncer.

Mais à peine s'est-il éloigné qu'un nouvel arrivant fend la foule à son tour.

— Faites-moi confiance. Moi, je vais y arriver.

Ron Lewis le considère. Il est petit, moins que le nain, bien sûr, mais il a l'air plus mince.

— Qu'est-ce que vous faites dans la vie ?

— Je suis jockey.

— Eh bien essayez...

A son tour, il se fait attacher par les pieds, mais c'est de nouveau un échec : il y a cinq centimètres de trop... Toutes ces péripéties ont fait perdre beaucoup de temps. On peut craindre, notamment, que Kathy ait maintenant du mal à respirer... Il y a soudain un bruit d'enfer près du trou. C'est la soufflerie des pompiers qui s'est mise en marche. Elle envoie de l'air dans le tuyau. C'est bien sûr indispensable pour éviter l'asphyxie, mais il est maintenant impossible de dialoguer avec Kathy. On ne saura plus si elle est toujours vivante.

Le chef des pompiers s'approche du maire. Il secoue la tête avec pessimisme.

— Cela n'est pas la peine de continuer comme cela. On n'arrivera à rien depuis la surface.

— Qu'est-ce que vous proposez ?

— Il faut creuser parallèlement au puits et faire une ouverture à la bonne profondeur. Mais évidemment, il faut savoir où est l'enfant...

M. Fiscus intervient.

— Moi, je sais. Ce genre de puits a un coude à trente mètres du sol. C'est là que se trouve Kathy.

Ron Lewis hoche la tête et se dirige vers un téléphone de campagne qu'on a installé pour lui.

— Je vais me renseigner pour savoir quel est le meilleur spécialiste des forages et il viendra, croyez-moi !

Quelques minutes plus tard, il retourne, triomphant, au bord du puits.

— C'est gagné ! Il s'appelle Leonard Kelly. J'ai pu le joindre. Il est sur un chantier, mais il accepte de tout laisser tomber et il vient avec son matériel !

M. Fiscus interroge :

— Quand sera-t-il là ?

— Il arrivera cette nuit, mais il préfère commencer les travaux demain matin. Dans le noir, c'est trop dangereux.

Ron Lewis regarde la famille Fiscus, qui se tient devant le trou, s'attendant à entendre des compliments, mais seul le silence lui répond ou plutôt le bruit assourdissant de la soufflerie. Les parents, le frère et la sœur de Kathy se taisent, dévorés par l'angoisse et le remords.

Ils se font intérieurement les pires reproches. M. Fiscus se dit que tout est de sa faute : il n'a pas pu obtenir qu'on rebouche les puits ; Mme Fiscus se dit que tout est de sa faute : elle n'aurait jamais dû laisser jouer ses enfants dans le terrain vague, même en leur faisant des recommandations ; Gus et Barbara se disent que tout est de leur faute : ils auraient dû surveiller Kathy, comprendre qu'elle était trop petite pour faire attention toute seule.

Alors, puisqu'on ne fait pas attention à lui, le maire de San Marino s'éloigne. Il va rejoindre les journalistes, dont le groupe a grossi et qui l'appellent à grands cris. Et il entreprend de les tenir au courant de la situation, tandis que les flashes des photographes crépitent autour de lui...

Il n'est pas loin de 19 heures et la nuit commence à tomber, mais il n'y aura pas lieu de craindre l'obscurité, car, depuis les studios de Hollywood tout proches, arrivent des projecteurs par dizaines. Dans la cité du cinéma, on a appris la nouvelle à la radio et, spontanément, on a interrompu les tournages pour apporter du matériel.

De puissantes lumières alimentées par des groupes électrogènes s'allument les unes après les autres. Maintenant, par la grâce de Hollywood, le terrain vague ressemble au décor d'un film. Et, dans le fond, n'est-ce pas d'un film qu'il s'agit ? On est en train de tourner « Va-t-on sauver Kathy Fiscus ? », scénario dramatique à souhait, suspense garanti ! Les lieux du drame sont devenus une super-production aux milliers de figurants : la foule des badauds, que le service d'ordre, pourtant de plus en plus nombreux, contient à grand-peine. La cohue des véhicules ne le cède en rien à celle des humains. En l'absence de route, ils s'agglutinent en un embouteillage monstre, au milieu d'un concert de klaxons. Et voici, à présent, qu'arrivent les premiers marchands ambulants : vendeurs de hot-dogs, de Coca-Cola ou de couvertures, car presque tous vont passer la nuit sur place, profitant de la douceur de l'été indien.

Et, pendant ce temps, dans la solitude et dans le noir, une enfant de cinq ans lutte contre le désespoir, à moins qu'elle ne soit déjà morte...

A 7 heures du matin, un nouveau premier rôle fait son entrée en scène, le spécialiste des forages, Leonard Kelly. Il a d'ailleurs tout à fait un physique d'acteur, avec sa quarantaine athlétique et bronzée. Mais lui n'est pas là pour faire du cinéma. Il est venu avec une puissante excavatrice. Il examine soigneusement les lieux avant de la mettre en action et conclut :

— Le sol est sableux. Cela devrait aller vite. Evidemment, il y a la possibilité d'un éboulement, mais vu l'urgence, il faut courir le risque...

Sous sa direction, les travaux commencent. La progression est effectivement très rapide, mais une heure après se produit ce qu'il redoutait : le sol, trop meuble, s'effondre. Tout est à refaire... Devant M. et Mme Fiscus atterrés, il déclare :

— Il faut tout recommencer, creuser un autre forage de l'autre côté. Mais il va falloir étayer. Ce sera beaucoup plus long.

L'excavatrice se remet en marche et, effectivement, c'est beaucoup plus long. Toute la journée est consacrée à ce travail de fourmi. Il fait presque nuit lorsque Leonard Kelly annonce enfin du nouveau à la foule des journalistes et à la malheureuse famille Fiscus.

— Nous sommes à moins quinze mètres. Je vais percer une fenêtre. Je devrais arriver à voir l'enfant.

Il redescend dans le trou parallèle au tuyau et, au pic pneumatique, pratique une ouverture dans ce dernier. Il braque une puissante lampe et passe la tête... Il y a effectivement un coude plus bas et il distingue à cet endroit une forme immobile. Il appelle :

— Kathy ? Tu m'entends, Kathy ?

Mais elle ne répond pas... Lorsqu'il remonte, il se veut pourtant optimiste.

— Je sais exactement où elle est : à vingt-neuf mètres. En continuant comme cela, nous devrions y être avant le matin...

Les travaux se poursuivent toute la nuit, à la lueur des projecteurs de Hollywood, mais un nouveau contretemps survient : l'excavatrice rencontre la roche et se bloque. Il faut continuer le travail au pic et ce n'est qu'en début d'après-midi qu'on arrive aux alentours de vingt-neuf mètres. Cela fait deux jours que Kathy Fiscus est tombée dans son trou. Dans le terrain vague où elle jouait seule, avec son frère et sa sœur, il y a maintenant une véritable foule et chacun se pose la même question : est-ce que, quarante-huit heures après, il reste encore un espoir ?

Malheureusement, il faudra attendre encore davantage pour connaître la réponse, car, à ce moment, les ouvriers tombent sur une énorme poche d'eau. Il faut aller chercher des pompes pour assécher le chantier, ce qui va causer un retard supplémentaire. Sans compter que s'ajoute une angoisse nouvelle : est-ce qu'il n'y a pas aussi de l'eau dans le tuyau ? Est-ce que Kathy n'est pas noyée ?...

La progression devient très lente. Les uns pompent, les autres creusent. La seconde journée après l'accident s'écoule ainsi, puis la troisième nuit. Enfin, à l'aube, Leonard Kelly annonce qu'il est prêt. Il est en face de l'endroit où se trouve l'enfant. Il n'y a plus d'eau, il peut pratiquer l'ouverture par laquelle il va la sortir de sa prison.

Il descend avec un pic pneumatique. Des micros et des haut-parleurs ont été installés afin qu'on puisse se parler entre la surface et le bas. Au bord du trou, on entend l'engin attaquer le métal, puis distinctement, le morceau de tuyau sauter... La voix de Leonard Kelly s'élève.

— Je la vois. Elle est là...

M. Fiscus interroge :

— Est-ce qu'elle vit ?

— Elle ne bouge pas. Mais je pense qu'elle est seulement évanouie.

Une minute environ s'écoule. La tension est à son comble. Puis, c'est de nouveau la voix de Leonard Kelly :

— Je la tiens !

— Comment est-elle ?

— Elle est trempée et glacée, mais tout ici est trempé et glacé...

On n'en saura pas plus. Leonard Kelly a commencé à remonter et il n'y a de micro qu'en bas. Il progresse lentement, pour éviter les chocs... Enfin, il paraît. Kathy est recroquevillée sur elle-même, les genoux repliés contre la poitrine, les bras serrés autour des jambes. Son visage, très calme, n'exprime aucune souffrance. Le médecin spécialiste en réanimation qui attendait pour l'examiner se précipite. Il se penche sur le petit corps et se redresse presque tout de suite. Rien qu'à son expression, chacun a déjà compris.

— Il n'y a rien à faire. Elle est morte, noyée... Depuis vingt-quatre heures au moins.

Il y a un grand cri : Mme Fiscus tombe évanouie dans les bras de son mari... Peu à peu, la nouvelle se répand dans la foule. Il se fait un grand silence et les gens se retirent, tout à coup terriblement gênés. Les marchands de saucisses plient boutique, les éclairagistes remballent leur matériel. La kermesse improvisée se termine par la mort d'un enfant. Il n'y a plus rien à faire ici.

Le sauvetage de Kathy Fiscus vient de s'achever tragiquement. Si c'était Hollywood qui avait écrit le scénario, il y aurait eu un *happy end*, oui mais voilà, la vie n'est pas du cinéma.

LE TRAIN DE CHITTAGONG

Bengale, 1942. Le Bengale à l'extrémité est de l'Inde constitue aujourd'hui le Bangladesh. A l'époque, c'est une partie des Indes, colonie de la Couronne britannique. Et les Indes, en cette année 1942, traversent une des périodes les plus noires de leur histoire.

La guerre fait rage... Depuis un an, le Japon est entré dans le conflit. Mais il ne se bat pas seulement dans le Pacifique contre les Américains. Il a envahi tout le continent asiatique. En un an, ses progrès ont été fulgurants : Singapour est tombé, la Malaisie a été occupée, les colonnes nippones ont traversé la Birmanie et elles s'apprêtent à donner l'assaut à l'Inde orientale, au Bengale.

Mais pour la colonie de Sa Majesté, ce n'est pas le seul danger. Depuis quelque temps, une autre menace a surgi, une menace intérieure celle-là. Une petite minorité d'Indiens, les Gondas, revendique non seulement l'indépendance, mais soutient les Japonais. Son but avoué est de favoriser leur victoire. Une fois celle-ci assurée, l'Inde indépendante se placera aux côtés des puissances de l'Axe.

C'est évidemment un danger que les troupes britanniques ne peuvent mésestimer... Voilà ce que vient de résumer en quelques mots le colonel Matthews, dans son bureau de Dacca, aux deux jeunes officiers qui sont devant lui : le capitaine Alfred Rawley et le lieutenant David Stones.

— Je ne vous cache pas, messieurs, qu'il s'agit d'une mission délicate. J'oserais même dire périlleuse.

Seul un silence bien élevé répond à cette déclaration préliminaire. Le colonel Matthews, qui n'en attendait pas moins de ses deux subordonnés, continue :

— Si je vous ai choisis, messieurs, c'est que le danger ne vous fait pas peur. Votre mission consiste à aller à Chittagong porter la lettre que voici.

Le colonel sort de son bureau deux enveloppes cachetées.

— Vous devrez remettre ce message au général commandant la place de Chittagong. Vos deux lettres sont identiques : il s'agit de la liste des personnes de Chittagong suspectées d'être favorables aux Japonais.

Le colonel marque un temps et ajoute :

— Je vous ai confié ces deux missions identiques au cas où... cela s'avérerait nécessaire.

Les deux jeunes officiers ont un hochement de tête silencieux. Ils ont parfaitement compris. Le capitaine Rawley demande :

— Quand partons-nous, colonel ?

— Tout à l'heure, par le train de nuit ordinaire. Je n'ai malheureusement pas d'escorte à vous fournir. J'ai besoin de tous mes hommes.

Un double « A vos ordres » lui répond et les deux officiers britanniques prennent congé, emportant chacun leur exemplaire du message ultra-secret...

Le trajet de Dacca à Chittagong n'est pas long : trois cents kilomètres seulement. Mais en raison de la médiocrité des voies ferrées, il dure toute une nuit, avec de nombreux arrêts. C'est ce qui fait le danger de la mission.

A huit heures du soir, le capitaine Rawley et le lieutenant Stones se retrouvent dans la gare de Dacca grouillante de monde. Des centaines d'Indiens se pressent pour prendre le train de Chittagong. Raides dans leurs uniformes impeccables, ils fendent la foule où se trouvent peut-être ceux qui sont chargés de les abattre.

Les deux officiers prennent place dans leurs compartiments, l'un en tête du convoi et l'autre en queue. A 20 h 30, le train de Chittagong s'ébranle. Comme on peut s'en douter, le trajet sera dramatique.

Le lieutenant David Stones s'est installé aussi confortablement que possible à la place qui lui a été réservée, en première classe. Dans ce train, il n'y a pas de couloir ; les compartiments occupent toute la largeur du wagon et s'ouvrent par une portière qui donne directement sur la voie. Du point de vue de la sécurité, c'est un avantage appréciable.

David Stones, qui est seul dans son compartiment, vérifie le bon fonctionnement de son ventilateur, s'octroie une rasade de whisky et s'allonge sur sa couchette. Le train roule régulièrement, il n'a plus qu'à essayer de trouver le sommeil en espérant que tout se passera bien jusqu'à Chittagong...

Le lieutenant Stones a dû s'endormir rapidement car, quand il se réveille, il a l'impression d'avoir dormi longtemps. Il regarde sa montre : effectivement elle marque une heure du matin. C'est après seulement qu'il prend conscience de ce qui l'a réveillé : c'est le silence, le train est arrêté.

David Stones se redresse sur sa couchette... Le silence, non, pas tout à fait. Au loin, il entend des voix, comme un bruit de foule. Il prête l'oreille. Ce sont des cris : « Jai Hind ! » Le lieutenant a suffisamment de notions de la langue du pays pour en comprendre la signification : « Inde libre ! » et suffisamment de jugement pour deviner qu'il s'agit du cri de ralliement des Gondas. Il passe la tête à la fenêtre de son compartiment. Le train est stationné en pleine campagne...

Prudemment, son revolver à la main, le lieutenant sort sur la voie. Il fait pleine lune et suffisamment clair pour qu'il distingue ce qui est en train de se passer en tête du convoi... Un groupe d'une centaine d'hommes s'acharnent contre un compartiment. La portière s'ouvre brutalement, deux coups de feu se font entendre. Enfin une grande silhouette sort du wagon et s'abat lourdement sur la voie. Bien qu'il ne puisse distinguer ses traits, David Stones n'a aucun doute : le capitaine Rawley est mort.

Accroupi près du train, le lieutenant Stones se demande ce qu'il doit faire. Il a toujours été d'un sang-froid absolu devant le danger. Mais il ne s'est jamais trouvé dans une situation semblable. Dans ses engagements, souvent périlleux, face aux Japonais, il suivait les enseignements qu'il avait reçus lors de son instruction, mais là, il s'agit d'émeutiers, de civils, et puis il est seul.

Une main se pose sur son bras... Il se retourne d'un bloc, revolver pointé, décidé à vendre chèrement sa vie. Mais ce n'est pas un Gonda. C'est un Blanc, un Anglais. L'homme, qui doit avoir une cinquantaine d'années, tremble des pieds à la tête.

— Monsieur l'officier, pour l'amour du ciel, aidez-moi ! Je suis planteur à Dacca... planteur de thé...

David Stones le regarde et ne répond pas. La voix de l'homme se fait plus angoissée encore.

— Les Gondas ont attaqué la tête du train. Ils massacrent les Européens. On va tous y passer ! Aidez-moi...

Le lieutenant Stones regarde l'homme, qui s'est ramassé par terre, se faisant le plus petit possible. Au loin le groupe d'Indiens ouvre effectivement tous les compartiments les uns après les autres... D'un ton ferme, parce qu'il faut bien dire quelque chose, il lance :

— Montez dans mon compartiment !

L'homme s'y précipite. David Stones le suit et verrouille soigneusement la porte. Il s'assied sur sa couchette et allume une cigarette. Il est satisfait de constater qu'il ne tremble pas. Même si la situation est désespérée, il doit garder son calme. Il tire des bouffées régulières.

En face de lui, le planteur de thé se décompose littéralement sous ses yeux. Il est vert, sa figure dégouline de sueur et sa bouche est tordue par un rictus hideux. David Stones ne peut pas supporter ce spectacle, sinon il va céder lui aussi à la panique.

— Un peu de sang-froid, que diable ! Douteriez-vous de l'armée britannique ?

L'autre lui lance aussitôt un regard de reconnaissance éperdu. On sent qu'il s'accroche de toutes ses forces à cet espoir absurde, ridicule... L'armée britannique se réduit en l'occurrence à un seul homme, armé d'un revolver. Il n'y a pas besoin de réfléchir longtemps pour se rendre compte que le lieutenant ne peut rien face à une centaine d'hommes décidés à tuer. Il va être massacré, ils vont être massacrés tous les deux, comme le capitaine l'a été avant eux. Mais le planteur continue à sourire servilement. Non, il ne doute pas de l'armée britannique. L'armée britannique va le sauver. C'est son rôle après tout. Le lieutenant a sûrement son idée...

Des coups sont frappés à la porte du compartiment. Le planteur de thé pousse un gémissement et se recroqueville sur les coussins... Les coups sont plus forts à présent. Visiblement, ils ne sont pas frappés avec la même chose. Avant, c'était avec les poings, maintenant ce doit être avec un objet métallique.

L'objet en question est une hache. Le lieutenant Stones aperçoit l'extrémité du tranchant qui vient de perforer la paroi de bois. L'arme se retire et s'abat de nouveau. Cette fois le tranchant pénètre plus profondément.

Le lieutenant aimerait bien avoir une idée, malheureusement, il n'en a aucune...

La hache s'abat pour la troisième fois contre la cloison de bois. La prochaine sera la bonne. Le lieutenant David Stones décide de ne pas attendre. Tant qu'à mourir, autant mourir tout de suite et avec dignité. C'est peut-être absurde, mais c'est dans sa nature. Une question d'éducation, sans doute...

Aussi, ignorant le râle du planteur enfoui dans les

coussins de la banquette, se dirige-t-il vers la porte qu'il ouvre résolument d'un seul coup.

Il se trouve nez à nez avec trois hommes vêtus du costume blanc traditionnel des Indiens. Deux d'entre eux portent des machettes, le troisième est armé d'une hache. Surpris par son initiative, tous trois reculent d'un pas. David Stones sent qu'il doit dire quelque chose, n'importe quoi et tout de suite, sinon la hache va s'abattre.

Alors, spontanément, il lui vient cette phrase que seul un Britannique pouvait prononcer dans de pareilles circonstances :

— Excusez-moi, messieurs, mais vous ne devez pas entrer. Ceci est un compartiment de première classe.

Il n'est pas sûr que les assaillants aient compris exactement le sens de sa phrase. Mais le ton d'un calme parfait sur lequel elle a été prononcée a dû les impressionner. Ils restent figés, attendant visiblement un ordre.

Un homme jeune très maigre monte sur le marchepied et les écarte d'un geste. Il a le visage anguleux des ascètes, le regard brillant. Il s'adresse au lieutenant Stones d'un ton véhément, mais dans un anglais parfait.

— De quel droit, vous, un étranger, osez-vous donner des ordres dans notre propre pays ?

David Stones regarde l'homme avec lequel il se trouve face à face... Ils ont à peu près le même âge. Il doit reconnaître que la question qu'il vient de lui poser, si elle est surprenante, n'est pas dénuée de sens.

Enfin, c'est une question, c'est le principal. Une question appelle une réponse, c'est peut-être le début d'un dialogue. Il doit parler, parler à tout prix, c'est la seule chance qui lui reste... Il demande :

— Que voulez-vous ?

— Entrer dans votre compartiment...

L'officier britannique fait un geste. Seul le jeune homme monte. Les autres restent sur le marchepied, leur arme à la main, se balançant d'un pied sur l'autre.

De toute évidence, ils ne comprennent pas l'attitude de leur chef, mais c'est leur chef et ils ne feront rien sans son ordre.

David Stones, lui, a compris... Le jeune homme veut parler avec lui, le convaincre, avant de le tuer peut-être, mais il veut se justifier. Pour lui, c'est une chance inespérée. Il doit faire durer le dialogue autant qu'il pourra, dans l'attente d'un secours qui viendra peut-être, car il y a de nombreux détachements de l'armée anglaise entre Dacca et Chittagong.

Il questionne le jeune Indien.

— Pourquoi avez-vous tué le capitaine ?

— Parce qu'il était anglais.

— Les Anglais défendent l'Inde contre le Japon.

— Nous ne craignons pas les Japonais. Au contraire, nous espérons leur venue. Ce sont des Asiatiques comme nous.

Et, comme dans un salon, la conversation s'engage entre les deux hommes, au milieu des porteurs d'armes blanches et du planteur recroquevillé sur sa banquette.

— Vous avez tort de parler ainsi. J'ai vu ce qu'ont fait les Japonais à Singapour. Ils ont massacré une partie de la population et ils ont asservi le reste. Ils vous réduiraient en esclavage.

— A supposer que ce soit vrai, que voulez-vous que cela nous fasse ? Nous sommes des millions à mourir de faim. Qu'est-ce que les Japonais nous feraient de pire que vous ?

— Vous voulez que l'Inde soit indépendante pour qu'elle devienne l'alliée du Japon et de l'Allemagne nazie ?

— Oui.

— Savez-vous qui est Hitler ?

— C'est l'ennemi des Anglais.

— C'est l'ennemi de l'humanité...

Et David Stones entreprend d'exposer à l'Indien les théories racistes de *Mein Kampf*. Son interlocuteur réplique à son tour. Le dialogue devient enflammé... Peu à peu, il se passe quelque chose d'extraordinaire.

Malgré lui, David Stones se passionne pour cet échange d'idées, comme si sa vie n'était pas l'enjeu de la discussion, comme s'il ne courait pas à tout instant le risque d'avoir la tête tranchée d'un coup de hache ou de machette. Il ne s'était guère préoccupé jusque-là des Indiens et encore moins de ce qu'ils pouvaient penser. Et maintenant il découvre chez ce garçon de son âge, visiblement intelligent et cultivé, toute une série de malentendus, de ressentiments, de haines.

Autour de son jeune chef, la troupe des Gondas stationne en silence. Les voyageurs du train se terrent dans leurs compartiments et, sous la lune, dans la campagne indienne déserte, cette conversation irréelle se poursuit, chacun s'accrochant à ses arguments, tentant de convaincre l'autre de sa bonne foi...

Soudain, il y a un coup de feu, puis des dizaines d'autres, des cris, des rafales... Dans les rangs des Gondas, un flottement se produit. Un homme s'écroule. La suite se passe en quelques instants. Les rebelles indiens sont cernés par les soldats anglais. Toute résistance est inutile. Ils jettent leurs armes à terre.

Le lieutenant Stones et l'Indien se regardent. C'est le coup de théâtre, le retournement de situation. Mais pour un peu, l'un et l'autre diraient : qu'est-ce que cela change au problème ?

Un sergent s'approche, très ému, de l'officier anglais.

— Vous n'êtes pas blessé, lieutenant ? Ils ne vous ont pas fait de mal ? C'est extraordinaire ! Ils ont massacré un capitaine à l'avant du train.

David Stones ne répond pas... Tandis qu'on l'emmène, le jeune Indien lui lance un regard qui n'exprime rien, si ce n'est l'acceptation de son sort. Il sera sans nul doute fusillé... Le lieutenant ressent en cet instant un vif remords. Il a le sentiment d'une injustice. Mais que peut-il faire ? C'est la guerre. Il voit son interlocuteur disparaître dans la nuit. Resté seul, il s'installe de nouveau dans son compartiment. Il sera à Chittagong à l'heure pour sa mission.

Mais jamais il n'oubliera cette nuit dramatique, ni le visage fiévreux de cet Indien de son âge. Jamais il n'oubliera cette conversation où deux jeunes gens ont oublié que leur vie était en jeu, tandis qu'ils échangeaient leurs idées. Jamais il n'oubliera le train de Chittagong.

LA VOLONTÉ DE LA MER

Le *Scalla* se trouve au large des Açores, ce 14 avril 1912. Incontestablement, le *Scalla* a belle allure : ce quatre-mâts allemand est à la fois fin et racé, une silhouette de pur-sang.

Pourtant, sur le plan de la vitesse pure, le *Scalla* et tous ses semblables s'apparenteraient plutôt à des chevaux de labour. En ce début du XXe siècle, les grands voiliers sont irrémédiablement distancés par les vapeurs, à l'esthétique moins plaisante peut-être, mais beaucoup plus rapides.

C'est ce qui rend soucieux le capitaine-propriétaire du *Scalla*, Karl Hoffscheid. Son bateau est à la limite de la rentabilité. Il doit accepter des cargaisons de moins en moins intéressantes, discuter interminablement argent avant d'engager les hommes d'équipage...

Karl Hoffscheid lève les yeux... Là-bas, droit devant, un petit nuage ne lui dit rien qui vaille. A ses côtés, son second a vu la même chose.

— On va avoir un sacré coup de tabac, capitaine. Je fais réduire la voilure ?

— Pas question !

— Mais capitaine...

— Pas question, je vous dis ! Nous ne devons pas perdre de temps.

Ne pas perdre de temps, c'est l'obsession du capitaine Hoffscheid. Il transporte une cargaison de sel depuis Stettin, son port d'attache, jusqu'à Charleston, en Caroline du Sud. Il doit s'efforcer d'aller presque aussi vite que les vapeurs, sinon, il le sait, il ne trouvera plus de clients.

Alors, il n'y a pas le choix. Il doit s'en remettre à la volonté de la mer.

La tempête ne tarde pas à se déchaîner. Elle dépasse en violence tout ce qu'on peut imaginer et le *Scalla* offre une prise terrible au vent. Il résiste tant qu'il peut, jusqu'au moment où une rafale plus forte que les autres le frappe de plein fouet. Dans un craquement épouvantable, les quatre mâts cèdent en même temps. La voilure est emportée, balayée d'un seul coup.

Dans un sens, c'est ce qui sauve le *Scalla*. Tout ce qui se trouve au-dessus du pont a été emporté : la cuisine, la passerelle, les canots de sauvetage, mais il ne présente plus de résistance à la tempête qui passe maintenant au-dessus de lui...

La situation est pourtant loin d'être brillante. Le capitaine Hoffscheid fait réunir tout son équipage sur le gaillard arrière, la seule partie du bateau qui dépasse encore des flots. Car le pont est en train de s'enfoncer... Il donne l'ordre d'aller chercher les pompes.

Elles sont une vingtaine. Le travail commence. Les marins ne s'arrêtent que lorsque leurs bras ne veulent plus bouger, lorsque leur cœur et leurs poumons sont près d'éclater. Alors, un autre prend le relais et continue à son tour jusqu'à la limite de ses forces.

Cela dure vingt-quatre heures dans la tempête, et vingt-quatre heures après que la tempête a cessé. Pas une seconde pendant deux jours, les marins du *Scalla* ne s'arrêtent de pomper. Mais la situation est quand même désespérée. Il n'y a ni eau ni vivres. Tout a été emporté en même temps que la cuisine. Et le *Scalla* commence à s'enfoncer, car les forces diminuent.

Il est midi, le 16 avril 1912. Le soleil des tropiques est presque aussi insupportable que les bourrasques de la tempête, lorsque, soudain, Karl Hoffscheid pousse un cri :

— Navire à tribord !

Les marins se tournent dans cette direction... Mais oui, c'est vrai ! Un magnifique voilier, un quatre-mâts comme le leur, fait route vers eux.

Tout l'équipage abandonne les pompes et monte sur le gaillard arrière pour faire des signaux frénétiques. Mais ce n'est pas la peine. Le navire les a sûrement vus puisqu'il continue à se rapprocher.

La silhouette grossit... Le voilier se rapproche encore. Il est à un quart de mille, environ cinq cents mètres. Il va s'arrêter et mettre les canots à la mer. Etrange tout de même que l'équipage ne cherche pas à communiquer. C'est encore une fois le capitaine Hoffscheid qui voit le premier.

— Mais qu'est-ce qu'il fait ?

A leur tour, les hommes réagissent :

— Non, ce n'est pas vrai ! Ce n'est pas possible !

Des cris de colère, des malédictions, emplissent le gaillard arrière du *Scalla*, puis des supplications :

— Revenez ! Pour l'amour du ciel revenez !

Car le voilier vient tout simplement de les dépasser, sans se presser, comme s'il voulait les narguer. Et maintenant il s'éloigne lentement, en leur montrant sa poupe. Chacun peut lire distinctement : « *Merryman* — Boston — USA. »

Au milieu de ses hommes qui sanglotent, le capitaine Hoffscheid répète, en se prenant la tête dans les mains :

— Il nous a vus. Il nous a forcément vus ! Alors, pourquoi ?

Pourquoi ?... Pour le savoir, il faut remonter quelques semaines en arrière et connaître l'histoire du *Merryman*.

Le capitaine Nickerson et son équipage quittent Boston début février 1912 à destination de Bathurst, en Gambie. A bord du *Merryman*, ils emportent un chargement de laine et doivent revenir avec une cargaison de peaux de bêtes. La traversée se fait sans encombre, mais à Bathurst, il y a un contretemps : les peaux ne sont pas encore prêtes ; il faut attendre.

Le capitaine Nickerson n'aime pas cela. Cette partie de l'Afrique est des plus malsaines. Plus ils resteront à terre, plus ils auront de risques d'attraper des fièvres et autres maladies.

Mais il n'y a rien à faire : ce n'est que trois semaines plus tard que les peaux sont là et qu'ils peuvent appareiller.

C'est le lendemain que le capitaine Nickerson s'aperçoit que son second et un des matelots ont une peau d'une drôle de couleur. Il n'y a pas de médecin à bord. On les soigne comme on peut et ils meurent tous les deux, deux jours plus tard...

Nickerson décide de revenir sur Bathurst. Mais évidemment, les autorités du port ne veulent pas d'eux avec une maladie contagieuse à bord. Qu'ils passent leur chemin ! Qu'ils aillent ailleurs, où ils voudront !

Que faire d'autre, sinon mettre le cap sur Boston, en espérant que le mal ne gagnera pas ? Et pourtant si, il gagne... Les hommes du *Merryman* tombent comme des mouches. La vitesse se ralentit, l'équipage n'étant plus assez nombreux pour effectuer les manœuvres. Comble de malchance, le voilier rencontre un secteur de calme plat. Le capitaine Nickerson note dans son journal : « Le *Merryman* n'avance plus. La fatalité semble s'acharner sur nous. Nous ne sommes plus un navire mais un cercueil flottant. Nous allons y passer les uns après les autres. »

C'est sur cette conclusion sans espoir que s'arrête son journal. Le jour même, en effet, il est frappé par le mal et meurt le lendemain. Il a tout de même le temps de désigner son successeur. Comme tous les officiers et sous-officiers sont morts, il choisit le steward, Wilbur Vianello, qui a quelques notions de navigation...

Avant de prendre ce poste de steward sur le *Merryman*, parce que c'était le seul disponible, Vianello a effectivement piloté des voiliers. Mais que faire ? Ils sont huit à ce moment-là, dont trois malades. En désespoir de cause, il décide d'aller vers le sud, dans la région des Açores, chercher les alizés. Ce sont des vents réguliers qui peuvent faire avancer un navire pratiquement sans équipage et, par là, les routes sont plus fréquentées. Ils pourront peut-être rencontrer un bateau qui les prendra à son bord. A condition qu'il accepte...

Tour à tour, les marins du *Merryman* tombent malades et meurent. Bientôt, ils ne sont plus que trois : Wilbur Vianello, le cuisinier chinois et un Suédois. Ils contractent le mal le même jour. Mais alors que les deux autres décèdent, Vianello survit... Cela se passait le 10 avril 1912.

Depuis, il erre sur le pont désert. Il a miraculeusement triomphé de la maladie, il a des vivres en abondance, mais à quoi cela lui sert-il s'il ne rencontre pas un navire pour le sauver ? Bien qu'il soit intact, le *Merryman* est une épave. Sans équipage, il est livré à lui-même. Il flotte au petit bonheur, au gré des vents et des courants.

16 avril 1912... Wilbur Vianello est en train de dormir sur le pont lorsqu'il lui semble entendre des cris. Il se lève. Il promène un regard sur la mer dans toutes les directions et, brusquement, il s'immobilise.

Là, droit à l'arrière, ces silhouettes noires au ras de l'eau : des hommes sur un radeau. Ou plutôt non, c'est trop grand. On dirait une épave, une épave qui flotte encore.

Wilbur Vianello se rend compte alors que le *Merryman* va exactement dans la direction inverse. Il a dû les dépasser et s'en éloigne à petite vitesse. Il faut faire quelque chose !... Bien qu'il soit encore convalescent, il se rue vers la barre. De toutes ses forces, il essaie de faire faire demi-tour au voilier, mais celui-ci ne dévie pas d'un pouce... Vianello en pleure de rage. Evidemment, à lui seul, il ne peut rien faire. Il faudrait que tout un équipage manœuvre les voiles en même temps...

Et un équipage, il en a un tout près de lui ! Ces hommes, ces malheureux marins naufragés, pourraient être ses sauveurs. S'ils pouvaient monter à son bord, le *Merryman* ne serait plus un voilier désemparé, une sorte d'épave intacte, prête à se laisser engloutir à la première tempête...

Vianello pousse un cri de joie. D'un seul coup, sans qu'il puisse vraiment l'expliquer, le *Merryman* fait demi-tour et remet le cap vers les naufragés. Au loin, il entend de nouveau les hurlements de joie.

Sur ce qui reste du *Scalla*, l'hystérie s'est emparée des hommes à force d'émotions contradictoires. Seul le capitaine Hoffscheid garde son sang-froid. Il n'est pas possible que le voilier ne les ait pas vus la première fois. Pourquoi a-t-il fait demi-tour et pourquoi revient-il maintenant ? Une seule explication possible : il doit lui aussi avoir des problèmes...

Le *Merryman* progresse lentement jusqu'à un demi-mille de l'épave. Les naufragés distinguent un bruit de chaîne : il a jeté l'ancre. Ils tombent dans les bras les uns des autres : cette fois, il ne s'éloignera plus, ils sont sauvés...

L'instant d'après, une silhouette apparaît au bastingage. L'homme, qui utilise un porte-voix, est parfaitement audible, mais ce qu'il dit n'est pas croyable :

— Je suis seul à bord.

Le capitaine Hoffscheid, à défaut de porte-voix, met sa main en entonnoir devant sa bouche.

— Pourquoi ?

— Maladie... Tous morts...

Les hommes du *Scalla* écarquillent les yeux. La voix reprend :

— Venez à la nage.

Le capitaine regarde ses marins épuisés par quarante-huit heures de pompage harassant. Non, ils n'auront jamais la force nécessaire. Il répond :

— Pas possible... Trop fatigués...

— Alors attendez... J'ai mis l'ancre...

Karl Hoffscheid regarde à présent le pont du *Scalla*, qui a maintenant complètement disparu sous les flots.

— Nous coulons. Venez !

Mais la réponse est celle qu'il craignait :

— Impossible !... Impossible !...

Alors, il n'y a plus qu'une chose à faire. D'eux-mêmes le capitaine et les marins du *Scalla* se jettent à l'eau et, puisant dans leurs dernières forces, dépassant les limites humaines, ils nagent pendant un demi-mille, près d'un kilomètre, jusqu'à la haute silhouette en face d'eux, puis montent sur l'échelle de corde que leur a jetée Wilbur Vianello...

6 mai 1912, le *Merryman*, qu'on n'attendait plus, entre dans le port de Boston. Son armateur, qui s'est précipité, a le plaisir de constater qu'il est intact. C'est en montant à bord que l'armateur se rend compte qu'il ne s'agit plus du même capitaine ni du même équipage...

L'histoire du *Scalla* et du *Merryman*, ce sauvetage réciproque, est sans doute unique dans l'histoire. Un équipage qui avait perdu son bateau et un bateau qui avait perdu son équipage se sont rencontrés au moment précis où il le fallait. C'est une coïncidence extraordinaire.

Coïncidence ? Tous les marins qui connaissent cette aventure ne veulent pas en entendre parler. Pour eux, ce genre de hasard n'existe pas. C'est la volonté de la mer qui a tout fait, la volonté de la mer et elle seule.

LES PETITS CAILLOUX

Que se passe-t-il, au Rwanda, en ce mois d'avril 1994 ? Le monde entier se le demande, horrifié. A la suite d'un attentat, qui a coûté la vie au président de la République, les Hutus ont déclenché un massacre général contre les Tutsis. Alors que le XXe siècle est sur le point de se terminer, on se croirait aux temps les plus reculés de la barbarie.

Mais non, c'est bien pire encore ! Si les mentalités des meurtriers sont bien revenues au fond des âges, elles bénéficient des moyens de la civilisation moderne, même dans un pays du tiers-monde comme le Rwanda. L'élimination de la minorité tutsie par les Hutus a été planifiée par les autorités, elle est rationnelle, systématique. Des caisses de machettes flambant neuves, de kalachnikovs et de grenades sont expédiées aux divers groupes de tueurs, les routes sont coupées pour empêcher tout exil, des consignes sont données en permanence par la radio. Quand le sinistre bilan sera connu, on découvrira que les tueries ont fait près d'un million de morts, soit plus du dixième de la population. Durant les temps barbares, on ne faisait que des massacres, au XXe siècle, on commet des génocides !

En ce mois d'avril 1994, Laurent Nteziamana vient d'avoir cinquante ans. Il est enseignant de formation et directeur d'école dans la ville de Butare. Et comme les autres, il a entendu les informations terribles venues de Kigali, la capitale : l'assassinat du président de la République, suivi du massacre des Tutsis par la garde présidentielle, très vite aidée par les milices hutues et l'armée elle-même.

Et bientôt, à Butare, la rumeur se propage comme une traînée de poudre : ils arrivent ! Les Hutus ivres de sang, animés d'une rage de tuer que rien n'arrête, seront bientôt aux portes de la ville. Les récits les plus épouvantables circulent. Ils ne se contentent pas de tuer, mais ils violent et ils torturent, avec des raffinements de cruauté abominables...

Chez les Tutsis, c'est la panique, la fuite généralisée. En quelques heures, la ville de Butare se vide du sixième de la population, le pourcentage que représente la minorité ethnique. Laurent Nteziamana, lui, reste sur place, pour la seule raison qui puisse le justifier : il est hutu. Il l'est de manière presque caricaturale. Il a le nez épaté caractéristique de cette population. Quand les miliciens viendront, ils n'auront pas besoin de lui demander ses papiers où figure, contrairement à la Déclaration universelle des droits de l'homme, la mention « Hutu » ou « Tutsi » ; ils le reconnaîtront immédiatement comme l'un des leurs.

Mais si Laurent Nteziamana est hutu par son visage, il ne l'est pas par sa mentalité. Ou plutôt il est abasourdi devant la folie meurtrière qui s'est emparée de son peuple. Avant de se sentir un Hutu, il se sent un homme, tout simplement, et il est horrifié qu'on puisse massacrer des adultes, des femmes, des enfants, des vieillards, à cause de la forme de leur nez...

Lors des heures terribles un peu irréelles qui précèdent l'arrivée des tueurs, Laurent Nteziamana se promène dans les rues de Butare, méditant amèrement sur les conceptions optimistes qu'il avait jusque-là de l'humanité. Et brusquement dans une grange, alors qu'il est presque revenu à son école, il entend du bruit. Il s'approche... La paille remue. Il l'écarte et il découvre des enfants tutsis. Les uns après les autres, il les fait sortir : ils sont trente-sept, entre six et douze ans.

Ils restent tous muets, pétrifiés. Il interroge le plus grand.

— Comment t'appelles-tu ?

— Benjamin Musago, monsieur.

— Pourquoi êtes-vous là ?

— On était aux champs avec les bêtes, quand on a entendu crier que les Hutus arrivaient.

— Pourquoi n'êtes-vous pas partis avec les autres, avec vos parents ?

— On aurait bien voulu, monsieur. Mais quand on est arrivés en ville, ils étaient déjà partis.

Laurent Nteziamana soupire... La terreur qu'inspirent les hordes hutues aux Tutsis est telle que, dans l'espoir de sauver leur vie, ils abandonnent leurs propres enfants.

— Il faut vite partir. Sans quoi, ils vont vous tuer.

— Oh ! non, monsieur. Sous la paille, ils ne nous trouveront pas.

— Moi, je vous ai trouvés tout de suite, alors, vous pensez, des centaines, des milliers de soldats...

Laurent Nteziamana a une brusque inspiration :

— Venez avec moi, je vais vous sauver !

Mais aucun d'eux ne bouge. Le directeur d'école voit les trente-sept petits visages le contempler craintivement, ou plutôt, ce qu'ils regardent, c'est son nez, son nez épaté de Hutu... Et si c'était l'inverse ? Si c'était lui qui venait pour les tuer ? A présent, ils se mettent à trembler. Benjamin Musago s'adresse timidement à lui.

— On est mieux ici, monsieur...

Il ne servirait à rien de discuter. Dans ses fonctions d'éducateur, Laurent Nteziamana a toujours su faire preuve d'une incontestable autorité. Il faut qu'il se fasse obéir par tous les moyens, la vie des malheureux qu'il a en face de lui en dépend. Il prend sa voix la plus terrible et lance :

— Suivez-moi à l'école ou gare à vous !

Subjugués, les gamins le suivent et bientôt, ils se trouvent avec les autres élèves, qui, bien entendu, sont tous hutus... Au loin, on entend déjà les détonations des premiers coups de feu. Laurent Nteziamana réunit tout le monde dans la cour de l'école.

— Alors voilà : les soldats hutus vont venir, mais on va leur jouer un bon tour. Les Tutsis qui sont là, on va les faire passer pour des Hutus. Vous êtes d'accord ?

Une série de rires complices lui répond. Les petits Hutus ne font pas la moindre objection à l'idée de sauver des camarades de l'autre ethnie. Leur esprit est encore sain, les haines des adultes ne les ont pas encore infectés... Mais Benjamin Musago prend une nouvelle fois la parole.

— Comment on va faire, monsieur, avec nos nez ?

— Vous allez vous mettre des petits cailloux dans les narines, comme cela vous serez tous pareils...

Et c'est ce qu'ils font, Hutus et Tutsis confondus, en riant et en plaisantant... Enfin, ils sont prêts. Il était temps : c'est l'arrivée brutale des miliciens. Il y a un grand silence. Certains sont armés jusqu'aux dents, d'autres n'ont que des machettes ou des bâtons à clous, mais ce sont eux qui font le plus peur : on y voit des traces de sang et même des lambeaux de chair humaine... Celui qui doit être le chef prend la parole. Il est tout jeune et passablement ivre.

— C'est toi le directeur de l'école ?

— Oui.

— Tu es savant, alors. Tu dois faire de la politique...

Laurent Nteziamana sait qu'en cet instant précis, il risque sa vie. Les miliciens hutus ne massacrent pas seulement les Tutsis mais, avec une égale sauvagerie, les Hutus modérés, qui se recrutent principalement parmi les intellectuels. Il répond calmement :

— Non, je fais la classe, c'est tout.

— Tu es marié ?

— Oui. J'ai des enfants. Je suis même grand-père.

— Ta femme est hutue ?

Visiblement, le jeune chef milicien a des soupçons. Il doit trouver que Laurent Nteziamana est trop calme, s'exprime trop bien pour partager ses convictions fanatiques. Et, bien entendu, pour lui et ses semblables, tous ceux qui ont fait des mariages mixtes doivent être impitoyablement exterminés.

— Bien sûr que ma femme est hutue.

— Et que penses-tu des Tutsis ?

— La même chose que vous.

— Alors, pourquoi ne viens-tu pas avec nous ?

— Je vous l'ai dit, mon métier, c'est de faire la classe. Et, comme vous voyez, tous mes élèves sont hutus...

Le jeune homme en armes jette un coup d'œil sur les enfants rassemblés au milieu de la cour. C'est le moment crucial... Laurent Nteziamana a pris soin de placer les Tutsis dans les derniers rangs, mais si le milicien s'approche, il découvrira le stratagème et ce sera la mort, non seulement pour les trente-sept petits fuyards, mais pour lui-même et peut-être pour les écoliers hutus qui ont été complices.

Pourtant celui-ci se contente de hausser les épaules. Il se tourne vers les porteurs de kalachnikovs, de machettes et de bâtons à clous.

— Allez, on s'en va. Ne perdons pas notre temps !

Aujourd'hui, Benjamin Musago ne va plus aux champs pour garder les quelques chèvres de ses parents. Comment le pourrait-il ? Il n'a plus de chèvres, elles ont été exterminées, comme ont été détruits tous les biens appartenant aux Tutsis. Il n'a plus de parents non plus et pas davantage de famille. Tous ont été massacrés alors qu'ils fuyaient. Il est le seul survivant.

Pendant les quelque cent jours qu'a duré le génocide, il a été caché avec ses camarades, par Laurent

Nteziamana, dans un bâtiment désaffecté de l'école et quand le cauchemar a été fini, il a décidé d'y rester.

Laurent Nteziamana l'a hébergé et le jeune garçon a entrepris ce qu'il n'avait pratiquement pas fait jusque-là : étudier. Aujourd'hui, il s'apprête à passer ce qui, au Rwanda, correspond au baccalauréat et il a l'intention d'entrer à l'université. C'est qu'il a compris que l'éducation est encore le meilleur rempart contre tous les fanatismes, toutes les haines, tous les crimes.

Mais bien sûr, il n'oubliera jamais ce jour d'avril 1994. Il n'oubliera jamais le directeur d'école qui l'a sauvé au risque de sa vie. Et il en garde un souvenir, qu'il conservera jusqu'à sa mort : deux petits cailloux, un par narine, sans lesquels son nom s'ajouterait au million de martyrs du génocide.

LE NUMÉRO SIX

— N'y va pas, John !

John Chambers se retourne vivement vers sa femme Agatha... Vingt-neuf ans, les cheveux blonds coupés court, il a gardé quelque chose d'enfantin dans l'expression, mais en même temps on sent en lui une grande force morale qui n'est pas très loin de la dureté.

— Ma pauvre Agatha, tu es parfaitement ridicule !

Agatha Chambers se met à sangloter. Elle est l'opposé de son mari, sur le plan du caractère.

— Il est encore temps. N'y va pas !

John Chambers rajuste sa cravate dans la glace. Il a un ricanement.

— Mais comment donc !... Mes supérieurs, mes collègues et mes subordonnés m'attendent, les journalistes sont là — car il y aura des journalistes, tu peux en être certaine — et moi je me déroberais, juste au moment de prendre mes fonctions ? Et tout cela pourquoi ? Parce que ma femme a peur...

— J'ai raison d'avoir peur, John.

— Je ne pense pas.

— Ce poste est maudit, tu le sais parfaitement.

John Chambers met sa veste et se sourit dans le miroir.

— C'est ce que s'imaginent les autres et c'est pourquoi j'ai pu l'obtenir à vingt-neuf ans. Tu te rends compte d'un début de carrière ?

— J'ai peur qu'elle ne soit pas longue...

— Cela suffit, Agatha ! Tu dis des bêtises. Va me chercher mon pardessus.

Agatha Chambers s'exécute. En aidant son mari à s'habiller, elle murmure encore :

— Mon pauvre John...

John Chambers l'embrasse et s'en va d'un pas assuré. Ce matin du 18 février 1960 il va prendre ses fonctions de juge au tribunal correctionnel d'Eastbourne dans le Sussex, en Angleterre.

— Monsieur Chambers ! Monsieur Chambers !...

John Chambers sourit tandis qu'éclatent plusieurs éclairs de flashes. Il répond de bonne grâce aux questions.

— Monsieur Chambers, les cinq juges qui occupaient ce poste avant vous sont morts en l'espace de neuf mois. Pensez-vous qu'ils ont été assassinés ?

— Non. Il s'agit de morts naturelles. D'ailleurs, il n'y a pas eu d'enquête à ce sujet.

— Ne croyez-vous pas que c'est en raison d'un de leurs dossiers ?

— Ce serait possible à la rigueur pour un président d'assises, pas en correctionnelle. Eliminer d'une manière machiavélique cinq magistrats pour une affaire de coups et blessures ou de mauvais voisinage, c'est du roman !

— Alors de quoi s'agit-il selon vous ?

— D'une coïncidence, uniquement d'une coïncidence... Maintenant, messieurs, excusez-moi, j'ai du travail.

— Un dernier mot, monsieur Chambers : avez-vous peur ?

— Non.

Et le juge John Chambers gravit au pas de gymnastique les marches du palais de justice d'Eastbourne, accompagné de commentaires à mi-voix :

— En voilà un qui n'a pas froid aux yeux !

— N'empêche... Je n'aimerais pas être à sa place.

George Miller, greffier depuis trente-cinq ans du tribunal correctionnel d'Eastbourne, est l'incarnation même du fonctionnaire de justice dans ce qu'il peut avoir de terne, voire de poussiéreux. Avec sa redingote usée qu'il s'obstine à porter en 1960 — il est vrai que cela se fait encore à l'époque, en Angleterre — il a tout d'un personnage de Courteline. Mais George Miller, sous son apparence sans éclat, cache une vive sensibilité. Il s'est toujours attaché aux juges qu'il a eus comme supérieurs. Et le moins qu'on puisse dire est qu'il n'a pas été récompensé !

Cinq en si peu de temps... Le premier, c'était presque normal : une crise cardiaque à la veille de sa retraite. Mais les quatre autres : tous des morts subites. Et ils étaient de plus en plus jeunes, pourtant. Le deuxième : crise cardiaque aussi ; le troisième : accident d'auto ; le quatrième : une noyade pendant les vacances ; et le cinquième est mort d'une grippe il y a juste un mois... Mourir d'une grippe à même pas quarante ans !

George Miller regarde arriver le juge Chambers. Son aspect juvénile le frappe aussitôt. Malgré le respect qu'il doit à son supérieur, il ne peut s'empêcher de murmurer :

— Le pauvre petit !

John Chambers serre vigoureusement la main du greffier.

— Je suis sûr que nous allons nous entendre. Et pour commencer, je ne veux pas un mot sur ces histoires !

— Pourtant, monsieur le juge...

— Pas un mot, je vous ai dit.

George Miller ne peut qu'obéir. Il se met au travail et ce n'est pas cela qui manque. Il faut sortir les dossiers, les expliquer au juge, lui dire quelles sont les affaires qui sont en souffrance, en raison du décès brutal de son prédécesseur.

La journée tout entière est consacrée à cette mise au point. Pendant ce temps, George Miller n'a cessé de soupirer. Aussi, Chambers finit par le prendre en pitié. Avant de quitter son bureau, il s'approche de lui.

— Eh bien, dites-moi donc ce qui vous tient tellement à cœur.

Le greffier a une expression de soulagement.

— Vous comprenez, monsieur le juge, ce n'est pas pour moi, c'est pour vous. Il faut que vous sachiez.

— Que je sache quoi ?

— La raison de la mort de vos prédécesseurs.

Comme tout à l'heure avec sa femme, John Chambers a un ricanement.

— Je dois vous prévenir par avance que je n'y crois pas. Mais puisque vous y tenez...

George Miller regarde intensément son interlocuteur. On voit qu'il s'emploie de toutes ses forces à le convaincre.

— Personne ne sait, monsieur le juge, même pas les journalistes. Personne, sauf moi. C'est normal : pour savoir, il faut être tout près de ce qui se passe. Je l'avais dit à votre prédécesseur. Mais il n'a pas voulu me croire.

John Chambers a maintenant un sourire goguenard.

— Et alors ? Quelle est cette redoutable organisation qui les a supprimés les uns après les autres ?

— Ce n'est pas une organisation, monsieur le juge, c'est Richard Blackman.

— Voyez-vous cela... Mais vous m'avez montré son dossier tout à l'heure. Ce n'est pas ce divorcé qui refuse de payer sa pension alimentaire ?

— Exactement, monsieur le juge.

Chambers met vivement son chapeau sur sa tête.

— Vous vous moquez de moi. Au revoir.

— Pas du tout ! Ne partez pas ! Je vous en supplie, écoutez-moi. Il y va... Il y va de votre vie.

Le visage du vieux greffier est tellement pathétique que le juge Chambers n'a pas le cœur de le laisser là. Il lui fait signe de parler.

— Voilà, monsieur le juge : tous ceux qui étaient là avant vous sont morts le lendemain du jour où ils ont condamné Richard Blackman à payer sa pension... Je m'en suis aperçu après la mort du quatrième juge. Comme je viens de vous le dire, j'ai essayé de prévenir le cinquième, mais en vain.

— Donc, vous accusez Richard Blackman de cinq meurtres de magistrats ?

— Pas du tout ! Blackman est un brave homme, il est tout à fait incapable d'une chose pareille. Et puis, tuer un juge pour une histoire de pension alimentaire, cela n'a pas de sens. Non, c'est — comment dire ? — malgré lui. Il a le mauvais œil. Tous les juges qui le condamnent doivent mourir le lendemain. Je sais que cela semble idiot, mais c'est ainsi.

John Chambers frappe amicalement dans le dos du greffier.

— C'est en effet complètement idiot... Vous savez ce que je vais faire, Miller ? Je vais me débarrasser immédiatement de cette affaire. Et si toutefois je suis encore vivant le surlendemain du jugement, nous pourrons faire le reste de notre travail en toute sérénité. Vous me convoquerez M. Blackman pour demain.

Le greffier est tout pâle. Il chuchote :

— Bien, monsieur le juge.

Richard Blackman, quarante-huit ans, est un homme corpulent au teint coloré et à l'aspect jovial. Il exerce à Eastbourne la profession d'épicier.

— Alors, monsieur le juge, vous aussi vous tenez à me faire payer cette fichue pension ?

Le juge Chambers regarde son interlocuteur d'un œil froid.

— Je vous conseille de faire attention à votre langage. Un mot de trop et je vous accuse d'outrage à magistrat.

— Mais je ne dis rien, monsieur le juge. Je ne dis rien du tout.

John Chambers parcourt rapidement des yeux le dossier Blackman.

— Voyons... vous avez été, par jugement du 15 mai 1959, mis en demeure de payer à votre ex-femme Violet sa pension alimentaire ou de faire un mois de prison. Vous avez choisi la prison.

— Parfaitement.

— Que se passe-t-il, monsieur Blackman ? Vous ne pouvez pas payer ?

— Si. J'ai de l'argent. L'épicerie marche très bien.

— Alors, je ne comprends pas.

Richard Blackman éclate de rire.

— Si vous connaissiez Violet, vous comprendriez !

Le juge Chambers est inaccessible à ce genre d'humour.

— Personne ne vous avait forcé à l'épouser, que je sache.

— Non. C'est ce que j'ai fait de plus bête dans ma vie !

— Et vous préférez aller en prison plutôt que de payer ?

— Oui. J'en bave, mais je suis sûr qu'elle en bave encore plus que moi. Car elle a un fichu besoin de mon argent !

Le juge Chambers se lève. Il est plus glacial que jamais.

— Comme vous voudrez. Nous sommes le 19 février, je fixe le jugement au 21. Si vous ne changez pas d'attitude, monsieur Blackman, j'ai le regret de vous dire que vous serez condamné.

Richard Blackman regarde le jeune juge. Il sait qu'il doit peser ses mots. Si ce qu'il dit ressemble à une menace, il risque une condamnation supplémentaire. Il se borne à répliquer :

— J'espère que je ne vous porterai pas malheur comme aux autres.

21 février 1960. Devant le tribunal correctionnel d'Eastbourne entièrement vide, s'ouvre le procès de Richard Blackman pour non-paiement de pension alimentaire à sa femme divorcée Violet.

Personne n'a cru bon de se déplacer pour cette

comparution sans intérêt. Richard Blackman est seul, sans avocat. Le défenseur de sa femme n'est pas venu non plus, tant la cause est gagnée d'avance. Il s'est borné à envoyer une lettre au juge Chambers qui est seul à juger, assisté du greffier George Miller.

Ils sont donc trois hommes en tout et pour tout dans la grande salle du tribunal correctionnel d'Eastbourne. Trois hommes qui pensent en même temps à une même chose qu'ils ne disent pas : la vie de John Chambers est, pour une raison inexplicable, peut-être en train de se jouer en ce moment.

— Monsieur Blackman, persistez-vous dans votre refus de payer à votre ex-épouse sa pension alimentaire ?

Il y a un moment de silence. George Miller regarde intensément le prévenu. Ce dernier d'ailleurs semble hésiter, comme s'il reculait devant ce qui équivaut dans son esprit à une condamnation du juge. Mais sa haine pour sa femme est la plus forte. Il lance :

— Jamais je ne paierai ! Jamais elle n'aura un penny !

John Chambers tape sur sa table avec son maillet.

— Dans ce cas, la cour vous condamne à un mois de prison ferme et aux dépens.

Blackman se retire sans un mot. Miller ramasse en silence les dossiers et s'en va à son tour. John Chambers se retrouve seul dans le prétoire vide... Non, bien sûr, il ne croit pas à ces histoires. Il faut avoir les nerfs fragiles comme Agatha ou être un incorrigible sentimental comme le vieux Miller pour ajouter foi à ces balivernes. Mais quand même, le juge Chambers aimerait bien être à après-demain.

22 février 1960. Ce matin-là, en se rendant à son bureau, le juge Chambers a fait un peu plus attention que d'ordinaire en traversant les rues... Lequel, selon Miller, a-t-il donc été écrasé par une voiture ? Le numéro trois ? Non, il n'a pas été écrasé. Il a eu un

accident d'auto. C'est le numéro six, c'est-à-dire lui-même, qui pourrait bien mourir écrasé.

John Chambers se reprend aussitôt... Qu'est-ce qu'il était en train de penser ? C'est vrai, pourtant, qu'il faut faire attention. Il n'a peut-être jamais fait aussi froid que ce 22 février. Avec le verglas sur la chaussée, on peut glisser, une voiture peut déraper et voilà ! Il est pris d'un frisson et relève le col de son pardessus. C'est son prédécesseur, le numéro cinq, qui est mort d'une grippe. On peut donc mourir d'une grippe ! Et s'il y a un jour à attraper la grippe, c'est bien celui-ci...

Brusquement, John Chambers éprouve un malaise... Il se sent bouillant, il a la gorge sèche, le souffle court : son cœur bat à tout rompre. Il se demande comment ses jambes flageolantes ont assez de force pour gravir l'escalier du palais. Il est aussitôt abordé par le greffier Miller qui arrive en courant :

— Monsieur le juge ! Monsieur le juge !

Devant son subordonné, John Chambers retrouve ses esprits... Voyons, qu'est-ce qu'il lui a pris ? Comment a-t-il pu avoir ces frayeurs de gamin ? Il affecte une attitude ironique.

— Je sais ce que vous pensez, Miller : eh bien, vous voyez, je n'ai pas eu d'arrêt du cœur pendant la nuit, je n'ai pas roulé sous les roues d'un autobus, je n'ai pas attrapé la grippe et je n'ai aucune intention de le faire avant ce soir minuit.

Mais George Miller secoue la tête, l'air excité au plus haut point.

— Ce n'est pas cela, monsieur le juge ! Richard Blackman est dans votre bureau. Il a... Je préfère qu'il vous le dise lui-même.

Effectivement, le juge Chambers découvre Richard Blackman dans son bureau, l'air tout aussi surexcité que Miller. A son arrivée, il bondit de son siège et s'écrie sur un ton de triomphe :

— Ma femme est morte !

C'est tellement inattendu que Chambers ne trouve

pas ses mots pour exprimer son indignation. Blackman poursuit avec la même exaltation :

— Elle est morte ce matin à l'hôpital. Ce matin, le lendemain de ma condamnation. Cette fois, ce n'est pas contre le juge, c'est contre elle que la malédiction s'est tournée.

John Chambers devrait exploser devant une telle attitude, mais c'est plus fort que lui, il n'y parvient pas. Richard Blackman parle toujours :

— Vous êtes sauvé, monsieur le juge ! Et je suis drôlement content parce que vous m'étiez sympathique. Maintenant, il n'y aura plus de pension à payer, plus de procès. Il n'y aura pas de sixième juge sur la liste.

Le juge Chambers a retrouvé enfin le contrôle de lui-même.

— Vous êtes un personnage odieux ! Allez-vous-en !

Le gros épicier se retire, mais ne perd pas son sourire.

— N'empêche... je suis content pour vous, drôlement content !

John Chambers, juge de tribunal correctionnel à vingt-neuf ans, a continué une brillante carrière de magistrat. Le dénouement de cette mystérieuse affaire a été connu par Richard Blackman lui-même, qui n'a pu s'empêcher de parler aux journalistes ; ceux-ci en ont largement parlé et ont même qualifié le juge Chambers de miraculé.

Sans aller jusque-là, disons que ce rescapé d'un genre si particulier avait eu de la chance et qu'en tirant le numéro six, dans la série des juges au tribunal correctionnel d'Eastbourne, il était tombé sur le bon numéro.

LE ROI DES ANTHROPOPHAGES

Il n'aurait pas dû, Jean-Baptiste, non vraiment, il n'aurait pas dû ! Mais le moyen de faire autrement ? Une force supérieure en avait décidé ainsi depuis toujours ; c'était son destin... Depuis sa plus tendre enfance, il a rêvé d'évasion, de grand large. Entre les murs de sa chambre, dans un vaste appartement un peu sombre du Quartier latin, il ne pensait qu'à une chose : être explorateur, bourlinguer, parcourir le monde.

On ne peut pas dire que cela ait été facile, loin de là... Jean-Baptiste Monnier était le fils de riches commerçants parisiens et ces derniers ne voulaient pas entendre parler de ce genre d'existence. Il était leur fils unique, c'était lui qui reprendrait le négoce familial, point final ! En attendant, il allait passer son baccalauréat et faire des études de droit, qui lui donneraient le bagage intellectuel convenable.

Jean-Baptiste Monnier s'est incliné. Ce n'est pas un révolté et, de toute manière, les enfants n'ont pas grand-chose à dire face à la volonté de leurs parents, dans les années 1860. Il a passé son baccalauréat et il s'est inscrit à la faculté de droit où il a poursuivi ses études.

Jean-Baptiste Monnier n'est pas un révolté, mais c'est un obstiné. En apparence, il se montrait docile et soumis, mais en apparence seulement, car, en grand secret, il n'avait pas renoncé à son projet. Pour cela, il a attendu d'avoir vingt et un ans, l'âge de la majorité.

Le lendemain de son vingt et unième anniversaire, sans le moindre bagage, avec en tout et pour tout son argent de poche, il a pris le train pour Nantes. Sur le bureau de sa chambre, il a laissé un mot pour ses parents, leur demandant pardon pour le chagrin qu'il leur faisait, mais leur disant que l'appel de l'aventure était le plus fort...

Il n'a pas perdu de temps. Dès qu'il est arrivé dans le grand port breton, il s'est rendu sur les quais et il a cherché le premier bateau en partance. Il a trouvé un cargo hollandais, le *Batavia*, qui appareillait le soir même pour Singapour. Il s'y est fait engager comme mousse et maintenant, en cette belle soirée de juin 1861, il regarde s'éloigner la rade de Nantes, la France et l'Europe.

Pauvre Jean-Baptiste, s'il savait... Il n'aurait pas dû, non vraiment, il n'aurait pas dû !

Singapour n'est qu'une étape. La grande ville de Malaisie est certes au bout du monde, mais elle est beaucoup trop civilisée au gré de Jean-Baptiste Monnier. Ce qui l'attire, ce sont les îles de la Sonde qui, en cette seconde moitié du XIXe siècle, restent très mal explorées et, en beaucoup d'endroits, pas explorées du tout.

A peine débarqué, il s'enrôle comme chef cuisinier sur un bateau de pêcheurs de perles à destination de Timor. Cette fois, il espère bien que l'aventure va être au rendez-vous. Il ne se trompe pas. Il va même être servi !... Trois mois plus tard, il se trouve en pleine campagne de pêche, lorsqu'une tempête épouvantable éclate. Le capitaine et ses matelots cherchent à sauver la récolte de perles, lui s'en moque et c'est ce qui le sauve. Il saute du bateau, juste avant qu'il ne se fracasse sur des récifs. Il est peu après rejeté à terre, en compagnie du chien du bord.

Sur le moment, il ne s'inquiète pas trop. Il pense être sur Timor et il sait que là, il rencontrera du secours. Il lui faut dix minutes exactement pour être détrompé. Dix minutes, c'est le temps nécessaire pour faire le tour de l'île. Car il ne s'agit nullement de Timor. Pendant la tempête, le navire a dû beaucoup dériver. Jean-Baptiste se trouve sur un îlot inconnu.

Le voici donc naufragé. Par chance, il y a des ressources sur son île. Tout comme Robinson Crusoé, il survit grâce à la pêche et la cueillette et, tout comme ce dernier, il a un Vendredi pour compagnon, car tel est le nom qu'il a donné au chien rescapé en même temps que lui.

Sans Vendredi les choses seraient certainement bien plus difficiles. Il lui parle, il essaie de l'entraîner à la chasse et, même si c'est sans grand résultat, cela lui fait une occupation. Mais Jean-Baptiste en a une autre. Après avoir espéré quelque temps qu'on viendrait le secourir, il choisit de s'en sortir par lui-même. Il décide de se construire un radeau en assemblant des planches provenant de son bateau et rejetées par les vagues.

Ce travail lui prend six mois et c'est pour éprouver la plus terrible déception de sa vie. La construction du radeau n'est pas en cause, mais il ne pourra jamais s'en servir. Son île déserte est, en effet, un atoll de corail entouré de récifs sur des centaines de mètres. Pour gagner la mer libre, il devrait hisser et traîner son embarcation sur chacun d'entre eux, une tâche qui dépasse ses moyens physiques.

Alors, puisqu'il ne pourra pas s'en sortir tout seul, Jean-Baptiste Monnier s'en remet à la Providence. Il doit attendre, attendre et espérer. En compagnie de Vendredi, il voit les jours succéder aux jours, les semaines aux semaines, les mois aux mois. Par chance, le climat est idyllique toute l'année, beau et chaud, mais sans excès, avec, de temps en temps, un gros orage, qui permet l'approvisionnement en eau.

Et cela dure ainsi pendant trois ans... Jusqu'à un beau matin où Vendredi vient le réveiller dans la cabane de branchages qu'il s'est construite. Il est tout joyeux, remue la queue et semble vouloir l'entraîner de l'autre côté de l'île. Jean-Baptiste bondit. Jamais Vendredi ne s'est comporté comme cela. Il a découvert quelque chose, un bateau a abordé !

Il se précipite et éprouve, pour la seconde fois, une amère déception. Il y a bien des humains qui viennent sur son île, mais ce ne sont pas des sauveurs, ce sont des naufragés comme lui. Un homme, une femme et un enfant indigènes sont allongés, épuisés, sur la plage, au milieu des débris d'une embarcation. Sur son bateau, dont les marins étaient de Timor, Jean-Baptiste Monnier avait appris des rudiments de leur langue et il découvre ainsi qu'il s'agit d'une famille de pêcheurs de perles surpris par la tempête. Par une cruelle ironie du sort, ils sont tous exactement dans la même situation...

Mais c'est tout de même pour Jean-Baptiste Monnier la fin de sa solitude et c'est aussi, pour lui, une aide appréciable. D'abord, il apprend où il se trouve. Les naufragés sont timorais et ils lui désignent la position de leur île : c'est dans la direction du nord et, d'après eux, elle n'est pas très loin. Ensuite, ils sont d'accord pour tenter la chance grâce au radeau et, avec leur aide, Jean-Baptiste Monnier parvient à franchir les récifs.

C'est sans regret qu'il voit disparaître ce qui a été le cadre de son existence pendant trois ans. Vendredi se serre contre lui. Il n'est pas trop à l'aise sur le radeau. Jean-Baptiste lui parle d'une voix rassurante.

— Ne t'en fais pas, Vendredi, Timor est tout près. Nous y serons dans deux jours, trois tout au plus.

Mais une semaine s'écoule sans qu'aucune terre apparaisse et Jean-Baptiste, qui, dans les innombrables lectures qu'il a faites en cachette, a appris à faire le point grâce aux étoiles, s'aperçoit que l'embarcation ne va pas vers le nord, mais exactement dans le sens inverse, plein sud. Des courants doivent la diriger dans cette direction. Or, c'est celle de l'Australie et, plus précisément, de la partie la plus sauvage, la plus mal connue, la plus inhospitalière du pays : le district de Kimberley...

Par chance, ils ne rencontrent pas de tempête et ils touchent terre après dix jours de dérive. Qu'ils ne se trouvent pas à Timor, ils en ont aussitôt confirmation. Les indigènes ont dû les voir de loin et ils ont préparé leur comité d'accueil pour leur souhaiter la bienvenue... Dès qu'ils prennent pied sur la plage, ils sont entourés par des êtres à l'aspect effrayant : des hommes de haute taille à la peau grise, aux cheveux crépus, au nez épaté percé d'un os, des créatures de cauchemar qui semblent sorties tout droit de la préhistoire. Ces charmants personnages ont à la main des boomerangs, des casse-tête et des sagaies.

Le couple de Timorais tremble de tous ses membres et Jean-Baptiste n'en mène pas large non plus. Il n'y a que Vendredi qui, ravi de trouver une compagnie nouvelle, va vers eux en remuant la queue. Après un moment d'hésitation, le jeune Parisien décide d'aller à leur rencontre lui aussi. N'était-ce pas ce qu'il voulait : vivre la grande aventure ? Alors, perdu pour perdu, il doit faire preuve de courage. Il se campe devant eux et leur adresse la parole d'une voix forte :

— Mes amis, nous nous plaçons, mes compagnons et moi, sous votre protection. Conduisez-nous aux autorités de ce pays...

Il a dit les premiers mots qui lui sont passés par la tête, mais à peine a-t-il fermé la bouche qu'à sa stupeur, il les voit se prosterner devant lui en poussant de petits cris qui expriment quelque chose comme du respect et de la peur. Il comprend alors que c'est la première fois qu'ils voient un homme blanc et qu'ils le prennent pour un dieu... D'un côté, il en est ravi, car il est à peu près sûr qu'ils ne lui feront pas de mal, mais d'un autre, cela en dit long sur le degré d'isolement et d'arriération de cette peuplade. S'ils n'ont jamais vu de Blanc, ils ne sont pas près de lui faire rencontrer les autorités anglaises de colonisation !

Mais de cela, il avisera plus tard. Ils ont tous la vie

sauve et c'est l'essentiel. Pour l'instant, il faut faire bonne figure et s'en remettre au destin... Avec de grandes marques de déférence, les indigènes l'accompagnent jusqu'à leur village, à quelques heures de marche de là, et l'installent sur une sorte de trône fait de branchages.

Le soir a lieu un grand banquet en son honneur... Le jeune Jean-Baptiste en est encore à se remettre de ses émotions, tout en échafaudant ses premiers plans d'avenir, lorsqu'il s'aperçoit avec dégoût que la viande qu'il est en train de manger est de la chair humaine. Et son dégoût se change en horreur quand il découvre que ses trois compagnons, l'homme, la femme et l'enfant de Timor, ne sont plus là ! Il jette son écuelle avec un cri épouvantable.

— C'est ignoble ! Vous êtes des assassins, des monstres !...

Les indigènes le regardent, surpris, et, après un moment d'hésitation, ils jettent à leur tour leur repas.

Telle est la première journée que Jean-Baptiste Monnier passe avec ses nouveaux compagnons, dans un endroit inconnu du district de Kimberley. Et il se rend vite compte que des journées avec eux, il va y en avoir d'autres, beaucoup d'autres. Car il n'est pas question de les quitter. Il est leur roi, mais il est en même temps leur prisonnier. A la moindre tentative pour s'enfuir, c'est lui qui se retrouverait dans leur assiette.

Alors, puisque le destin a fait de lui le chef d'une tribu d'anthropophages, Jean-Baptiste Monnier s'efforce de remplir son rôle le mieux possible. Il découvre que, dans le fond, ce ne sont que de pauvres gens affreusement arriérés. Avec ses connaissances toutes simples, mais fabuleuses par rapport aux leurs, il transforme leur existence. Il leur apprend les rudiments de médecine qu'il possède, il leur fait bâtir des cases plus solides et plus grandes ; il leur enseigne à creuser des puits pendant la saison des pluies pour avoir de l'eau pendant la sécheresse.

Non sans difficulté, il les fait renoncer à l'anthropophagie. Il met fin aussi à la pratique barbare qui consiste à tuer la seconde fille d'un même couple. Pour ces enfants épargnés, il instaure une sorte d'orphelinat, une grande bâtisse où elles sont élevées par la communauté. Une mesure qui porte ses fruits une quinzaine d'années plus tard, lorsque les hommes des tribus voisines prennent l'habitude de se rendre à l'orphelinat pour y choisir leurs épouses en faisant à chaque fois de riches cadeaux.

Oui, une quinzaine d'années plus tard, car Jean-Baptiste Monnier reste avec ses sauvages du Kimberley dix-neuf ans !... Marié à une indigène, dont il a de nombreux enfants, il a même le temps de devenir grand-père !

Au fil des années, il parvient quand même à prendre progressivement de la liberté. Il part fréquemment pour de longues expéditions solitaires dans l'espoir fou de rencontrer un explorateur, un missionnaire. Et un jour, enfin, il découvre non pas un Blanc, mais tout comme : des traces de bottes près d'une rivière. En grand secret, il réunit des provisions et il part une nuit, seul. Il marche pendant des semaines et il finit par arriver à un petit village de chercheurs d'or.

Cela fait vingt-deux ans qu'il a fait naufrage avec le bateau pêcheur de perles hollandais. Mais il n'est pas encore au bout de ses peines. Il reste encore trois ans dans le village des chercheurs d'or, exerçant l'activité de cuisinier, afin de se payer un moyen de transport pour Melbourne. Là, il se fait engager, toujours comme cuisinier, sur un cargo en partance pour la France.

Un nouveau naufrage, au large des côtes de Ceylan, retarde son retour d'un an et ce n'est qu'en 1887 qu'il se retrouve à Paris... En vingt-six ans, tout a changé, Haussmann est passé par là et il ne reconnaît rien. Il se retrouve aussi absolument seul. Ses parents sont morts, le reste de sa famille ne veut plus entendre parler de lui, ses amis se sont éparpillés dans toutes les directions.

Alors, Jean-Baptiste Monnier tente de survivre comme il peut, en faisant le récit de ses aventures dans des journaux, dans des conférences, mais il ne parvient pas à s'habituer à la civilisation après avoir vécu si longtemps dans la préhistoire. Après six mois de cette existence, il décide d'y mettre un terme... Un batelier repêche son corps dans la Seine.

Il n'aurait pas dû, Jean-Baptiste, non vraiment, il n'aurait pas dû !

LA ROSE BLANCHE

Sophie Scholl rentre chez elle, un pavillon de la banlieue d'Ulm, au sud de l'Allemagne. Elle n'est pas seule, ses cinq frères et sœurs sont avec elle. C'est la plus jeune, elle n'a que onze ans, et elle n'est pas peu fière d'être logée à la même enseigne qu'eux ! Comme ses sœurs, elle porte la jupette, le corsage et le foulard des Jeunesses hitlériennes. Ses frères sont en bottes et uniforme kaki, brassard à croix gammée du côté droit. Tous reviennent de la fête de la jeunesse d'Ulm où ils ont pu voir Hitler en personne !

Oui, décidément, Sophie Scholl est ravie. Elle est très éveillée pour son âge. Elle vient d'entrer au lycée, contrairement aux autres filles, elle s'intéresse à la politique et les discours d'Hitler, qu'elle ne cesse d'entendre à la radio, lui plaisent. Il parle de l'Allemagne éternelle, il a de grands projets pour l'avenir, elle lui fait confiance. Et puis, il y a cette camaraderie, cette fraternité qu'elle découvre dans les réunions entre jeunes.

— Sophie !...

Sophie Scholl se retourne. C'est son père qui vient d'entrer. Il la regarde avec une réprobation mêlée d'un dégoût qu'il ne parvient pas à cacher.

— A ton âge, tu n'as pas honte ? Qu'est-ce que tu vas faire chez ces gens-là ?

Sophie soupire. Elle a la plus grande admiration pour son père et elle ne comprend pas pourquoi il manifeste une telle hostilité envers le parti national-socialiste.

— Qu'est-ce que tu leur reproches, papa ?

— Ce sont des brigands !

Sophie Scholl secoue son joli visage de brunette, espiègle et décidé à la fois.

— Tu te trompes, papa...

— Non, c'est toi qui te trompes. Mais je te connais, tu es intelligente et sincère. Tu vas bientôt t'en rendre compte.

Effectivement, nous sommes en 1933 et Sophie Scholl ne va pas tarder à se rendre compte qu'elle se trompe au sujet d'Hitler et de ses acolytes. C'est même tout le sujet de cette histoire, une histoire qui appartient à l'Histoire.

Ce n'est pas d'elle que va venir la révélation au sujet du nazisme, c'est son frère Hans, de trois ans son aîné, qui lui ouvre les yeux. Un jour, elle le voit rentrer à la maison en larmes.

— Qu'est-ce qu'il y a, Hans ?

— C'est mon chef aux Jeunesses hitlériennes. Il a pris le livre que j'étais en train de lire et il l'a piétiné ! Mon livre préféré : *Heures étoilées de l'humanité*, de Stefan Zweig.

— Mais pourquoi ?

— Parce que Zweig est juif.

— C'est monstrueux !...

Quelques mois plus tard, Hans rentre du grand rassemblement de Nuremberg. Il est presque livide quand il se confie à sa sœur.

— Tu aurais vu cela, Sophie ! Nous étions des centaines de milliers, tous pareils. Ils font de nous des robots, des machines à haïr...

Hans Scholl ne reste pas longtemps aux Jeunesses hitlériennes. Peu après, il gifle son chef sur une nouvelle réflexion de celui-ci et il est expulsé du mouvement. Désormais, il a rejoint son père dans l'opposition déclarée aux nazis. Sophie est à leurs côtés, de même que le reste de la famille. Elle brûle de passer à l'action. Il faut faire quelque chose pour empêcher les nazis de nuire. Ce sont des fous criminels !

Les Scholl ne sont pourtant pas communistes, les seuls qui, en cette seconde moitié des années 1930, s'opposent encore ouvertement à Hitler. Ils appartiendraient même plutôt au bord opposé : ils sont profondément catholiques, mais leur foi leur enseigne l'amour du prochain et non la haine, la violence et l'antisémitisme...

Sophie Scholl voudrait agir, seulement ce n'est pas si facile que cela. Les opposants au régime sont impitoyablement réprimés. Ils sont envoyés dans des camps, dont on dit des choses terribles. Et puis, les événements se précipitent. En 1939, c'est la guerre. L'opposition devient de la trahison pure et simple et la Gestapo fait régner la terreur.

Sophie fait taire ses idées de révolte. Le risque est mortel et elle se sent complètement isolée au sein du peuple allemand, qui soutient encore massivement Hitler. Alors, elle oublie ses résolutions. D'autant que Hans n'est plus là pour l'aiguillonner et la soutenir : étudiant en médecine, il a été versé dans un corps d'infirmiers, tout en continuant ses études. Et puis, après tout, le pays est en guerre. Il y a beaucoup de misère, des blessés, des orphelins. Sophie Scholl s'engage dans les services auxiliaires, qui regroupent des femmes remplissant des tâches d'intérêt public...

C'est au début de 1942 que se produit l'événement décisif. En ouvrant la boîte aux lettres familiale, elle découvre un tract. Elle le lit et son cœur se met à battre à toute vitesse dans sa poitrine. Il s'agit d'un passage du sermon de Mgr von Galen, évêque de Münster : « Nous voyons aujourd'hui clairement ce que cachaient ces idées qu'on prétend nous inculquer depuis quelques années. Nous apprenons que, depuis quelques mois, des malades mentaux ont disparu de leurs maisons de santé. Quelques jours plus tard, les parents étaient avertis de la mort du malade et de l'incinération de son corps. Ces morts subites ne sont pas naturelles. On a commis ces crimes selon un plan bien établi. Par là, on ne fait que suivre cette doctrine selon laquelle il faut tuer des hommes non coupables à partir du moment où ils ne servent ni l'Etat ni le peuple. Voilà un principe atroce ! »

Ce sermon, Sophie Scholl le connaît. Il est ancien, il date de 1933 et il est, hélas, bien dépassé. Il est en retard de beaucoup d'atrocités. Bien qu'il soit très difficile d'obtenir des informations, Sophie Scholl sait qu'il n'y a plus seulement les malades mentaux et les opposants qui sont exterminés dans les camps, mais aussi les juifs. Les massacres ont commencé sur une grande échelle.

La jeune fille fixe ces lignes médiocrement imprimées sur un mauvais papier avec un matériel clandestin et un sentiment s'empare d'elle avec une rare violence : la honte. Ainsi donc, il y a des gens courageux qui n'hésitent pas à braver la Gestapo pour dire ce qu'elle pense elle-même. Et elle se tait, elle ne fait rien ! Elle s'est même engagée dans ces services auxiliaires, qui, par-delà leur côté humanitaire, ne font rien d'autre que venir en aide au pouvoir.

Sophie Scholl sent le rouge lui monter au front. Et son père qui sort juste de prison, parce qu'il a été dénoncé par une employée de son bureau, pour avoir dit qu'Hitler était un fléau de l'humanité. Il a été arrêté, puis relâché. C'est un véritable miracle qu'il soit encore en vie, mais il est désormais classé comme suspect et le pire est à craindre à tout instant.

Alors, Sophie se décide. Elle va bientôt avoir vingt et un ans et ce jour-là, elle doit partir pour Munich, afin de poursuivre ses études. Hans est déjà à Munich et elle pense qu'il agit contre le régime. Elle se jure que, dès qu'elle l'aura rejoint, elle passera à l'action.

Le jour de son anniversaire, lorsque la fête est finie, Sophie Scholl prend sur la table, au milieu d'une parure florale qui servait de décoration, une rose blanche, qu'elle pique dans ses longs et soyeux cheveux bruns. La rose blanche sera désormais son emblème, elle est partie en guerre contre la croix gammée, la rose dans les cheveux.

A Munich, elle partage un petit appartement avec Hans. Elle trouve son frère sombre et taciturne. Il ne lui parle pas d'activités clandestines quelconques. Il lui raconte, au contraire, les horreurs qu'il a vues en Russie. Car, s'il continue à étudier, pendant les vacances universitaires, il est envoyé au front, dans le corps médical. Là-bas, il a acquis une certitude : l'Allemagne va perdre la guerre. Hitler s'est engagé dans une aventure qui va causer sa perte...

S'il n'en a rien dit à Sophie, Hans Scholl fait bel et bien partie d'un groupe clandestin en lutte contre les nazis. Ce sont tous des fervents catholiques, comme lui : des élèves à l'université, comme Alexander Schmorell, fils d'un grand médecin de la ville, Willi Graf, Christoph Probst et un enseignant, Kurt Huber, professeur de philosophie à la faculté de lettres.

Si Hans n'a rien dit à sa sœur, ce n'est pas qu'il se méfie d'elle, c'est pour la protéger. Il connaît son caractère bouillant, son mépris du danger. Il ne veut pas qu'elle risque sa vie à ses côtés. Dans la famille, son père et lui se sont engagés dans ce combat, cela suffit. Sophie est jeune, elle est belle, elle doit se marier plus tard et avoir des enfants.

Mais il est difficile d'empêcher la jeune fille de faire ce qu'elle veut. Dès qu'elle arrive à l'université, elle se mêle aux conversations subversives qu'entretiennent certains jeunes gens et un tract arrive entre ses mains. Tout comme le premier, il va avoir une influence déterminante sur sa destinée : « Il faut désormais que tout individu prenne conscience de sa responsabilité en tant que membre de la société occidentale chrétienne et qu'il combatte ce fléau : le fascisme. Organisez une résistance passive. Il ne faut pas que la jeunesse allemande soit immolée à la démence d'un monstre. » Et le texte se termine par une citation de Schiller.

En rentrant chez elle, Sophie Scholl est attirée par un livre sur le bureau de son frère. Il s'agit des œuvres de Schiller. Un marque-page a été laissé dans le volume. Elle l'ouvre et tombe sur le texte du tract. C'était lui l'auteur. Elle en est profondément heureuse. Elle n'avait jamais douté de son courage. Mais maintenant, il faut qu'il la prenne avec lui.

Lorsqu'il rentre, elle lui dit qu'elle sait tout et lui annonce ses intentions. Hans Scholl pousse un profond soupir. Il se rend bien compte qu'il ne pourra pas s'opposer à la volonté de sa sœur.

— Tu sais les risques que tu vas courir ?

— Je le sais.

— Il n'y a que des garçons dans notre groupe. Ce n'est pas la place d'une fille.

— Eh bien, maintenant, il y en aura une...

Et, aux côtés de son frère et de ses camarades, Sophie Scholl se lance dans la lutte clandestine contre Hitler. Elle n'a peur de rien, elle participe à la rédaction et à la distribution des tracts. C'est elle qui inspire le nom de leur organisation, qui, jusque-là, n'en avait pas. Les déclarations sont désormais signées « La Rose blanche ». A la fin de l'année universitaire, Hans est mobilisé et envoyé sur le front russe où les troupes allemandes piétinent.

C'était avec lui que Sophie faisait ses distributions de tracts, non de la main à la main, bien sûr, elle aurait été arrêtée tout de suite, mais dans les boîtes aux lettres. Pendant l'absence momentanée de son frère, elle fait équipe avec Christoph Probst. Christoph a vingt-quatre ans, comme Hans, il est aussi blond qu'elle est brune. Avec ses yeux bleus et son visage volontaire, il est le type même du bel aryen germanique que glorifie le régime, même si sa mentalité est tout autre.

Et, à ses côtés, Sophie découvre quelque chose de nouveau, un sentiment qu'elle n'aurait pas cru possible dans la vie qui est la sienne. Oui, elle est amoureuse de Christoph et Christoph est amoureux d'elle, même s'ils ne se sont rien dit. Ils ne se voient que pour les distributions, il n'est pas question de se laisser aller, de s'attendrir, mais quelques regards, quelques sourires leur suffisent pour s'avouer ce qu'ils ressentent...

Novembre 1942, Hans revient de Russie. La Rose blanche prend une vigueur qu'elle n'avait jamais connue, elle essaime à Berlin, Hambourg et dans d'autres villes. A Munich, Hans et ses amis s'enhardissent encore. Ils inscrivent, en lettres énormes, sur un mur : « A bas Hitler ». Mais ils savent que la Gestapo est sur leurs traces et qu'elle n'attend qu'une occasion pour agir.

Le jeudi 18 février 1943, Hans et Sophie Scholl arrivent à l'université avec une valise pleine de tracts et ils la déversent du haut de l'escalier. Mais le concierge les a vus. Il ferme les portes et téléphone à la Gestapo. Bientôt les soldats les emmènent brutalement. C'est la fin... Sophie avait écrit, peu avant, dans son journal : « Tout homme ne doit-il pas, en quelque temps qu'il vive, se sentir prêt à paraître devant Dieu ? Je suis prête. »

Hans et Sophie sont conduits à la prison Stadelheim, dans les environs de Munich. Ils sont interrogés séparément et, courageusement, tiennent tête à leurs interrogateurs. Ils ne livrent aucun nom. Ils tiennent le même discours tous les deux :

— Il n'y avait que nous. Nous étions seuls.

Pendant quarante-huit heures, tout le vendredi et le samedi qui suivent, ils sont interrogés sans relâche. Sophie Scholl partage sa cellule avec une détenue politique, Else Gebel, qui est confondue devant son comportement. Au sortir des interrogatoires, elle est calme, sereine et, le soir, elle s'endort comme un enfant.

Le dimanche 21 février, l'interrogatoire est terminé. Sophie voit un garde entrer dans sa cellule et lui remettre un document : c'est son acte d'accusation.

Elle n'y jette qu'un coup d'œil distrait : elle va être jugée pour activités anti-allemandes et elle ne se fait aucune illusion sur le sort qui l'attend. Pourtant, cette lecture lui arrache un cri douloureux. C'est son premier moment de faiblesse depuis son arrestation. Elle vient de voir le nom de Christoph Probst. Il a été arrêté lui aussi et il va être jugé en même temps qu'eux. Else Gebel, sa codétenue, tente de la réconforter.

— Soyez courageuse. Vous l'avez été tellement jusque-là.

— Ce n'est pas pour moi. C'est un de nos camarades, Christoph...

— Vous l'aimiez ?

— Oui...

Tout va très vite. Le procès est prévu pour le lendemain et son avocat vient la trouver dans sa cellule. Il a été commis d'office. C'est un tout jeune homme, qui n'a visiblement rien d'un fanatique. Il ne sait que dire. Il semble bouleversé devant la jeunesse, la beauté de Sophie et le sort qui l'attend. C'est elle qui prend la parole :

— Est-ce que vous pouvez obtenir qu'Hans soit fusillé ? Il en a le droit, puisqu'il est soldat. Je ne voudrais pas qu'il ait la tête tranchée comme moi.

L'avocat, incapable de répondre, se détourne en pleurant...

Le lendemain, lundi 22 février 1943, à 9 heures du matin, le tribunal criminel de Munich s'ouvre, présidé par le juge Freisler. C'est un des piliers du régime, c'est lui qui a dirigé les grands procès nazis. Dès qu'on amène les accusés devant lui, il devient totalement hystérique... Il faut dire que la situation n'a rien pour le mettre de bonne humeur. Quelques jours plus tôt, l'armée du maréchal von Paulus a capitulé à Stalingrad. C'est la première grande défaite du Reich et vraisemblablement le commencement de la fin. Il éructe des injures :

— Vous êtes des insectes nuisibles, des vermines, des parasites qu'il faut éliminer !

En face de lui, les trois jeunes gens sont très calmes. En se retrouvant Sophie et Christoph se sont souri, c'est tout. A présent, c'est elle qui répond en leur nom à tous les trois, au nom de la Rose blanche.

— Ce que nous avons écrit, ce que nous avons dit, beaucoup d'Allemands le pensent, mais ne peuvent pas l'exprimer. S'ils le pouvaient, vous ne seriez pas où vous êtes, mais à notre place.

Les débats sont rapidement expédiés, ils sont même bâclés. Mais qu'est-ce que cela change ? Tout est réglé d'avance. Les parents de Hans et de Sophie Scholl ont été prévenus au dernier moment. Ils arrivent d'Ulm et ils arrivent en retard, juste au moment où le juge Freisler rend sa sentence :

— En conséquence les accusés sont condamnés à mort. Ils auront la tête tranchée.

Mme Scholl s'évanouit dans les bras de son mari... Les jeunes gens sont reconduits à la prison de Stadelheim et leurs parents reçoivent le droit d'aller leur rendre visite sans plus attendre. Ils ne savent pas qu'il a été prévu que le procès et l'exécution auront lieu le même jour. Dès qu'ils auront quitté leurs enfants, leur tête roulera sur le billot.

En présence de son père et de sa mère, Hans affiche sa détermination habituelle. Sophie est très calme. Elle sourit. Elle leur déclare :

— Ça va faire du bruit !

M. et Mme Scholl s'en vont. On leur fait quitter le couloir par la porte de gauche. Puis, les gardes vont chercher les condamnés. Ils sont extraits de leur cellule, et empruntent à leur tour le couloir. La porte de droite s'ouvre : le bourreau est là, avec sa grande hache. Sophie Scholl est emmenée la première. Elle lance à ses deux compagnons :

— Dans quelques minutes, nous nous retrouverons pour l'éternité.

Il est 17 h 08. Le lendemain, les murs de Munich

sont recouverts de petites affiches rouges : « Ont été condamnés à mort : Christoph Probst, vingt-quatre ans, Hans Scholl, vingt-quatre ans, Sophie Scholl, vingt et un ans. La sentence a été exécutée. » Et quelques jours plus tard, le professeur Huber, Willi Graf et Alexander Schmorell sont exécutés à leur tour.

Ainsi s'est terminée cette tragique histoire. Certes, on pourra penser que c'était peu de chose, que les opposants à Hitler ont été bien rares et bien isolés. Il n'empêche que, dans l'Allemagne du IIIe Reich, figurent à jamais, au milieu de tant de crimes et de barbarie, le radieux visage de Sophie Scholl et sa rose blanche, fauchée dans l'éclat de la jeunesse.

LES ENNEMIS INSÉPARABLES

2 février 1963. Il fait une soirée épouvantable à San Matteo et dans toute la région de Pérouse, en Italie. La neige tombe par bourrasques. Aussi, Carmino Rossi, qui est comme d'habitude en train de jouer aux cartes chez Alfredo Graziani, n'a aucune envie de mettre le nez dehors pour retrouver sa femme Josefa. Les deux hommes recommencent une autre partie, ouvrent une autre bouteille.

Les heures passent, les verres se remplissent et se vident... Quand ils ont trop bu, Alfredo Graziani et Carmino Rossi se mettent invariablement à parler de Carla, la femme d'Alfredo, morte depuis six ans.

Quand ils étaient jeunes, il y a plus de trente-cinq ans, ils étaient tous deux amoureux d'elle. Carla s'était d'abord fiancée avec Carmino, mais au dernier moment elle avait préféré Alfredo. Et les deux anciens rivaux ne peuvent s'empêcher de ranimer cette vieille querelle. Cela fait partie d'une sorte de jeu, destiné à tromper l'ennui, la solitude, à se donner l'illusion que sa jeunesse est encore là.

Cette fois, c'est Alfredo qui ouvre les hostilités. Il laisse tomber ses cartes sur la table et pousse un gros soupir.

— Ah, si Carla était là ! Elle me manque bien, la pauvre...

Carmino pose ses cartes à son tour.

— Moi aussi elle me manque, qu'est-ce que tu crois ? D'ailleurs c'est moi qu'elle préférait.

Alfredo Graziani s'approche de lui, l'air menaçant.

— Répète un peu pour voir !

Bien entendu, Carmino répète. Il en rajoute même.

— Sûr que c'est moi qu'elle préférait. Elle t'a épousé uniquement pour ton argent. C'est elle qui me l'a dit.

— Ce n'est pas vrai !

Jusqu'à présent, la scène est semblable à toutes les autres. Cela fait des centaines de fois qu'ils échangent ces répliques, toujours les mêmes. Seulement, cette fois, Alfredo Graziani voit rouge. Il prend un tisonnier dans la cheminée et frappe une seule fois, n'importe où.

Carmino Rossi s'écroule comme une masse. Alfredo le regarde sans comprendre. Dehors, la neige redouble de violence. Leur destin à tous deux vient de basculer.

Quand le médecin arrive, peu après, il ne peut que constater la mort de Carmino Rossi. Il a été tué sur le coup d'une fracture du crâne.

Il n'y a pas d'enquête pour le meurtre, tant les faits sont évidents. Et, quelques mois seulement après le drame, en septembre 1963, Alfredo Graziani se retrouve devant ses juges.

Il a beaucoup vieilli pendant son court séjour en prison. C'est un homme totalement brisé qui raconte sa pauvre histoire devant le tribunal.

— Carmino et moi, on se disputait souvent, mais ce n'était jamais méchant. D'ailleurs, tout le monde nous appelait « les ennemis inséparables » au village. Carmino était mon seul ami, sans lui je ne suis rien. C'est vrai qu'on avait trop bu ce soir-là. Je ne sais pas ce qui m'a pris. Je regrette. Je demande pardon. Ma vie est finie à moi aussi.

Son repentir ne touche nullement la veuve de la victime, Josefa Rossi. Ce dernier la délaissait presque tous les soirs pour aller chez son « ennemi inséparable » parler de Carla dont il était resté amoureux et on comprend qu'elle ne porte pas Alfredo Graziani dans son cœur. Sa déposition est particulièrement virulente :

— Alfredo Graziani détestait mon mari. Cela fait des années qu'il voulait le tuer. Je suis sûre que c'est un crime longuement prémédité qu'il a commis...

Les jurés rendent leur verdict : vingt ans de réclusion. Pour un homme qui a dépassé cinquante-cinq ans, cela peut signifier la perpétuité. A San Matteo, on n'est pas du tout sûr de le revoir un jour. La ferme Graziani est vendue pour payer les dommages et intérêts. Josefa Rossi elle-même vend également son exploitation et quitte le village. Elle n'est pas en état de la diriger à elle seule. Le souvenir du criminel et de sa victime s'estompe peu à peu à San Matteo et la vie reprend sans eux.

Mars 1969. Six ans ont passé. Le prisonnier Alfredo Graziani n'est plus que l'ombre de lui-même et, depuis quelque temps, il est même devenu si malade qu'il a fallu l'hospitaliser. Il maigrit à vue d'œil, il dépérit.

Le 12 mars 1969, le docteur Oliviero, médecin de la prison, vient à son chevet. Il a l'air quelque peu gêné en s'adressant à lui.

— Je viens vous annoncer une bonne nouvelle, Graziani...

Mais le ton de sa voix ne correspond pas au sens de ses paroles. Après une pause, le docteur Oliviero continue :

— J'ai décidé de demander votre libération pour raisons de santé. Vous allez pouvoir rentrer chez vous.

Malgré son état d'affaiblissement, Alfredo Graziani est parfaitement lucide. Il sait bien que les libérations pour raisons de santé sont réservées aux malades incurables dont la mort est proche. Il a un pauvre sourire.

— C'est donc si grave que ça, docteur ?

Le médecin se lance dans quelques explications confuses mais Alfredo l'interrompt :

— C'est la vérité que je veux, docteur.

Alors, le docteur Oliviero dit la vérité.

— Vous avez une tumeur cancéreuse au cerveau. Il est trop tard pour tenter une opération. Soyez courageux, Graziani...

Une semaine plus tard, une ambulance ramène Alfredo Graziani à San Matteo. Un de ses cousins, la dernière personne de sa famille qui lui reste au village, a accepté de l'héberger. Mais ce ne sera qu'un crochet sur le chemin du cimetière. Bientôt Alfredo y reposera auprès de Carla, non loin, d'ailleurs, de la tombe de Carmino Rossi qui est toute proche. Les « ennemis inséparables » vont bientôt se retrouver...

Au village, Alfredo Graziani est accueilli par toute la population. Pour eux, ce n'est plus un meurtrier, c'est un pauvre homme qui va mourir. Dès son arrivée à San Matteo, le curé vient lui porter l'extrême-onction et les gens vont lui rendre une dernière visite. Et puis ils attendent, une semaine, deux semaines... Alors ils reviennent, par curiosité cette fois. Et ils découvrent cette chose incroyable : non seulement Alfredo Graziani n'est pas en train de mourir, mais il va de mieux en mieux !

Au bout d'un mois, il plaisante avec les visiteurs. Au bout d'un mois et demi, il a déjà repris sept kilos. Au bout de deux mois, il sort et il se promène comme tout le monde dans les rues du village. Aux questions incrédules, il répond d'un air étonné lui-même :

— Il faut croire que j'ai une bonne santé...

Et puis, à la longue, Alfredo s'ennuie. Alors, il va trouver le maire. Il a dépassé la soixantaine mais il se sent plus robuste que jamais.

— Monsieur le maire, maintenant que ma ferme est vendue, je n'ai plus rien à faire. Mais je ne veux pas être un inutile et si vous pouviez me trouver du travail...

Le maire de San Matteo apprécie cette démarche et il procure à Alfredo Graziani un emploi de cantonnier.

Un mois passe encore... Au village, plus personne n'est surpris de croiser Alfredo, son balai à la main. On l'appelle « le miraculé ». Les traditions se prennent vite à la campagne. Maintenant, San Matteo a son miraculé, comme d'autres ont leur simple d'esprit, et tout le monde trouve cela parfait. D'autant qu'Alfredo s'est assagi, il ne boit plus et il est tellement heureux d'être encore en vie qu'il ne demande qu'une chose : continuer comme cela, simplement, sans histoires.

Les journaux locaux finissent par parler de l'extraordinaire guérison du condamné. Et c'est ainsi que Josefa Rossi, qui vit maintenant à Pérouse, l'apprend à son tour. Elle n'y croit pas. Elle savait que le meurtrier de son mari était rentré au village, mais on lui avait dit que c'était pour mourir. Alors, elle se rend aussitôt à San Matteo. Elle veut voir par elle-même. Et elle tombe sur Alfredo Graziani, en train de travailler dans la rue principale. En l'apercevant, elle pousse un cri :

— Qu'est-ce que tu fais là ? Tu n'as pas le droit d'être en vie !

Alfredo tente de s'expliquer :

— C'est pas ma faute. C'est le médecin qui m'a fait sortir. Moi, je ne demandais qu'à mourir.

La veuve de Carmino Rossi ne l'écoute pas, elle continue à crier :

— Tu devrais être en prison et tu y retourneras !

Autour d'eux, les habitants de San Matteo, attirés par les cris, se sont attroupés. Ils disent ce qu'ils pensent à Josefa Rossi.

— Il n'est plus le même depuis sa maladie. Il ne fait de mal à personne. Il faut le laisser. Il a bien assez souffert comme cela.

Mais Josefa n'écoute personne.

— S'il est guéri, il doit retourner en prison. J'écrirai au procureur, au juge, au ministre de la Justice. J'écrirai au président de la République s'il le faut. D'ailleurs, je vais aller voir mon avocat...

Le maire intervient :

— Ecoutez Josefa, c'est Alfredo lui-même qui m'a demandé un travail. Il est honnête, sobre, personne ne s'en est plaint. Vous ne voudriez tout de même pas qu'il retourne en prison ?

— Si !

— Il a été condamné à vingt ans et il en a fait six. Il aurait déjà pu être libéré pour bonne conduite.

— Je veux qu'il retourne en prison !

Le curé plaide à son tour, avec ses arguments à lui :

— Alfredo était condamné par la science et il n'est pas mort. C'est Dieu qui l'a voulu ainsi. C'est un miracle. Nul ne doit aller contre la volonté divine.

Mais pour une fois, Josefa Rossi, qui pourtant faisait partie de ses paroissiennes les plus assidues, ne l'écoute pas.

— Il m'a pris mon mari tous les soirs pendant des années et à la fin, il me l'a tué. Je veux qu'il retourne en prison !

— Il ne faut pas obéir aux sentiments de vengeance...

Mais Josefa Rossi a déjà tourné les talons.

Et elle tient parole. Son avocat alerte les autorités judiciaires sur l'extraordinaire guérison du condamné et réclame l'application de la loi. Puisqu'il n'est plus en danger de mort, il doit retourner en prison.

C'est ainsi que, deux mois plus tard, Alfredo Graziani est convoqué à Pérouse pour subir un examen devant la médecine pénitentiaire. C'est le même médecin, le docteur Oliviero, qui le reçoit.

Il lui fait passer des radios, des examens, ressort le dossier qu'il avait établi quelques mois plus tôt et qui avait justifié sa libération. Il les compare et s'exclame, au comble de l'excitation professionnelle :

— C'est extraordinaire ! La tumeur a complètement disparu. Il n'en reste plus rien. Pourtant, normalement, vous auriez dû mourir en quelques semaines, voire en quelques jours...

Alfredo le fixe d'un regard terne.

— Alors, je suis guéri ?

Du coup, le praticien change de ton. Il répond avec un embarras visible :

— Oui, entièrement. Vous comprenez, je suis obligé de faire mon rapport. Pour moi, vous êtes un homme en parfaite santé.

Jusque-là, Alfredo Graziani n'avait pas voulu y croire. Mais maintenant, il sent son dernier espoir s'envoler.

— Je vais retourner en prison ?

— C'est la loi...

Oui, c'est la loi. Une loi qui n'avait jamais été appliquée car le cas ne s'était jamais produit, mais les lois sont faites pour être appliquées.

Les habitants de San Matteo, maire et curé en tête, signent une pétition, réclamant la grâce d'Alfredo Graziani. La presse locale organise une campagne en sa faveur. Sans résultat.

Quand les carabiniers viennent le chercher au village avec le fourgon cellulaire, il y a un début d'émeute. Mais comme on dit, « force reste à la loi ».

Enfermé de nouveau à la prison de Pérouse, Alfredo Graziani n'a pas pu le supporter, il s'est pendu quelques jours plus tard.

C'est le docteur Oliviero qui, en tant que médecin de la prison, a signé le permis d'inhumer. Cette fois, Alfredo Graziani avait définitivement le droit de rentrer dans son village.

UNE JEUNE FILLE SÉRIEUSE

Il fait beau, à Madrid, ce 2 avril 1993. C'est le printemps, la saison idéale dans la capitale espagnole, entre les rigueurs de l'hiver et la fournaise de l'été.

Mais ce n'est pas pour profiter du climat qu'Anabela Segura, vingt et un ans, étudiante en économie, est restée en ville, dans une jolie maison d'une banlieue résidentielle ; c'est pour travailler. Ses parents et sa jeune sœur sont en vacances de Pâques à Marbella, sur la Costa del Sol, et elle a préféré réviser ses leçons. Elle a un examen important à la rentrée et elle ne veut pas le rater. Par malheur pour elle, Anabela est une jeune fille sérieuse.

A quoi pense-t-elle, en cette matinée du 2 avril ? A la chance qui est la sienne, peut-être... Son père, Jose, est directeur commercial d'une très grosse entreprise. Sa mère, Sigrid, sans profession, est d'origine allemande. C'est à elle qu'elle doit un type nordique très rare en Espagne : grande, blonde, aux yeux bleus. Son physique lui vaut un succès fou auprès des garçons et elle pourrait accumuler les aventures si elle le voulait. Comme, en plus, elle est très douée intellectuellement, on conçoit que tout semble lui sourire...

Il est 11 heures et, après avoir révisé trois heures d'affilée, Anabela Segura décide de s'accorder un peu de détente. Elle descend dans le jardin, pour faire son jogging, avec son Walkman sur les oreilles. Le jardinier lui adresse un bonjour qu'elle n'entend pas et la voit se diriger vers la haie qui sépare la propriété de la rue. Il est vieux et il a la vue basse, ce qui va peser lourd dans la suite des événements.

Elle ouvre la grille et c'est alors qu'une camionnette blanche s'arrête. Deux personnes en descendent, deux hommes bruns, croit voir le jardinier, qui se jettent sur elle. Anabela crie et résiste. Une troisième personne vient se joindre aux premières. Il semble au jardinier que c'est une femme. Cette fois, Anabela est embarquée dans la camionnette. Le jardinier court aussi vite que le lui permettent ses jambes, mais quand il arrive, il n'y a plus rien. Seul le Walkman abandonné par terre lui prouve qu'il n'a pas rêvé. Il va prévenir la police...

Le soir même, les Segura sont de retour de Marbella. Jose Segura est bouleversé, mais incrédule : il est aisé, pas milliardaire. Il y a beaucoup plus riche que lui, ne serait-ce que dans la rue qu'il habite. Or, des professionnels prennent leurs renseignements avant de se lancer dans ce genre d'aventure. Le commissaire Barrios, chargé de l'affaire, est de cet avis.

— Vous avez raison, monsieur Segura, je penche effectivement pour une fugue.

— Une fugue ? Mais...

— Une fugue déguisée en enlèvement. Votre fille peut très bien être complice de ses prétendus ravisseurs. C'est beaucoup plus fréquent qu'on ne l'imagine.

— Ce n'est pas possible ! Anabela est beaucoup trop sérieuse.

— C'est possible, croyez-moi. Souvent, on croit connaître ses enfants et on a de sacrées surprises !

Et les policiers explorent méthodiquement cette piste. D'autant que les faits semblent leur donner raison : les heures, les jours passent sans qu'il y ait de demande de rançon. Anabela Segura semble bien s'être enfuie avec le garçon de son cœur, même si cette mise en scène ne concorde pas avec ce qu'on sait de sa personnalité.

Seulement, voilà : les recherches menées dans son université, pour trouver deux garçons et une jeune fille, si on se fie au témoignage du jardinier, ne donnent rien. Les professeurs comme les camarades d'Anabela confirment, au contraire, ce que disent ses parents : c'est une jeune fille sérieuse, incapable d'une chose pareille.

Alors, en l'absence persistante de demande de rançon, le commissaire Barrios et ses hommes envisagent une possibilité bien plus inquiétante : une vengeance.

Mais là encore, la piste n'aboutit pas. Jose Segura n'a pas d'ennemi dans son travail et Sigrid est une mère au foyer sans histoires. Ils ne font pas de politique non plus ; on ne peut pas retenir une action de l'ETA ou d'une organisation quelconque.

Alors ? Alors, tout cela est apparemment absurde et ce qui est absurde est inquiétant. Le commissaire Barrios fait ce qu'il peut pour rassurer la malheureuse famille, mais intérieurement, il est pessimiste... Et brusquement, le 14 avril, douze jours après le drame, le téléphone sonne enfin chez les Segura. La police est, bien entendu, présente et enregistre la conversation. C'est une voix d'homme :

— Monsieur Segura ? Cent millions de pesetas : vous avez la somme ?

— Oui.

— Alors, ce soir, minuit, route de Valladolid. L'endroit vous sera précisé sur place.

— Je veux entendre Anabela.

— Elle va bien.

— Je veux l'entendre !

Mais le correspondant a déjà raccroché... Jose Segura n'a pas menti, il possède bien cette somme, environ trois millions de francs. Sa société l'a mise à sa disposition pour qu'il retrouve sa fille. Le refus de faire entendre la voix d'Anabela n'est pas encourageant, mais il n'y a rien d'autre à faire qu'obéir...

La route de Valladolid est une artère de la grande banlieue nord de Madrid. M. Segura s'y rend dans sa voiture, avec une mallette contenant les billets, tandis que les policiers mettent en place une souricière. Arrivé sur place, il roule à petite allure, guettant un signal quelconque. Mais toute la nuit s'écoule sans qu'il se passe quoi que ce soit. Au petit matin, il doit rentrer. C'est pratiquement au moment où il arrive chez lui que le téléphone sonne. C'est la même voix que la veille :

— Monsieur Segura, nouveau rendez-vous : trois heures au cinéma Excelsior.

— Pourquoi n'étiez-vous pas là ? Et Anabela ?

Pas de réponse. Le correspondant a déjà raccroché...

L'Excelsior est un cinéma du centre de Madrid. Jose Segura s'y rend encore une fois avec les millions dans sa mallette, tandis que le commissaire Barrios et ses hommes prennent place autour des lieux. Encore une fois, c'est en pure perte. Il n'y a absolument personne. Il faut rentrer.

Et ce jeu absurde et inhumain continue... Environ un jour sur deux, le même correspondant fixe un rendez-vous où personne ne se présente. Entre le 14 avril et le 24 juin, il n'y a pas moins de vingt et un appels. Il ne peut pas s'agir d'un mauvais plaisant, car la police a décidé de tenir l'enlèvement secret. A part la famille Segura et quelques intimes, personne n'est au courant.

Mais s'agit-il bien du ravisseur ? Car à aucun moment, l'homme n'a voulu faire entendre la voix d'Anabela... Le 24 juin, sur le conseil même du commissaire, Jose Segura décide de ne pas aller plus loin. Il refuse un vingt-deuxième rendez-vous.

— Non ! Tant que je n'aurai pas entendu la voix de ma fille, je n'irai pas.

Au bout du fil, il y a un silence. Puis la voix reprend :

— Vous avez raison. Nous allons lui faire enregistrer une cassette. Nous vous l'enverrons par la poste.

Effectivement, trois jours plus tard, celle-ci se trouve

au courrier. M. et Mme Segura l'écoutent avec l'émotion qu'on imagine. La voix de la jeune fille est peu distincte, au milieu d'un fort grésillement, et son message est bref : « Ne vous inquiétez pas. Mes ravisseurs me traitent bien. Je désire tant vous retrouver, papa et maman. »

Le commissaire Barrios les interroge.

— C'est bien elle ?

Jose et Sigrid hochent la tête :

— C'est elle, il n'y a pas de doute !

Mais l'enregistrement n'est pas terminé. Un des ravisseurs, une autre voix que celle du téléphone, prononce cette phrase déconcertante : « Il va maintenant se passer une longue période pendant laquelle vous n'entendrez plus parler de nous. Mais ne vous inquiétez pas, nous vous recontacterons. »

M. et Mme Segura sont blêmes.

— Qu'est-ce que cela veut dire ?

Le commissaire Barrios esquisse une grimace.

— Je ne sais pas.

— Est-ce que c'est déjà arrivé dans une affaire d'enlèvement ?

— Pas à ma connaissance.

— Ce n'est pas bon, n'est-ce pas ?

Cette fois, le commissaire ne peut plus dissimuler.

— Non. Ce n'est pas bon.

Les ravisseurs, ou ceux qui se prétendent tels, n'ont pas menti. Les mois s'écoulent sans qu'il ne se passe rien : toute l'année 1993, exactement. Alors, en janvier 1994, la police décide de changer de méthode : elle rend l'affaire publique.

C'est aussitôt une immense émotion en Espagne. Les médias ne parlent que de cela. Le calvaire de la malheureuse famille Segura persécutée par ces faux rendez-vous, suivis de ce silence, bouleverse le pays. Les messages de sympathie arrivent par dizaines de milliers au domicile d'Anabela. De multiples émissions de télévision sont consacrées à l'affaire, avec des appels à témoin. Malheureusement le signalement dont on dispose n'est guère précis. Le jardinier pense avoir vu deux hommes et une femme jeunes, mais il n'en est pas sûr.

Il y a pourtant un élément solide, un seul : la cassette avec la voix du ravisseur. Elle est diffusée et rediffusée à la télévision et à la radio. Bientôt, il n'est pas un seul Espagnol qui ne la connaisse.

Et les coups de téléphone affluent à la police, d'autant qu'il y a une récompense de soixante millions de pesetas pour qui livrera le bon renseignement. On ne dénombre pas moins de trente mille appels en un an et demi !

C'est en septembre 1995, plus de deux ans après l'enlèvement, que parvient un coup de fil anonyme apparemment comme les autres. L'homme qui parle s'appelle Candido Ortiz. Il habite Tolède. Il a trente-cinq ans.

Le renseignement est aussitôt vérifié. Il y a bien un Candido Ortiz, âgé de trente-cinq ans, qui habite Tolède. Il est mis sur écoute. On découvre qu'il est en relation avec Emilio Munoz, un repris de justice. La piste est suffisamment sérieuse pour que Candido Ortiz soit arrêté en compagnie d'Emilio Munoz et la femme de ce dernier, Felicia.

Et Candido Ortiz avoue : avec Emilio et Felicia, ils avaient l'intention de commettre un cambriolage dans les environs. Ils roulaient en repérage, quand ils ont vu Anabela sortir et ils ont eu l'idée de l'enlever. Ils ont circulé six heures avec elle dans la camionnette et ils se sont rendu compte que l'affaire était au-dessus de leurs possibilités. Alors, ils ont décidé de la tuer.

Le commissaire Barrios, qui mène l'interrogatoire, veut croire qu'il ment, garder un espoir.

— Et la voix sur la cassette ?

— Ce n'était pas la sienne. C'est Felicia qui a tenu son rôle. Je vais vous dire où on l'a enterrée.

Peu après, le commissaire et ses hommes exhumaient un squelette, dans une briqueterie près de Tolède. C'était bien Anabela, dont ses parents, dans leur désir qu'elle soit vivante, avaient cru reconnaître la voix, Anabela, la jeune fille sérieuse, qui ne passera jamais son examen.

LA BOMBE VARIOLIQUE

Peut-on être rescapé sans le savoir, sans même imaginer un seul instant la nature du danger auquel on a échappé ? Cela semble incroyable, et pourtant c'est le cas, dans l'histoire qui va suivre.

Elle ne ressemble pas à toutes celles qui sont réunies dans cet ouvrage, ne serait-ce que parce qu'il est impossible de la situer avec précision dans l'espace et dans le temps. Tout ce qu'on peut dire, c'est qu'elle se passe aux Etats-Unis, au début des années 1980. Quant aux sources, elles proviennent d'une revue américaine. L'article parle d'une fuite d'origine militaire, une fuite peut-être volontaire pour alerter l'opinion sur un danger qu'elle ignorait totalement. Et il faut reconnaître que les faits sont proprement terrifiants.

Ce jour-là, par une froide nuit d'automne, le professeur Jones — c'est le nom que nous lui donnerons — a décidé de faire un tour dans son laboratoire. Il veut vérifier un point de son travail. Son travail empêche souvent le professeur Jones de dormir, et il y a de quoi !

Le laboratoire du professeur Jones est situé dans un pavillon de sa clinique, un peu à l'écart d'une grande ville. Une précaution indispensable. C'est là, depuis quelques mois, que le professeur se livre à des recherches très particulières qui lui ont été commandées par l'armée...

Le professeur Jones allume la lumière. Son laboratoire apparaît : une longue pièce fonctionnelle, rationnelle, encombrée des appareils les plus sophistiqués et les plus coûteux que produit la science. On dirait un décor de science-fiction, mais il ne s'agit pas de science-fiction.

Le professeur Jones n'a pas un regard vers ses appareils scientifiques. Il se dirige tout droit vers un des murs du laboratoire et il pousse un cri :

— Non ! Ce n'est pas vrai !

Et pourtant si, c'est vrai. Là, dans le mur, il y a un trou béant. La grosse porte d'acier d'un coffre-fort est ouverte et, à l'intérieur, les trois étagères métalliques sont rigoureusement vides. Comme un fou, le professeur se précipite.

— L'éprouvette ! Ils n'ont pas pu emporter l'éprouvette !

Mais il n'y a pas plus d'éprouvette qu'autre chose. Il n'y a rien, rien du tout. Le professeur Jones se laisse tomber sur un tabouret. Ce qu'il redoutait depuis des mois sans vouloir se l'avouer vient de se produire. C'est une catastrophe qui dépasse l'imagination !

Il se redresse aussitôt. Il aura bien le temps de se faire des reproches et de comprendre le pourquoi et le comment de ce qui est arrivé. Il doit agir. Chaque minute, chaque seconde compte...

Dans son esprit, un nom s'impose : Harvey Smith, un des responsables de la police de la grande ville proche. Harvey Smith est son ami de longue date. Lui comprendra tout de suite ce qui vient de se passer et il saura lui dire ce qu'il faut faire. Car il faut un sang-froid et une lucidité peu communs pour garder la tête claire dans de pareilles circonstances.

Vingt minutes plus tard, le responsable de la police est dans le laboratoire. Le professeur Jones, qui l'a tiré de son sommeil, n'a rien voulu lui dire au téléphone, sinon qu'il s'agissait d'éviter une catastrophe nationale.

Le professeur désigne le coffre-fort béant :

— On m'a volé et on a emporté une éprouvette qui contenait... des germes de variole !

Harvey Smith hoche la tête.

— Oui, je comprends : il y a un risque d'épidémie.

Le professeur Jones secoue la tête.

— Non, tu ne comprends pas. C'est une catastrophe épouvantable !

— Quand même pas. La variole, de nos jours, ce n'est plus comme avant...

— Justement. Et c'est cela qui est grave !

— Alors, effectivement, je ne comprends pas...

— Ecoute-moi bien. Je vais essayer d'être bref. Le dernier cas connu de variole remonte à fin 1977. Depuis, c'est une maladie qui n'existe nulle part dans le monde. Elle a définitivement disparu. Tu me suis ?

— Oui.

— Dans ces conditions, la vaccination n'était plus nécessaire.

— Si on veut. Cela ne peut pas faire de mal.

— Justement si. Toute vaccination entraîne obligatoirement des accidents. Ils sont très rares, de l'ordre de un sur cent mille, mais inévitables. Donc, puisque la maladie n'existe plus, il vaut mieux ne plus vacciner.

— C'est logique.

— C'est logique et c'est pourquoi on ne vaccine plus aux Etats-Unis, au Canada, en Angleterre et en France, par exemple. Et tous les pays y viendront progressivement.

Harvey Smith écarquille les yeux... Il est en train d'entrevoir l'abominable vérité.

— Mais alors, pourquoi est-ce que tu... ?

— Je fais des recherches pour l'armée. Les militaires ont tout de suite vu que, sur une population non vaccinée, la variole deviendrait une arme terrifiante.

Le professeur Jones baisse la tête.

— Harvey, j'étais chargé de mettre au point la bombe variolique !

Cette fois, oui, le policier a compris. Il veut tout de suite évaluer la gravité de la situation.

— Quel est le taux de mortalité ?

— Enorme. Un des plus importants pour les maladies infectieuses : quatre-vingts pour cent chez les sujets non vaccinés.

— Et c'est le cas chez nous !

— Oui. Enfin, pour la population jeune...

— Et la contagion ?

— C'est ce qu'il y a de pire. Il n'y a pas besoin d'infection ni même de contact physique. La contagion se fait par voie aérienne. Le virus de la variole vole dans l'air, si tu veux.

La voix du professeur Jones se brise.

— Harvey, qu'est-ce qu'il faut faire maintenant ?

Harvey Smith s'exprime calmement.

— D'abord réfléchir...

— Réfléchir, alors que le voleur a peut-être déjà brisé l'éprouvette et que la mort est en route ! Il faut prévenir les gens par tous les moyens possibles !

— C'est cela : interrompre les émissions de radio et de télévision, envoyer dans les rues des véhicules avec des haut-parleurs ?

— Oui, pourquoi pas ? C'est peut-être la seule façon...

— Et la panique, tu y as pensé ? Des centaines de milliers de gens sortant en même temps de chez eux, se bousculant, se piétinant ; un embouteillage monstrueux à l'échelle de toute une ville, des suicides, des meurtres ! Je ne sais pas si la catastrophe peut être évitée, mais une chose est certaine : si on rend la nouvelle publique, elle aura lieu.

Le professeur Jones baisse la tête.

— Je comprends...

— Bien. Prenons les choses au début. A quelle heure as-tu quitté ton laboratoire ?

— 21 h 30.

— Et à quelle heure as-tu découvert le vol ?

— Quand je suis revenu. Il devait être un peu plus de minuit.

— A part l'éprouvette, que contenait ton coffre ?

— Ce qu'il y a d'habitude dans le coffre d'une clinique : des poisons violents et des drogues.

Le responsable de la police réfléchit quelques secondes.

— Est-ce que ton éprouvette pouvait avoir un intérêt quelconque pour... je ne sais pas... une puissance étrangère ?

— Non, aucun. Ce sont des germes de la variole ni plus ni moins. Les notes sur mes travaux eux-mêmes, je les garde avec moi.

— Alors, ce n'était pas l'éprouvette qui intéressait le voleur. C'était probablement la drogue.

— Oui, sans doute.

Harvey Smith a une expression de vive contrariété.

— Dans ce cas, c'est évidemment beaucoup plus grave.

Le professeur Jones s'assombrit encore.

— Tu es sûr ?

— Je ne suis sûr de rien. Mais si c'était un espion, il aurait gardé précieusement l'éprouvette, tandis qu'un voleur de drogue risque d'avoir jeté tout ce qui ne l'intéressait pas.

Au mot « jeté », le professeur a un sursaut, comme s'il entendait le bruit du verre qui se brise. Pendant ce temps, Harvey Smith s'est approché du coffre-fort. Il examine la porte blindée en la tenant avec son mouchoir.

— C'est très intéressant ! La serrure n'a pas été forcée. Qui a la clé à part toi ?

— Personne, pas même mes assistants.

— Et tu la conserves où ?

— Sur moi. Elle ne me quitte jamais.

— Tu es sûr qu'on ne te l'a pas volée ? Montre-la-moi.

Le professeur Jones met la main à son pardessus,

qu'il n'a pas quitté depuis qu'il a fait la terrible découverte.

— La voilà...

Le responsable de la police hoche la tête.

— Tu sais ce qui a dû se passer ?... Je pense qu'on t'a volé quand même cette clé. Pas longtemps. Une heure ou deux, le temps de faire un double. Il suffisait pour cela d'ouvrir ton vestiaire. Le voleur a toutes les chances d'être un de tes familiers. Et il n'est peut-être pas loin.

Le professeur Jones pâlit.

— Mais, dans ce cas, l'éprouvette aussi est peut-être dans la clinique.

Harvey Smith ne répond pas. Il a toujours été courageux et il ne laisse pas paraître son trouble. Jusque-là, pourtant, il s'était battu contre des ennemis visibles. Mais que faire contre la menace qui est maintenant présente ?... Dans l'air du laboratoire, qu'il est en train de respirer, il y a peut-être des millions, des milliards de bâtonnets invisibles : le virus de la variole, transmissible par voie aérienne, et mortel à quatre-vingts pour cent...

Harvey Smith se prend la tête dans les mains.

— Il nous reste une chance d'éviter une panique généralisée en rendant la nouvelle publique : c'est de découvrir le coupable par déduction. Sinon, eh bien, nous préviendrons les autorités et ce seront elles qui décideront. Ton équipe de chercheurs comprend combien de membres ?

— Cinq. Mais cela ne peut pas être l'un d'eux.

— Bien sûr que si. Ce n'est pas le moment de faire du sentimentalisme ou d'essayer de protéger tes amis.

— Ce n'est pas cela, Harvey. Si je te dis que ce n'est pas eux, c'est que c'est impossible.

— Explique-toi...

— Ce sont tous des chercheurs diplômés des meilleures universités. Avant que je ne les engage, ils ont fait des années de travaux personnels. Ils sont plus savants que n'importe quel médecin. Et tu crois que s'ils voulaient voler de la drogue, ils auraient emporté une éprouvette contenant les germes de la variole ?

— Effectivement, cela semble logique. Mais alors qui, à part eux, peut entrer dans le laboratoire ?

— Je ne vois que le garçon de salle.

— Parce qu'il a le droit d'y entrer ?

— Oui. Je crois que c'était... une imprudence.

— Le temps n'est pas aux remords. Son nom et son adresse, vite !

— Il s'appelle Joseph Clark. Son adresse est sur le registre du personnel.

Vingt minutes plus tard, Harvey Smith et le professeur Jones tambourinent à la porte d'un appartement misérable de la grande ville proche. Le professeur supplie :

— Pour l'amour du ciel, Clark, ouvrez-moi ! Je vous jure que je ne vous veux aucun mal. Vous avez ma parole, Clark !

La porte s'entrouvre. Un homme hirsute passe la tête par l'ouverture.

— Qu'est-ce que vous me voulez ?

— Vous êtes en danger de mort ! Nous le sommes tous ! Ouvrez !

Les supplications du professeur et du responsable de la police sont très claires, même pour un homme pas très bien réveillé. Joseph Clark comprend immédiatement la situation. Il avoue qu'il est bien l'auteur du vol. Le professeur crie sans s'en rendre compte.

— L'éprouvette ! Où est-elle ?

— Je ne l'ai plus.

— Vous l'avez jetée ?

— Non. Je l'ai donnée avec le reste.

— A qui ?

Joseph Clark se tait. Le professeur Jones le secoue par les épaules.

— A qui ? Répondez, nom de Dieu !

— Je ne peux pas. C'est un gros trafiquant. Si je vous donnais son nom, il me tuerait !

Harvey Smith se plante devant lui.

— Son nom, on s'en fiche. On n'est pas là pour cela ! Vous savez où le trouver ?

— Oui.

— Alors allez-y et revenez avec l'éprouvette. On vous attend ici... Allez, dépêchez-vous, qu'est-ce que vous attendez ?

— Mais si l'éprouvette est cassée ?

— Alors, vous y passerez, comme lui, comme nous, comme tout le monde !

Le mystérieux commanditaire de Joseph Clark ne doit pas habiter bien loin, car cinq minutes plus tard, le garçon de salle est de retour. Il tremble, il est verdâtre... Le professeur Jones pousse un cri de joie.

— Ne la lâchez pas ! Donnez-la-moi.

Tremblant de plus en plus, Joseph Clark s'approche du professeur et, lentement, l'éprouvette change de main. Le garçon de salle s'écroule sur son lit.

— Maintenant, partez vite !...

Le trajet de retour se fait au moins trois fois plus lentement qu'à l'aller. Harvey Smith, qui conduit, sait que le moindre accident peut provoquer la catastrophe. Mais il ne se produit rien de tel et l'éprouvette regagne son coffre-fort...

Voilà. Tout est bien qui finit bien. Les habitants de la grande ville proche ont passé une nuit comme les autres et, le lendemain, rescapés sans le savoir, ils se sont rendus à leur travail sans rien soupçonner. La vie pouvait continuer son cours et les militaires leurs recherches.

L'ANGLAIS À LA CIGARETTE

— Par ici, mademoiselle...

Nous sommes à Paris, gare du Nord, en pleine Occupation... Sophie Legal contemple l'homme en imperméable mastic qui vient de lui adresser la parole avec un fort accent germanique. Elle s'efforce de garder son naturel.

— Qu'y a-t-il ? Mes papiers sont en règle.

— Suivez-moi !

Le ton est sans réplique. Sophie Legal emboîte le pas à l'Allemand en s'efforçant de porter sans grimacer sa valise terriblement lourde pour elle. Et pour cause : elle est remplie d'armes et de munitions. Sophie Legal fait partie du réseau de résistance franco-polonais POVN.

Sophie joue la comédie par réflexe, mais elle sait qu'elle est perdue. S'ils l'ont arrêtée, c'est qu'ils savent. Il y a un traître dans le réseau ou bien un de ses membres a été pris et a parlé sous la torture... Effectivement, quelques instants plus tard, elle est entourée de soldats armés de mitraillettes. Sa valise est ouverte. L'homme en imperméable aboie des ordres. Elle se retrouve dans une cellule, en attendant qu'on vienne au petit matin l'emmener devant le peloton. C'est la fin...

Et pourtant, non. On vient bien la chercher, mais pas pour la conduire dans la cour de la prison. Sophie Legal est déportée en Allemagne. Elle se doute bien que le sort qui l'attend est terrible, mais elle est en vie et c'est l'essentiel.

En Allemagne, Sophie découvre effectivement l'horreur. C'est d'abord Ravensbrück, puis le camp de Magdeburg, satellite féminin de celui de Buchenwald. Elle y connaît toutes les souffrances de l'univers concentrationnaire : sévices moraux et corporels, expériences médicales auxquelles elle est contrainte d'assister sur certaines de ses compagnes. Mais encore une fois, elle est toujours en vie. Elle s'accroche, elle tient bon...

Enfin, un jour de 1945, alors que Sophie travaille en atelier à la fabrication de douilles, les machines s'arrêtent et les gardes la font sortir dans la cour avec les autres. Leur attitude a brusquement changé. Ils sont devenus incroyablement corrects, tandis que la peur est nettement visible sur leurs traits. Une rumeur se répand parmi les prisonnières :

— Ce sont les Américains ! On va être libérées !

Elles ont à la fois raison et tort : elles vont être libérées, mais ce ne sont pas les Américains, ce sont les Soviétiques... Pour Sophie, cela va tout changer. Les Russes prennent connaissance du dossier de chacune et elle se retrouve peu après devant un commissaire du peuple.

— Comment se fait-il que vous n'ayez pas été fusillée ? Vous transportiez des armes pour la Résistance. Dans ce cas, les Allemands fusillent toujours leurs prisonniers.

— Je n'en sais rien moi-même. J'ai été la première surprise.

Les interrogatoires se succèdent. Visiblement, les Soviétiques la soupçonnent d'être une espionne allemande. Sophie ne peut que clamer son innocence et sa bonne foi... Enfin, un jour, sans raison apparente, le commissaire du peuple lui déclare :

— C'est bon. On vous ramène en France...

Sophie Legal croit son calvaire terminé, elle se trompe cruellement ! En fait, avec d'autres anciens détenus des camps, elle est transportée de prison en prison à travers l'Allemagne. La nuit, elle doit se battre contre les rats. Le jour, c'est pire encore : c'est d'une bête bien plus féroce qu'elle doit se défendre, l'homme ! A tour de rôle, une prisonnière est appelée, soi-disant pour un interrogatoire, en fait pour être violée par les soldats. Lorsqu'on vient la chercher, Sophie échappe de justesse à son sort de la manière la plus miraculeuse. Préférant la mort au traitement qui l'attend, elle saute par la fenêtre du deuxième étage. Par chance pour elle, elle tombe dans les bras d'un officier russe, qui non seulement la sauve de la chute, mais la protège des soudards qui accourent à sa poursuite...

C'est un peu plus tard, dans la prison d'une ville dont elle n'a pas retenu le nom, que lui arrive une aventure aussi inattendue qu'étrange. Un jour, alors qu'elle est à la promenade dans la cour, elle voit un homme qui fume une cigarette à la fenêtre du premier étage. Il l'appelle.

— Vous n'êtes pas française ?

— Si.

— Moi je suis anglais. Il faut absolument que nous nous évadions d'ici. Vous savez nager ?

— Oui.

— Le seul moyen de s'échapper, c'est de traverser l'Elbe, qui n'est pas loin d'ici, et le seul jour où c'est possible, c'est le samedi, quand les soldats sont ivres morts. Vous êtes d'accord pour tenter la chance avec moi ?

— D'accord.

L'Anglais est distingué. C'est sûrement un officier. Que fait-il ici, alors qu'il n'est pas un déporté, mais un prisonnier de guerre ? Mystère... Au lieu de se nommer ou d'expliquer sa présence, il poursuit par le plus étonnant des discours :

— Quand nous aurons retrouvé la liberté, nous irons à Paris, à la Madeleine. Je grimperai en haut de l'escalier et nous nous parlerons comme en ce moment. Les gens nous regarderont, mais cela n'aura pas d'importance...

Ils se revoient une fois encore avant le samedi suivant. Cette fois, l'Anglais à la cigarette se décide à en dire un peu plus sur lui-même, mais ce qu'il lui dit n'apaise pas la curiosité de Sophie, bien au contraire :

— Je m'appelle Gilbert. Je vais vous faire une confidence : je fais partie de l'Intelligence Service. Retenez bien mon matricule : 414-21. Si je ne m'en sors pas, prévenez mes compatriotes. Vous trouverez toujours un bureau anglais en France. Et vous, comment vous appelez-vous ?

— Sophie Legal...

— Cela me suffira pour vous retrouver où que vous soyez. A l'Intelligence Service, nous avons les moyens pour cela. A samedi, Sophie !

Mais le samedi, Gilbert n'est pas au rendez-vous. Et il n'y en aura pas d'autre, car Sophie Legal quitte la prison pour une direction inconnue... Les jours, les semaines passent. Le va-et-vient dans l'Allemagne continue. Pourquoi ? Vers où ? On ne leur donne aucune information. C'est l'univers des camps qui continue, l'horreur en moins, mais avec la même absurdité. Les prisonniers sont transportés dans des camions bâchés. A chaque halte, les Soviétiques font l'appel. C'est lors de l'une d'elles que Sophie est interpellée par une jeune femme russe.

— Tu te souviens de moi ?

— Non. Je suis désolée.

— Tu as partagé ta paillasse avec moi quand j'étais malade.

A présent Sophie Legal se souvient... A Magdeburg, elle avait offert la moitié de sa paillasse, à l'infirmerie, à une femme que toutes ses compatriotes rejetaient. Celle-ci lui avait dit qu'elle lui en serait toujours reconnaissante.

— Je ne veux pas qu'il t'arrive la même chose qu'aux autres.

— Qu'est-ce qu'il va m'arriver ?

— Tu vas être emmenée en Sibérie.

— Mais ce n'est pas possible ! Ils n'ont pas le droit. Je suis française !

— Si, c'est possible. J'ai entendu des conversations. Je suis sûre de ce que je te dis...

— Alors, qu'est-ce que je dois faire ?

— Quand tu seras dans le train, ce sera trop tard. Tu dois partir avant, quand on vous transporte encore en camion.

— Mais comment ?

— Je ne sais pas. Je ne peux pas te parler plus longtemps. On nous regarde...

Sophie Legal réfléchit tant qu'elle peut et elle finit par trouver un stratagème. Elle change de camion à chaque étape. Lorsqu'on fait l'appel, on découvre qu'il manque quelqu'un dans un véhicule et qu'il y en a un en trop dans un autre. C'est elle... Bien entendu, cela lui vaut des ennuis. Elle s'attire des remontrances, elle est même battue.

— Enfin, qu'est-ce qui vous prend ? Vous allez rester dans votre camion une bonne fois pour toutes !

— J'ai besoin de parler à mes compatriotes. J'ai le mal du pays. Vous pouvez comprendre cela ?

Les cris et les coups s'accumulent, mais Sophie s'en moque. Au bout d'un moment, les Soviétiques finissent par la prendre pour une demi-folle. Maintenant, elle peut faire sa tentative. Au prochain appel, on constatera qu'elle n'est pas dans son camion, mais on pensera qu'elle est dans un autre. Le temps qu'on découvre qu'elle n'est nulle part, elle sera loin. Enfin, elle l'espère. Car elle risque gros. Mais elle ne peut plus attendre. Elle tremble à tout instant que son convoi s'arrête dans une gare et qu'on la fasse monter dans un train.

C'est lorsque la file de camions s'engage dans un chemin de terre au milieu d'un champ de blé, qu'elle tente le tout pour le tout. Elle saute et s'aplatit au sol... Quand elle se relève, elle voit le nuage de poussière qui disparaît au loin. Ils ne se sont pas arrêtés. Elle se met à courir en sens inverse jusqu'à ce qu'elle soit complètement épuisée. C'est alors qu'elle entend une voix d'homme.

— Où est-ce que vous courez comme cela ?

Il y a un groupe de prisonniers en face d'elle. Des Français... Elle halète :

— Vous savez où sont les Américains ?

— On est avec eux. Ils nous ramènent en France.

Ainsi s'est terminée l'odyssée de Sophie Legal. Elle a fini par s'en sortir, mais combien de Français ont été déportés en Sibérie et n'en sont pas revenus ? Nul ne le sait, pas plus qu'on ne sait pour quelle raison les Russes ont réservé ce sort monstrueux à ceux qui avaient été les victimes des nazis. C'est, aujourd'hui encore, une énigme.

Et dans le cas de Sophie Legal, il s'en est ajouté une autre à son retour à Paris. Dès qu'elle a pu, elle s'est mise à la recherche de l'Anglais à la cigarette. Avec les amitiés qu'elle avait dans la Résistance, elle a pu entrer en contact avec l'Intelligence Service. Mais en pure perte : personne ne connaissait de Gilbert, matricule 414-21. Pourquoi lui avait-il donc fait cette confidence ? Etait-ce un affabulateur ? Est-ce que la guerre, ses souffrances et ses privations lui avaient fait perdre la raison ? Sophie ne l'a pas su et ne le saura jamais. Elle n'a pas eu la moindre nouvelle de lui.

Et c'est ce souvenir, à jamais mystérieux, qui restera pour elle comme le symbole de sa terrible aventure et de sa miraculeuse évasion : un Anglais inconnu, fumant une cigarette dans une prison d'Allemagne et lui donnant rendez-vous sur les marches de la Madeleine.

MAMAN, RÉVEILLE-TOI !

Quand on est infirmière et qu'on a quarante ans comme Carole Tissier, on en a vu au cours de sa carrière. On devrait être assez endurcie pour réagir de manière purement professionnelle à toutes les situations. Et pourtant, ce jour de janvier 1996, Carole Tissier ne peut pas. Non, elle ne peut pas ! Il faut qu'elle fasse quelque chose pour la blessée dont elle a la garde, n'importe quoi, mais il le faut...

Carole Tissier se trouve dans la salle de réanimation d'un grand hôpital parisien. C'est un accident de la route, une jeune femme de vingt-cinq ans. Seule dans une pièce équipée d'un appareillage sophistiqué, elle est plongée dans un coma profond. Elle ressemble à une momie d'où sortent des tubes et des électrodes. Tout autour d'elle, des écrans, sur lesquels s'inscrivent des graphiques ponctués de bip-bip. Carole Tissier n'a pas de travail particulier à faire. Elle est là pour surveiller et donner l'alerte en cas d'incident.

Cela, elle l'a déjà fait cent fois, mais ce qui ne ressemble pas aux autres fois, c'est l'histoire de cette femme.

Tout s'est passé la veille, à 7 heures du matin, un petit matin froid et pluvieux d'hiver. Odile Gallois avait pris le volant, malgré sa peur, une peur bien compréhensible après ce qui lui était arrivé.

C'était un mois et demi plus tôt. Son mari était parti en voiture avec ses parents à elle. Ils n'allaient pas bien loin, juste faire des courses en ville. Elle était restée pour garder le bébé. Et puis, un coup de sonnette. Les policiers sur le pas de la porte :

— Madame Gallois, il faut venir tout de suite. C'est très grave !

Morts ! Ils étaient morts tous les trois : son mari et ses parents. A vingt-cinq ans, elle était veuve et orpheline, avec son fils de dix-huit mois, Alexandre...

Et c'est justement à cause de lui, pour le conduire chez sa nourrice, qu'Odile Gallois a pris sa voiture. Sur ce trajet, il n'y avait pas moyen de faire autrement, pas de transport en commun... C'est juste après l'avoir déposé que s'est produit le drame. La rue était glissante. Odile a fait une fausse manœuvre. Elle s'est encastrée dans un camion. Il a fallu employer le chalumeau pour la désincarcérer.

Mais pour Carole Tissier, ce n'est pas le pire. Tout cela pourrait s'appeler une destinée tragique, la fatalité. Non, le pire, c'est ce qu'a dit le médecin en examinant la blessée :

— Aucun centre n'est atteint gravement. Si je pouvais l'opérer, j'aurais toutes les chances de succès. Mais son coma est trop profond. Elle ne lutte pas, elle se laisse mourir. Evidemment, vu ce qui lui est arrivé, on peut comprendre...

Alors, Carole Tissier se révolte. Si l'état de cette femme était dû uniquement à des causes neurologiques, physiques, il n'y aurait rien à faire. Mais dans son cas, il entre une composante psychologique. On peut l'aider, on peut même peut-être la sauver, à condition de déclencher en elle quelque chose, un choc, un déclic. Mais quoi ?

Elle se penche sur elle.

— Madame, écoutez-moi ! Il ne faut pas renoncer. Il faut vivre, vivre !

Peine perdue : seul le bruit régulier de l'appareil respiratoire lui répond.

Carole Tissier sursaute. Il est huit heures du soir. Sa collègue qui vient la remplacer pour la nuit est là. Elle lui adresse un bonsoir machinal et puis, soudain, elle s'immobilise. Mais si, il y a peut-être un moyen de sauver cette malheureuse !

Son mari et ses enfants l'attendent à la maison, mais Carole s'en moque. Elle les préviendra plus tard. Elle court à la réception de l'hôpital.

— Odile Gallois, la jeune femme en réanimation, vous savez où est son bébé ?

La réceptionniste consulte son registre.

— J'ai l'adresse de sa sœur. Elle l'a peut-être avec elle.

— Donnez-la-moi.

— Voilà. Mais pourquoi... ?

Sans répondre, Carole Tissier se rue à l'endroit indiqué. La sœur d'Odile est chez elle et c'est bien elle qui garde Alexandre. On entend ses cris en provenance de sa chambre. L'infirmière se présente brièvement et pose de but en blanc cette question déconcertante :

— Avez-vous un magnétophone ?

— Pour quoi faire ?

— Pour enregistrer le bébé.

— C'est que j'allais lui donner son biberon. Vous ne l'entendez pas ? Il réclame.

— Justement ! Ne le lui donnez surtout pas ! Ce sont ses cris que je veux enregistrer, ses cris !

Et, une heure après, Carole Tissier se retrouve à l'hôpital. Devant sa collègue de nuit, stupéfaite, elle place sur l'oreiller de la blessée une petite boîte noire. Elle appuie sur le bouton et des cris, des pleurs d'enfant s'élèvent. Ils emplissent bientôt toute la pièce. Ils sont pressants, violents, impératifs. Ils disent : « Maman, j'ai faim ! Maman, je suis là ! Maman, réveille-toi ! »

La collègue de Carole a compris. Elle retient son souffle... Et soudain, la blessée a une réaction. Oh, presque rien : elle tourne légèrement la tête, comme pour chasser quelque chose qui la dérange. Mais toutes les deux savent que c'est gagné.

Et, en effet, au matin, lorsque le médecin vient pour son examen, il a un sursaut de surprise.

— Mais qu'est-ce qui s'est passé ?

Il n'attend même pas la réponse et donne ses ordres :

— Préparez-la pour l'opération. Elle est sortie du coma profond.

L'intervention a été une réussite totale. Odile Gallois a repris conscience le lendemain et, un mois plus tard, elle est sortie de l'hôpital, totalement guérie.

Bien sûr, elle a su le rôle qu'avait joué l'infirmière de garde. Et, quand elle lui a demandé comment elle avait eu l'idée qui lui avait sauvé la vie, Carole Tissier lui a répondu tout naturellement :

— Quand j'avais votre âge, j'étais déjà infirmière. J'avais des journées dures, mais la nuit, je devais donner le biberon à mon bébé. Et j'avais beau dormir profondément, quand il réclamait, je me réveillais toujours. Je me suis dit que ce serait pareil pour vous. Quand votre enfant vous dit : « Maman, réveille-toi », on ne peut pas faire autrement.

LA LOTERIE

Un quartier pauvre de Genève, cela semble une contradiction dans les termes et, pourtant, cela existe, du moins en 1927. Certes, ce n'est pas la misère noire, les pauvres y sont malgré tout moins pauvres qu'ailleurs, mais le deux-pièces dans lequel vient d'entrer le docteur Perrin, ce 15 juillet 1927, est plus que modeste.

Après avoir quitté la petite chambre où repose un homme d'une soixantaine d'années au teint blanc et aux traits tirés, le docteur Perrin traverse la salle à manger-salon. Sur un buffet un samovar, au mur des photos de paysages russes, un calendrier en langue cyrillique, un portrait du tsar Nicolas II et une icône.

Le docteur ne s'arrête que lorsqu'il est arrivé sur le palier. Une jeune fille de vingt ans le suit. Elle est blonde, elle a des yeux bleus, ce qui n'est pas étonnant pour une Russe, mais elle est loin d'être banale. Son maintien, son regard limpide indiquent la noblesse de ses origines. C'est une beauté qui attire et qui tient à distance à la fois. Pour l'instant, en tout cas, le docteur Perrin ne semble pas se préoccuper du physique de sa cliente. Il prend la parole à voix basse :

— C'est très grave, mademoiselle.

La jeune Russe se crispe légèrement. Elle redoutait ces paroles... Il faut dire qu'après leur départ de Russie, en 1918, les malheurs se sont succédé. Comme tant d'autres familles illustres, ils sont devenus du jour au lendemain des réfugiés sans ressources. C'est d'abord sa mère, la princesse Olga Borowska, qui est morte subitement. Ensuite, après avoir traversé l'Europe, ils ont fini par se fixer à Genève. Les voilà devenus des anonymes dans cette cité de la richesse, elle, Alexandra Borowska, qu'on appelait princesse lorsqu'elle était petite fille, et son père, le prince Pavel, qui est peut-être en train de mourir...

Le docteur Perrin hoche la tête.

— Vous auriez dû m'appeler avant. Le cœur de votre père est très atteint. A présent, il est bien tard, même s'il reste peut-être une solution...

Alexandra pose sa main sur le bras du médecin.

— Dites-moi laquelle, je vous en prie !

— Il faudrait tenter une intervention du cœur. Mais...

Le docteur jette un regard circulaire sur le palier aux murs lépreux.

— Mais c'est cher.

— Cela ne fait rien ! Si vous l'opérez, est-ce que vous pensez pouvoir le sauver ?

— Il y a de bonnes chances. A condition de faire vite. L'état du malade s'aggrave. Pour bien faire, il faudrait l'hospitaliser immédiatement...

Le docteur Perrin marque un temps et reprend :

— Je préfère être honnête avec vous, mademoiselle. Les soins et l'intervention se montent à quinze mille francs, payables d'avance. Si vous réunissez cette somme, je ferai immédiatement le nécessaire.

Alexandra Borowska est trop émue pour parler. Elle règle le prix de la consultation. Le docteur Perrin soulève son chapeau et s'en va.

Alexandra Borowska, autrefois princesse, n'est plus qu'une jeune fille de vingt ans, qui n'a sur terre que son père et quelques souvenirs d'enfance... Elle entend la voix fatiguée qui l'appelle depuis la chambre du fond. Non, elle ne se laissera pas dépouiller du dernier bien qui lui reste ! Et ce qu'elle va faire par amour pour son père dépasse l'imagination.

27 juillet 1927. Ce soir-là, un buffet de gala a lieu dans le palais de la Société des Nations. Pour être tout à fait juste, il est faux de dire qu'Alexandra Borowska et les autres émigrés russes de haut rang soient retombés dans l'anonymat. De temps en temps, la bonne société genevoise se souvient de leur existence et les invite à une réception. C'est le cas aujourd'hui.

Alexandra Borowska a conservé une unique robe du soir pour ce genre d'occasion et elle n'a pas hésité à venir quand elle a reçu le bristol. Ce n'est pas qu'elle compte convaincre ses compatriotes en exil de l'aider. Elle a essayé auprès du général Krymov, le responsable de la communauté russe à Genève, et elle s'est heurtée à un refus humiliant.

En arrivant, elle aperçoit justement le général Krymov. Il est un peu gêné dans son habit de soirée, comme le sont les militaires en civil. Il l'aperçoit à son tour et disparaît aussitôt. Et, dans les minutes qui suivent, il en est de même des autres Russes. Chaque fois qu'Alexandra s'approche de l'un d'eux, ce sont des prétextes, tous plus mauvais les uns que les autres, pour s'éclipser. Le général Krymov a mis au courant les autres de sa démarche, c'est évident.

Mais Alexandra s'y attendait. Ce n'est pas de cette manière qu'elle compte trouver l'argent qui lui manque. C'est d'une autre, beaucoup moins avouable !

Alexandra Borowska a un don : celui de la prestidigitation. A la cour, elle faisait des tours pour son plaisir et chacun admirait son talent. Même les filles du tsar lui avaient demandé une démonstration. Alors, puisqu'il n'y a pas d'autre moyen...

Elle s'est assise sur un canapé. A sa droite, une Sud-Américaine corpulente d'une cinquantaine d'années est en train de parler avec volubilité de son pays. Elle finit par se taire. Les regards se détournant d'elle, elle prend son sac et en sort son poudrier.

Alexandra adorait les bijoux petite fille et elle en a vu assez pour s'y connaître. Le poudrier est en or massif et les petits diamants qui le décorent sur le bord sont véritables. Il y en a pour... pour beaucoup plus de quinze mille francs !

La Sud-Américaine a terminé sa retouche de maquillage. Elle remet son poudrier dans son sac, qu'elle repose près d'Alexandra. Un maître d'hôtel vient apporter des petits fours sur un plateau. Il se baisse en direction du canapé. Le sac n'est plus visible, caché qu'il est par le plateau. Pour Alexandra, c'est presque trop facile...

Elle s'en va rapidement, mais elle n'a pas le temps de faire plus de trois pas que quelqu'un l'arrête.

— La main dans le sac ! C'est le cas de le dire.

Alexandra est pâle comme une morte. Elle ne peut pas prononcer un mot. L'homme a la quarantaine. Il est beau garçon, tout à fait le genre séducteur de cinéma : cheveux bruns plaqués et petite moustache. Il sourit.

— Vous n'avez pas l'air bien. Nous allons prendre l'air dans le parc.

La jeune fille se laisse entraîner dans un endroit tranquille du parc magnifique, qui domine le lac Léman. Elle parvient à prendre la parole.

— Vous êtes de la police ?

— Non. Pas du tout.

— Vous allez me dénoncer ?

— Cela dépend... Qui êtes-vous, d'abord ?

— Je m'appelle Alexandra Borowska. J'étais princesse... autrefois.

— Princesse ! Voyez-vous cela ? Pourquoi une princesse peut-elle bien voler ? Racontez-moi. Cela doit être passionnant !

Alors, Alexandra raconte... L'homme l'écoute en approuvant silencieusement de temps en temps et, quand elle a fini, prend la parole à son tour.

— Mon nom à moi est Pierre Joubert... Princesse Borowska, voici ce que je vous propose : je vais rendre son poudrier à cette dame ; je suis aussi habile que vous dans ce genre d'exercice et elle ne s'apercevra de rien. Ensuite, je vous demanderai un petit service, que je vous paierai quinze mille francs. C'est un marché honnête, n'est-ce pas ? Et, de toute façon, je crois que vous n'avez pas le choix.

Alexandra Borowska ne regarde pas son interlocuteur. Elle contemple le lac Léman au loin et le grand jet d'eau illuminé dans la nuit. Elle répond d'une voix sans timbre :

— Je n'ai pas le choix.

1er août 1927 : c'est la Fête nationale suisse. Dans sa voiture, qui roule en direction de Myon, en face de Divonne et de la frontière française, Pierre Joubert a du mal à dissimuler sa joie. Cela faisait des semaines qu'il cherchait une jeune fille de bonne famille ruinée et voilà qu'il l'a miraculeusement trouvée... Une princesse russe, par-dessus le marché !

Pierre Joubert est arrivé à destination : une luxueuse villa de Myon. Il est onze heures du soir, à l'intérieur, les vingt-quatre invités doivent terminer leur dîner ; vingt-quatre curistes de Divonne tout proche, vingt-quatre curistes qui s'ennuient, qui sont cousus d'or et qui ont payé une petite fortune pour ce divertissement hors du commun.

En Suisse, la prostitution est interdite, mais Pierre Joubert a toujours su admirablement s'accommoder de la loi. Sa spécialité à lui, c'est la clientèle de luxe et la police n'aime jamais trop mettre son nez dans des affaires où sont compromis des gens importants.

Pierre Joubert entre dans la pièce principale de la villa. Autour d'une table en fer à cheval, vingt-quatre messieurs en habit achèvent leur repas. Un cri de liesse salue son arrivée. Il réclame le silence en levant les bras.

— Messieurs, le moment que vous attendez tous est arrivé. Nous allons, comme chaque année à la Fête nationale, procéder au tirage de ma loterie personnelle dont le gros lot et le lot unique est une jeune vierge.

Une ovation retentit. Il la fait taire en souriant.

— Cette année, j'ai déniché l'oiseau rare : la princesse Alexandra Borowska. Oui, messieurs, une vraie, une authentique princesse qui, il y a dix ans, faisait partie de la cour de Russie. Elle a vu le tsar et la tsarine, le tsarévitch et même Raspoutine !

Il y a un murmure prolongé. Pierre Joubert poursuit.

— Mais aujourd'hui, le vieux père d'Alexandra est malade. Et c'est pour le sauver qu'elle a accepté d'être l'enjeu de notre loterie.

De nouveau, un murmure prolongé. Comme Pierre Joubert l'avait prévu, les malheurs d'Alexandra sont, pour ses clients, un attrait supplémentaire. Il enchaîne :

— Mais ne perdons pas de temps. Voici l'instant !

Il claque dans ses mains et deux laquais habillés à la française font leur entrée, tenant un immense carton à chapeau qu'ils déposent au milieu du fer à cheval. Joubert claque de nouveau dans ses mains. Alexandra soulève le couvercle et apparaît, au milieu des acclamations. Elle est vêtue d'une robe de mariée somptueuse qui vient d'un grand couturier ; elle tient une gerbe de lis dans ses bras.

Alexandra est éblouie par la brusque lumière. Elle entend Pierre Joubert lui dire à voix basse :

— Souriez ! Souriez !

Maintenant, elle plonge la main dans un saladier d'argent et elle entend de nouveau Pierre Joubert lui dire entre ses dents :

— Souriez, nom de Dieu !

Il se met à crier :

— Le douze ! Qui a le douze ?... Ah, voici l'heureux gagnant !

Tout tourne. Alexandra Borowska ne voit rien, n'entend rien. Elle se met en marche comme un automate, se forçant à sourire...

---

9 août 1927. Il y a beaucoup de monde au cimetière pour suivre l'enterrement du prince Pavel Borowski. Toute la communauté russe en exil de Genève, ou

presque, est venue. Pavel Borowski, opéré cinq jours plus tôt dans la clinique du docteur Perrin, n'a pas survécu à l'intervention. Il est mort sur la table d'opération. Le docteur Perrin avait d'ailleurs honnêtement prévenu Alexandra lorsqu'elle est venue lui apporter les quinze mille francs, au lendemain de la Fête nationale.

— Je ne peux vous garantir absolument le succès. Il y a à peu près vingt pour cent d'échecs.

Vingt pour cent... Alexandra, elle, n'a pas gagné à la loterie du sort. Alexandra se tient immobile devant la tombe, tout en noir, après avoir été, neuf jours plus tôt, tout en blanc. Elle a fait tout cela pour rien. Le prix de la honte, du dégoût n'a servi à rien !

La cérémonie s'achève. Dans ses prières, le pope parle en russe de la volonté de Dieu. Pourquoi pas ? Mais elle est si difficile à comprendre...

BONNE CHANCE, VOLODIA !

23 avril 1967, 3 h 50 du matin. L'aube n'est pas encore levée sur l'étendue plate du cosmodrome de Baïkonour, lui-même perdu au milieu de la plaine infinie des steppes de l'Asie centrale. Seule se dresse, présence insolite dans cet univers horizontal, l'énorme fusée qui va partir dans l'espace.

Avec la démarche pataude qu'ont tous ses collègues dans leur énorme harnachement de plastique et d'aluminium, le cosmonaute Vladimir Mikhaïlovitch Komarov fait un signe de la main avant de disparaître dans l'ascenseur. En haut, tout en haut de la fusée, on voit encore sa petite silhouette qui lance un dernier salut. La porte se referme. C'est maintenant dans le centre de guidage, devant des dizaines d'écrans, que toute l'équipe des ingénieurs et des techniciens va pouvoir le suivre.

Komarov s'est installé sur son siège. Il boucle sa ceinture, il appuie sur des boutons au fur et à mesure que le directeur du vol lui en donne l'ordre au micro.

Komarov sourit. Derrière l'épais Plexiglas de son casque, on peut voir ses yeux bleus entourés de petites rides rieuses. Et, dans la salle de contrôle, tout le monde lui sourit aussi, en lui adressant des petits signes amicaux, qu'il ne peut pas voir, bien entendu. Car tout le monde aime bien Komarov. Parmi l'équipe des cosmonautes, c'est une figure à part.

Le colonel Vladimir Mikhaïlovitch Komarov n'est

pas seulement, à trente-huit ans, l'un des plus prestigieux voyageurs de l'espace, le commandant de la Voskhod, premier vaisseau cosmique multiplace. Ce n'est pas seulement le brillant officier décoré de l'ordre des héros de l'URSS, la plus haute distinction du pays. Komarov n'est pas seulement un héros. Il est calme, il est même doux, il est gentil, il est modeste et il a cette qualité si rare chez les cosmonautes russes : le sens de l'humour. Il ne se prend pas au sérieux. Au milieu de ces surhommes aux nerfs d'acier, il fait un peu figure de poète. C'est presque un faible, comparé aux autres. D'ailleurs, c'est pour cela qu'il a failli ne jamais aller dans l'espace. On le jugeait trop émotif car, par moments, sous l'effet de la contrariété ou de la satisfaction, son cœur, comme celui d'autres hommes, se mettait à battre un peu plus vite. Oh, tout juste un peu, mais comparé à ceux de ses collègues, qui sont de véritables métronomes, le cœur de Komarov a une particularité : il ne bat pas toujours au même rythme. D'ailleurs, sa femme Valentina s'en est peut-être déjà rendu compte. Avec leur fils Evgueni, qui a seize ans, et leur petite Irina, neuf ans, ils sont, pour tous ceux qui les approchent, le type même de la famille heureuse et unie.

Le compte à rebours se termine. La voix du directeur de vol annonce en russe :

— Trois, deux, un, zéro.

Sur l'immense étendue plate de la steppe d'Asie, il y a une grande flamme. Dans l'écran des contrôleurs, Komarov fait un petit signe de la tête pour dire que tout va bien et le directeur de vol crie dans son micro, en l'appelant par le diminutif de son prénom, ainsi qu'ont coutume de faire les Russes :

— Bonne chance, Volodia !

Soyouz I est parti pour sa mission... Le Soyouz est un nouveau type de vaisseau spatial qui vient d'être mis au point. Il est beaucoup plus perfectionné et beaucoup plus puissant que tous ceux qui ont été lancés jusqu'à présent.

Quand le monde entier apprend la nouvelle, quelques heures plus tard, pour tous, il n'y a aucun doute possible, c'est une étape nouvelle que vont franchir les Russes dans la conquête spatiale.

D'ailleurs, tous les commentateurs scientifiques s'attendent, en ce 23 avril 1967, à un grand exploit. Soyouz I est un engin d'une dimension sans précédent qui peut contenir plusieurs passagers. Tous les spécialistes, aussi bien aux Etats-Unis qu'en Europe, s'attendent à ce que, dans les heures qui viennent, d'autres vaisseaux emportant quatre, cinq ou même six cosmonautes, à bord d'un ou de deux vaisseaux, rejoignent Soyouz I pour un grand rendez-vous spatial.

Dans l'immense salle du centre de contrôle de Baïkonour, où des dizaines de postes de télévision renvoient des dizaines de fois la même image du colonel Komarov, souriant derrière son casque de Plexiglas, chacun s'affaire dans le plus grand calme.

Tout est parfaitement normal. A la minute et à la seconde prévues, Soyouz I a rejoint son orbite. A deux cent vingt kilomètres au-dessus d'eux, à deux cent vingt kilomètres au-dessus du monde, Komarov tourne régulièrement, au milieu du noir sidéral et des étoiles, dans la grande nuit et le grand silence de l'espace.

Pour tous ces techniciens qui travaillent à leur pupitre, ce n'est pas la routine, bien entendu : chaque nouvelle aventure spatiale apporte encore une émotion, précisément parce qu'elle est nouvelle, mais c'est déjà un travail familier. En cette année 1967, cela fait dix ans que le premier Spoutnik a été lancé et, peu de temps après, la petite chienne Laïka. Tous ces hommes sont rodés, ils connaissent maintenant parfaitement leur métier. S'il y a toujours en eux une excitation et même une émotion après chaque départ, ils n'éprouvent plus la crainte et même l'angoisse des débuts.

Le temps a passé. Cela va faire vingt-quatre heures que Soyouz I tourne autour de la Terre. Le soir du 23 avril est tombé à Baïkonour. Pour tous les humains, une journée vient de s'écouler. Lui, Komarov, dans sa ronde incessante autour de la Terre, a vu se lever des dizaines d'aubes, a vu des dizaines de crépuscules, a traversé des dizaines de nuits.

Dans la grande salle de Baïkonour, sur le tableau de commande, les voyants lumineux de toutes les couleurs clignotent, s'allument ou s'éteignent au moment voulu.

Il est près de minuit, lorsqu'un petit voyant rouge se met à son tour à clignoter, dans un coin du tableau. Il n'est pas plus gros que les autres et il envoie sagement, comme les autres, sa petite lueur alternative.

Mais tout de suite, le directeur du vol l'a vu. Il ne voit plus que lui, car ce petit rond rouge qui s'allume et qui s'éteint a une signification terrible : avarie des parachutes. Les parachutes qui doivent s'ouvrir lors du retour de la capsule dans l'atmosphère ne vont pas fonctionner.

Heureusement, le cas est prévu. On peut, de la Terre, débloquer le mécanisme défectueux. Le directeur de vol, en conservant tout son sang-froid, fait quelques gestes précis. Il appuie sur des boutons, il tire sur des manettes, mais rien ne répond, rien ne se débloque.

Alors, il reste les parachutes de secours. Le directeur de vol se précipite sur le bouton de contrôle. Mais là non plus, rien à faire, c'est la panne, la panne totale !

Personne ne s'est encore rendu compte de rien. Mais lui, dès cet instant, sait que la catastrophe est inévitable, que Komarov, quand il rentrera dans l'atmosphère, va s'écraser sur Terre, lancé à toute allure dans son engin fou que rien ne pourra arrêter.

Sur les dizaines de petits écrans bleutés, le colonel Komarov sourit sous son lourd casque de cosmonaute. Il plaisante, il est heureux d'être là-haut, en plein ciel, seul, dans le grand vide et le grand silence de l'espace...

Dans la grande salle de contrôle de Baïkonour, le directeur de vol s'est levé de son pupitre. Il peut tout juste murmurer :

— C'est affreux !

Tous les visages se tournent vers lui. Il est décomposé.

— Les parachutes ne fonctionnent plus.

En un instant, le silence s'abat dans l'immense salle de contrôle de Baïkonour, au milieu des petites lampes qui clignotent... Non, pas le silence, car il y a la voix de Komarov, qui arrive dans les haut-parleurs, sa voix calme, tranquille, un peu railleuse.

Komarov plaisante toujours. Mais pour tous ceux qui l'écoutent, brusquement, ses plaisanteries deviennent horribles, insupportables.

Le directeur du vol a décroché son téléphone. Il appelle le Kremlin. Il parle longuement avec Alexis Kossyguine, président du Conseil de l'URSS.

Précisons que ce qui va suivre a été révélé par le NSA, un service secret américain qui disposait à l'époque d'une station d'écoute spatiale, une sorte de gigantesque oreille tournée vers le ciel, capable d'entendre toutes les conversations qui avaient lieu dans l'espace.

C'est seulement cinq ans plus tard, en juillet 1972, que les Américains ont révélé ce qu'ils avaient entendu, pendant cette nuit dramatique du 23 au 24 avril 1967. Les Soviétiques, quant à eux, n'ont jamais voulu en parler.

Kossyguine s'est fait relier par téléphone au centre de Baïkonour. Il peut maintenant, directement depuis le Kremlin, parler à Komarov. Depuis plusieurs minutes déjà, il a envoyé une voiture, précédée de motards qui font hurler leur sirène, chercher la femme et les enfants du commandant et les amener auprès de lui.

Dans les écrans bleutés, Komarov sourit et plaisante, comme à l'accoutumée. Mais depuis quelques minutes, la voix de l'ingénieur qui lui parlait s'est tue. On ne répond plus à ses plaisanteries. Il parle dans le vide, dans le grand vide de l'espace.

Soudain, une voix nouvelle se fait entendre. Komarov, brusquement, s'est redressé sur son siège, car cette voix pleure, elle est étouffée par les sanglots.

— Camarade Komarov, c'est Alexis Kossyguine qui te parle. Volodia...

Kossyguine pleure, il ne peut pas continuer. Komarov s'agite sur son siège. Dans les haut-parleurs, devant tous les ingénieurs et les techniciens qui sont figés, glacés à leur pupitre, la voix de Komarov arrive brusquement changée :

— Il se passe quelque chose ?

Kossyguine a pris, depuis quelques minutes, une terrible décision. Komarov est un homme et il a décidé seul, en conscience, de lui annoncer la vérité :

— Camarade Komarov, j'ai une terrible, une affreuse nouvelle à t'apprendre... Volodia, ton parachute ne fonctionne plus. Notre pays a connu beaucoup de héros. Tu en fais partie, Volodia...

La voix de Komarov a de nouveau changé. A la surprise a succédé un grand calme. Son ton est précis, détaché et, dans la salle de Baïkonour, le médecin responsable, qui a sous ses yeux en permanence l'électrocardiogramme du cosmonaute, constate qu'après un moment d'affolement, le rythme cardiaque est redevenu parfaitement normal.

— Merci, camarade Kossyguine. Je suis prêt au sacrifice. Est-ce que mon retour sur Terre est déjà commencé ?

Kossyguine parvient à articuler :

— Oui. J'ai donné l'ordre.

— Combien de temps reste-t-il ?

Kossyguine ne répond pas.

— Tu es déjà un héros de l'Union soviétique, mais pour nous tous, tu es plus que cela, tu es un exemple, un symbole, et pour toutes les générations à venir, tu seras pour toujours un inoubliable...

De nouveau, les sanglots ont coupé la voix du président du Conseil de l'URSS.

Dans la grande salle de Baïkonour, c'est un spectacle de tragédie. Tous ces hommes, ces mathématiciens, ces ingénieurs, ne peuvent plus s'empêcher de pleurer. A travers leurs larmes, ils voient, toute brouillée, l'image de Komarov qui est là, si près d'eux qu'ils peuvent le toucher sur leur écran, mais qui est déjà infiniment loin. Cet homme qu'ils voient, cet homme qui parle, cet homme va mourir et il le sait.

Komarov est parvenu de nouveau à sourire. Sur son électrocardiogramme, le médecin constate que les battements de cœur sont toujours réguliers.

Dans le bureau d'Alexis Kossyguine, la femme et les enfants de Vladimir Komarov viennent d'arriver. Ils ne sont même pas tristes, ils sont hors du temps, hors de la réalité. On vient de leur apprendre simplement que leur mari et leur père allait mourir dans deux heures.

Valentina Komarov s'est saisie maladroitement, timidement du téléphone du président du Conseil :

— Volodia, tu m'entends ?

Deux cent vingt kilomètres plus haut, une voix répond :

— Oui.

— Je t'aime, Volodia. Je t'aimerai toujours.

— Valentina, il faudra que tu penses à nos enfants. Il faudra bien les élever, n'est-ce pas ? Il faut qu'ils réussissent dans la vie. Jusqu'ici, ce n'était pas trop mal réussi, alors il faut qu'ils continuent. Tu me le promets, Valentina ?

Valentina s'est tue, elle ne peut plus parler. Evgueni, son fils, a pris l'appareil. Il essaie de se faire une voix dure, de masquer son émotion, il essaye d'être un héros lui aussi, comme son papa.

— Allô papa, c'est Evgueni. Tu sais, je serai cosmonaute, moi aussi, plus tard. Je te le jure. Toute ma vie, j'essaierai d'être digne de toi. Et j'irai sur la Lune.

Sur les écrans, Komarov est toujours aussi tranquille. Il ne bouge pas de son siège, sa voix est calme.

— C'est bien, Evgueni. Mais tu sais, il faudra que tu fasses des progrès en maths. Car c'est important pour être cosmonaute, les maths. Alors, dès demain, tu vas t'appliquer, n'est-ce pas ?

Evgueni, en rassemblant tout son courage, a la force de répondre :

— Je te le promets, papa.

Alors, Alexis Kossyguine, dans son grand bureau solennel du Kremlin, prend par la main la petite Irina. Irina, qui a neuf ans. Il lui donne le téléphone.

Irina ne comprend pas très bien, mais elle a vu sa maman pleurer. Et puis elle a vu que le monsieur qui lui tendait le téléphone pleurait lui aussi. Elle a peur. Elle se met à crier :

— Papa, je veux que tu reviennes tout de suite ! Dis papa, ce n'est pas vrai, tu ne vas pas mourir, papa ?

Pour la première fois, Komarov ne répond pas. Au téléphone, dans la grande salle de contrôle de Baïkonour, c'est le silence. Sur l'électrocardiogramme du docteur, les battements de cœur se sont accélérés un peu.

— Oui, ma petite fille, je reviendrai très vite. Je viens vers toi, très vite, très vite...

Mme Komarov a emmené ses enfants. Le président Kossyguine reste seul dans son immense bureau vide. Il dit d'une voix blanche :

— Adieu, Volodia.

Et puis, il raccroche.

A Baïkonour, c'est soudain une vision de cauchemar.

Sur les dizaines d'écrans, des dizaines de silhouettes de Komarov se sont agitées en même temps, des dizaines de visages de Komarov se sont crispés dans un rictus terrible, insupportable.

Et sa voix, brusquement, éclate dans les haut-parleurs : elle est horrible, inhumaine. Inhumaine ? Non. C'est, au contraire, la voix d'un homme comme tous les autres. Il avait jusque-là accepté son sort, mais sa femme, son fils, sa fille, c'est trop ! Il crie son refus de mourir, il hurle son désespoir :

— Ma fille ! Je ne veux pas. Faites quelque chose, mais bon sang, faites quelque chose ! Au secours !

Le médecin a pris le bras du directeur du vol. Il lui montre l'électrocardiogramme. Il n'y a pas besoin d'être médecin pour comprendre ce qu'il signifie. L'aiguille monte et descend à toute allure. Le cœur de Komarov bat à tout rompre.

Sur les écrans, son visage s'est décomposé. Il essaie d'arracher ses sangles, ses bras font des gestes désordonnés. Maintenant, ce ne sont même plus des paroles qui emplissent le haut-parleur, ce sont des cris, des cris insupportables qu'on dirait venus du fond des âges, le cri de l'homme désespéré, horrifié devant la mort.

Le directeur de vol a lâché la main du médecin. Lentement, il se dirige vers le tableau de commandes.

Devant le bouton rouge qui commande l'arrivée de l'oxygène, il a une seconde d'hésitation. Il regarde sur l'un des écrans la forme blanche qui se débat sur son siège. Il murmure :

— Pardon, Volodia...

Et il appuie sur le bouton. L'oxygène cesse brusquement d'arriver dans le casque du cosmonaute. Komarov a un moment d'hésitation et il retombe sur son siège. Dans les haut-parleurs, sa voix s'est tue.

Maintenant, à cinq cents kilomètres-heure, Soyouz I tombe en chute libre vers le sol. Dans quelques dizaines de minutes, il n'en restera plus rien.

Sur les écrans de télévision, le colonel Vladimir Mikhaïlovitch Komarov est désormais totalement immobile. Ses yeux sont grands ouverts et on peut même voir les petites rides rieuses qui les entourent.

Tout est calme, à présent. Dans le grand silence de l'espace, le vaisseau spatial abrite un silence plus grand encore, le plus grand de tous, le silence de la mort.

TRENTE-TROIS MOIS DE CAUCHEMAR

10 mars 1945. Alors qu'en Europe, ce sont les ultimes combats, alors que toute la France, à part quelques poches, est libérée, en Indochine, c'est la guerre qui commence brutalement. La veille, les Japonais ont déclenché une offensive de grande envergure. Or, le poste avancé de Bao-Ha, que commande l'adjudant-chef Jean-Luc Moreau, est en première ligne. Devant l'importance des forces ennemies, impossible de songer à résister, il faut évacuer en direction de la Chine.

Mais Jean-Luc Moreau ne pense pas qu'à lui. Si ses deux enfants, Jean, dix ans, et Marie-Claude, sept ans, en pension à Hanoi, sont en sécurité, sa femme Léone, qui partage son existence à Bao-Ha, pose un problème dramatique : de corpulence très forte, elle est incapable de monter à cheval. Aller en Chine à pied ou en chaise à porteurs, sur une route coupée de pitons montagneux, est irréalisable et il faut se décider d'urgence.

C'est alors que l'adjudant-chef pense au mandarin Nguyen-Din, le plus puissant personnage de la région. Il lui avait jadis proposé de cacher sa femme en cas de danger. Il n'y a pas d'autre solution. Les deux époux se font des adieux douloureux et précipités. Jean-Luc et ses hommes prennent la route du nord et Léone va chez le mandarin.

Mais la situation évolue très vite. C'est un véritable déferlement nippon, la débâcle française est générale et le mandarin prend peur. Les espions sont partout. Il dit sans ambages à Léone Moreau :

— Vous n'avez que deux solutions : vous rendre aux Japonais ou vivre dans la forêt.

Léone Moreau n'hésite pas : résolument, elle gagne la jungle. Nous sommes à la mi-mars 1945 : son calvaire est commencé... Elle porte deux lourdes valises pleines de vêtements et de médicaments. Le mandarin lui a donné pour guide son secrétaire Chuc, un jeune homme de vingt ans.

Dans la forêt, à quelques kilomètres d'un village, Chuc et elle construisent une case en bambous. Après quoi, le secrétaire du mandarin la laisse sous une pluie battante en lui promettant de revenir.

Un instant Léone se croit définitivement abandonnée, mais Chuc tient parole. Toutes les semaines, il vient la ravitailler et lui apporter des nouvelles... Et ce ne sont pas ces dernières qui manquent. Tout d'abord sur le plan personnel : il lui apprend que son mari est en sécurité en Chine, mais que ses enfants sont prisonniers des Japonais à Hanoi. Puis, fin août 1945, c'est la grande nouvelle :

— Les Américains ont gagné. Les Japonais ont capitulé.

Léone Moreau est rayonnante.

— Alors, c'est fini. Je vais pouvoir rentrer ?

Le visage de Chuc s'assombrit.

— Non, car ce ne sont pas les Français qui ont pris le pouvoir à Hanoi, c'est le Viet-minh. Vous êtes encore plus en danger qu'avant. Il va falloir vous réfugier plus loin. Je vais vous aider.

Et Chuc ajoute, tout en l'aidant à faire ses valises :

— Cela va peut-être s'arranger, il paraît que des négociations ont lieu à Paris.

En attendant, Léone Moreau, victime d'une situation politique qui lui échappe totalement, doit continuer à fuir comme une bête traquée... Traînant ses deux valises boursouflées, elle s'enfonce dans la forêt, avec Chuc. Ils s'arrêtent de nouveau à quelques kilomètres d'un village. Chuc lui construit une nouvelle case, sans fenêtre, qui peut à peine contenir un lit, et lui dit qu'il doit la quitter définitivement. Il s'est arrangé pour qu'un des habitants du village vienne la ravitailler régulièrement.

Cette fois, c'est le calvaire qui commence véritablement pour Léone Moreau, un calvaire qui dépasse en atrocité les pires bagnes. Seule, à part la visite régulière mais éphémère du villageois, elle perd toute notion du temps. Elle maigrit d'une façon effrayante. Le jour, armée d'un coupe-coupe, elle abat des bambous et des lianes pour faire chauffer sa cuisine. En plein midi, la pénombre règne dans la jungle. En levant la tête, on voit à peine un coin du ciel, à travers les arbres hauts de quinze mètres.

A la tombée de la nuit, c'est-à-dire vers quatre heures de l'après-midi, Léone mange. Après quoi, elle se couche et se réveille pour se défendre des rats énormes qui envahissent la case, attirés par la réserve de riz. Pour tous vêtements, elle ne possède bientôt plus que deux robes de chambre et une chemise, comme literie un matelas en kapok et une couverture. Elle va pieds nus, malgré les serpents et les mille-pattes qui mesurent vingt centimètres et portent des écailles coupantes sur leur dos ; leur morsure donne la fièvre pendant deux jours.

Mais le plus atroce, ce sont les sangsues. Elles sont petites, noires, à peine plus longues et larges qu'une allumette et se laissent tomber sur leur victime avec une sûreté extraordinaire. Quand il pleut (et il y a peut-être une semaine sans pluie par an), elles accourent de tous côtés jusque dans son lit. Elle se réveille ensanglantée.

Une source coule près de la case et, lorsqu'un orage survient, l'eau envahit tout. D'énormes grenouilles se retrouvent bondissant autour d'elle avec leur coassement caractéristique, qui ressemble à l'aboiement d'un berger allemand.

La source a d'autres habitants. Certains charmants,

comme les chevreuils et les cerfs qui viennent le matin et le soir ; d'autres plus inquiétants, comme les ours, petits et noirs de poil, mais qui ne se montrent jamais agressifs, se contentant de la regarder de loin perchés sur les arbres. Mais il y a aussi le tigre... Lui, il ne va boire que la nuit. Pour repérer son passage, Léone met des bambous autour de sa case et, lorsque le fauve arrive, il signale sa présence en les écrasant avec un craquement sec. Elle allume alors une allumette. Il s'arrête, la dévisage, intrigué, n'insiste pas et continue sa route...

Outre la peur quotidienne, il y a la maladie. Léone Moreau avait au début une provision de quinine, mais elle s'est vite épuisée. Dévorée de fièvre, parcourue de tremblements, elle pense à son mari et à ses enfants. Pour ne pas devenir folle, elle se force à imaginer de quelle manière elle va rénover sa vieille maison de campagne aux environs de Saint-Gaudens. Elle trace des plans, elle pense à la couleur des dessus-de-lit, des rideaux, au milieu des sangsues et des mille-pattes et de l'aboiement des grenouilles.

Elle craint le Viet-minh, dont son serviteur villageois lui dit qu'il se rapproche. Un jour, elle entend un bruit de trompette. Elle croit que ce sont les soldats ennemis, le même serviteur lui apprendra que c'est l'« oiseau-papillon », très rare, qui a ce cri bizarre. Insuffisamment alimentée, Léone Moreau attrape le béribéri. Son corps enfle douloureusement et elle croit mourir. Elle ne peut même plus aller jusqu'à la source. Un jour, elle dit au villageois qui lui apporte son riz :

— Rapporte tes provisions au village. C'est inutile que tu te déranges. Je vais mourir.

La femme du serviteur vient la voir. A l'aide d'un éclat de bol, elle incise son corps. Rapidement, elle désenfle. Elle peut même marcher avec deux cannes. Mais elle constate avec angoisse qu'elle n'y voit plus de l'œil droit. Elle croit à un trouble passager, pourtant elle restera à jamais borgne. Et comme un malheur n'arrive jamais seul, le villageois lui dit peu après :

— Beaucoup de morts... Pour les Français, pas bon... Vous partir.

Même si elle ignore ce qui se passe exactement, Léone Moreau a compris. Les négociations qu'avait évoquées Chuc entre la France et les Vietnamiens ont dû échouer. C'est la guerre... Effectivement, nous sommes en décembre 1946 et le 19 de ce mois, la flotte française a bombardé Haiphong. C'est le début officiel de la guerre d'Indochine. Les escarmouches vont faire place à des opérations de grande envergure. Elle doit s'enfoncer plus loin, plus profond dans la forêt...

Tout ce qu'elle possède désormais tient dans un petit ballot. Les rats ont dévoré les valises, la couverture et le matelas de kapok. Elle élit domicile dans le territoire des Mans, peuplade pacifique, opposée au Viet-minh, habitant les hauts plateaux. A cet endroit, la jungle, très humide, semble enveloppée de brouillard. Jour et nuit, Léone Moreau grelotte de froid. Tout moisit et elle ne peut allumer de feu, de crainte de donner l'alerte au Viet-minh.

Cet endroit charmant est le lieu de prédilection des pythons, des araignées géantes et de la panthère noire. Elle n'oubliera jamais la rencontre avec cette dernière. Un jour, l'une d'elles vient se poster sur un arbre devant sa case, à la tombée de la nuit. Elle s'arrête sur une grosse branche et toutes deux se regardent. Curieusement, Léone n'a pas peur. Elle est sûre que le fauve ne va pas l'attaquer. Et, effectivement, lorsque le jour est complètement tombé, elle l'entend pousser son cri, une sorte de miaulement très fort, suivi des cris de détresse des oiseaux qu'elle dévore.

La vie continue pendant un temps qu'elle est incapable de déterminer... Elle est, à présent, totalement seule, se débrouillant comme elle peut et survivant de manière miraculeuse. Les singes, bien qu'inoffensifs, sont très voleurs et lui emportent la dernière chemise qu'elle possède. En revanche, ils la ravitaillent, car ils volent aussi les paysans quand ils font la récolte du riz et en laissent tomber près d'elle.

Tout va pourtant prendre fin d'un coup. Léone Moreau s'imaginait que tout le monde l'avait oubliée : il n'en était rien. Les Français savaient qu'elle était vivante par les récits des Mans et dépensaient des efforts considérables pour la retrouver.

Le 7 novembre 1947, elle voit arriver des coolies, puis des militaires. Elle croit qu'elle rêve, mais elle ne rêve pas. Elle se retrouve bientôt allongée sur un brancard, en guenilles, affreusement amaigrie, à demi folle, secouée de crises de paludisme, couverte de sangsues. Au soir, elle fait son entrée dans le poste français de Lang-Kem. Elle peut bénéficier d'un repas et d'un lit convenables pour la première fois depuis trente-trois mois, car c'est le temps qu'a duré son calvaire !

Rentrée chez elle, Léone Moreau a mis ses projets à exécution : elle s'est retirée dans sa ferme en ruine aux environs de Saint-Gaudens et l'a aménagée selon son goût. C'est devenu une habitation coquette et confortable, presque douillette. Personne ne pourrait imaginer que la maîtresse de maison en a conçu l'installation seule dans la jungle, au milieu des sangsues, des mille-pattes de vingt centimètres de long, au dos coupant comme un rasoir, et des grenouilles à l'aboiement de berger allemand.

LA BOUTEILLE À LA MER

Il y a mille façons d'être rescapé, mais la manière dont Monica Bertoni l'a été est peut-être unique. Personne n'aurait osé imaginer une pareille histoire. A première vue, elle a des allures de comédie à l'italienne ou de conte de fées. Et pourtant...

— Qu'est-ce que c'est que cela ?

— Tu le vois bien : c'est une robe !

Monica Bertoni fait face à sa mère Giulietta. Il est visible qu'une scène va éclater entre elles et il est tout aussi visible que ce ne sera pas la première... Nous sommes le 6 mars 1966 à Santa Anna, un petit village sicilien non loin de Syracuse. Outre Monica et sa mère, il y a dans la grande pièce de la maison Giorgio Bertoni, le père, qui exerce le métier d'employé municipal, plus Gina et Vera, respectivement vingt-deux et vingt ans, les aînées de Monica.

Giorgio Bertoni se lève en grognant :

— Ah non ! Ça ne va pas recommencer !

Monica se précipite vers lui.

— Papa ! Ecoute-moi...

— Je n'écoute rien ! Je m'en vais ! Débrouille-toi avec ta mère.

Et M. Bertoni s'en va, d'une démarche lasse... Il espérait profiter de ce dimanche pour s'occuper de son jardinet, mais rien à faire. Pas question de rester une minute de plus dans cette volière ! Comme souvent, il va aller à la petite crique, sortir sa barque et dormir en mer. Avoir trois filles, c'est tout le problème, le calvaire de Giorgio Bertoni. Et des filles à marier, par-dessus le marché ! Tant qu'elles étaient petites, elles n'étaient pas plus remuantes que des garçons, mais l'approche du mariage leur met les nerfs à fleur de peau. Elles se jalousent, elles se chamaillent pour des riens. Oui, décidément, vivement qu'elles soient casées !

Giorgio Bertoni ayant laissé le champ libre, la dispute entre Monica et sa mère peut prendre toute son ampleur. Monica fixe son adversaire d'un regard noir, qu'elle a très beau d'ailleurs, comme tout le reste de sa personne. Elle vient d'avoir dix-sept ans. C'est une charmante brune au corps délicat et au sourire charmeur... Enfin, quand elle sourit.

A quelque distance des antagonistes, Gina et Vera observent cet affrontement en spectatrices intéressées. Elles ont une incontestable ressemblance avec leur cadette. Elles sont tout aussi jolies qu'elle, avec quelques années de plus.

— Cette robe, c'est celle de Vera ! Je ne veux pas la porter !

— Je l'ai remise à tes mesures. De quoi te plains-tu ?

— Je me plains que tout le village l'a déjà vue sur Vera, comme mon corsage, comme mes chaussures. Depuis que je suis née, je n'ai jamais eu un vêtement neuf ! Est-ce que tu peux comprendre cela, maman ?

— Tu es la dernière de nos filles. Ce n'est pas de ma faute si le bon Dieu en a décidé ainsi. Crois-tu que nous soyons assez riches pour acheter de nouvelles affaires à chacune de vous ? C'est comme cela depuis que tu es petite et tu ne te plaignais pas avant.

Monica Bertoni redresse son visage aux cheveux sombres et aux yeux ardents.

— Justement, je ne suis plus une petite fille, maman ! Je suis une jeune fille ! Crois-tu qu'on puisse plaire dans la robe de sa sœur aînée ? L'autre jour, les garçons du village ont ri sur mon passage. J'en étais morte de honte !

— Tu n'as pas à plaire aux garçons !

— Et pourquoi ?

— Parce que tu ne peux pas te marier. C'est à Gina de se marier la première. Ensuite, ce sera le tour de Vera et après à toi.

— Et si un garçon tombe amoureux de moi ?

— Cela suffit comme cela ! Moi aussi, j'ai dû attendre pour me marier que mes sœurs aînées le soient.

Monica Bertoni pousse un cri. Elle jette à terre la fameuse robe, objet du litige, et elle quitte la maison en larmes, sous l'œil goguenard de Gina et Vera. Elle traverse le petit village de Santa Anna. Elle entre dans l'église, qui est vide à cette heure, et va s'agenouiller devant l'autel de la Sainte Vierge. Elle est secouée de sanglots.

— Sainte Vierge, c'est moi qui vais le plus souvent à l'église. Gina et Vera ne pensent qu'à aller au bal et à courir les garçons. Sainte Vierge, faites que je me marie avant mes sœurs ! Faites que je me marie avant mes sœurs ! Je vous en prie, Sainte Vierge, exaucez-moi !...

Nous sommes le dimanche 6 mars 1966. Il est trois heures de l'après-midi. Et, en cet instant précis, la prière de Monica Bertoni va être exaucée. Mais exaucée d'une manière absolument extraordinaire. C'est bien simple, aujourd'hui, plus de trente ans après, on en parle encore à Santa Anna et dans la région de Syracuse.

Trois heures de l'après-midi, ce 6 mars 1966. Tandis que Monica Bertoni est en train d'implorer la Sainte Vierge, son père Giorgio, enfin débarrassé de ses ennuis domestiques, se prélasse dans sa barque.

Allongé, le chapeau de paille sur la tête, les doigts

de pied en éventail, il se laisse ballotter par le ressac et il est sur le point de sombrer dans un sommeil réparateur, lorsqu'il entend un bruit sourd contre la coque. Il se redresse en bougonnant... Qu'est-ce que cela peut bien être ? Il se penche. Une bouteille ! Décidément, si cela continue, la Méditerranée va devenir une poubelle !

— Mon Dieu ! Qu'est-ce que cela veut dire ?...

Giorgio Bertoni a agrippé l'objet flottant et le considère avec saisissement. La bouteille est vide et soigneusement fermée par un bouchon. Enfin, elle est vide de liquide car, à l'intérieur, il y a un papier roulé.

— Des naufragés !

Fébrilement, Giorgio extrait le message, le déroule et parcourt le texte. Il n'est pas très fort en lecture, mais assez pour s'apercevoir que les naufragés ne sont pas italiens. Le texte est rédigé dans une langue qu'il ne comprend pas.

En tirant sur les rames, Giorgio Bertoni revient au village. Il faut faire vite. C'est peut-être urgent. Il va montrer le message au curé. Lui, il est cultivé, il comprendra sûrement.

Le Padre Bonato accueille avec quelque surprise ce paroissien qu'il ne voit guère dans son église et qui appartient même, avec la municipalité de Santa Anna, au bord tout à fait opposé.

— Qu'est-ce qui me vaut le plaisir, Giorgio ? Je ne t'ai pas vu ici depuis la communion de Monica... Cela doit remonter à...

Giorgio lui tend le document.

— Je vous en prie, monsieur le curé. Quand il y a des malheureux à secourir, il faut oublier le reste...

En quelques mots, Giorgio Bertoni met le Padre Bonato au courant de sa découverte. Le curé prend le bout de papier qu'il lui tend, chausse ses lunettes et se met à lire en silence.

Anxieux, Giorgio observe. Il le voit plisser le front, esquisser un sourire et enfin, à sa stupéfaction, éclater de rire.

— Qu'est-ce qui se passe, monsieur le curé ? Ce ne sont pas des naufragés ?

— Non, ce ne sont pas des naufragés.

— C'est une blague alors ?

— Ce n'est pas impossible, mais j'aurais tendance à dire que non. Le texte est écrit en anglais et je vais te le traduire. « Moi, Olaf Gustavson, je cherche une jeune fille entre seize et vingt ans pour l'épouser. Quand vous trouverez ce papier, envoyez-moi s'il vous plaît votre photo et votre adresse. Je vous promets de vous envoyer une réponse, ma photo et un souvenir de Suède. » C'est signé : « Olaf Gustavson » et il y a une adresse à Göteborg.

Giorgio Bertoni reste, les bras ballants, sidéré par l'événement.

— Et... qu'est-ce qu'il faut faire ?

Le Padre Bonato sourit.

— N'as-tu pas des filles à marier, Giorgio ?

— Vous me conseillez de répondre comme cela à cet inconnu ?

— Je t'y engage vivement, Giorgio. La Providence s'est manifestée. Tu n'as pas le droit d'hésiter.

— Si c'est vous qui le dites, monsieur le curé...

De retour à la maison, Giorgio Bertoni impose le silence aux cris féminins assourdissants qui s'élèvent autour de lui. Après avoir annoncé l'incroyable nouvelle, il a assisté à une véritable scène d'hystérie. Même Giulietta, sa femme, crie aussi fort que ses filles. Giorgio parvient enfin à se faire entendre.

— Gina, tu iras demain à Syracuse. Tu iras d'abord chez le coiffeur et ensuite chez le photographe. Après, tu écriras un mot de réponse et tu le feras voir au curé pour qu'il n'y ait pas de faute.

Il y a un cri de joie de Gina, aussitôt couvert par une exclamation de colère de Monica.

— Ah non ! Elle n'a pas le droit !

— Comment cela « pas le droit » ?

— Le Suédois a écrit : « une jeune fille entre seize et vingt ans ». Gina a vingt-deux ans. Elle ne peut pas répondre. C'est Vera et moi qui devons écrire.

Hurlement de Gina.

— C'est moi l'aînée ! C'est moi qui dois me marier la première !

Il s'ensuit une empoignade générale, opposant d'une part Gina et sa mère, qui a pris son parti, et de l'autre les deux cadettes. Giorgio Bertoni s'extrait non sans mal de cette dangereuse mêlée. Finalement, il parvient à rétablir un semblant de calme.

— J'ai décidé : vous enverrez toutes les trois une lettre et une photo et c'est le Suédois qui choisira.

26 mars 1966... Il y a près de trois semaines que Gina, Vera et Monica Bertoni ont écrit à Olaf Gustavson. Trois semaines pendant lesquelles elles ont à peine vécu, imaginant en rêve leur correspondant sous les traits d'un jeune dieu nordique. Chaque matin, à l'heure du courrier, c'était la ruée et des soupirs dépités, accompagnés de regards venimeux, adressés l'une à l'autre. Mais ce matin du 26 mars, le miracle s'est produit. Une lettre revêtue de timbres étranges à l'effigie d'un souverain inconnu est là... Les trois filles l'auraient mise en morceaux dans leur fébrilité, si Mme Bertoni n'était intervenue. Elles n'y toucheront pas. C'est à leur père de l'ouvrir en tant que chef de famille, quand il rentrera pour déjeuner.

Midi est arrivé. La tension est à son comble lorsque Giorgio décachette la lettre avec son canif. Le curé est là, à la fois pour donner toute sa solennité à l'événement et traduire en cas de besoin.

La première chose que Giorgio découvre, c'est la photo d'Olaf Gustavson. Une triple exclamation de ravissement retentit dans son dos... Olaf est exactement tel qu'elles l'avaient imaginé : blond aux yeux bleus, avec des allures de guerrier viking et un sourire conquérant.

Quant au texte, il ne sera pas nécessaire de recourir aux service du curé. Il est écrit en italien et adressé fort protocolairement aux parents.

Après quelques formules de politesse, Olaf Gustavson raconte dans quelles conditions il a lancé sa bouteille : « C'était un soir où je me sentais plus seul que d'habitude. Je m'étais engagé comme mousse un jour de cafard. Nous étions au large de Gibraltar. Je voyais les lumières de la côte. Je me suis dit que là-bas, peut-être, une jeune fille serait heureuse de me rencontrer. J'ai rédigé ce message, je l'ai mis dans une bouteille et je l'ai lancé à la mer... » Le jeune homme poursuit : « Maintenant, je ne le regrette pas. Mon message a traversé la moitié de la Méditerranée. C'est donc là que ma future femme m'attendait. » Et il termine par cette petite phrase : « Pourrais-je correspondre avec Monica ? »

Les cris de joie de Monica doivent s'entendre à l'autre bout de Santa Anna. Ils sont pourtant aussitôt couverts par les sanglots déchirants de Gina et de Vera. Et le curé n'est pas de trop pour rétablir le calme.

18 septembre 1967. Il y a près d'un an et demi que Giorgio Bertoni a trouvé la bouteille contenant le message et que son expéditeur, Olaf Gustavson, a répondu aux trois sœurs en donnant la préférence à Monica. Depuis, les choses sont allées bon train. Les deux jeunes gens ont correspondu régulièrement. En août 1966, Olaf Gustavson est venu passer ses vacances à Santa Anna et, en août de l'année suivante, ce fut le tour de Monica d'aller à Göteborg. C'est là qu'ils ont pris la décision de se marier, décision tout de suite acceptée par les deux familles.

Et, ce 18 septembre 1967, la cérémonie a lieu dans la petite église de Santa Anna. Le Padre Bonato ne peut s'empêcher de manifester une émotion inhabituelle, lorsqu'il prononce le sermon traditionnel :

— Je vous bénis, mes enfants ! Je suis sûr que vous

serez heureux dans l'existence, car votre union, plus que toute autre, a été voulue par Dieu. C'est la Providence elle-même qui, empruntant des voies qui nous dépassent, vous a fait vous rencontrer. Soyez heureux, Monica et Olaf !

Dans l'église, il y a un silence attendri. M. et Mme Bertoni sourient, de même que Gina et Vera. Il y a longtemps qu'elles n'en veulent plus à leur jeune sœur. D'ailleurs, elles sont toutes deux fiancées.

15 janvier 1968. Cela fait quatre mois qu'Olaf et Monica Gustavson sont mariés. Ils se sont installés à Göteborg où Olaf est chauffeur de taxi. A l'autre bout de l'Europe, Monica découvre mille choses inconnues : la neige, le niveau de vie et le confort d'un pays riche, la liberté des femmes aussi ; là-bas, elle peut se promener seule dans la rue sans provoquer un scandale. La seule difficulté est le climat. Mais elle a bon espoir de s'y habituer un jour...

Monica est seule dans la coquette maison qu'elle habite à la périphérie de Göteborg. On sonne à sa porte. C'est un homme d'une trentaine d'années. Elle a la surprise de l'entendre s'exprimer en italien.

— Madame Gustavson, est-ce que vous êtes au courant de la nouvelle ?

Monica a un mouvement de recul.

— Quelle nouvelle ?

L'homme semble terriblement gêné.

— Je suis le représentant du consulat italien. Je dois vous annoncer qu'il vient de se produire un tremblement de terre en Sicile...

— Mon Dieu ! Mes parents, mes sœurs !...

L'homme ne répond pas.

— Vous ne voulez pas dire qu'ils sont... ?

— Si, madame, ils sont morts... Tous... Votre maison est la seule de Santa Anna qui ait été entièrement détruite. C'est une terrible fatalité...

Monica Gustavson se laisse tomber sur une chaise. Elle se revoit agenouillée devant l'autel de la Madone, répétant :

— Sainte Vierge, exaucez-moi !

La Sainte Vierge l'a exaucée bien au-delà de ce qu'elle lui avait demandé : en plus de lui avoir donné un mari, elle lui a sauvé la vie. Le curé de Santa Anna avait raison : la Providence emprunte parfois des voies qui nous dépassent.

LE DRAME DU CERVIN

L'histoire commence par une photo, une vieille photo toute jaunie, sur laquelle figure un groupe de personnages à l'allure martiale et à la pose un peu ridicule.

Ils sont là, raides, devant l'objectif. Ils portent un costume de ville tout ce qu'il y a de plus classique. A quelques détails près, pourtant : de grands chapeaux à larges bords, sans doute pour se protéger des intempéries, des piolets au long manche qui leur arrivent jusqu'à l'épaule, une corde nouée autour de la ceinture et des chaussures à crampons.

Oui, ce sont des alpinistes, des alpinistes du XIXe siècle. Car c'était ainsi, en pantalon et redingote, qu'à cette époque on se préparait à conquérir les sommets : avec un équipement rudimentaire qui, aujourd'hui, laisse rêveur. Et ce n'est pas tout, il y a ce qui ne figure pas sur la photo, il y a les conditions dans lesquelles était organisée alors l'aventure en montagne. Même s'il s'agissait d'une grande première alpine, même si le sommet qu'on devait vaincre avait une terrible réputation, comme le Cervin...

Ils sont sept, sur la photo jaunie. Elle a été prise juste avant le départ de leur expédition. Mais ils n'ont l'air inquiet ni les uns ni les autres. Ils fixent l'objectif sans émotion particulière, les rescapés comme ceux qui vont mourir.

Edward Whymper est le type même de ces étonnants pionniers de l'alpinisme. En 1865, il a vingt-cinq ans. Il est sujet britannique, londonien de surcroît, et cela fait quelques années qu'il parcourt les sommets dans une tenue vestimentaire qui ne le ferait pas trop remarquer dans les rues de la City.

Pourtant, ce n'est pas un débutant ni un amateur, loin de là. Il a même à son actif plusieurs ascensions très difficiles.

Mais ce 12 juillet 1865, Edward Whymper est soucieux. Il est attablé au bar de l'hôtel du Mont-Rose à Zermatt et il n'en finit pas de bougonner devant sa tasse de thé.

Zermatt n'est pas alors la luxueuse station de sports d'hiver qu'elle est devenue aujourd'hui. C'est un village des Alpes comme les autres dont les habitants vivent maigrement de l'élevage. A vrai dire, sa seule particularité notable est d'être située au flanc d'un des plus prestigieux sommets alpins, un piton rocheux de 4 478 mètres, toujours blanc hiver comme été : le Cervin.

Non, décidément, Edward Whymper n'est pas de bonne humeur. Il faut dire qu'il a quelques raisons et son compagnon, un jeune Anglais de son âge, très distingué — il est noble, d'ailleurs, il s'appelle lord Francis Douglas —, partage entièrement son point de vue. Il est alpiniste lui aussi et, sans avoir la même expérience, il est déjà très confirmé.

Edward Whymper tape du poing sur la table :

— Vous vous rendez compte, sir Francis, cela fait quatre ans que j'essaye de monter cette expédition et hier, ces damnés Italiens sont partis pour la réaliser avant moi !

— Ils ne sont pas encore arrivés, Edward...

— Mais si, je les connais, ce sont de bons alpinistes, ils vont arriver au sommet du Cervin, alors que j'avais juré d'être le premier... Tenez, en ce moment, ils doivent avoir franchi le glacier. Bientôt, ils vont bivouaquer pour la nuit et, demain, ils attaqueront l'escalade. De Zermatt, nous avons encore une chance d'arriver avant eux, à condition que nous partions demain matin, mais pas plus tard.

Le jeune lord, pour la dixième fois peut-être, essaye de convaincre son compagnon.

— Alors, allons-y. Je suis sûr que mon guide suisse, Taugwalder, acceptera de nous accompagner.

Mais pour la dixième fois, Edward Whymper secoue la tête :

— Partir à trois ? Cela n'a aucun sens. On n'a jamais vu une cordée à trois. Les Italiens, eux, sont sept...

Et Edward Whymper replonge dans la contemplation désabusée de sa tasse de thé. Echouer comme cela, bêtement, si près du but, parce qu'il lui manque deux ou trois compatriotes pour former une cordée, vraiment c'est trop stupide !

Et c'est à ce moment que la porte de l'hôtel du Mont-Rose s'ouvre et que les deux arrivants, un pasteur et un jeune homme aux allures romantiques, saluent l'assistance d'un cordial et sonore « Hello ! ».

Des Anglais !... Edward Whymper est comme électrisé. Il a bondi de sa chaise. Les mains tendues, il se précipite vers les nouveaux venus. Il se présente. Il les prie avec effusion de venir à sa table. Les deux alpinistes — car ce sont des alpinistes, ils ont chacun un grand piolet et des chaussures à crampons — se présentent à leur tour.

Le pasteur est le révérend Charles Hudson. Whymper hoche la tête avec satisfaction. Il le connaît de réputation. Un très bon alpiniste. S'il acceptait de se joindre à eux, ce serait une recrue de premier ordre.

— Mon révérend, le Cervin, voulez-vous être du nombre de ses vainqueurs ?

— Quand comptez-vous partir ?

— Demain à l'aube. Les Italiens sont déjà en route. Il faut absolument arriver avant eux.

Le pasteur ne réfléchit que quelques instants.

— Eh bien, c'est d'accord.

Voilà. Ils sont déjà trois. Et maintenant au tour du quatrième. Si le petit jeune aux allures romantiques acceptait lui aussi, ce serait parfait, se dit Edward Whymper. Avec deux ou trois guides, ils seraient à égalité de nombre avec les Italiens. Il faut absolument le convaincre !... Mais Whymper se rend tout de suite compte que ce ne sera pas nécessaire. Car c'est le jeune homme qui s'adresse à lui, presque implorant :

— Monsieur, je m'appelle Robert Hadow. Sans doute me jugez-vous inexpérimenté pour une pareille expédition, mais j'ai des références. J'ai fait le mont Blanc en moins de temps que n'importe qui.

Edward Whymper lui serre la main et lui tape sur l'épaule. Lui aussi est « bon pour le Cervin »... En agissant ainsi, l'Anglais vient pourtant de prendre une lourde responsabilité. Il n'ignore pas que ce que vient de lui dire ce frêle jeune homme de dix-neuf ans n'a aucune signification. L'escalade du mont Blanc n'est pas une référence en matière d'alpinisme. Même s'il s'agit du plus haut sommet des Alpes, on n'y rencontre aucune difficulté particulière. C'est seulement une longue course qui demande une bonne forme physique, rien d'autre. Mais il voulait son quatrième compatriote pour faire une cordée semblable à celle des Italiens et le temps pressait.

Il faut maintenant trouver les guides. Taugwalder, le guide suisse de lord Douglas, accepte de les conduire en compagnie de son fils. Mais étant donné la difficulté de l'ascension, il recommande qu'on prenne un second guide. Heureusement, il y en a un sur place, un Savoyard de Chamonix, Michel Croz. Cette fois, tout est paré. Il n'y a plus qu'à attendre le matin et on pourra partir à l'assaut du Cervin... Mais avant, lord Francis Douglas fait une proposition :

— Il y a un photographe à l'hôtel. Si nous lui demandions de faire un cliché de nous tous ?

Edward Whymper approuve avec chaleur.

— Excellente idée ! Je compte écrire un livre pour raconter notre exploit. Ce sera une illustration idéale.

Et peu de temps après, tous les sept posent devant l'objectif, pour la postérité et le livre d'Edward Whymper...

Mercredi 13 juillet 1865, 5 h 30 du matin. Après une courte prière du pasteur, la petite troupe se met en marche. Pour tout matériel, clle emporte une tente, des couvertures et trois cordes de soixante mètres chacune, dont deux très grosses et la troisième un peu plus fine.

Les premières heures sont presque une promenade. Jusqu'à 3 400 mètres, en effet, le Cervin ne présente aucune difficulté majeure. Peu à peu, le jour se lève et le temps est magnifique, une journée d'été idéale. Tout le monde est ravi, le jeune Hadow plus que les autres. Pour une de ses premières escalades, il a la chance de participer à une expérience aussi prestigieuse que facile ! Les guides Croz et Taugwalder, eux aussi, sont satisfaits, mais pour d'autres raisons. Le beau temps diminue les risques, car il faut dire qu'ils sont nerveux depuis le départ. Cette aventure improvisée a quelque chose qui ne leur plaît pas.

Le soir, ils s'arrêtent pour bivouaquer. Tout s'est passé à merveille. A aucun moment il n'a été nécessaire de s'encorder. Ils doivent être aux environs de 3 400 mètres. Si tout va bien, demain, en fin de matinée, ils seront au sommet.

L'aube se lève... C'est le 14 juillet, une date prédestinée pour la victoire, même quand on est anglais, et le temps s'annonce aussi radieux que la veille. Aussi repartent-ils avec un optimisme à toute épreuve. Pourtant Taugwalder, son fils et Michel Croz sont moins exubérants. Ils savent que c'est maintenant que les vraies difficultés vont commencer.

Et elles ne se font pas attendre. Après une heure de marche, c'est une paroi toute blanche, très raide, de deux cents mètres environ. Cette fois, il faut s'encorder. Et dès les premiers pas, l'ascension se révèle extrêmement périlleuse. Il y a des plaques de glace dissimulées sous la neige et, là où il n'y en a pas, la roche est tellement pourrie qu'elle tombe en poussière.

Cette fois, Robert Hadow, le jeune homme romantique, ne s'amuse plus du tout. Il commence à se rendre compte qu'il s'est inconsidérément engagé dans une aventure qui le dépasse. Plusieurs fois, il trébuche, plusieurs fois, il glisse. Michel Croz, qui monte juste devant lui, doit lui crier à chaque instant où il doit poser son pied et sa main. Plus bas, le pasteur et lord Douglas serrent les dents ; eux aussi, par instants fugitifs, commencent à regretter d'être partis.

Seul Edward Whymper reste imperturbable. D'abord parce qu'il est bon alpiniste et surtout parce qu'il est soutenu par son inébranlable orgueil. Cette victoire, c'est *sa* victoire, il la veut ! Les Italiens, il ne pense qu'à eux. Peut-être en ce moment franchissent-ils les derniers mètres, peut-être sont-ils déjà arrivés...

Et puis, après des heures d'efforts, brusquement, la paroi verticale s'arrête. Elle fait place à une pente douce de neige éblouissante, qui monte lentement.

Le sommet est là... Edward Whymper regarde de tous ses yeux dans sa direction et découvre qu'il est vide, qu'il est vierge ! Ils sont les premiers. Il est vainqueur du Cervin ! Il se met à courir comme un fou. Il a de la neige jusqu'aux genoux, mais qu'importe. Il ne s'arrête que quand il y est vraiment. Et là, il se laisse tomber, épuisé. Il est 13 h 40...

L'un après l'autre, les autres membres du groupe viennent le rejoindre. Tous ont le souffle coupé, par l'effort fourni, par le manque d'oxygène, bien sûr, mais aussi par l'admiration. Le paysage, dans cette lumière éclatante, est grandiose... Soudain, le guide Croz pointe le doigt :

— Là, là ! Regardez !

Edward Whymper s'est levé d'un bond. Il a compris. Ces petits points noirs quelques centaines de mètres plus bas, ce sont les Italiens. Visiblement, ils sont bloqués par un passage gelé. Il faut absolument leur montrer que c'est lui qui a gagné...

Alors, il enlève sa redingote et la brandit au-dessus de sa tête. Il saute sur place, il hurle, il chante la tyrolienne et quand, quelques minutes plus tard, il voit les petits points commencer à redescendre lentement, il a un cri de joie sauvage.

Une demi-heure, une heure passent. Les vainqueurs du Cervin s'accordent quelque répit. Robert Hadow, complètement épuisé, tente dc récupérer, allongé sur la neige ; le pasteur cherche dans sa bible les passages appropriés aux moments qu'ils viennent de vivre ; lord Douglas médite ; quant à Edward Whymper, il fait des croquis au fusain pour illustrer le livre qu'il va écrire sur son exploit.

Mais les guides, un peu à l'écart, ont l'air soucieux. Ils savent que le passage qu'ils ont franchi sera beaucoup plus difficile à la descente qu'à la montée. Taugwalder s'approche de Michel Croz :

— Je donnerais cher pour être en bas.

Croz hoche la tête sans répondre. Mais dans sa poche, sa main droite égrène nerveusement son chapelet...

Il est trois heures de l'après-midi, ce 14 juillet 1865. Sur le sommet du Cervin, Edward Whymper et ses compagnons s'arrachent avec difficulté à la contemplation du paysage. Mais les guides deviennent de plus en plus pressants : il faut rentrer tout de suite si on ne veut pas courir le risque d'être surpris par la nuit au milieu du passage difficile.

Croz prend l'une des cordes et il se concerte avec Whymper pour savoir dans quel ordre ils vont s'attacher. Ils se décident pour une répartition classique, c'est-à-dire les meilleurs éléments en tête et en queue.

Michel Croz, qui est l'alpiniste le plus confirmé, sera premier de cordée. Immédiatement derrière lui viendra Robert Hadow, le petit jeune qui est de loin le plus faible : ainsi le guide pourra lui préparer le chemin et l'aider en cas de besoin. Ensuite viendront le pasteur et lord Douglas : alpinistes moyens, ils formeront le milieu de la cordée ; et enfin, Taugwalder père, Whymper et Taugwalder fils, pour avoir une fin de cordée solide.

Le passage difficile arrive presque tout de suite. Et c'est vrai qu'il est bien plus dur à la descente qu'à la montée ! Il y a d'abord le précipice. A l'aller, ils l'avaient à peine vu ; mais maintenant il est là sous leurs yeux, béant, vertigineux. C'est le jeune Hadow surtout qui semble impressionné. Il s'est arrêté, pétrifié, et il faut lui crier à plusieurs reprises d'avancer.

La descente commence, le long de la paroi de glace et de roche pourrie. Cela prend énormément de temps, surtout à cause de Robert Hadow. La peur s'ajoute à son inexpérience. Il ne peut plus rien faire de sa propre initiative. Il s'agrippe désespérément, les bras et les jambes raidis par l'appréhension. En dessous de lui, Michel Croz lui hurle des ordres. Le jeune Anglais descend centimètre par centimètre. Le guide doit lui tailler des marches dans la glace avec son piolet, lui prendre les jambes, alors qu'il est lui-même en équilibre, l'installer dans le trou qu'il vient de creuser et recommencer. Derrière, les autres attendent en se retenant comme ils peuvent aux aspérités de la roche gelée. Et, en dessous d'eux, il y a le vide...

Le soleil a déjà de beaux reflets rouges. Le jour baisse rapidement et on n'en est encore qu'à la moitié de la paroi. Edward Whymper, malgré le froid, sent la sueur lui couler sur le visage. Brusquement il a peur, très peur... La montagne, cela ne s'improvise pas. Amener un débutant dans une ascension aussi difficile, il n'en avait pas le droit. Bien sûr, ils ont battu les Italiens, mais le Cervin, lui, est toujours là. Ils n'ont pas encore battu le Cervin !

Whymper regarde avec angoisse Robert Hadow, le beau jeune homme blond au visage romantique, qui n'est plus qu'un être affolé qui s'accroche comme il peut au flanc de la montagne. Sans s'en rendre compte, il ne cesse de répéter entre ses dents :

— Il faut qu'il tienne, bon Dieu, il faut qu'il tienne !...

La suite se passe en quelques secondes, mais dans les yeux d'Edward Whymper, elle semble interminable, comme ces cauchemars qui se déroulent au ralenti.

Brusquement, Robert Hadow lâche prise, totalement, des bras et des jambes à la fois. Il glisse à toute allure sur le dos le long de la paroi glacée et il frappe de plein fouet le guide avec ses crampons. Surpris par le choc et par la douleur, Michel Croz lâche prise lui aussi et il se met à dévaler à son tour la pente en hurlant de terreur.

Entre chaque alpiniste, il y a environ dix mètres de corde. Croz et Hadow foncent sur la pente glacée aussi glissante qu'un mât savonné, en battant des mains et des jambes pour tenter de se raccrocher à quelque chose. Et dix mètres plus haut, c'est le pasteur. Dans un réflexe — car tout se joue en quelques instants —, il tente de s'accrocher, il se raidit, dans l'attente du terrible choc. Mais il est lui-même en équilibre et le poids des deux hommes est trop lourd. Il est entraîné à son tour. Ils sont maintenant trois à glisser en hurlant vers le précipice.

Les yeux agrandis de terreur, le quatrième de cordée, lord Francis Douglas, attend son tour. Mais ce sont trois hommes qu'il doit retenir à bout de bras, et il est emporté comme une plume, sans même avoir pu résister.

Derrière, il y a Taugwalder père, puis Whymper, puis Taugwalder fils. Tous les trois ensemble s'arc-boutent sur la corde. Mais, de toute évidence, il n'y a rien à faire. Ils n'arriveront pas à retenir les autres. Ils vont être arrachés eux aussi. Il n'y aura pas un seul survivant des premiers vainqueurs du Cervin...

Whymper a fermé les yeux. Il est prêt. Tout cela est de sa faute. Dans une fraction de seconde, ce sera la violente tension de la corde et le plongeon en avant... Mais non ! La corde, au contraire, se relâche. Whymper ouvre les yeux...

Taugwalder, hébété, est immobile, dix mètres sous lui. La corde vient de casser dans ses mains. Plus bas, beaucoup plus bas, les quatre premiers de cordée, Michel Croz, Robert Hadow, le pasteur et lord Douglas, continuent leur glissade irrémédiable. Leurs quatre hurlements sont déchirants, ils n'ont plus rien d'humain. Leurs mouvements frénétiques des bras et des jambes les font ressembler à des nageurs dérisoires, et puis, l'un après l'autre, ils sont happés par le vide, vers le glacier, qui les attend, mille deux cents mètres en dessous !

Combien de temps sont-ils restés tous les trois, Taugwalder père et fils et Edward Whymper, pétrifiés, avec, dans les oreilles, ces cris qui n'en finissaient pas ? Aucun d'eux ne saurait le dire.

Mais il faut continuer, il faut revenir. La fin de la descente de la paroi est un véritable cauchemar. Et c'est une fois qu'elle est terminée que Whymper examine la corde et s'aperçoit que c'est la plus mince des trois qu'ils ont utilisée. C'est une erreur — encore une —, une légèreté invraisemblable, mais celle-là a sans doute sauvé la vie des trois rescapés.

Whymper et les Taugwalder sont retournés à Zermatt. Une cordée de secours a ramené les quatre corps ou, du moins, ce qu'il en restait. Une enquête a été ouverte. Pourquoi avaient-ils utilisé la corde la plus mince et surtout pourquoi celle-ci s'était-elle cassée juste entre les mains de Taugwalder ? Devaient-ils leur survie à la chance ou à une action criminelle ? On ne pouvait s'empêcher de se poser la question : est-ce que Taugwalder avait, oui ou non, coupé la corde ?

L'enquête n'a rien prouvé et s'est conclue par un non-lieu. Mais de toute manière, s'il y avait un criminel, ce n'était pas le guide suisse, c'était Edward

Whymper, qui, par orgueil, par légèreté, avait envoyé quatre hommes à la mort. Il n'a jamais écrit son livre et la photo qui devait glorifier son exploit illustre pour toujours l'un des plus effrayants et des plus stupides drames de la montagne.

L'UB 65

Bruges, le 14 juin 1917. La charmante cité médiévale, la « Venise du Nord », célèbre par ses canaux, s'est mise à l'unisson de la guerre qui ravage l'Europe. Les Allemands en ont fait une place stratégique de premier plan, une ville interdite. C'est là, en effet, que sont construits et lancés une partie des sous-marins qui sèment la terreur dans toutes les mers du globe.

Dans un garde-à-vous impeccable, trente-quatre hommes sont alignés sur un des quais. Immobile, à trois pas devant eux, se tient un officier portant les insignes de lieutenant de la Kriegsmarine. Le premier lieutenant Karl von Ritter, qui est là, à la tête de son équipage, n'est pas un militaire de carrière, mais c'est un excellent marin par goût et par tradition. Il appartient en effet à l'une des plus anciennes familles d'armateurs de Hambourg. Jusque-là, il a combattu sur des unités de surface. Pour la première fois, il va commander un sous-marin...

L'amiral von Schroder, responsable de la place de Bruges, installé sur une estrade au milieu d'une brochette d'officiers, prononce quelques paroles solennelles. L'hymne national retentit et un sous-marin vient se ranger le long du quai.

Le bâtiment qui vient d'être lancé a reçu l'appellation « UB 65 ». Il fait partie d'une nouvelle série de sous-marins qui ont déjà causé des ravages. Plus petits que les submersibles précédents, les UB sont à la fois plus rapides et mieux armés. Avec leurs cinq tubes lance-torpilles, ils disposent d'une puissance de feu jamais atteinte à l'époque...

La cérémonie est terminée. Lentement, le premier lieutenant Karl von Ritter franchit la passerelle et monte sur la coque. Il n'a pas trente ans. Sa stature élancée, sa chevelure très brune lui donnent quelque chose de racé. Il croise les bras et considère sans mot dire l'engin qu'il va devoir commander.

Les hommes d'équipage gagnent leur poste à leur tour. Le lieutenant les connaît bien : de braves marins qui ont servi sous ses ordres et qui se sont comportés vaillamment au feu. Mais en les voyant passer devant lui, il éprouve une sensation bizarre : leurs visages sont fermés, leurs mâchoires serrées. On dirait... oui, on dirait qu'ils ont peur.

— Quartier-maître Peterman !

L'interpellé, qui s'apprêtait à gravir le kiosque, se dirige vers son supérieur et se met au garde-à-vous en claquant les talons. Hans Peterman, vingt-cinq ans, est marin pêcheur dans la vie civile. C'est même, pourrait-on dire, le marin type, le parfait représentant de la mentalité à bord. Karl von Ritter a déjà pu apprécier son franc-parler et il a pris l'habitude de l'interroger chaque fois qu'il veut connaître le moral de ses hommes.

— Que se passe-t-il, Peterman ? L'équipage a peur de combattre sur un sous-marin ?

Le quartier-maître Peterman, un grand blond barbu aux yeux bleus, regarde son chef bien en face.

— Pas dans un sous-marin, lieutenant, dans *ce* sous-marin, dans l'UB 65.

— Qu'a-t-il de particulier, l'UB 65 ?

— Il est... maudit, lieutenant.

Von Ritter a un sourire serein.

— Allons, Peterman, les marins ont le droit d'être superstitieux en temps de paix, pas à la guerre !

— Mais vous ne savez pas ce qui est arrivé, lieutenant.

Effectivement, le premier lieutenant von Ritter ne le sait pas. Il demande à son quartier-maître de le lui apprendre.

— On ne parle que de cela sur les chantiers. D'abord, l'échafaudage s'est écroulé et deux ouvriers ont été tués. Plus tard, quand on a fait l'essai du moteur, trois autres ont été asphyxiés. L'UB 65 a déjà tué cinq fois, lieutenant...

Intérieurement, Karl von Ritter prend la chose au sérieux. Il sait parfaitement que dans un sous-marin, dans cet espace clos et inhumain, il faut un moral à toute épreuve. Il importe avant tout de rassurer. Il fixe le quartier-maître d'un regard pénétrant.

— Si je vous dis que tout se passera bien, Peterman, vous me croyez ?

— Oui, lieutenant. On a tous confiance en vous.

— Alors, à votre poste. Nous appareillons...

Avant de disparaître dans le kiosque, le quartier-maître Peterman jette un regard à son premier lieutenant. Il est toujours à l'avant du bateau, pensif, les bras croisés ; sa longue silhouette se détache sur les eaux du canal. Comme tout l'équipage, Hans Peterman voue une admiration sans borne à son chef. Tant qu'il sera à leur tête, ils ne craindront rien ni les uns ni les autres. Mais s'il n'était plus là ? S'ils se retrouvaient livrés à eux-mêmes sur le bateau maudit ? Hans Peterman préfère ne pas y penser...

Les moteurs se mettent à ronronner. Le bâtiment glisse doucement sur les canaux de Bruges. Un nouveau sous-marin allemand part pour la guerre.

15 juin 1917. L'UB 65 a gagné sans encombre la mer du Nord. Il fait beau, le temps est calme, la visibilité excellente. Le premier lieutenant von Ritter examine ses instructions, qui sont simples : détruire tout ce qui bouge, à part les navires allemands. C'est la guerre sous-marine à outrance, le torpillage des navires

neutres, qui vient de provoquer l'entrée en guerre des Etats-Unis.

C'est alors qu'on frappe des coups précipités à la porte de sa minuscule cabine.

— Lieutenant ! Lieutenant, venez vite !

C'est le quartier-maître Peterman. Il est terrorisé. Il a du mal à trouver ses mots.

— Venez vite sur le pont ! Le marin Dietrich...

— Eh bien quoi, le marin Dietrich ?

— Il s'est suicidé. Il s'est tiré une balle dans la tête.

L'instant d'après, il est sur le pont. Tout à l'avant, un corps est étendu dans une mare de sang. Autour de lui, les hommes de l'UB 65 forment un cercle immobile. Le premier lieutenant surprend des chuchotements.

— Nous sommes maudits !

— On va tous y passer !

Karl von Ritter se met à tonner.

— Silence ! Le premier qui parlera de malédiction ira en conseil de guerre ! Tous à vos postes ! Nous allons immédiatement faire un essai de plongée... Quartier-maître, prenez deux hommes, allez me chercher un sac, une barre de plomb et envoyez par le fond cet imbécile.

Domptés, les marins obéissent et, un quart d'heure plus tard, l'UB 65 effectue sa première plongée. Von Ritter lance ses ordres dans le transmetteur.

— Immersion dix mètres.

Le submersible s'enfonce doucement par l'avant.

— Sommes à dix mètres, lieutenant.

— Stoppez l'immersion.

Mais le haut-parleur ne répète pas comme prévu : « Immersion stoppée. » Au contraire, l'UB 65 continue à descendre doucement par l'avant. Le premier lieutenant se met à crier :

— Qu'est-ce qui se passe ? Vous m'avez entendu ?

— J'ai entendu, lieutenant, mais il n'y a rien à faire. Les commandes sont bloquées. On est à quinze mètres.

Je tire de toutes mes forces, mais cela ne répond pas... Vingt mètres !

Karl von Ritter ne dit rien. Son front est moite. Dix mètres est la profondeur maximale pour ce type d'appareil. Au-delà, personne ne sait ce qui peut arriver... Un choc sourd. Toutes les tôles de l'UB 65 se mettent à vibrer. Va-t-il se désintégrer sous l'effet de la pression ? Non. Une voix blanche annonce dans le haut-parleur :

— Nous avons touché le fond. Nous sommes à trente mètres.

— Faites surface !

— Impossible. Les commandes ne répondent pas...

Le premier lieutenant von Ritter regarde les hommes d'équipage qui sont à ses côtés. Les yeux sont hagards. Il faut enrayer le début de panique.

— Chacun à son poste. Nous avons une avarie. Nous allons réparer.

Mais les mécaniciens ont beau s'affairer plus d'une heure sur les commandes, il n'y a rien à faire. Elles refusent obstinément de bouger.

L'énervement gagne les hommes. Des cris se font entendre, malgré l'interdiction.

— Nous sommes maudits !

— On va crever !

Le premier lieutenant von Ritter fait un effort surhumain pour garder son sang-froid... Oui, ils vont crever. Et de la manière la plus atroce. Pour un peu, il envierait ceux de ses camarades qui se sont fait tuer dans la boue de Verdun ou de la Somme. Eux, du moins, ils étaient à l'air libre, tandis qu'ils vont mourir d'asphyxie dans cet espace exigu qui ressemble à un cercueil. Mais son rôle est de faire face, de donner des ordres jusqu'au bout, même si la situation semble désespérée.

— Il faut économiser l'oxygène. Allongez-vous. Ne bougez pas. Ne parlez pas. Respirez lentement...

Tout le monde obéit et c'est le silence absolu. L'UB 65 repose par trente mètres de fond avec son premier lieutenant, ses trente-quatre sous-officiers et hommes d'équipage, immobiles sur leur couchette, et qui ressemblent déjà à des morts.

Six heures, huit heures, dix heures passent. Déjà, certains commencent à sombrer dans l'inconscience. D'autres regardent la photo de leur femme, de leur fiancée ou de leurs parents ; de temps à autre, on entend le murmure d'une prière...

Et puis, au bout de douze heures exactement, sans que personne ait rien fait pour cela, de lui-même, comme si c'était un être pensant qui venait de changer d'avis, l'UB 65 se met à remonter, doucement, par l'avant. Bientôt, il flotte à la surface. L'écoutille du kiosque est déverrouillée aussitôt... Il fait nuit, une belle nuit étoilée de juin, dont l'air pur semble insoutenable...

Lorsque tout le monde a repris son souffle, le lieutenant von Ritter lance brièvement :

— Nous rentrons. Navigation en surface. A vos postes.

Le quartier-maître Peterman se permet de dire tout haut ce que tout le monde pense tout bas :

— L'UB 65 est maudit. On ne peut plus dire le contraire !

Karl von Ritter réplique sèchement :

— Non seulement on ne peut pas le dire, mais je viens de comprendre : les cinq morts pendant la construction et ces commandes bloquées, c'est un sabotage. Il n'y a pas d'autre explication.

Un sabotage... Les hommes de l'UB 65 n'avaient pas pensé à cela, mais c'est logique. Après tout, Bruges est en Belgique occupée. Heureusement que le lieutenant est là pour leur remettre les idées en place... D'ailleurs, il doit avoir raison car, malgré les dangers que représente pour un submersible la navigation en surface, ils parviennent à bon port.

Seulement, voilà... Dans les chantiers de Bruges, les techniciens ne trouvent absolument rien d'anormal. L'UB 65 fonctionne parfaitement. Ils le font plonger et replonger dans le bassin d'essai. A chaque fois, le sous-marin obéit docilement. Il n'y a pas la moindre trace de sabotage.

16 juillet 1917. L'UB 65 se prépare pour sa deuxième sortie. Le lieutenant Karl von Ritter a tenu à effectuer lui-même une dernière inspection avant le départ. Il veut vérifier le dispositif de mise à feu des torpilles. Une formidable explosion retentit, qui est entendue dans tout le chantier naval. Quand les secours arrivent, il n'y a, hélas, rien à faire : le premier lieutenant et les cinq techniciens qui l'accompagnaient ont été réduits en un amas sanglant...

Quand l'équipage l'apprend, c'est la terreur. Le premier lieutenant, leur lieutenant, en qui ils avaient une confiance totale, s'était donc trompé. Il n'y croyait pas, lui, à la malédiction, mais l'UB 65 vient de se venger et de quelle manière ! L'UB, qui n'a encore coulé aucun navire ennemi et qui a déjà fait onze victimes allemandes...

A l'enterrement du premier lieutenant Karl von Ritter, le quartier-maître Hans Peterman et ses camarades, livides, les mâchoires serrées, n'ont qu'une pensée : que l'UB 65 ne soit pas réparable, qu'ils montent sur n'importe quel autre sous-marin, même le plus vieux, même le plus endommagé, mais pas sur l'UB 65 sans le lieutenant.

C'est une semaine après qu'un ordre leur parvient à leur cantonnement :

— Embarquement immédiat !

Et lorsqu'ils arrivent au quai, ils reconnaissent tout de suite la silhouette. Il est là, repeint à neuf, réparé par les ouvriers du chantier qui déploient jour et nuit une activité inlassable. Il est là, qui les attend...

— Garde-à-vous !

C'est le nouveau premier lieutenant, Dieter Breisach, qui vient de lancer ou plutôt d'aboyer cet ordre. Dieter Breisach a autant d'autorité naturelle que von Ritter, mais il ne l'exerce pas de la même manière. Il a été formé à l'école allemande classique : l'état d'esprit de ses hommes ne l'intéresse pas ; il ne connaît qu'un mot : discipline... L'équipage est bien forcé d'obéir et lorsqu'il gravit l'échelle du kiosque, c'est avec la certitude que personne ne reviendra vivant de l'aventure.

La suite est consignée dans le journal de bord du lieutenant Breisach. C'est le lendemain même que le premier drame se produit. Il est minuit et demi. L'UB 65 est en surface et le quartier-maître Peterman est de quart sur le pont. Il dévale soudain l'échelle en hurlant :

— Il est là ! Il est revenu !

Ses camarades, réveillés en sursaut, ont peur de comprendre.

— Qui est là ?

— Le lieutenant von Ritter : il est à l'avant du pont, les bras croisés. Venez voir !

Mais personne n'ose aller voir. C'est au contraire le lieutenant Breisach qui, bousculant tout le monde, se précipite à l'extérieur. Quand le quartier-maître vient le rejoindre, il ne voit plus rien. Le spectre a disparu... Dieter Breisach note dans son journal : « J'ai annoncé au quartier-maître Peterman qu'il serait traduit en conseil de guerre pour démoralisation et j'ai menacé les autres de la même chose. Maintenant tout va rentrer dans l'ordre. »

Mais rien ne rentre dans l'ordre, bien au contraire. Le lendemain 26 juillet, un marin est trouvé mort sur sa couchette. Il s'était ouvert les veines du poignet avec son rasoir... Un jour de tranquillité succède à ce drame. Mais la nuit suivante, tout recommence. L'homme de quart fait irruption dans le poste d'équipage à deux heures du matin.

— Le premier lieutenant ! Le premier lieutenant !

Encore une fois, sur le pont, Dieter Breisach ne voit

rien, mais cette fois, même l'annonce du conseil de guerre ne calme pas le marin. Il répète à ses compagnons apeurés :

— Il était à l'avant, les bras croisés. Il me souriait. Comme s'il voulait dire : « Je viens te chercher. C'est à ton tour. »

A partir de là, la vie devient infernale sur l'UB 65. L'hystérie s'est emparée du bâtiment. Même sous la menace d'être fusillé une fois à terre, personne n'accepte de prendre les quarts de nuit. Le premier lieutenant Breisach note dans son journal : « L'équipage devient impossible à tenir. Je crains une mutinerie. Je vais être obligé de donner l'ordre de rentrer. »

Et cet ordre, le premier lieutenant le donne effectivement le 4 août 1917. C'était le seul moyen pour ne pas être massacré par ses propres marins. Seulement, il ne suffit pas de donner l'ordre de rentrer, encore faut-il le faire. Le lendemain 5 août, l'UB est surpris en surface par un navire de guerre anglais et atteint de plein fouet par un obus. Il y a un mort, un seul, touché d'un éclat à la tempe : le lieutenant Breisach...

Gravement avarié, privé de son chef, l'UB 65 mettra quinze jours à regagner Bruges, pourtant proche. En prenant connaissance du journal de bord du premier lieutenant, l'amiral von Schroder décide de ne pas appliquer les sanctions prévues. Aucun marin de l'UB ne sera traduit devant le conseil de guerre. Mais il ne sera pas tenu compte de leurs supplications. Ils retourneront sur l'UB 65 s'il est réparable. Pas question qu'ils aillent sur d'autres sous-marins pour raconter cette histoire et porter atteinte au moral des équipages !

Et, malheureusement pour eux, l'UB 65 est réparable. Cette fois, les travaux sont très longs, mais fin décembre 1917, il peut reprendre la mer, avec ses marins et un nouveau premier lieutenant.

C'est une semaine plus tard qu'a lieu l'épilogue. Le 3 janvier 1918, le contre-torpilleur américain *Illinois*, spécialisé dans la destruction des submersibles, croise en mer du Nord. Il fait un temps détestable : du crachin et des bancs de brume. Le commandant Murphy est à la passerelle, lorsque son second, qui scrute l'horizon, pousse un cri :

— Sous-marin ennemi par bâbord avant !

Le commandant Murphy prend ses jumelles à son tour. Effectivement une silhouette se dessine dans la brume. Sa forme ne trompe pas : c'est un UB.

Les ordres aux canonniers sont rapidement donnés. Bientôt les premières gerbes d'écume éclatent autour du submersible. Le commandant Murphy ne quitte pas ses jumelles. Il a une expression d'étonnement.

— C'est curieux, il ne plonge pas, il ne bouge même pas. Il a l'air de vouloir se faire couler.

— Il a sans doute une avarie, commandant.

— Oui, sans doute...

La canonnade se poursuit et l'inévitable se produit. Un obus mieux tiré que les autres explose sur l'arrière de la cible. L'UB, touché à mort, se soulève et se met à s'enfoncer par la poupe... Le commandant Murphy continue à s'étonner.

— Pourquoi ne sortent-ils pas ? Ils vont tous y passer ! Ah, en voilà un à l'avant... Mais qu'est-ce qu'il fait ? Il ne bouge pas. On dirait... qu'il croise les bras !

Le sous-marin s'enfonce rapidement, tandis que le contre-torpilleur *Illinois* force l'allure pour recueillir des survivants... Mais quand il arrive sur les lieux, plus rien n'est visible que la mer. Il n'y a aucun rescapé, même pas cet étrange marin qui se croisait les bras à l'avant du navire.

Tels sont les faits que le commandant Murphy a consignés dans son journal de bord. Il y a ajouté le nom du navire : « UB 65 », qui figurait sur un gilet de sauvetage qu'on avait repêché.

L'UB 65 avait donc fini sa carrière. Il n'avait pas tiré sur un seul navire ennemi, ni fait exploser une seule torpille, à part celle qui avait tué le premier lieutenant Karl von Ritter, mais il avait à son actif la mort de dix ouvriers et techniciens allemands, celle de ses trois commandants successifs et de tout son équipage !

LES PREMIERS RESCAPÉS

Samedi 10 mars 1906. Ce matin-là ne s'annonce pas comme les autres à la mine de Courrières, dans le Pas-de-Calais. Il y a quelque chose de particulier dans l'atmosphère, un malaise, une inquiétude. Depuis plusieurs jours, des mineurs se sont plaints du manque d'air dans les galeries, mais cette fois c'est pire. Ceux de l'équipe de nuit qui remontent préviennent leurs camarades :

— Ne descendez pas, les gars, les chevaux sont affolés !

— Tous ?

— Oui, tous. Il se prépare quelque chose, il n'y a pas de doute !

Les bêtes, les mineurs le savent, sentent les catastrophes avant les gens. Chaque fois qu'il y a eu un coup de grisou, on a remarqué que les chevaux ou les chiens, qui sont employés dans certaines galeries, l'avaient senti avec quelques heures d'avance.

Du coup des attroupements se forment et les discussions avec les représentants de la direction sont vives. Mais les responsables ne se laissent pas fléchir.

— Il n'y a aucun danger. Les ingénieurs ont fait des prélèvements hier. Il n'y a pas la moindre trace de grisou.

— Les chevaux ne sont pas de cet avis. Il faut en faire d'autres.

— Si vous voulez, mais en attendant, vous devez descendre. Il n'est pas question d'arrêter l'exploitation.

Il n'y a rien à faire... Il faut aller au travail ou alors se mettre en grève. Mais la grève, c'est renoncer à la paye, c'est s'engager dans une aventure périlleuse et à l'issue incertaine. Surmontant leur peur, les mineurs prennent le chemin des ascenseurs, en espérant que les chevaux se trompent...

Ils ne se trompent pas, malheureusement. Et les ingénieurs non plus, d'ailleurs. Leurs analyses ont été bien faites : il n'y a pas la moindre présence de grisou dans les galeries. Seulement, ce qu'on ignore à l'époque, c'est que les poussières de charbon, mélangées à l'air dans certaines proportions, peuvent être aussi dangereuses et meurtrières.

Environ une heure plus tard, ceux qui se trouvent à la surface, sur le carreau de la mine, se figent, épouvantés. Une violente explosion vient de retentir et elle se prolonge, exactement comme un bombardement d'artillerie. Elle vient de loin, mais sous les pieds, sous terre ; c'est un bruit sourd, doublé d'un tremblement. Lorsqu'elle s'arrête enfin, on assiste à un spectacle hallucinant : la cage du puits n° 4 jaillit en l'air, comme un bouchon de champagne. Un ouvrier qui se trouvait dessus, occupé à une réparation, est projeté avec elle et, après un interminable vol plané, retombe mort.

Quelques minutes après, on voit sortir du puits 11, voisin du 4, des hommes chancelants. Ils n'ont plus de cheveux, de sourcils ni de barbe ; certains portent d'affreuses blessures. Ils répètent d'un air hébété :

— Morts ! Ils sont tous morts !

Ce n'est pas exact. Dans les heures qui suivent, plus de cinq cents survivants vont sortir à leur tour, échappant au feu et aux gaz toxiques...

Une fois connue, la nouvelle provoque une émotion sans précédent non seulement dans la région, mais dans la France entière. Au drame humain s'ajoute vite une crise sociale, car, cette fois, c'est la grève dans les charbonnages pour obtenir de meilleures conditions de sécurité.

Le 13 mars, aux obsèques des premières victimes, une manifestation se forme spontanément aux cris de « Assassins ! » et de « Vive la grève ! ». L'arrêt de travail est bientôt général et il ne concerne pas seulement le bassin minier du Pas-de-Calais, mais tous les charbonnages français.

Et les patrons sont bien forcés de capituler. Dans leur propre intérêt d'abord. Par souci de rentabilité immédiate, les propriétaires de Courrières ont perdu toute leur mine : plus de cent kilomètres de galeries ont été détruits par l'explosion. Mais surtout, ils portent la responsabilité d'un bilan humain effrayant. On dénombre plus d'un millier de morts, exactement 1 099, ce qui fait de Courrières la plus grande catastrophe minière de tous les temps...

C'est de tout cela qu'on parle encore une semaine après, mais plus d'éventuels survivants. De l'avis des spécialistes, il ne peut plus y en avoir. Les ingénieurs décident d'arrêter les recherches et de fermer les puits. Seul un minéralogiste, Francis Laure, n'est pas de cet avis.

— Il y a forcément des mineurs vivants dans la mine. Avec les poches d'air, ils ont de quoi respirer pendant plusieurs jours, peut-être plusieurs semaines. Il faut leur porter secours !

Peine perdue : nul ne l'écoute. A l'époque, la connaissance des conditions de survie est bien embryonnaire. Personne ne s'imagine qu'on puisse réchapper plus d'un jour ou deux à ce genre d'explosion... Et pourtant, plusieurs centaines de mètres sous terre, des hommes et des enfants — car, à cette époque, les enfants travaillent dans les mines — luttent contre la mort.

Au moment de la catastrophe, Anselme Pruvost, treize ans, a entendu une explosion lointaine, près du treuil à chaînes dont il avait la charge. Son porion, c'est-à-dire son contremaître, lui a lancé un ordre bref :

— Ne bouge pas. Je vais voir ce qui se passe !

Le porion n'est jamais revenu. Et, peu après son départ, une violente bouffée de gaz a jeté Anselme à terre. A moitié asphyxié, il s'est effondré. Quand il est revenu à lui, l'obscurité était totale. Il avait mal à la tempe et à l'œil droit. Il a compris qu'il s'était blessé en tombant sur sa lampe. Il s'est mis en marche, il a buté sur quelque chose et est tombé de nouveau. C'était un cadavre. Il a fait un pas et en a rencontré un second.

C'est alors qu'il a senti une main lui frapper l'épaule. Une voix a retenti dans le noir, celle d'un gamin de son âge.

— Moi, je suis Didier Martin. Et toi ?

— Anselme Pruvost.

Peu après, ils étaient cinq : trois enfants, Pruvost, Martin et Nenny, et deux adultes. Le petit Anselme a eu une idée :

— Si on allait près du treuil ? Mon porion était là-bas avec des allumettes. On pourrait peut-être les retrouver...

L'idée était bonne. Malheureusement, la progression dans l'obscurité, à travers la galerie ravagée par l'explosion, s'est avérée très difficile. Non seulement ils n'ont pas trouvé les allumettes, mais en route, Anselme a perdu deux de ses compagnons, les deux gamins. Etaient-ils tombés dans un trou ou ont-ils été asphyxiés par une poche de gaz ? Impossible de le savoir. A présent, ils n'étaient plus que trois, peut-être les trois derniers survivants de la catastrophe de Courrières...

Après, le petit Anselme Pruvost et les autres ont marché dans le noir. Ils souffraient abominablement de la faim. Il y avait longtemps qu'ils avaient mangé leur pain et les papiers qu'ils avaient dans leurs poches. Chaque fois qu'ils rencontraient un cadavre, ils le fouillaient dans l'espoir de trouver son casse-croûte ou des allumettes. Hélas, il n'y avait ni l'un ni l'autre.

Pour vaincre la soif, ils n'avaient qu'une seule ressource : boire leur urine. Leur faim empirant, ils ont commencé à manger les mèches de leurs lampes et leurs chemises... Voilà quel a été leur calvaire, depuis l'explosion. Et pourtant, une semaine plus tard, ils tiennent encore, et cela grâce à Anselme, dont le père travaillait quelques centaines de mètres plus loin et qui ne cesse de dire aux autres :

— Papa est vivant. On va le retrouver et on va tous s'en sortir avec lui !

C'est absurde, bien entendu. En admettant que le père d'Anselme soit vivant, de quel secours pourrait-il bien être ? Et puis, pourquoi serait-il vivant, alors qu'à chaque mètre ils ne rencontrent que des cadavres, encore et toujours des cadavres ?... Mais dans leur désespoir, dans leur dénuement, cette phrase qu'ils se répètent les empêche de sombrer tout à fait : « Le père d'Anselme va venir et on va s'en sortir avec lui... »

Et le plus extraordinaire, c'est que le père d'Anselme Pruvost est vivant ! Mieux encore, lui sait que son fils a réchappé à l'explosion... Il se trouvait dans un groupe de huit mineurs, tous adultes, lorsqu'il s'est heurté aux deux gamins Nenny et Martin, qui avaient perdu le contact avec les autres, et la première chose qu'ils lui ont dite est : « Anselme est vivant. »

Alors, dans l'autre groupe, chacun répète la même phrase, comme un écho à la précédente :

— Il faut retrouver le fils Pruvost !...

Et eux aussi, c'est à cause de cela qu'ils tiennent... Sans doute, certainement même, y a-t-il eu d'autres groupes de survivants après la catastrophe, mais si seuls ces deux-là s'en sont sortis, c'était qu'ils étaient guidés par cette force : un père et un fils qui voulaient se rejoindre...

Le père Pruvost et ses compagnons sont plus chanceux que le petit Anselme. Ils errent longtemps dans l'air raréfié et la chaleur étouffante, allant au hasard, tournant en rond au milieu des éboulements, faisant demi-tour quand ils rencontrent une galerie bouchée.

Et brusquement leur arrive un cadeau du destin : un cheval vivant. Tout heureux d'avoir retrouvé des hommes, il sautille et hennit joyeusement. Bien qu'ils soient dans le noir absolu, ils savent qui il est : c'est le compagnon de travail de l'un deux, Couplet. Celui-ci l'appelle par son nom :

— Ecuyer !

Et le cheval se dirige vers lui. La malheureuse bête est une victime, comme eux, mais ce n'est pas le moment ni le lieu de s'attendrir. Couplet dit aux autres :

— Je le ferai moi-même. Je veux qu'il souffre le moins possible.

Il prend son pic, le lève à la hauteur de la tête du cheval et frappe de toutes ses forces... Il a pourtant manqué son coup. L'animal hennit de douleur et s'enfuit. Les mineurs poussent en même temps un juron, mais ils se taisent. Le bruit de galop, qui avait disparu, se fait entendre de nouveau : Ecuyer revient vers eux. Veut-il se venger de la traîtrise des hommes, les renverser, les piétiner ? Couplet a un cri :

— Les berlines, vite !

Fébrilement, ils s'emparent des wagonnets qui se trouvent à proximité et improvisent une barricade. Il était temps. Il y a un fracas métallique épouvantable : le cheval vient de se fracasser contre l'obstacle et s'écroule, mort.

Grâce à cet événement providentiel, ils ont pu, avec son sang et sa chair, avoir de quoi boire et manger. En outre, ils ont eu plus de succès, par la suite, en fouillant les cadavres : ils ont retrouvé un peu d'eau, une orange et un sac d'avoine.

Ils étaient donc dans un état de santé relativement convenable quand, après un temps qu'ils n'ont pas pu déterminer, dans cette succession de jours et de nuits qui n'était faite que de nuits, ils ont entendu des pas, puis des voix... Le père Pruvost a lancé avec autant de force qu'il a pu :

— Qui est là ?

Et une voix a répondu :

— C'est moi, papa !

Le miracle s'était produit. Le père et le fils s'étaient retrouvés ! Ils étaient à présent treize, certains qu'après cette rencontre, le miracle véritable allait avoir lieu. Et ils ne se trompaient pas. Peu de temps plus tard, ils tombaient sur une porte, qu'ils réussissaient à forcer et qui se trouvait seulement à quelques mètres du sol. Quelques minutes après, ils débouchaient sur le carreau de la mine... Ils étaient restés exactement trois semaines sous terre.

Leur histoire a fait le tour de la France et leur a valu une célébrité extraordinaire : on a reproduit leur portrait dans les journaux, les images d'Epinal, on a fait des souscriptions en leur faveur. Ceux qui vivaient encore, dont Anselme, ont été décorés de la Légion d'honneur en 1956, pour le cinquantième anniversaire de la catastrophe.

Mais il leur était réservé un autre honneur, absolument unique celui-là : ils ont donné naissance à un mot. A l'époque, on appelait tout naturellement ceux qui avaient réchappé d'une catastrophe les « réchappés ». Mais dans le Pas-de-Calais, on prononçait à la picarde, « rescapés », et la presse leur a donné ce surnom, que plus tard la langue allait adopter. Tous les dictionnaires vous le confirmeront : le mot « rescapé » vient de la catastrophe de Courrières, en 1906.

Anselme Pruvost, père et fils, et leurs onze camarades ont été et demeureront à jamais les premiers rescapés.

LE CALEUCHE

15 septembre 1907. Le port de Valparaiso au Chili est comme à l'accoutumée débordant d'activité. C'est la grande période de la marine à voile. Les plus belles unités marchandes du monde entier se donnent périodiquement rendez-vous dans ce grand port de l'hémisphère Sud. D'un côté, les cap-horniers qui viennent de l'océan Atlantique par le détroit de Magellan ; de l'autre, les navires qui viennent de l'ouest, c'est-à-dire à l'autre bout du monde, après avoir franchi l'océan Pacifique dans sa plus grande dimension.

C'est l'un de ces derniers qu'attend Robert Crawford, armateur anglais, installé à Valparaiso depuis une dizaine d'années. Le *Silverhorn*, dont il est propriétaire, vient, en effet, de Newcastle, à côté de Sydney en Australie, porteur d'une cargaison de charbon.

Robert Crawford, à cinquante ans, a tout de l'homme important et raffiné : costume et panama blancs, long cigare à la bouche. Il semble soucieux, en arpentant les quais, sa canne à pommeau d'ivoire à la main. Tout à l'heure, un de ses employés est venu le prévenir qu'un quatre-mâts était en vue et il s'est aussitôt précipité sur le port. Pourvu que ce soit le *Silverhorn* ! Le *Silverhorn* a quitté Newcastle le 17 juillet. Le voyage ne dure que six semaines. Il y a quinze jours qu'il devrait être là. Des bateaux, partis d'Australie après lui, sont déjà arrivés. Mais jusqu'ici, aucune nouvelle du *Silverhorn*.

Ce n'est ni à sa cargaison ni à son navire que pense en ce moment Robert Crawford avec cette mine affligée. Il revoit la silhouette d'un homme : John Warren, le capitaine du *Silverhorn*. John est bien plus pour Crawford que le patron d'un de ses navires. C'est un ami de toujours. C'est avec lui qu'il a débuté alors qu'il n'avait qu'un seul bateau. John Warren, qui a atteint soixante ans l'année passée, effectuait là sa dernière traversée. Sans s'en rendre compte, l'armateur prononce à haute voix :

— Ce serait trop bête !...

Oui, ce serait trop bête, après avoir bourlingué toute une vie, de disparaître dans sa dernière traversée... Et pourtant, Robert Crawford n'ignore pas les dangers du voyage : 5 800 milles, mais bien plus, en tenant compte des détours qu'il faut faire pour capter les vents portants. En ce début du XXe siècle, les cartes ne sont pas encore complètes. Un grand nombre de petites îles n'y figurent pas et beaucoup constituent des dangers mortels, avec leurs hauts-fonds sableux ou rocheux.

Et il y a aussi les sauvages. Bien des navires qui, pour une raison ou pour une autre, ont été obligés de mouiller dans des parages inconnus ont perdu tout leur équipage. De 1880 à 1900, pas moins de vingt bateaux ont été ainsi arraisonnés par des cannibales ou des coupeurs de têtes. Il y a en plus les dangers inhérents aux navires charbonniers. La cargaison peut parfois se consumer lentement. Le feu peut couver des jours sans qu'on s'en rende compte, dégageant des vapeurs toxiques, pour éclater d'un seul coup dans un embrasement final...

L'armateur a un pincement au cœur. La silhouette du quatre-mâts se profile au bout de la rade. Et ce n'est pas le *Silverhorn* !

Qu'est-il arrivé au *Silverhorn*, à son capitaine et à son équipage ?...

Le quatre-mâts a maintenant accosté sur un quai du port de Valparaiso. Il s'agit de l'*Anny*, un voilier allemand transportant de la laine. Tandis que le déchargement s'effectue, Robert Crawford est monté à bord pour s'entretenir avec son capitaine. Helmut Wagner est un homme de haute taille, aux favoris gris.

— Parfaitement, monsieur, il y a eu un incident au cours de la traversée. J'allais d'ailleurs le signaler à la police du port.

— Vous avez vu le *Silverhorn* ?

— Je ne sais pas si c'est le *Silverhorn*, mais j'ai croisé un quatre-mâts en feu au large de l'île de Pâques.

— C'est exactement sur sa route !... Mais comment se fait-il que vous ne l'ayez pas secouru, que vous n'ayez pas recueilli les naufragés ?

Le capitaine allemand se raidit :

— Si vous voulez bien me laisser parler... Evidemment que je me suis porté à son secours ! Mais il s'est produit alors quelque chose d'inexplicable. A notre approche, le navire s'est enfui.

— S'est enfui ?

— Absolument. Je suis catégorique. Et tout l'équipage pourra témoigner. Il a viré de bord et nous a distancés.

— Mais comment pouvait-il manœuvrer s'il était en feu ?

— Il y avait de la fumée, mais pas de flammes. En tout cas, la voilure était intacte...

Robert Crawford se tait... Effectivement, cette fumée sans feu est caractéristique d'un incendie à la cargaison de charbon. Mais pourquoi le *Silverhorn* a-t-il refusé le secours qui lui était porté ? Cela n'a aucun sens !

Deux semaines ont passé. A l'avant de l'aviso chilien *Almendrau*, Robert Crawford échange quelques mots avec le lieutenant de vaisseau Fernando Ruiz. Il y a quinze jours, l'*Almendrau*, unité de la marine de guerre chilienne, a quitté Valparaiso à la recherche du *Silverhorn*. Robert Crawford a obtenu de monter à bord. Le temps est excellent. La traversée a été rapide. Au loin paraît un rivage : c'est l'île de Pâques, leur destination. C'est là que Robert Crawford espère trouver la clé du mystère et surtout son ami Warren et ses hommes. Il s'adresse au lieutenant :

— Plus je réfléchis, moins je comprends. Warren aurait dû se réfugier sur l'île de Pâques. Le mouillage est suffisant.

— Il l'a peut-être fait. Nous allons le savoir.

— Mais pourquoi a-t-il refusé l'aide de l'Allemand ? On dirait qu'il avait quelque chose à cacher...

— Vous avez pensé à une mutinerie ?

— J'y ai pensé. Mais Warren a toujours fait très attention dans le choix de l'équipage. Et puis, sur un trajet aussi bref et avec une cargaison pareille... Enfin, du charbon ! Vous vous rendez compte ? Se faire mutin pour un tas de charbon, cela n'a pas de sens.

— Et s'ils avaient perdu la raison à cause des émanations ?

— C'est possible... De toute manière, je n'aime pas cela...

L'*Almendrau* accoste quelques heures après à l'île de Pâques. Il n'y a pas la moindre trace de navire, ni même d'épave. Les indigènes, en revanche, ont des choses intéressantes à dire, et répondent sans difficulté aux questions du lieutenant Ruiz.

— Oui señor lieutenant. Un grand bateau en feu, il y a deux semaines. Oui señor, je l'ai vu.

L'armateur demande avec vivacité :

— Il a abordé ?

— Non. Il a simplement fait le tour de l'île et il est parti. Personne n'a compris. C'était de la folie avec le feu à bord.

Effectivement, il est difficile de comprendre le comportement du *Silverhorn*. Le lieutenant Fernando Ruiz pose une dernière question :

— Et dans quelle direction est-il parti ?

— Vers l'est, lieutenant. Vers l'Amérique.

L'officier de marine regarde l'armateur :

— Enfin, il n'espérait tout de même pas rallier Valparaiso dans ces conditions ?

Robert Crawford secoue la tête d'un air désespéré.

— Je n'y comprends rien ! Absolument rien !

Pendant un mois encore, l'aviso *Almendrau* fouille les parages de l'île de Pâques selon la méthode traditionnellement employée pour la recherche des épaves, c'est-à-dire en décrivant des spirales. Mais rien en vue. A la fin du mois d'octobre, le lieutenant Ruiz décide d'abandonner. Robert Crawford essaie bien de le fléchir, mais intérieurement il a, lui aussi, perdu tout espoir. Le lieutenant conclut :

— Vous savez, il y a longtemps que l'équipage était sûr qu'on ne trouverait pas le *Silverhorn*.

— Qu'en savait-il ?

— Les circonstances mêmes de la disparition : la fumée, cette fuite inexplicable... Pour eux, le *Silverhorn* est devenu le *Caleuche*...

— Le *Caleuche* ?

— Bien sûr, vous n'êtes pas chilien, vous ne pouvez pas connaître. Le *Caleuche*, c'est une croyance très ancienne chez nos marins. C'est notre version à nous du vaisseau fantôme...

Fernando Ruiz regarde les flots d'un air rêveur.

— Pour les marins chiliens, le *Caleuche* ne quitte jamais la mer. Seulement, de temps en temps, il change d'identité. Chaque fois qu'il arrive à un navire un drame inexplicable, il devient le *Caleuche*, le bateau maudit. Depuis sa disparition, c'est le *Silverhorn* le *Caleuche*. Et il le restera jusqu'à ce qu'un autre drame se produise et qu'un autre prenne sa place.

26 novembre 1907. Dans les bureaux de la Lloyd's, la célèbre compagnie d'assurances britannique, Robert

Crawford est en train de s'acquitter d'une tragique formalité. Il a remis au responsable les papiers du *Silverhorn* avec toutes les caractéristiques du navire et de sa cargaison. L'homme de la Lloyd's retranscrit le tout sur un grand registre noir, note au bas de la page « Perdu en mer » et l'invite à signer.

Pour les assurances, les choses sont claires. L'enquête a établi l'incendie à bord du voilier charbonnier, le délai prescrit est écoulé, le *Silverhorn* doit être rayé de la liste des navires en service. Il est perdu corps et biens et il n'y a plus qu'à régler les indemnités convenues.

Robert Crawford quitte les bureaux de la Lloyd's... Il sait bien que personne, à Valparaiso, ne pense comme la compagnie d'assurances. Le *Silverhorn*, dont les marins prononcent le nom avec terreur, n'a pas disparu. Chacun sait qu'il reparaîtra çà et là dans le Pacifique les jours de gros temps, avec sa fumée sans flammes, son équipage invisible et ses voiles intactes...

L'armateur n'est pas superstitieux et pourtant il aimerait bien y croire à cette histoire de *Caleuche*. Même si ce devait être sous forme de fantôme, il préférerait croire son ami Warren quelque part, plutôt que noyé au cours de sa dernière traversée... Le fantôme du capitaine Warren : cela semble absurde, et pourtant c'est bien avec lui que Robert Crawford a rendez-vous.

6 juin 1909. Robert Crawford est chez lui, dans sa luxueuse villa à Valparaiso. Ses affaires n'ont jamais mieux marché. Un peu partout, ses navires sillonnent le monde, mais tout cela le laisse presque indifférent.

Il a quitté la direction effective de son entreprise, il y a près de deux ans, tout de suite après la disparition en mer du *Silverhorn*, commandé par son vieil ami John Warren... Un domestique vient le trouver.

— Il y a un monsieur qui veut vous voir. Il est de la police. Il dit que c'est important.

Effectivement, le commissaire Pablo Cordoba, qui entre peu après, a l'air très agité.

— Il faudrait que vous veniez avec moi à l'hôpital, monsieur Crawford. Nous avons besoin de votre témoignage. C'est une affaire étrange. Il s'agit du capitaine Warren...

— Vous avez dit Warren ?

— Venez. Je vais vous expliquer en chemin...

Et en chemin, le commissaire fait à Crawford un incroyable récit. C'était la veille, vers onze heures du soir, sur un quai du port. Un agent a remarqué un homme assez âgé, vêtu de haillons, qui titubait. Il s'est approché, croyant avoir affaire à un ivrogne. Mais l'homme n'était pas ivre. Il semblait plutôt malade et, plus exactement, il paraissait avoir perdu la raison. Il avait les yeux hagards et répétait des mots sans suite en remuant fébrilement les lèvres : « La fumée... Le feu à bord... Un remorqueur... Mon navire... Je suis le capitaine Warren... »

Dans la voiture de police, Robert Crawford est devenu blême.

— Ce n'est pas vrai ?...

— C'est la stricte vérité. L'agent a réagi tout de suite. La disparition du *Silverhorn* et du capitaine Warren est très connue à Valparaiso. Les gens prétendent que...

— Je sais... Mais cela n'a aucun sens ! Comment John serait-il revenu au bout de deux ans ?

Le commissaire Cordoba ne répond pas à la question. Il sort quelque chose de sa poche.

— Connaissez-vous ceci, monsieur Crawford ?

— Mon Dieu !...

« Ceci », c'est une feuille de papier jauni et délavé, mais le texte est parfaitement lisible. Il s'agit de la feuille de route du *Silverhorn* signée par Robert Crawford lui-même.

— Il avait cela sur lui ?

— Oui. Alors, vous comprenez que nous avons

besoin de vous pour savoir si l'homme que vous allez voir à l'hôpital est le capitaine Warren ou non...

A l'hôpital, Robert Crawford ne peut s'empêcher de courir tant son émotion est vive. Il se précipite dans la chambre et s'arrête devant le lit... Oui, c'est bien lui, même si, depuis deux ans, il a extraordinairement vieilli. Il a les cheveux tout blancs et il est effroyablement maigre. Mais ce sont surtout ses yeux qui ont changé : des yeux fiévreux, hallucinés, dans des orbites creuses.

— John !... C'est moi, Robert...

Le vieil homme ne détourne pas la tête. Il se met soudain à s'agiter.

— La fumée... Il y a de la fumée partout...

— John ! Tu me reconnais ?

Mais le capitaine Warren ne répond pas. Le commissaire s'approche doucement :

— Alors, c'est bien lui ?

— Oui. Je ne peux pas me tromper. Mais pourquoi ne me répond-il pas ?

— D'après les médecins, son état mental est très mauvais. Il a perdu la mémoire et la raison. Ils pensent que c'est à la suite d'une très grande épreuve ou d'un très grand choc.

Robert Crawford se penche vers le malade.

— John... Qu'est-ce qu'il t'est arrivé ? Comment es-tu venu à Valparaiso ?

John Warren ne répond pas.

— Où est le *Silverhorn* ? Où est l'équipage ?

Toujours pas de réponse. Le commissaire Cordoba intervient :

— Je crois qu'il n'entend pas ce que vous dites. Venez... Il ne faut pas le fatiguer davantage.

Crawford s'éloigne à regret.

— Mais enfin, il y a bien quelqu'un qui l'a recueilli et qui l'a conduit jusqu'ici... Il faut le retrouver.

— C'est ce que nous tentons de faire. Nous finirons bien par aboutir.

Pourtant, le commissaire Pablo Cordoba se trompe.

Jamais la police chilienne ne parviendra à découvrir par qui, sur quel bateau, le capitaine John Warren est arrivé jusqu'à Valparaiso. Quant à Robert Crawford, il ne réussira pas non plus à faire parler son vieil ami. John Warren est mort six mois plus tard sans avoir livré son secret. Bien au contraire, le mystère s'est épaissi encore peu après, car on a retrouvé près de l'île de Pâques un des canots de sauvetage du *Silverhorn*. Et le plus extraordinaire, c'est qu'il était quasiment neuf. Sa peinture était brillante, son bois ne portait pas une égratignure, comme s'il avait été mis à la mer quelques heures plus tôt.

Alors, que s'est-il passé ? Toutes hypothèses ont été imaginées. Une mutinerie de l'équipage qui aurait pris le contrôle du *Silverhorn*, aurait navigué deux ans à son bord et aurait débarqué le capitaine Warren sur les côtes chiliennes ? C'est impossible car, dans ce cas, on aurait retrouvé trace un jour ou l'autre des hommes et du navire. Or, le *Silverhorn* a été vu pour la dernière fois en juillet 1907 au large de l'île de Pâques et plus jamais depuis.

A-t-il coulé ? Mais dans ce cas, pourquoi le capitaine Warren s'en serait-il sorti tout seul et comment serait-il arrivé à Valparaiso ?

Reste l'éventualité que l'homme découvert sur le quai du port n'ait pas été le capitaine Warren, mais un fou qui aurait raconté n'importe quoi dans son délire ? Mais dans ce cas, pourquoi Robert Crawford l'aurait-il reconnu ? Se serait-il trompé ? Ou aurait-il menti pour une raison mystérieuse ?

En tout cas, une chose est certaine. Pour les marins chiliens, le *Silverhorn* était bien le *Caleuche*, le vaisseau maudit, et sans doute pour certains l'est-il encore.

LA DÉCAPITÉE DE DIJON

Qu'elle est jolie, Hélène Gillet ! Chacun ne peut s'empêcher de l'admirer, en cette belle matinée de l'été 1625, tandis qu'elle parcourt les rues de Dijon, dans toute la fraîcheur et l'éclat de ses vingt-deux ans. Son visage est véritablement adorable, avec ses yeux bleus, ses fossettes et ses dents de nacre ; ses longs cheveux bruns descendent avec grâce sur ses épaules, sa chemise blanche, légèrement décolletée, laisse deviner une poitrine parfaite.

Oui, qu'elle est jolie, Hélène Gillet, mais quel dommage que ses mains soient attachées dans son dos, quel dommage qu'elle ait la corde au cou et que sa longue chemise soit celle des suppliciés ! Car c'est vers l'échafaud qu'elle se dirige d'un pas menu, mais ferme, au milieu d'une foule émue, qui s'apitoie sur sa beauté.

Hélène Gillet ne va pas être pendue, contrairement à ce que pourrait faire croire la corde. Celle-ci est seulement signe de pénitence. Tout à l'heure, le bourreau va d'abord couper au ras de la nuque son opulente chevelure noire, puis il abattra sa hache sur son cou blanc, séparant en deux parties son corps parfait et sa tête adorable. Car Hélène Gillet, reconnue coupable d'infanticide par le parlement de Dijon, a été condamnée à mort par décapitation.

Durant les derniers instants de sa courte vie, Hélène revit le tragique enchaînement de circonstances qui l'a amenée ici... Tout ce qui s'est passé est dû à une raison bien banale et bien compréhensible s'agissant d'une jeune fille : l'amour, même si l'amour n'excuse pas tout.

C'était il y a un an... Un nouveau précepteur s'est présenté au logis familial, une riche demeure de Bourg-en-Bresse, pour remplacer l'éducateur de ses deux jeunes frères. Le précédent, un vieux curé tout décati, venait de mourir et Hélène Gillet s'attendait à ce que son successeur soit du même acabit, c'est dire quelle surprise a été la sienne.

Frère François sortait tout juste de l'université. Il devait avoir quatre ou cinq ans de plus qu'elle, mais il faisait si juvénile qu'on aurait dit qu'ils avaient le même âge. S'il n'y avait eu sa robe et sa tonsure, jamais on n'aurait pu le prendre pour un clerc. Hélène est immédiatement tombée amoureuse et elle a eu tout de suite la certitude que cet amour était partagé.

Les deux jeunes gens n'ont pas pu résister longtemps, même s'ils savaient que leur passion était, par la force des choses, vouée à l'échec. Un mois seulement après l'arrivée du jeune précepteur, Hélène Gillet s'est retrouvée enceinte. Elle s'est aperçue avec désespoir que son ventre grossissait et, avec non moins de désespoir, que son amoureux s'en était aperçu lui aussi et en semblait vivement contrarié.

Amoureux peut-être, mais guère courageux ni galant, frère François a disparu du jour au lendemain et ni elle ni personne n'a jamais eu, depuis, de nouvelle de lui. Hélène est donc restée seule, avec son secret et sa taille qui s'élargissait. Elle est parvenue, à l'aide de bandes et de ceintures, à dissimuler la chose de son mieux et, un jour, après s'être absentée un après-midi entier, elle est revenue à la maison à la fois dégonflée et toute pâle.

Ses parents, de riches négociants de Bourg-en-Bresse, n'avaient rien vu ou rien voulu voir, seulement quelqu'un a parlé, peut-être un domestique, et elle s'est retrouvée devant la justice... Le procureur de Bourg-en-Bresse l'a interrogée sans ménagement.

— Qui est le père ?

Elle a bien été obligée de dire la vérité, ne serait-ce que pour qu'un innocent ne soit pas inquiété à la place du vrai coupable... Le procureur n'a pas insisté. Frère François était en fuite et, de toute manière, il relevait de la justice religieuse, pas de lui. Mais en revanche, il n'a pas lâché Hélène.

— Qu'est devenu l'enfant ?

— Il n'y en a jamais eu. J'ai fait une fausse couche.

— Vous avez accouché à terme. J'ai mes renseignements.

— On vous trompe. Ma grossesse n'a duré que trois mois.

— Nous verrons bien. En attendant, vous demeurez à la disposition de la justice...

Hélène Gillet est restée enfermée à la prison de Bourg-en-Bresse, tandis que le procureur faisait son enquête... Elle a abouti presque tout de suite. Les gendarmes ont retrouvé dans un fourré près de la ville le cadavre d'un nouveau-né, accompagné de linges marqués des lettres « HG ». Mise en présence de cette preuve accablante, Hélène n'a pu continuer à nier, mais elle a tenté tout de même de se justifier :

— C'est bien mon enfant, mais j'en ai accouché mort-né. Je ne l'ai pas tué, je le jure !

Peine perdue. Elle s'est retrouvée devant le tribunal criminel de Bourg-en-Bresse, qui, après un procès rapidement mené, l'a condamnée à mort par décapitation pour infanticide.

Elle a fait appel auprès du parlement de Dijon et là, les choses ont été plus expéditives encore. Non seulement, il a confirmé la sentence, mais il l'a déclarée immédiatement exécutoire... C'était hier et, aujourd'hui, en ce beau jour de 1625, qui doit être son dernier, Hélène Gillet se retrouve dans les rues de Dijon, les mains liées, la corde au cou, dans la chemise blanche des suppliciés.

Elle est arrivée place du Morimont, au cœur de la ville, là où ont lieu les exécutions. L'échafaud se dresse devant elle. C'est une plate-forme rectangulaire de deux mètres de haut environ, à laquelle on accède par une échelle. Sur l'estrade, on ne voit pour l'instant que le billot et une grande croix.

Elle monte courageusement et attend. Deux religieux, des moines en robe noire, viennent la rejoindre et commencent leurs prières, mais le bourreau n'est toujours pas là. Enfin, il fait son apparition. Il est tout de rouge vêtu, comme il convient à sa profession, il porte une énorme hache sur l'épaule droite et, dans sa main gauche, il tient une grande paire de ciseaux.

A la différence d'Hélène, qui a gravi l'échelle d'un pas ferme, le bourreau se montre maladroit au possible dans son ascension. A plusieurs reprises, il rate un barreau et manque de s'étaler de tout son long. Une fois qu'il est sur l'échafaud, cela ne s'arrange pas. Il titube, comme s'il était ivre, ses jambes flageolent. Et, à la surprise générale, au lieu de s'occuper de la condamnée, il se tourne vers l'assistance et s'adresse aux autorités judiciaires, qui sont là pour veiller au bon déroulement de l'exécution.

— Je vous en supplie, messieurs, dispensez-moi de ma tâche ! J'ai une fièvre qui ne me lâche pas depuis un mois. Elle me coupe les membres et me brouille la vue. Je ne suis pas en état d'accomplir mon devoir...

Mais les autorités ne l'écoutent pas. Les arrêts de travail pour bourreaux n'ont pas été inventés en cette année 1625. L'officier responsable lui lance d'une voix forte la phrase traditionnelle :

— Bourreau, fais ton office !

L'homme pousse un grand soupir et, à la stupeur

encore accrue des spectateurs, il se jette d'un seul coup à genoux devant la condamnée.

— Je vous demande pardon, madame, je crains de vous faire souffrir. Aidez-moi, je vous en prie !

Hélène Gillet est parfaitement calme.

— De quelle manière, monsieur ?

— En vous laissant faire. Ainsi, vous pourrez éviter de cruels tourments.

— Je ferai de mon mieux...

Obéissant avec docilité, Hélène Gillet se laisse couper les cheveux, puis bander les yeux. Ensuite, tandis que les religieux lui adressent leurs dernières exhortations et que le bourreau va chercher sa hache, elle place d'elle-même sa tête sur le billot. Le bourreau lève son instrument. La foule retient son souffle, beaucoup ont fermé les yeux et... il ne se passe rien ! L'exécuteur reste immobile, figé comme une statue. A la fin, Hélène, qui n'en peut plus d'attendre, lui crie :

— Allez ! Pour l'amour du ciel !

Il abat enfin sa hache ou plutôt la laisse tomber n'importe comment. Elle chute sur l'épaule gauche où elle provoque une large plaie. Hélène Gillet fait un bond, mais se replace sur le billot. Le bourreau relève sa hache et la fait tomber de nouveau, sur le cou cette fois, mais pas assez fort ; il est seulement entaillé.

Là, c'en est trop ! La foule, qui s'était jusque-là contentée de manifester sa surprise et sa réprobation par des grondements assourdis, se met d'un seul coup à se déchaîner. C'est une grêle de pierres qui s'abat sur l'échafaud. Toutes ne touchent pas le bourreau, loin de là. Les deux moines ne tardent pas à déguerpir. La tête en sang, Hélène Gillet n'est pas moins atteinte.

Celle-ci ne tarde pas à se retrouver seule, car le bourreau abandonne à son tour les lieux. Il dégringole l'échelle bien plus prestement qu'il ne l'avait montée, pour se réfugier dans une cabane à côté de l'échafaud où il range ses instruments et où il dépose les corps après l'exécution...

C'est alors qu'un nouveau personnage le remplace. Sa femme, la bourrelle, comme on l'appelle alors, monte d'un pas décidé sur l'échafaud. Elle veut achever la besogne que son mari défaillant n'a pas pu mener à bien... C'est une grande femme maigre aux cheveux gris. Elle s'empare de la hache restée à terre, mais elle est trop lourde pour elle et elle renonce. Alors, elle avise une planche qui se trouve là et elle entreprend d'en frapper la tête de la condamnée. Mais cette fois, Hélène se défend. Elle a les mains attachées dans le dos et elle n'y voit rien à cause de son bandeau, mais elle lance de grands coups de pied devant elle.

La bourrelle, surprise par cette réaction qu'elle n'attendait pas, veut en finir. Elle se saisit des ciseaux avec lesquels son mari a coupé les cheveux de la jeune femme et lui en donne des coups terribles. La chemise blanche est bientôt couverte de sang et la malheureuse s'effondre.

C'en est trop ! La foule envahit l'échafaud et met en pièces la bourrelle, puis elle se rue dans la cabane au bas de l'échelle et fait subir le même sort au bourreau... Les autorités préfèrent ne pas s'interposer face à ce qui pourrait bien devenir une émeute. Hélène Gillet est libérée provisoirement et envoyée dans l'hôpital de la ville. Là, on constate des blessures à l'épaule et au cou, faites par la hache, des contusions sur le crâne, dues aux coups de planche, et six coups de ciseaux, dont l'un est passé entre la veine jugulaire et le gosier. La bourrelle avait été bien plus adroite que son mari !

L'épilogue de cette peu banale aventure est survenu un mois plus tard, lorsque le roi Louis XIII a marié sa sœur Henriette de France au roi d'Angleterre. Informé par les bourgeois de Dijon de cet événement extraordinaire, il a gracié Hélène Gillet.

Celle-ci a fini ses jours dans un couvent... Elle s'est si bien remise de ses blessures et de ses émotions qu'elle a enterré presque tous ses contemporains. La « décapitée de Dijon » est morte à quatre-vingt-dix ans, en sainte femme, après avoir survécu soixante-huit ans à celui qui aurait dû l'exécuter.

LE NUMÉRO 13

Les journalistes s'ennuient ferme, ce samedi 11 avril 1970, à Houston, au siège de la NASA. Un nouveau vol spatial Apollo, cette mission qui a permis le débarquement sur la Lune deux ans plus tôt, va commencer dans quelques instants de cap Kennedy, en Floride. Mais l'excitation n'est pas au rendez-vous, c'est le moins qu'on puisse dire.

Ils ne sont que quelques centaines à s'être déplacés dans le centre spatial, alors qu'ils étaient des milliers pour Apollo XI, le vol historique de l'alunissage, et aucune chaîne américaine ne retransmettra le départ. Les téléspectateurs n'en veulent pas, ils préfèrent leurs feuilletons, leurs séries. Seules quelques télévisions européennes diffuseront de brèves images, car l'heure coïncide avec le journal du soir.

Mais pourquoi s'en étonner ? La responsable de cette désaffection n'est autre que la NASA elle-même. Tout se passe trop bien, avec une trop parfaite régularité, une trop parfaite précision. Les vols précédents ont eu une exactitude de chemin de fer et, selon le vieil adage journalistique, on ne parle pas des trains qui arrivent à l'heure. Dans le cas présent, l'agence spatiale a fait savoir que les six millions de pièces composant le vaisseau avaient été vérifiées dix fois chacune. Dans ces conditions, que pourrait-il arriver ? Le vol Apollo XIII mérite le qualificatif le plus rédhibitoire pour les médias et le grand public : c'est un vol de routine.

Le compte à rebours s'achève. La voix du responsable prononce : « Ignition » — « Feu », en français. Il y a une grande lueur au sol, la fusée Saturn V s'élève, lentement d'abord, puis de plus en plus vite, comme un cierge allumé à l'envers. Tout est parfait, désespérément parfait... Alors, pour meubler un peu cette monotonie, il ne reste plus qu'à jouer à se faire peur. Un des journalistes lance à ses collègues :

— Eh, les gars, vous avez vu l'heure ? 13 h 13 ! C'est le vol Apollo XIII et il est parti à 13 h 13... Ce n'est pas possible un truc pareil. Moi, je vous dis qu'il va leur arriver quelque chose !

Quelques ricanements, quelques haussements d'épaules font écho à cette déclaration. Visiblement, personne ne la prend au sérieux et sans doute même pas son propre auteur. Les journalistes continuent donc leur faction dans le centre spatial, maudissant leur rédaction qui les a envoyés à Houston où il ne se passera rien.

Tout se déroule, effectivement, conformément au planning. Les cinq moteurs du premier étage libèrent leurs trois mille quatre cents tonnes de poussée. Au bout de trois minutes, celui-ci est largué et le second étage prend le relais. Il se met en marche, avec sa poussée moindre, mais néanmoins considérable, de quatre cent cinquante-quatre tonnes. Il produit son effort pendant neuf minutes et se détache à son tour, laissant le troisième et dernier poursuivre en direction de la Lune...

Il n'y a pas que pour l'exactitude qu'on peut comparer Apollo XIII à un chemin de fer. L'ensemble a plus ou moins l'allure d'un petit train. Après les deux premiers étages, renfermant uniquement du carburant, le troisième étage est lui-même composé de trois éléments : le module de service, le module de commande et le LEM.

Le module de service est en fait une fusée, le moteur de l'ensemble. C'est un gros cylindre de vingt-trois tonnes et huit mètres de long terminé par une tuyère. Il contient trois piles à combustible et deux réservoirs d'oxygène. Au-dessus, un cône de plus petites dimensions : le module de service. C'est le vaisseau spatial proprement dit, l'endroit où se tiennent les cosmonautes, le poste de pilotage. Le module de service est la seule partie destinée à revenir sur Terre. Enfin, en tête du train spatial, figure le LEM, le module lunaire. C'est une curieuse petite capsule, avec des bras métalliques qui la font ressembler à une araignée. Prévu pour deux cosmonautes, accolé au vaisseau principal qui communique avec lui par un sas, le LEM dispose de moteurs et de réserves d'oxygène indépendants, avec lesquels il pourra gagner la Lune et revenir par ses propres moyens...

A présent, Apollo XIII est dans l'immense vide séparant la Terre de son satellite et l'arrivée en orbite lunaire ne se produira que dans trois jours, le mardi 14. Les journalistes en sont réduits à relire les nombreux documents que leur a fournis la NASA, dans l'espoir d'y trouver un détail intéressant.

L'équipage est composé de James Lovell, commandant de bord, et Fred Haise. Pour le troisième équipier, il s'est produit, pour une fois, un fait inattendu. Normalement, il aurait dû s'agir de Kenneth Mattingly, mais il a été victime de la rougeole quelques jours avant le départ et il a été remplacé par son homologue dans l'équipe bis, John Swigert. Car, comme pour tous les autres vols Apollo, il n'y avait pas un mais deux équipages, qui ont subi exactement le même entraînement sur les mêmes appareils... La rougeole à trente ans, ce n'est pas commun, mais il n'y a tout de même pas de quoi faire un article.

Reste le programme d'Apollo XIII, que les journalistes ont en main. La NASA le décrit en long et en large, à grand renfort d'arguments. Et il est vrai qu'il semble tout à fait intéressant. Le LEM doit se poser dans le cratère Fra Mauro, au centre de la face visible de la Lune. Il s'agit d'une région accidentée. Alors que les hommes d'Apollo XI et XII s'étaient posés sur des plaines lunaires, les « mers », ceux d'Apollo XIII vont faire de l'escalade. Ils vont grimper au sommet du « Cone Crater », situé à un kilomètre et demi de leur lieu d'atterrissage et haut de cent vingt mètres.

Le site choisi présente, en outre, un intérêt scientifique exceptionnel, car il a été frappé par une gigantesque météorite qui s'est enfoncée profondément dans le sol et a fait jaillir à la surface des roches de cinq milliards d'années, l'âge du système solaire. Mais tout cela laisse les journalistes froids. Ce genre de chose intéresse les scientifiques, pas le grand public, à qui il faut du vécu, de l'humain...

Les heures, les jours passent. Le dimanche 12, à 21 h 33, la moitié du trajet est parcourue. Le lundi 13 à 2 h 54, c'est la dernière correction de trajectoire, qui doit permettre l'entrée sur orbite lunaire. Les journalistes s'ennuient toujours autant et, ce qui est plus étonnant, les cosmonautes aussi. Pour tuer le temps, ils ne savent pas quoi inventer. Ils font les pitres devant la caméra. Fred Haise provoque une tempête de neige en vidangeant l'eau des accumulateurs dans le vide spatial, de l'autre côté du hublot. James Lovell, le commandant, tente en vain, pendant de longues minutes, de se coiffer les cheveux, que l'apesanteur fait se dresser.

Mardi 14 avril 1970, 4 h 54. Apollo XIII est à peu près à trois cent mille kilomètres de la Terre. Lovell et Haise sont en train de faire une émission de télévision dans le module lunaire, lorsqu'ils entendent une explosion, en bas. C'est un coup sourd, une sorte de « bang » grave et sec à la fois. Qu'est-ce que c'est ? Est-ce l'écoutille qui ferme le passage entre le LEM et le vaisseau ? Il est déjà arrivé qu'elle claque toute seule. Mais le bruit qu'ils viennent d'entendre était beaucoup plus fort.

Précipitamment, ils redescendent dans le vaisseau principal où John Swigert était resté seul. C'est dans le vaisseau principal que se trouve le tableau de bord, avec tous les cadrans et les commandes. John Swigert a les yeux fixés sur lui. James Lovell et Fred Haise, qui s'approchent, voient, par-dessus son épaule, le voyant « alarme » s'allumer...

Dans le film *Les Naufragés de l'espace*, qui passe à cette époque sur les écrans, un film catastrophe qui relate un drame spatial, le dialoguiste a écrit ainsi le moment de la découverte de l'avarie :

— Houston, Houston ! Nous n'avons plus d'énergie. Nous sommes perdus !

— Tenez bon ! Tenez bon !...

C'était une erreur. Des hommes aussi entraînés que le sont Swigert, Lovell et Haise, des savants et des techniciens aussi éprouvés que ceux qui forment le personnel de la NASA, ne peuvent céder aussi facilement à la panique.

Quand le voyant « alarme » s'allume, John Swigert s'empare du micro pour déclarer avec calme :

— Hé, Houston ! Nous avons un problème. Nous avons eu un assez fort « bang », avec allumage du voyant d'alarme.

Et, sur Terre, son correspondant lui répond sobrement :

— OK. Nous allons voir...

A présent, James Lovell, le commandant de bord, qui a pris le relais au micro, s'exprime à son tour :

— Il semble qu'il y ait un survoltage dans le circuit électrique B.

A Houston, la voix de l'homme de la NASA est toujours aussi calme.

— OK, nous vous entendons. Nous essayons de trouver quelques bonnes idées pour vous.

Mais là-haut dans l'espace, les mauvaises nouvelles continuent à se succéder.

— Il y a quelque chose qui passe devant le hublot, un nuage de gouttelettes. Ce doit être la réserve d'oxygène qui est crevée.

— OK.

Le responsable de Houston n'a pas le temps d'en dire plus. La voix de Lovell retentit de nouveau et, pour la première fois, elle trahit une certaine émotion.

— Quelque chose provoque de brusques oscillations dans la cabine. Elle échappe à notre contrôle ! Je suppose que c'est cet échappement de gaz qui est en cause. Nous essayons de stabiliser en actionnant les fusées spéciales...

Il y a un moment de silence et puis :

— Non. Les fusées ne fonctionnent pas.

Chez les journalistes, à la différence de ce qui se passe dans le vaisseau spatial et chez les techniciens de Houston, l'effervescence est aussi soudaine que totale. Ceux qui sont là courent chercher leurs collègues absents, d'autres vont en toute hâte téléphoner à la rédaction, afin d'annoncer la nouvelle à la Terre entière. C'est le coup de théâtre, l'événement sensationnel qu'on n'attendait pas. Mais il est malheureusement tragique.

Car on ne peut douter de l'extrême gravité de la situation. Dans la salle se trouve le même tableau de bord que dans le vaisseau. Or, les jauges des deux réservoirs d'oxygène et de deux des trois piles à combustible du module de service sont tombées à zéro... La voix du technicien de la NASA se fait de nouveau entendre.

— Nous avons des tas de gens qui travaillent ici pour vous. Dès que nous saurons quelque chose, vous serez les premiers à en être informés.

— Merci. Mais maintenant, nous n'avons plus de courant du tout. Les piles sont complètement mortes.

— Il y a du courant et de l'oxygène dans le LEM. Pouvez-vous y aller ?

— Oui. Pensez-vous pouvoir réparer ?

— On étudie le problème. Allez-y.

Tandis que, dans le monde entier, les chaînes de radio et de télévision interrompent leurs programmes pour des flashes spéciaux, le silence se fait entre l'espace et la Terre. Dans l'habitacle exigu du LEM où se sont réfugiés Lovell, Haise et Swigert, comme dans la vaste salle de Houston, chacun fait le point. Et, d'un côté comme de l'autre, la conclusion est la même : ce qui est en train de se passer est dramatique.

D'abord, évidemment, il n'est plus question d'aller sur la Lune. Le cratère Fra Mauro, l'escalade lunaire, les roches vieilles comme le système solaire resteront à jamais du domaine du rêve. Le vol sera le premier échec de la mission Apollo, qui avait été si brillante jusqu'ici. Mais l'objectif n'est plus scientifique, il est humain. En quelques secondes, tout est bouleversé. Il s'agit maintenant de ramener vivants sur Terre les trois hommes.

L'accident qui vient de se produire est complètement inexplicable et n'a jamais été envisagé dans les innombrables simulations qui ont été faites : une explosion a ravagé le module de service, détruisant les deux réservoirs d'oxygène et deux piles à combustible sur trois. Cette destruction a rendu inhabitable le module de commande où se tiennent normalement les cosmonautes, qui ont dû se réfugier dans le LEM.

Mais le LEM est prévu pour abriter deux hommes pendant les quelques heures que dure le débarquement lunaire, et pas trois pendant un temps indéterminé. Une foule de problèmes vont se poser aux cosmonautes.

D'abord, l'oxygène. Contrairement à ce qu'on pourrait croire, ce n'est pas le problème principal. Il a été prévu largement et il devrait suffire, même si, avec le temps, sa qualité risque de s'altérer. Ensuite, il y a le manque d'électricité. Il faut continuer à alimenter les appareils de navigation et la radio, mais il va falloir faire des restrictions sévères sur le chauffage et l'éclairage.

Le problème majeur est pourtant l'eau. Elle est produite par la réaction chimique des piles à combustible, qui ont explosé. Il faut en suspendre la consommation. Mais si cela peut être envisagé pour les hommes, cela ne peut pas l'être pour les instruments de bord, qui sont refroidis à l'eau, sous peine de surchauffe et de tomber en panne. Il est décidé que les hommes cesseront de boire de l'eau, en la remplaçant par des jus de fruits et en espérant que les machines tiendront avec ce qui reste...

Ces dispositions d'urgence prises, il faut s'atteler au problème : revenir sur Terre. Mais comment est-ce que ce sera possible, puisque le module de service, c'est-à-dire le moteur du vaisseau spatial, a explosé ? La réponse est simple : il faudra se servir du LEM, qui possède son propre moteur. Celui-ci était destiné à le faire débarquer sur la Lune. Maintenant, il va servir à donner à l'ensemble du vaisseau spatial l'impulsion nécessaire pour le faire rentrer sur Terre...

Ce n'est pas pour tout de suite. Apollo XIII fonce vers la Lune et la manœuvre de retour ne peut pas être envisagée avant un bon moment : un vaisseau spatial ne fait pas demi-tour comme une automobile sur une route. Etant donné la trajectoire qu'a prise l'engin, il doit obligatoirement continuer jusqu'à la zone d'attraction lunaire, se mettre en orbite, décrire un tour complet autour de notre satellite et, à ce moment-là seulement, tenter de revenir sur Terre.

Les trois hommes, serrés les uns contre les autres, en état d'apesanteur, savent désormais ce qu'ils doivent faire. La manœuvre de retour en catastrophe ne pourra pas être effectuée depuis la base de Houston ; elle ne pourra être faite que par eux, à la main, sans assistance électronique. Comme aux temps héroïques de l'aviation, leur vie va dépendre de la précision de leur coup d'œil, de la sûreté de leurs gestes, du calme de leur esprit... Elles sont loin les facéties des passagers désœuvrés d'un véhicule trop sûr et trop confortable. Lovell, Haise et Swigert sont en proie à la tension et à l'angoisse qu'ont connues avant eux tous les aventuriers qui se sont trouvés en péril de mort.

La Terre s'éloigne. Et elle va continuer à s'éloigner pendant des heures entières, puisque le vaisseau est forcé de passer derrière la Lune pour revenir vers elle. Cela, la raison l'admet, c'est conforme aux lois de la balistique et de la navigation. Mais même chez des astronautes super-entraînés, conditionnés, programmés, le cœur ne se tait pas si facilement. L'homme reste l'homme, même revêtu d'une combinaison faite des matières synthétiques les plus élaborées, même devant les cadrans des appareils les plus sophistiqués. John Swigert a écrit plus tard, à propos de ces moments dramatiques : « Le temps s'écoulait lentement. J'avais du mal à réaliser que le meilleur moyen de revenir sur Terre était de s'en éloigner et qu'il nous fallait faire encore le tour de la Lune. En toute honnêteté, je me suis demandé si nous reviendrions jamais. Une seule fois, j'ai jeté un coup d'œil sur notre planète natale. Elle paraissait toute petite, suspendue dans l'infini, mais splendide et... désirable. »

Le voyage forcé en direction de la Lune se poursuit. Dans l'attente de la rentrée, les astronautes sont dans le noir. Ils n'ont rien à faire et ils ont froid. Alors, ils parlent. Ils parlent de ce qui les attend.

Si le moteur du LEM ne se déclenche pas à temps ou ne se déclenche pas du tout, ils resteront en orbite autour de la Lune et tourneront autour jusqu'à épuisement de leur oxygène.

Mais si le moteur du LEM marche convenablement, ils ne seront pas sauvés pour cela. D'abord, il peut survenir un autre accident sur le trajet du retour et ensuite, tout dépendra de leur vitesse d'arrivée dans l'atmosphère terrestre. Si elle est trop grande, ils rebondiront sur les couches denses de l'atmosphère et ils partiront en orbite autour du Soleil. Si elle est trop faible, ils seront happés par l'atmosphère et brûleront.

S'ils meurent carbonisés, tout ira très vite. Mais s'ils deviennent des satellites de la Lune ou du Soleil, ils mettront des heures, voire des journées avant de mourir, et dans ce cas, que feront-ils ? Ils discutent longuement et Lovell résume leur point de vue à tous :

— Nous parlerons jusqu'au bout avec la Terre. Nous commenterons pour les hommes nos derniers moments...

Le mercredi 15 avril à 1 h 20, le vaisseau spatial en orbite lunaire passe derrière le satellite. Pour les trois hommes, le fait de se trouver devant la face cachée de la Lune apporte une bienheureuse diversion. Bien sûr, leur problème n'a pas disparu, mais le spectacle est tellement fascinant qu'ils l'oublient pour un moment. Ils sont en train d'effectuer le plus long voyage accompli par l'homme, ils sont en train de voir ce que quelques yeux seulement ont vu avant eux. Ils découvrent des plaines, des montagnes, des cratères aux noms encore incertains parce que trop récemment découverts. C'est enivrant, c'est magnifique ! Et même si leur combativité, leur détermination restent intactes, ils ressentent un intense soulagement. Ils se disent malgré eux : « Après cela, on peut mourir ! »

Ils ne pensent plus, en cet instant, à la Terre et, pourtant, en cet instant, la Terre ne pense qu'à eux, ne parle que d'eux. L'événement est mondial et il unit tous les hommes. Il efface les clivages culturels, politiques. Les Russes proposent d'envoyer une mission de secours. L'initiative est vivement appréciée, surtout en pleine guerre froide, mais les matériaux et les systèmes des deux pays ne sont pas compatibles et c'est aux Etats-Unis que doit se régler le problème.

De fait, les Américains accomplissent un effort gigantesque pour sauver leurs trois cosmonautes. Une immense chaîne de solidarité et de compétences s'est formée. Tous les fabricants de composants utilisés dans le vaisseau sont mis à contribution, afin de pouvoir s'en servir au-delà de leurs limites. Des milliers de techniciens sont appelés à participer au sauvetage.

C'est le plus grand travail d'équipe jamais réalisé aux Etats-Unis.

Mercredi 15 avril, 3 h 40. C'est l'instant décisif où il va falloir faire fonctionner le moteur du LEM, afin de ramener l'ensemble du vaisseau spatial sur une trajectoire terrestre. Sinon, ce sera la ronde tragique et irrémédiable de trois condamnés à mort, puis de trois cadavres, autour de la Lune... La voix de Houston éclate dans le haut-parleur.

— Cela va être à vous, les gars ! Vous êtes prêts ?

La voix de James Lovell, commandant de bord d'Apollo XIII, retentit à son tour, une voix entendue en même temps par des millions et des millions de terriens.

— Nous sommes prêts, Houston.

— Quatre, trois, deux, un. Go !

Il y a un cri, poussé à la fois dans l'espace exigu du LEM et dans l'immense salle de Houston : le moteur fonctionne parfaitement. C'est la première bonne nouvelle depuis la panne. Apollo XIII et son équipage filent à toute allure vers la Terre. Selon les calculs de la NASA, ils devraient y arriver le vendredi 17 avril, vers 19 heures.

Mais pourront-ils tenir jusque-là ? C'est tout le problème. D'abord, il y a le froid : avec le chauffage coupé, il fait moins trois degrés. Mais il y a pire encore : l'oxygène est insuffisamment renouvelé. Le gaz carbonique exhalé par les trois hommes n'est pas évacué. L'air est de plus en plus toxique. Ils risquent de mourir bien avant la rentrée dans l'atmosphère. James Lovell appelle Houston.

— Nous avons des étourdissements. L'air est de plus en plus vicié.

Comme à l'accoutumée, au centre spatial, on réagit avec calme.

— Il y a des cartouches d'hydroxyde de lithium pour le purifier. Elles sont dans le vaisseau principal.

— Est-ce qu'on peut les sortir ?

— Non. Il va falloir trouver un truc.

Effectivement, il faut trouver absolument un truc. Les cartouches sont encastrées dans la paroi du vaisseau principal, c'est-à-dire la partie où devaient se tenir normalement les cosmonautes, mais qui est inutilisable depuis l'explosion du module de service. Ces capsules fonctionnent à peu près sur le mode des bombes désodorisantes : elles répandent un nuage de gaz. Seulement, elles ne pourront pas renouveler l'atmosphère du LEM. Elles sont trop loin. L'hydroxyde de lithium est un gaz trop volatil pour passer jusqu'au LEM à travers le sas. Il faut soit dévisser les cartouches fixées dans les parois, soit imaginer un système de conduite pour le gaz. Entre Houston et les cosmonautes, c'est à qui trouvera la meilleure idée.

— Ici Houston. Vous allez faire un pipe-line, les gars. Prenez les tuyaux de vos combinaisons et du ruban adhésif, ce n'est pas cela qui manque.

— OK. Et si ce n'est pas suffisant, on rajoutera des sacs plastique et des bouts de carton.

C'est ce qu'ils font. Avec un ensemble parfait, les cosmonautes construisent un invraisemblable réseau de plomberie depuis le vaisseau principal jusqu'au LEM. Il est tordu dans tous les sens, malgré les rafistolages, il perd du gaz en plusieurs endroits. Mais ce qui parvient jusqu'au LEM est suffisant pour respirer librement...

La suite se passe on ne peut plus normalement. L'équipage et la NASA ont la situation en main. Le jeudi 16 avril, à 5 h 31, le vaisseau entre en orbite terrestre. Le vendredi 17, à 16 h 22, le module de service, celui qui était responsable de tout, est largué. Pour la première fois, les trois cosmonautes peuvent le voir à travers le hublot et ils découvrent avec un frisson rétrospectif l'étendue de la catastrophe. Le blindage a été arraché sur tout un côté, les moteurs carbonisés sont à nu, au milieu d'un écheveau, d'un fouillis de câbles et d'antennes. Ils ont une chance incroyable de ne pas y être restés.

A 17 h 43, le LEM est largué à son tour, après que les trois hommes sont passés dans le vaisseau principal, noir et glacial. James Lovell, Fred Haise et John Swigert voient partir, non sans un pincement au cœur, ce module en forme d'araignée qui leur a sauvé la vie. Et enfin, à 18 h 55, le vaisseau principal d'Apollo XIII atteint les couches denses de l'atmosphère.

C'est l'instant critique par excellence. Est-ce que le bouclier thermique n'a pas été endommagé ? Est-ce qu'il va être capable de résister à la prodigieuse élévation de température provoquée par le frottement de l'air ? Personne ne peut le dire, aucun instrument de contrôle n'étant prévu à cet effet.

Mais c'est aussi l'instant de suspense par excellence. Car la rentrée dans l'atmosphère entraîne la coupure des ondes radio. Il va falloir attendre plusieurs minutes pour savoir si les cosmonautes ont survécu ou non...

Apollo XIII rentre dans l'atmosphère et, brutalement, c'est le silence total. Une attente angoissée commence, non seulement à Houston, mais devant les postes de radio et de télévision du monde entier, qui relatent l'événement en direct... En se fondant sur les vols précédents les techniciens de la NASA ont estimé la durée du black-out à 3 minutes 10... Trois minutes se passent, 3 minutes 30. La tension est à son comble. Quatre minutes, 4 minutes 30... Devant les écrans de contrôle, les visages se décomposent, lorsque, soudain, la voix de Lovell retentit dans les micros :

— Allô, Houston, vous me recevez ? Nous sommes...

La suite n'est pas audible, elle est couverte par un tonnerre d'applaudissements.

A 19 h 01, le vaisseau principal, suspendu à trois gros parachutes orange et blanc, entre doucement dans l'eau du Pacifique. Le porte-avions américain *Iwo*

Jima, qui est tout près, se porte dans sa direction. A 19 h 07, James Lovell, Fred Haise et John Swigert sont à bord du canot de sauvetage. Ils sont terriblement amaigris, visiblement épuisés, mais vivants. Cette fois, tout est terminé.

Le vol d'Apollo XIII, qui avait débuté dans l'indifférence générale, a, en définitive, autant passionné l'opinion mondiale que celui d'Apollo XI, qui avait pourtant vu les premiers pas de l'homme sur la Lune... La cause de l'explosion a fini par être découverte : c'était l'inflammation de l'isolant d'un fil électrique, dans l'un des réservoirs d'oxygène liquide. Le composant défectueux avait pourtant été vérifié dix fois, comme ses six millions de semblables, mais rien n'avait été détecté.

Aucun des trois rescapés n'est retourné dans l'espace. Lovell avait promis à sa femme que ce serait sa dernière mission et il a tenu parole. Swigert, l'intellectuel du groupe, a été élu sénateur, mais il est décédé d'un cancer avant de prendre ses fonctions. Seul Haise a continué à servir dans la NASA. Il a même participé au développement de la Navette, mais il a été atteint par la retraite avant le premier vol.

Non, jamais on n'oubliera Apollo XIII. Les précédentes missions avaient été de fantastiques aventures scientifiques et techniques, Apollo XIII a été une formidable aventure humaine, ce qui est tout aussi beau, tout aussi grand et plus émouvant encore.

LES VIVANTS ET LES MORTS

Qu'aurions-nous fait à leur place ? C'est la question que nous nous posons lorsque nous entendons le récit de catastrophes. Aurions-nous eu la résistance physique, le courage moral des survivants ? Aurions-nous été capables d'agir comme ils l'ont fait ?

C'est sans doute à propos des rescapés des Andes que cette question se pose avec le plus d'intensité... Si leur odyssée a ému le monde entier et n'est pas sortie des mémoires trente ans après, c'est que, par-delà l'aspect événementiel, elle possède une dimension morale et même métaphysique. Elle ressemble à s'y méprendre à une tragédie antique, elle en a la grandeur, la brutalité, l'héroïsme y côtoie le sordide. Et, comme bien des tragédies, elle commence dans l'insouciance et la bonne humeur...

Les joueurs de l'équipe uruguayenne des Old Christians ont vraiment le chic pour se singulariser ! Dans un pays où le football est une institution nationale et dont le seul titre de gloire ou presque est d'avoir gagné deux fois la Coupe du monde, ils ont décidé de pratiquer le rugby.

Leur club, qui réunit la meilleure bourgeoisie de Montevideo, est, comme son nom l'indique, une association catholique. Mais on aurait tort de penser que l'équipe n'est qu'un cercle de jeunes gens fortunés et bien-pensants, qui se sont trouvé un passe-temps pour le dimanche. Il s'agit d'authentiques sportifs, qui, sans atteindre le niveau des grandes nations, pratiquent un excellent rugby. Leur seul problème est le manque d'adversaires. Il y a très peu d'autres clubs en Uruguay et, chaque fois qu'ils en ont l'occasion, ils vont à l'étranger affronter les équipes locales.

Aussi, lorsqu'au début du mois d'octobre 1972 le club de Santiago du Chili leur a proposé une rencontre chez eux, ils ont accepté avec enthousiasme. Organiser le voyage n'a pas été une mince affaire. Afin de limiter les frais, ils ont décidé de ne pas prendre une ligne régulière, mais d'affréter un charter. Pour cela, pas de difficulté : l'armée de l'air uruguayenne loue ses appareils à ceux qui le désirent. Ils ont ainsi pu retenir, pour 1 600 dollars, un Fairchild F 227, un appareil de quarante places. Mais tout le problème a été de le remplir. Les jeunes gens ont battu le rappel de leurs parents, de leurs amis, des quelques supporters, et ils ont réussi. Il y aura bien quarante passagers dans le Fairchild, ce qui, avec les cinq membres d'équipage, fait quarante-cinq personnes en tout...

C'est ainsi que, ce jeudi 12 octobre 1972, tout le monde se retrouve à 6 h 30 du matin sur l'aéroport de Montevideo, destination le Chili. On remarque entre autres la haute silhouette de Marcello Prez, le capitaine de l'équipe, celle plus impressionnante encore de Raul Vizintin, l'un des piliers, sans compter Roberto Canessa, un trois-quarts, lui aussi bâti en armoire à glace. Nando Parrado, un autre joueur des Old Christians, est venu en famille. Il est accompagné de sa sœur Susana, vingt ans, et de sa mère Eugenia. On remarque aussi une dame d'un certain âge, Carmen Mariani, qui va assister au mariage de sa fille au Chili, et Liliana Methol, une infirmière de quarante ans accompagnée de son mari Xavier. Cela fait en tout quatre femmes parmi les voyageurs, l'équipage de cabine étant composé de stewards et non d'hôtesses.

C'est l'heure de l'embarquement. Les passagers sont

conduits vers leur avion, qui les attend sur une piste un peu à l'écart. En l'apercevant, ils échangent des commentaires flatteurs. Le Fairchild F 227 a vraiment fière allure ! C'est un éblouissant avion tout blanc, un bimoteur à hélices de fabrication américaine. Il a seulement huit cents heures de vol, c'est-à-dire qu'il est neuf.

A 8 h 05, conformément à l'horaire prévu, l'appareil décolle de Montevideo. Aux commandes, le commandant Julio Cesar Ferradas. C'est un homme d'expérience, il a survolé la cordillère vingt-neuf fois. A ses côtés, le copilote Dante Hector Lagurra, un jeune homme guère plus âgé que les membres de l'équipe de rugby, est loin d'avoir le même palmarès. C'est au contraire un débutant, qui est là pour s'instruire auprès d'un aviateur chevronné.

Le vol à effectuer est relativement court, mille cinq cents kilomètres. A 440 kilomètres-heure, vitesse moyenne du Fairchild, on doit être à Santiago à midi. Il n'en reste pas moins que la traversée des Andes est toujours dangereuse. En cette année 1972, les transports aériens n'ont pas la sécurité qui est la leur aujourd'hui. Trois mois plus tôt, un avion s'est écrasé en pleine cordillère : il n'y a pas eu de survivants. Oui, tous les pilotes redoutent de traverser les Andes : les conditions y sont imprévisibles. On y rencontre des courants ascendants ou descendants d'une extrême puissance et des tempêtes localisées, aussi soudaines que violentes, qui n'ont pas été annoncées par la météo...

Dans l'avion, en tout cas, personne ne manifeste la moindre inquiétude, même si, pour plusieurs, il s'agit d'un baptême de l'air. Tout le monde rit et discute. Susana Parrado, assise à côté de sa mère, parle mode et cuisine. Derrière, son frère Nando, aux côtés de son meilleur ami, Panchito Abal, écoute celui-ci lui raconter, comme il en a l'habitude, ses bonnes fortunes féminines. C'est le play-boy de l'équipe et, comme il est de surcroît très riche, celles-ci ne se comptent pas. De temps en temps, les uns et les autres jettent un regard distrait à travers les hublots. Il n'y a rien d'intéressant à voir : l'avion survole l'immense et morne pampa d'Argentine, un univers uniforme et désespérément plat...

Les Andes surprennent toujours le passager aérien. A la différence des autres chaînes montagneuses, elles ne sont pas précédées par des collines qui prennent progressivement de l'altitude. Elles surgissent d'un coup, dominant la plaine de toute leur hauteur, avec leurs sommets tout blancs, pointus comme des dents de scie. Dans le Fairchild, il y a des exclamations excitées. On se bouscule pour voir le spectacle. Il est d'autant plus exceptionnel que, pour beaucoup, c'est la première fois qu'ils voient des montagnes. L'Uruguay est, en effet, un pays entièrement plat, comme la Belgique ou la Hollande en Europe.

Il n'y a pas que le paysage qui ait changé : le comportement de l'avion aussi. Le régime des moteurs s'est mis à augmenter : ils ronflent maintenant bruyamment et de légers tremblements agitent le fuselage... Toujours les yeux rivés aux hublots, les passagers constatent que l'appareil ne pénètre pas dans la cordillère. Il longe, au contraire, les montagnes. Tout cela dure environ un quart d'heure. Chacun s'interroge sur la raison de ce manège, lorsque la voix d'un des stewards retentit dans les haut-parleurs.

— Mesdames et messieurs, les conditions sont trop mauvaises pour traverser les Andes. Nous allons nous poser à Mendoza. Notre vol est remis à demain. Nous nous excusons pour ce contretemps...

Les passagers manifestent vivement leur contrariété. C'est effectivement un contretemps regrettable, car ils n'ont que cinq jours à passer au Chili. Mais il s'agit d'une question de sécurité et il n'y a rien à dire... A Mendoza, le pilote accomplit un atterrissage pour le moins moyen. L'appareil rebondit à plusieurs reprises sur la piste, avant de piler dans un crissement aigu des freins. Nando Parrado a un sourire ironique à l'attention de son voisin, Panchito Abal.

— Eh bien, ça promet pour la suite !...

Dans le Fairchild, on pense visiblement la même chose. Certains, les joueurs de l'équipe pour la plupart, applaudissent ironiquement le pilote, tandis que d'autres échangent entre eux des regards inquiets. Mais ce moment désagréable est vite oublié. Faisant contre mauvaise fortune bon cœur, les passagers décident de profiter de cette escale inattendue en terre argentine. Ils se répandent dans la ville, pour aller déjeuner et faire des emplettes... Toute la journée du 12 octobre se passe ainsi de manière plutôt agréable. On achète du chocolat, des cigarettes, des alcools, des babioles diverses. Ainsi, Nando Parrado fait l'acquisition de chaussons rouges pour l'enfant de sa sœur aînée. Ensuite, ils se rendent dans leurs chambres d'hôtel pour y passer la nuit.

Un qui ne dort guère, c'est le pilote, le commandant Ferradas. Il a reçu le dernier rapport météo et il n'est pas fameux. Les conditions atmosphériques devraient s'améliorer un peu, mais elles restent préoccupantes. Or, il doit se décider rapidement. Les lois interdisent à un avion militaire étranger de rester plus de vingt-quatre heures en Argentine. Il va lui falloir traverser les Andes le lendemain ou retourner à Montevideo. Mais dans ce cas, selon le contrat d'affrètement, l'armée doit rembourser les 1 600 dollars et elle n'est pas riche. Alors que faire ? Il décide de continuer. Après tout, il en a vu d'autres : il a traversé la cordillère vingt-neuf fois...

Le lendemain, en se retrouvant à l'aéroport de Mendoza, les passagers sont d'excellente humeur. Ils craignaient que le vol soit annulé, que le match contre Santiago n'ait pas lieu. Mais tout va bien, bientôt ils seront dans la capitale chilienne. Ils plaisantent entre eux en rejoignant le Fairchild. Nando Parrado donne une bourrade dans le dos de Canessa.

— Eh, tu sais qu'on est un vendredi 13 ?

— Tais-toi, tu vas me faire peur...

L'avion décolle à 15 heures. Pendant une dizaine de minutes, c'est la plaine argentine uniforme et, sans transition, la cordillère, avec ses dents blanches acérées. Le commandant Ferradas a choisi de passer par le col de Planchon, le plus sûr par mauvais temps, même s'il oblige à un détour. A 15 h 21, il est à la moitié des Andes, il franchit la frontière et passe du contrôle de Mendoza à celui de Santiago. La tour annonce au pilote que tout va bien pour l'atterrissage.

Mais au même moment, le Fairchild entre dans une zone de violentes turbulences. Le commandant appelle un steward pour qu'il fasse attacher leurs ceintures et éteindre leurs cigarettes aux passagers. Celui-ci s'acquitte de sa tâche et ajoute quelques mots rassurants :

— L'avion va danser un petit peu, mais ne vous en faites pas. Nous sommes en contact avec Santiago. Nous allons bientôt atterrir.

Il a juste terminé sa phrase que l'appareil pénètre dans des nuages denses et se met à vibrer de manière alarmante. L'un des joueurs de l'équipe tente de crâner. Il s'empare du téléphone que vient d'abandonner le steward et annonce :

— Mesdames et messieurs, mettez vos parachutes s'il vous plaît, nous allons atterrir dans la cordillère...

Les quelques rires un peu forcés qui s'élèvent dans la cabine se taisent aussitôt. Car l'avion vient de tomber dans un énorme trou d'air ; il fait une chute d'au moins cent mètres. Il finit tout de même par se stabiliser. Après avoir repris leur souffle, l'estomac encore noué, les joueurs du Old Christians continuent d'affecter l'indifférence. Ils se lancent le ballon de rugby de siège en siège. Eugenia Parrado a pris la main de sa fille. Elles se regardent sans dire un mot, blêmes, les lèvres serrées. Un nouveau trou d'air encore plus monstrueux que le précédent leur fait fermer les yeux ; c'est une chute libre interminable. Lorsqu'elle s'achève enfin, les garçons tentent encore de plaisanter :

— Olé ! Olé !...

Mais ils se taisent aussitôt, car, en tombant, l'avion est parvenu au-dessous des nuages et ils découvrent où ils se trouvent. Et ce qu'ils voient, ce n'est pas la verdoyante plaine du Chili, trois mille mètres plus bas, avec, à l'horizon, la barrière bleue du Pacifique, ce sont des arrêtes, des sommets, des pics, des glaciers tout autour d'eux et... au-dessus d'eux ! L'un des jeunes gens, qui n'a pas encore compris, demande à son compagnon de siège :

— C'est normal qu'on vole aussi bas ?

Pour toute réponse, ce dernier commence à réciter le « Je vous salue Marie... ». Dans la cabine, le silence s'est fait. Certains disent leurs prières, les autres s'agrippent à leur siège, les dents serrées, en attendant le choc. Dans le cockpit, on essaie désespérément d'éviter la catastrophe. L'avion refuse de s'élever et vibre de plus en plus. Le commandant Ferradas crie au copilote :

— Tire sur le manche avec moi ! Les gaz ! Il faut monter, monter...

— Je ne peux pas !

Il y a un bruit effroyable. L'aile droite heurte la montagne. Elle se brise et coupe l'appareil en deux, à la hauteur de la queue. Les deux stewards qui se tenaient à l'arrière et trois passagers des derniers rangs sont projetés dans les airs, attachés à leur siège. L'aile gauche se brise à son tour en heurtant les rochers. Mais il se produit alors un véritable miracle. Le corps de l'avion, au lieu de se désintégrer, reste un moment en vol plané et se pose sur une pente neigeuse où il descend à toute allure, exactement comme un bobsleigh. Deux passagers de l'arrière sont encore happés à l'extérieur sur leurs sièges. L'air glacé des Andes s'engouffre dans la cabine. Ceux des survivants qui n'ont pas perdu conscience s'attendent avec terreur soit à tomber dans un gouffre, soit à s'écraser contre un rocher. Il y a des hurlements, des prières désespérées :

— Maman !

— Jésus !...

La glissade dure un temps interminable et c'est enfin le choc. Il n'est pas aussi brutal qu'on pouvait le redouter. L'avion a heurté une barrière de neige, non la roche. Mais les effets de l'impact sont quand même terribles. Les sièges s'écrasent les uns contre les autres, ce qui est dramatique pour les passagers des premiers rangs, qui reçoivent sur eux tout le poids de l'arrière... Il y a un moment de silence total, puis la voix de Roberto Canessa, qui s'écrie :

— Il s'est arrêté !

Il défait sa ceinture, se lève, se passe les mains sur la poitrine, les membres : il est indemne... Un gémissement attire son attention. Son compagnon de siège fait un effort pour se lever, mais retombe aussitôt.

— Je crois que j'ai une jambe cassée.

— Je vais voir cela...

Au même moment, d'autres gémissements éclatent un peu partout dans l'avion. Ils ne sont pas les seuls rescapés ; il y a des survivants. Canessa s'adresse à son compagnon :

— Plus tard. Une jambe cassée, ce n'est rien. Je vais d'abord m'occuper des autres.

Car il faut préciser qu'il est étudiant en médecine. Oh, il n'est pas très avancé, il est en première année. Et ce qu'on enseigne à ce niveau, en Uruguay, c'est uniquement la psychologie. Mais il se sent une responsabilité morale et puis, soigner les gens est sa vocation...

Il s'approche du siège le plus proche. Coïncidence, celui qu'il dégage et qui est sain et sauf comme lui est Gustavo Zerbino, l'autre étudiant en médecine de l'équipe. Il est un peu plus avancé, en deuxième année, lui, mais ses connaissances sont presque aussi dérisoires que les siennes. Qu'importe ! Ils vont se partager le travail entre les blessés.

C'est alors que d'autres cris les alertent, en provenance de l'extérieur, cette fois. Ils se rendent compte à cette occasion que l'avion est coupé en deux à hauteur de la queue. Ils sortent et tombent dans une neige épaisse qui leur arrive au-dessus des genoux. Tout autour d'eux s'étend un paysage désolé. Il fait horriblement froid et ils sont en pantalon léger, chemisette et blazer... Ils aperçoivent celui qui criait et qui, à présent, s'est tu. C'est un passager qui a été éjecté en vol. Il est apparemment indemne et dévale la pente dans leur direction. Mais il ne se rend pas compte qu'il va, en fait, droit vers un précipice. Les deux jeunes gens crient à leur tour pour l'avertir, mais il ne les entend pas, il trébuche, roule dans la neige et disparaît.

Canessa et son compagnon rentrent dans l'avion. Chacun prend en charge une moitié des sièges. Canessa se penche d'abord sur son meilleur ami, Nando Parrado. Il n'a pas de blessure apparente, mais il reste inanimé. Il lui prend le pouls : il est très faible. Il le tient pour mourant et passe à son voisin. C'est Panchito Abal, le play-boy de l'équipe. Le malheureux n'est, pour l'instant, pas bien agréable à regarder : il est couvert de sang et visiblement grièvement blessé. Il agrippe la main de son camarade.

— Ne me quitte pas ! Mon vieux, ne me quitte pas...

Mais Canessa ne peut pas s'attarder. Au rang suivant, Eugenia Parrado a été tuée sur le coup. Sa fille Susana semble, elle aussi, grièvement blessée. Il est penché sur elle, lorsqu'on lui frappe sur l'épaule.

— Eh, viens voir. J'ai un problème, là...

Il se retourne. C'est un autre joueur de l'équipe, qui lui montre une grosse tige métallique enfoncée dans son ventre... Parmi les préceptes psychologiques qui forment tout son savoir médical, Roberto Canessa a appris que, dans les cas graves, il faut toujours donner le moral au malade. Il le fait donc sans hésitation. Il hausse les épaules.

— Ce n'est rien. Enlève ça et viens m'aider.

Le garçon s'exécute docilement. La tige vient sans difficulté, mais les intestins sortent, eux aussi, de la plaie.

— Et qu'est-ce que je fais pour ça ?

— Serre avec ta chemise et va dégager la passagère qui crie...

Il s'agit de la señora Mariani, qui occupe le premier rang. Elle a reçu sur elle tous les sièges de derrière, elle doit avoir les jambes effroyablement broyées et elle hurle sous l'effet de la douleur. Le blessé au ventre entreprend de la dégager, aidé par d'autres rescapés. Pourtant, ils ont beau faire, l'enchevêtrement dans lequel elle est prise est inextricable...

Pendant ce temps, Canessa est retourné à sa place. Il revient trouver son voisin, celui qui s'était plaint d'avoir une jambe cassée.

— Me voilà. Tu n'as pas trouvé le temps long ?

Il n'y a pas de réponse. Le jeune homme ne bouge pas. Canessa le soulève de son siège et c'est pour se rendre compte que sa jambe n'est pas cassée, mais sectionnée. Une grande flaque de sang s'étale en dessous. Il est mort.

L'avion s'est écrasé à 15 h 30. Il est 16 heures... Il y a eu cinq tués chez les passagers et plusieurs sont dans un état désespéré. Canessa, Zerbino et un autre de leurs camarades décident d'aller dans le cockpit, pour voir si les pilotes sont en vie et en état d'envoyer un message radio. Mais il est impossible d'y accéder par la porte. Les sièges se sont agglutinés contre elle et forment une barricade infranchissable. Il faut passer par l'extérieur.

Dehors, la neige s'est mise à tomber. Il fait épouvantablement froid. Ils doivent se faire la courte échelle pour se hisser par une vitre cassée. Le commandant Ferradas est mort. Le copilote semble très mal en point. Il est coincé contre le tableau de bord, il saigne du nez et respire avec difficulté. Il a un gémissement en les voyant.

— A boire !

On lui donne une poignée de neige, qu'il avale goulûment.

— Pouvez-vous envoyer un message radio ?

— Non... cassée.

Il réclame de nouveau à boire. On lui met encore de la neige dans la bouche, mais il continue à réclamer la même chose. Les jeunes gens n'insistent pas. Sa soif est pathologique, il est agonisant...

A 18 heures, l'obscurité se fait et c'est une nuit d'angoisse qui commence pour les trente-deux survivants. On se passe de l'alcool et du vin, on fait un rempart avec les valises et les sièges, pour essayer d'obturer le trou béant à l'arrière, mais cela n'empêche pas le froid d'être insupportable, d'autant que certains sont en manches courtes. Si l'épreuve est terrible physiquement, elle l'est tout autant psychologiquement. Chacun se dit plus blessé que les autres et exige un traitement de faveur ; on s'injurie, on se bat pour une place plus chaude. C'est Carmen Mariani qui crie le plus fort ; ses hurlements emplissent l'espace étroit de la cabine. On veut la faire taire, sans y parvenir. A la fin, un des joueurs de l'équipe finit par s'écrier, à bout de nerfs :

— Taisez-vous ou je vous casse la gueule !

Cette fois, elle se calme. Elle pleure doucement, ce qui permet d'entendre la voix du copilote dans le cockpit. Il s'est mis à délirer et répète la même phrase de manière lancinante :

— Nous avons passé Curico. Nous avons passé Curico...

Au matin, on sort pour examiner la situation. L'avion s'est posé sur une plate-forme entourée de sommets. Tout est blanc ; c'est le domaine des neiges éternelles. Il n'y a pas la moindre trace de vie, ni végétale ni animale. A en juger par les difficultés qu'on éprouve à respirer, on doit être aux environs de 4 000 mètres.

Il y a eu trois morts dans la cabine pendant la nuit, dont Panchito Abal et Carmen Mariani. Au matin, tous les survivants valides s'y sont mis pour l'arracher à ses sièges, mais ils n'ont dégagé qu'un cadavre. Celui qui avait menacé de lui casser la gueule si elle ne se taisait pas a éclaté en sanglots. Une visite au cockpit a fait découvrir un décès supplémentaire : le copilote est mort. En revanche, Nando Parrado, contrairement à ce qu'on avait cru, est hors de danger. Il a même la force de s'occuper de sa sœur, qui, elle, semble bien bas.

Les soins aux blessés reprennent, avec, pour les deux étudiants en médecine, un renfort appréciable : Liliana Methol, qui est infirmière de métier. Choquée par l'accident, elle était restée prostrée jusque-là, mais elle a retrouvé tous ses esprits et se dévoue sans relâche. Si ses moyens sont limités, faute de médicaments et de pansements, les blessés, qui sont pour la plupart de très jeunes gens, apprécient le réconfort de cette présence maternelle.

Au milieu de la matinée, on passe au problème crucial du ravitaillement. Une fois toutes les valises vidées, on fait les comptes : huit barres de chocolat, cinq de nougat et des caramels, huit bouteilles de vin et trois d'alcool, tout cela pour, à présent, vingt-huit survivants. On décide de rationner les vivres : un morceau de chocolat et une gorgée de vin par personne et par jour.

L'eau, en revanche, est en quantité illimitée, grâce à la neige. Encore faut-il la faire fondre. Car si on la met directement en bouche, le contact très froid provoque des brûlures. Reste la possibilité de la secouer dans une bouteille, mais l'exercice se révèle épuisant dans l'air raréfié. L'un des joueurs de l'équipe à l'esprit inventif trouve la solution. Il y a dans les sièges des plaques d'aluminium ; il suffit de les extraire, de mettre de la neige dessus, qui fond d'elle-même au soleil.

Après quoi, il n'y a plus grand-chose à faire, sinon attendre la gorgée de vin et le morceau de chocolat en fin de journée, et surtout guetter les secours, qui ne peuvent manquer de venir... Pourtant, rien ne se produit et la nuit revient.

Cette fois, la cabine a été aménagée rationnellement, mais l'espace est terriblement réduit : 6 mètres sur 2,4 mètres. Il n'y a d'autre ressource que de dormir tête-bêche. Si l'un des dormeurs se retourne, tous doivent se retourner. Si quelqu'un se gratte ou se lève pour aller uriner dehors, il déclenche un concert d'injures. Tout cela au milieu des gémissements de ceux qui ont les jambes brisées...

Le dimanche 15, troisième jour après l'accident, les rescapés découvrent au réveil un soleil éclatant, dans un ciel d'une couleur comme ils n'en ont jamais vu, bleu sombre, presque violet. C'est très beau, mais angoissant. Avec les neiges éternelles, cela forme un univers qui ne ressemble à rien ; c'est un peu comme s'ils étaient sur une autre planète.

Et c'est pourtant dans ce ciel d'un autre monde qu'apparaissent enfin les premières manifestations humaines. En début de matinée, deux avions survolent les lieux à très haute altitude. Ce sont des appareils à réaction, comme l'indique la longue traînée qu'ils laissent derrière eux. Ils sont trop haut et ils vont trop vite pour les avoir vus, mais cela prouve que les recherches sont orientées dans la bonne direction.

Et, à 16 h 30, c'est enfin ce qu'ils espéraient tous : un petit biplan apparaît au-dessus d'eux, très bas cette fois. Il y a des cris de joie, des hurlements. Chacun se précipite sur des miroirs et des objets réfléchissants pour envoyer des éclairs dans sa direction. Quand il arrive à la verticale, le pilote bat des ailes pour montrer qu'il les a vus. Il va alerter les secours, ils sont sauvés !

C'est la libération, après tant d'heures de souffrance et d'angoisse. Canessa ouvre une bouteille de vin et la finit avec les blessés dont il a la charge. Quelqu'un d'autre — on ne saura jamais qui — dérobe deux morceaux de chocolat. Pourtant, lorsqu'on découvre le vol, personne ne s'en formalise outre mesure. Ce n'est pas grave, ils n'ont plus longtemps à rester ici...

Mais la journée suivante s'écoule sans qu'il se passe rien, ce qui provoque une vive discussion. Il y a le camp des optimistes, de loin les plus nombreux, et les pessimistes. Les premiers pensent qu'ils sont tombés trop haut pour que les hélicoptères puissent les atteindre et qu'une expédition terrestre est en route vers eux. Les seconds, autour de Nando Parrado, pensent qu'ils n'ont rien à attendre de l'extérieur et qu'ils doivent chercher à regagner la civilisation par leurs propres moyens.

Un événement imprévu va les départager. Il y a dans l'avion un transistor, un seul, emporté par l'un des passagers ; mais endommagé dans l'accident, il avait refusé jusque-là de fonctionner. Or, voilà qu'à cet instant précis, soudainement et inexplicablement comme cela arrive souvent, il se remet à marcher.

Il est branché sur une station chilienne et c'est l'heure des informations. Au début, il n'est pas question d'eux, uniquement de politique. Il faut dire que la situation au Chili est grave, elle est même dramatique. Le président Allende, pourtant arrivé au pouvoir de manière constitutionnelle, n'a pas été accepté par ses opposants, qui veulent ouvertement le renverser. Les grèves insurrectionnelles se multiplient. Il est question de coup d'Etat militaire, de guerre civile. Et ce n'est que tout à la fin qu'ils entendent parler d'eux. Il n'y a qu'une seule phrase, mais elle est, hélas, parfaitement explicite : « On est toujours sans nouvelles de l'avion uruguayen qui s'est écrasé dans les Andes... »

Un silence de mort s'est abattu dans la carcasse du Fairchild... Non, le biplan ne les a pas vus. S'il a battu des ailes, c'est qu'il a été pris dans un remous, comme il y en a tant dans les Andes : ils sont bien placés pour le savoir. Il n'y a pratiquement rien à attendre de l'extérieur. C'est Parrado qui avait raison... Ce dernier reprend la parole.

— Il faut faire une expédition pour voir ce qu'il y a derrière les montagnes.

Des objections s'élèvent.

— Tu te rends compte de l'effort que cela représente ? Nous sommes épuisés, affamés...

— Nous reprendrons des forces.

— Avec quoi ? Un petit morceau de chocolat ?

— Il n'y a qu'à se couper un bon morceau de viande dans un des pilotes. Après tout, c'est de leur faute si on est dans cette merde !

Cette déclaration est suivie d'un haussement d'épaules

général, accompagné de ricanements, et la discussion s'arrête là...

Oui, il y a peu de chose à attendre de l'extérieur, ce sont malheureusement les pessimistes qui ont raison... Dès le moment où le contact radio a été perdu avec Santiago, les recherches ont commencé, mais, il faut le dire, sans grande conviction. Si le Fairchild ne s'est pas désintégré, il se trouve dans une haute vallée des Andes où la température descend à moins quarante degrés la nuit et où toute survie est impossible. La cordillère ne lâche pas ses proies : tous les accidents précédents l'ont montré.

La convention internationale aérienne fait toutefois obligation au pays dans lequel s'est écrasé un avion, en l'occurrence le Chili, de mener des recherches pendant dix jours, et c'est ce qui est fait. Mais ce sont des moyens limités qui sont mis en œuvre, vu les chances infimes qu'il y ait des survivants et vu, d'autre part, les risques que courent les équipages de secours dans les conditions extrêmes qui sont celles des Andes...

Jour après jour, les pilotes rentrent bredouilles : il n'y a rien à signaler, pas de trace de vie, ni même d'accident... Ici, intervient une circonstance qui s'avère lourde de conséquences : le fuselage du Fairchild est peint en blanc. S'il avait été métallisé, comme celui de la plupart des avions de ligne, il aurait pu renvoyer les reflets au soleil, mais tel qu'il est, à moitié enfoui dans la neige, il est absolument invisible... Le 23 octobre 1972, dixième jour après l'accident, est publié un communiqué officiel chilien : « Les recherches concernant le Fairchild F 227 sont abandonnées, en raison des résultats négatifs. »

C'est le même jour qu'a lieu la discussion décisive entre les survivants. Ils sont de plus en plus faibles. La respiration et le déplacement à cette altitude sont très difficiles, les rations de chocolat s'amenuisent et ce n'est pas avec ce qui reste qu'ils peuvent se maintenir en vie à vingt-huit... C'est Canessa qui relance l'idée qu'avait émise Parrado, quelques jours auparavant, un peu par provocation :

— Notre devoir est de survivre. C'est Dieu qui nous l'ordonne. Et, pour cela, il n'y a qu'un seul moyen : manger les morts !

Il se fait un grand silence... Chacun se posait plus ou moins consciemment la question et maintenant qu'elle vient d'être formulée, il n'est plus possible de reculer. Canessa poursuit et ses arguments sont écoutés avec beaucoup d'attention, car chacun sait qu'il est sincèrement religieux.

— Ce n'est que de la viande. Leur âme a quitté leur corps et se trouve avec Dieu. Il n'y a aucune différence avec les bêtes que nous mangeons.

Le capitaine Marcello Prez, qui, depuis l'accident, sans doute en raison d'une commotion, s'était fait très discret, intervient dans le sens inverse.

— On ne peut pas manger nos amis.

Parrado, venant au secours de Canessa, l'interpelle.

— Qu'est-ce que tu crois qu'ils en auraient pensé ?

— Je ne sais pas...

— Eh bien, moi, je te dis que si je meurs, je veux que vous mangiez mon corps. Et si vous ne le faites pas, je reviendrai sur terre pour vous donner un bon coup de pied au cul !

La formule détend l'atmosphère, mais la discussion retrouve vite toute sa gravité. Pour ces jeunes gens, qui sont profondément catholiques, le problème est avant tout religieux. Et c'est l'un d'eux qui trouve l'argument qui emporte leur adhésion.

— Le Christ a donné son corps à manger aux hommes. C'est la même chose. Ce sera une sorte de communion, une communion pour la vie...

Tous approuvent. Canessa reprend la parole.

— Faisons le serment que si nous mourons, nous autorisons les autres à nous manger.

Encore une fois, tous jurent... Pour ce qui est de manger eux-mêmes, quelques isolés, sans condamner les autres, s'y refusent, en raison d'une insurmontable répulsion. Liliana Methol et son mari Xavier sont du nombre.

Mais le plus dur reste à faire : passer à l'action. C'est Canessa, encore une fois, qui se dévoue. Il prend un morceau de vitre tombée d'un hublot brisé et quitte la carlingue.

Les corps gisent un peu partout autour de l'avion ; en raison du froid, ils sont dans un état de conservation parfait. Son verre coupant à la main, il recule pourtant... Il est incapable de tailler dans un corps dont il voit le visage, celui de quelqu'un qu'il connaît, qu'il a connu. Non, il faut qu'il ne sache pas de qui il s'agit.

C'est alors qu'il aperçoit, un peu plus loin, un postérieur qui dépasse de la neige ; tout le reste est enfoui et invisible. Il s'y dirige, enlève le jean et, résolument, commence à couper... C'est très pénible, car la chair gelée se laisse à peine entamer, mais il arrive tout de même à extraire une vingtaine de tranches de l'épaisseur d'une allumette.

Il les met à sécher sur la carlingue, soigneusement alignées. Il avance la main vers l'une d'elles, mais il n'arrive pas à terminer son geste. Il reste immobile, le bras tendu. Il a beau avoir pris sa décision, le dégoût est trop fort, il le paralyse. Enfin, d'un mouvement brusque, il prend le morceau, le met dans sa bouche et l'avale d'un coup, sans mâcher. En cet instant précis, une seule pensée lui vient : il survivra ! Il rentre dans la carlingue et dit simplement :

— Je l'ai fait. A vous !

Mais personne ne bouge. Comme lui-même il y a un instant, ses compagnons, après avoir pris leur décision, n'arrivent pas à passer à l'acte. Ils se regardent, incapables de se lever, de prononcer une seule parole...

Tous ne sont pas dans l'avion. Il en manque un, le possesseur du transistor, qui est sorti pour l'écouter. C'est l'heure du bulletin d'informations et, à l'intérieur de la carlingue, on entend très mal... Il colle son oreille au poste. Il y a d'abord la série habituelle de nouvelles alarmantes sur la situation intérieure chilienne et puis, tout à la fin, une annonce laconique : « Les recherches du Fairchild F 227, qui s'est écrasé dans les Andes, ont été abandonnées. Les passagers et l'équipage sont considérés comme perdus. » Le jeune homme a pâli, mais il a écouté sans broncher. Il s'appelle Nicolich. Depuis l'accident, il ne s'est pas beaucoup mis en avant, ce n'est pas un expansif. Mais sous ses dehors discrets, il cache une grande fermeté de caractère. Et il mesure la responsabilité qui est la sienne. Il doit annoncer la nouvelle aux autres, mais selon la manière dont il le fera, il peut soit les jeter dans le désespoir, soit, au contraire, les faire réagir de manière décisive. Il revient dans la carlingue où il les trouve toujours figés dans la même attitude.

— Les gars, une bonne nouvelle ! Je viens juste de la capter à la radio : ils ont abandonné les recherches.

C'est d'abord un silence de mort, puis s'élèvent des cris, des pleurs.

— Pourquoi dis-tu que c'est une bonne nouvelle ?

— Parce que cela va nous obliger à nous sortir tout seuls de cette merde ! Et d'abord, nous donner le courage d'aller manger...

C'est sans doute en cet instant que se joue le sort des naufragés des Andes... Un à un, ils se lèvent et vont prendre les morceaux de chair humaine qui ont été disposés sur la carlingue. Ils ont choisi la vie contre la mort. Ils ne s'en sortiront peut-être pas tous, mais tous iront jusqu'au bout !

Dans les jours qui suivent, ils s'occupent de mettre sur pied l'expédition qui doit les délivrer. Le compas de l'avion, qui fonctionne toujours, indique que la vallée où il s'est écrasé est orientée à l'est. Or le Chili est à l'ouest. Au cours de l'accident, le Fairchild a fait un demi-tour et s'est retrouvé dans la direction opposée à sa route. Il faut donc remonter en direction inverse et, au cours de ce trajet, on rencontrera la queue de l'appareil, où restent certainement des provisions.

Canessa, Parrado et Vizintin, les trois plus forts physiquement et aussi moralement, sont choisis pour tenter l'aventure. Ce sont ceux aussi qui mangent avec le moins de dégoût et ils parviennent ainsi à acquérir une forme à peu près suffisante pour l'épreuve qui les attend.

Il n'en reste pas moins que celle-ci est terrible : ils doivent gravir en chaussures de rugby et à mains nues la chaîne montagneuse la plus haute du globe après l'Himalaya... Ils partent pourtant pleins d'optimisme, accompagnés des cris d'encouragement de leurs compagnons.

Ils escaladent la première pente, au prix de mille efforts. Elle est très élevée et très raide. Quand ils se retournent pour la première fois vers le bas, ils ont un choc : ils ne voient plus le Fairchild. Sa silhouette blanche a totalement disparu dans la neige. Quant à leurs compagnons, ce ne sont que des petits points à peine visibles. Ils comprennent alors que jamais ils n'auraient pu être secourus, pour la simple raison qu'on ne peut pas les voir...

Ils pensaient atteindre la queue de l'avion dans la journée, mais l'escalade est bien plus difficile qu'ils ne l'avaient imaginé. La nuit les surprend en plein milieu d'une paroi. Ils arrivent à trouver un petit renfoncement où ils peuvent juste s'asseoir en se serrant. En dessous d'eux, il y a le vide. En attendant le jour, ils se bourrent de coups de poing pour ne pas s'endormir.

Au matin, ils reprennent leur ascension dans un état d'épuisement presque total. S'ils ne trouvent pas rapidement le reste de l'appareil et les provisions qu'il contient, ils sont perdus... Mais ils tombent dessus presque tout de suite. Ils voient d'abord des bouts de métal qui parsèment la neige et ils découvrent un passager mort, encore attaché sur son siège, puis trois autres et enfin les deux stewards. Ils prennent les objets personnels qu'ils ont sur eux, pour les remettre plus tard à leurs familles. Le compte des morts et des vivants est maintenant complet : six corps en haut, onze près de l'avion, le disparu qui est tombé dans le précipice et vingt-sept survivants, car Susana Parrado est décédée la veille de leur départ. Cela fait quarante-cinq en tout.

La queue de l'avion contient plus de choses encore qu'ils ne l'attendaient. C'est un véritable trésor ! Dans les valises, ils trouvent des vêtements convenables, qu'ils mettent aussitôt à la place des leurs, et des chaussettes de laine. Il y a aussi un tube de dentifrice, qu'ils se partagent avidement, une boîte de chocolats, qu'ils gardent pour la suite et, enfin, plusieurs bouteilles de rhum. Ils font honneur à ces dernières, au cours de la nuit qu'ils passent sur place, et ils repartent le lendemain pleins d'espoir...

La déception qui suit n'en est que plus terrible. Après seulement une demi-heure de progression, ils tombent sur une paroi rocheuse infranchissable. Ils ont beau l'explorer, la sonder en tous sens, il n'y a rien à faire. Il faudrait être des alpinistes confirmés, équipés du meilleur matériel, pour en venir à bout et encore, ce ne serait pas sans danger. La voie qu'ils ont choisie est impraticable, il n'y a pas d'autre solution que de faire demi-tour.

Ils parviennent à retrouver l'avion sans encombres, mais leur échec met le moral du groupe au plus bas. En tout cas, une décision unanime est prise : il n'est pas question de nouvelle tentative dans l'immédiat. D'autant que les conditions climatiques ne pourront que s'améliorer. Le printemps austral est bien avancé, bientôt ce sera l'été. La première expédition avait été faite dans l'improvisation, il faudra, cette fois, mettre toutes les chances de son côté.

Les jours passent... Tout le monde mange de la viande humaine, sauf le couple Methol. Ils en sont incapables l'un comme l'autre. On leur a laissé ce qui restait de chocolat, mais la réserve est presque épuisée. La santé des autres s'améliore, eux déclinent. Ils s'isolent, ils ne se séparent plus. Chaque matin, ils promettent qu'ils vont faire un effort pour manger, mais ils ne le font pas.

30 octobre 1972. C'est la dix-septième nuit qu'ils passent dans l'avion. Tous dorment, sauf Canessa, qui essaie de communiquer avec sa mère par télépathie. Il a sorti sa photo et, bien qu'il soit dans l'obscurité, il la fixe en répétant :

— Maman je suis vivant, je suis vivant...

C'est alors qu'un bruit sourd lui fait dresser l'oreille. Il n'a jamais rien entendu de tel depuis l'accident. C'est lointain, mais cela se rapproche. Il pense à la fonte des neiges, qui a commencé depuis quelques jours. Il a juste le temps de dire :

— Une avalanche...

Et l'instant d'après, il a l'impression d'être bousculé par un géant, tandis qu'il ressent une sensation de froid et d'étouffement... C'est le silence. L'avalanche s'est arrêtée. Il est enseveli sous la neige, il ne respire plus. Il se rend compte qu'il a une minute ou deux pour creuser une ouverture, sinon il est mort. Il gratte de toutes ses forces et c'est la délivrance.

Il respire avidement dans l'air retrouvé et, tout aussitôt, il pense aux autres. Ils sont déjà deux ou trois, qui ont été épargnés comme lui, en train de creuser frénétiquement dans le noir pour dégager les ensevelis. Il se met à les imiter et chacun de ceux qu'il dégage se joint à leur groupe. Lorsque, au matin, ils s'arrêtent tous, épuisés, ils peuvent faire le bilan.

Il est terrible... L'avalanche a été presque aussi meurtrière que l'accident lui-même. Il y a huit morts, dont Marcello Prez, le capitaine de l'équipe, et Liliana Methol. C'est ce deuil qui est ressenti le plus cruellement, non seulement par son mari Xavier, mais par tout le groupe. Elle ne sera plus là pour soigner et réconforter les uns et les autres, et puis c'était la dernière femme en vie... Les corps sont déposés dans la neige, autour de l'avion. A présent, ils ne sont plus que dix-neuf survivants.

Les jours passent, puis les semaines. Maintenant que tout le monde mange de la viande et qu'elle est, hélas, en abondance après l'avalanche, il n'y a plus de problème de ravitaillement. Seuls ne sont pas touchés les corps de ceux qui ont un parent parmi les survivants et qui se trouvent être tous des femmes : Eugenia et Susana Parrado, Liliana Methol. Le mari de cette dernière, Xavier, s'est d'ailleurs mis à manger avec les autres tout de suite après sa mort...

Peu à peu, les abords de l'avion se couvrent de squelettes totalement décharnés, le crâne ouvert. Car les survivants se sont mis à tout manger dans les corps, non seulement la viande rouge, mais le reste, même le cerveau.

Leur existence s'est organisée autour de la carcasse du Fairchild. Ils vivent dans des conditions épouvantables de promiscuité, de saleté et de puanteur, mais ils ne s'en rendent pas compte. Ils prennent leur temps, ils attendent l'été, afin de réunir toutes les chances pour l'expédition vers le Chili. Les participants seront les mêmes que la première fois : Canessa, Parrado et Vizintin. Ils ont le droit à une double ration de viande et aux morceaux les plus énergétiques, comme le foie...

Début décembre, les rescapés voient apparaître les premiers êtres vivants. Mais cette présence n'est pas un réconfort, bien au contraire : ce sont les condors, qui viennent leur disputer les cadavres. Il faut monter la garde et les chasser à coups de pierres. La température s'est nettement élevée ; un peu partout, la neige a fondu. On craint même que les morts se décomposent. Il ne servirait à rien d'attendre plus longtemps, les conditions climatiques ne seront sans doute jamais aussi clémentes, il faut partir.

Les membres de l'expédition font leurs adieux à leurs compagnons. A présent, ils ne sont plus que seize en tout. Trois blessés sont décédés de gangrène depuis l'avalanche. Avant de partir, Nando Parrado fait une ultime déclaration à ceux qui restent :

— Je vous autorise à manger ma mère et ma sœur, si c'est nécessaire.

Après quoi, il va chercher dans un coin de l'avion la paire de chaussons rouges qu'il avait achetée à Mendoza pour son neveu, il en accroche un dans la carlingue et il agite l'autre dans sa main, en disant :

— Je reviendrai le chercher, ils feront de nouveau la paire, je vous le jure !

Et tous trois s'éloignent... Cette fois, ils se sont équipés d'une manière aussi sérieuse que le permettent leurs ressources : ils ont chacun sur eux une chemise et six sweaters, trois paires de jeans, quatre paires de chaussettes dans leurs chaussures de rugby, ils sont munis de gants, de lunettes de soleil et d'une barre d'aluminium en guise de piolet.

Parrado, le meilleur grimpeur, marche en tête pour ouvrir la route ; Vizintin, le plus fort, porte la viande, prévue pour quinze jours et enveloppée dans des sacs plastique ; Canessa a le sac de couchage.

Ils ont choisi la voie directe, ils vont escalader la montagne qui se situe juste dans la direction de l'ouest et, une fois qu'ils seront au sommet, ils devraient normalement découvrir la plaine chilienne... L'escalade est aussi difficile que la première fois, lorsqu'ils étaient allés vers la queue de l'avion et, comme la première fois, la nuit les surprend en pleine ascension. Heureusement, ils trouvent une petite grotte pour y dormir. Au matin, ils reprennent leur chemin.

Au prix de mille souffrances, de mille dangers, risquant leur vie à chaque pas, ils parviennent en fin de journée au sommet et c'est pour éprouver la plus atroce des déceptions. Ce qu'ils ont sous les yeux, ce n'est pas la plaine verdoyante du Chili, avec l'océan Pacifique au loin, ce ne sont que des montagnes à perte de vue. Ils les dominent toutes, ce qui est la preuve qu'ils viennent d'escalader un des plus hauts sommets des

Andes. Ils ont accompli un véritable exploit, mais c'est une bien maigre consolation...

Toutefois, après être restés prostrés et hors d'haleine un long moment, ils font tous trois la même constatation : les montagnes sont plus basses à l'ouest, signe que, par là, la cordillère se termine. Mais c'est loin, il y en a pour des jours et des jours, des semaines peut-être, et ils n'auront jamais assez de provisions.

C'est alors que Canessa prend la parole :

— Il faut que l'un de nous rentre à l'avion et que les deux autres continuent avec toute la nourriture. Je propose que ce soit Vizintin, c'est le moins bon grimpeur.

Ce dernier ne fait aucune objection :

— C'est mieux comme cela. Tu as raison...

Et le lendemain, ils se séparent, après s'être souhaité mutuellement bonne chance, car retourner seul au Fairchild n'est pas sans danger non plus. C'est désormais sur les seuls Canessa et Parrado que repose le sort des naufragés des Andes. Et c'est à cela qu'ils pensent, tandis que, dans des conditions terribles, ils franchissent des montagnes, encore et toujours des montagnes. Ils sont à bout, ils puisent dans les dernières forces qui leur restent, mais ils n'ont pas le droit d'échouer. Ils doivent tenir et continuer pour leurs camarades...

Enfin, le septième jour après qu'ils ont quitté le sommet, ils entendent un bruit insolite, dont ils ont perdu l'habitude, dans le désert glacé qui est leur univers depuis des mois. C'est un bruit d'eau... Peu après, ils aperçoivent un petit torrent, qui coule dans la neige. Ils le suivent, et c'est le miracle ! Ils découvrent des herbes, des joncs, des lézards, des oiseaux. Ils se jettent à genoux en pleurant et remercient Dieu de les avoir sauvés. Ils sont au paradis terrestre !

Ils n'ont plus, maintenant, qu'à suivre la pente, certains qu'elle les conduira à la civilisation et aux hommes. Et ils ne se trompent pas. Un peu plus tard, ils tombent sur une vieille boîte de conserve rouillée avec un nom : « Maggi ». Un peu plus bas, c'est un fer à cheval et, plus bas encore, des vaches en train de brouter.

Le torrent s'est élargi, il est devenu une rivière et c'est là qu'a lieu ce dont ils ont tant de fois rêvé dans la carcasse glacée du Fairchild. Un paysan apparaît sur la rive d'en face. Ils crient de toutes leurs forces dans sa direction, mais le bruit de l'eau est trop fort, il couvre leurs voix.

L'homme les voit faire des gestes frénétiques, mais il a l'air de se méfier. C'est qu'il se passe tellement de choses en ce moment, au Chili. Ne seraient-ils pas des terroristes ? Il finit par leur lancer une pierre avec un message et un stylo-bille pour la réponse. Sur le papier, il a écrit : « Dites-moi ce que vous voulez. » Parrado griffonne à la hâte : « Nous venons de l'avion qui est tombé dans les montagnes. Nous avons marché pendant dix jours. Dans l'avion, il y a encore quatorze personnes accidentées. Nous n'avons rien à manger. Nous sommes épuisés. Où sommes-nous ? Quand viendrez-vous nous chercher ? Au secours ! »

Il renvoie le message. Tous deux voient le paysan déplier le papier, les regarder avec stupéfaction et leur faire un geste qui signifie quelque chose comme : « J'ai compris. » Puis il leur lance encore quelque chose qu'ils prennent pour une pierre. Mais ce n'est pas une pierre, c'est du pain. Ils mangent en pleurant. Ils sont sauvés !

Ils voient le paysan disparaître, mais ils ne s'inquiètent pas : il est allé chercher des secours. En attendant l'arrivée de ceux-ci, ils enterrent la chair humaine qui leur reste. Et ce n'est pas seulement par prudence, en raison des réactions possibles des sauveteurs, c'est que, depuis qu'ils ont mangé quelque chose d'autre, leur dégoût leur est revenu. Elle leur fait horreur...

Peu après, ils voient arriver un cavalier qui traverse le torrent à gué, un homme bien vêtu, peut-être le propriétaire des terres sur lesquelles travaille le paysan. En les voyant, il ne peut s'empêcher d'avoir un mouvement de recul, devant l'état effroyable dans lequel ils se trouvent, mais il se ressaisit, leur sourit et leur dit simplement :

— Suivez-moi.

Il les conduit à une maison. C'est une bicoque en bois avec un toit de roseaux, mais pour Canessa et Parrado, c'est le plus beau palais qu'ils aient vu ! Un autre paysan leur apporte du fromage, des haricots ; ils mangent et mangent encore. Jamais, de toute leur vie, ils n'ont fait un pareil festin ! Après quoi, ils demandent à se reposer et tombent dans un sommeil profond. Nous sommes le 21 décembre 1972. Il y a soixante-dix jours que le Fairchild F 227 s'est écrasé dans les Andes...

Le lendemain arrive une patrouille de carabiniers. Ces derniers avaient encore des doutes quant à la réalité de ce qu'on leur avait annoncé, mais quand ils voient les rescapés, quand ils entendent leur récit, ils n'ont plus aucune hésitation : il ne s'agit pas de simulateurs, l'extraordinaire s'est bien produit... L'officier multiplie les questions.

— Dans quelle direction se trouve l'avion ?

— A l'est, tout droit.

— Combien de temps avez-vous mis pour venir jusqu'ici ?

— Dix jours.

— Sauriez-vous nous diriger, si on vous emmène en hélicoptère ?

— Oui. Et si nous ne sommes pas là, vous ne trouverez rien. L'avion est blanc, on ne peut pas le voir dans la neige...

L'officier alerte le centre des secours en montagne, mais avant l'arrivée des hélicoptères, Canessa et Parrado découvrent un spectacle extraordinaire, un spectacle auquel ils ne se seraient jamais attendus : une colonne d'une cinquantaine d'hommes en costume de ville qui peinent sur le sentier muletier. Ce sont les journalistes du monde entier qui accourent.

Ils sont sidérés. Ils croyaient que leur aventure n'intéresserait qu'un petit nombre de journaux uruguayens et voilà qu'ils découvrent qu'ils sont devenus des vedettes internationales. Ils répondent comme ils peuvent aux questions qui leur arrivent de tous côtés, en évitant toutefois de parler de la nourriture. Ils se forcent à prendre des poses pour les photographes. C'est un bruit venu du ciel qui les arrache à leurs intervieweurs. L'hélicoptère est là, ou plutôt les hélicoptères, car ils sont au nombre de trois...

Parrado monte dans le premier. C'est lui qui va guider les sauveteurs. Tout le chemin qu'ils ont parcouru, Canessa et lui, lui est resté en mémoire. Il dirige l'appareil avec sûreté. Le trajet devient de plus en plus périlleux. Il faut monter au-delà de 4 000 mètres, ce qui est la limite extrême pour ce genre d'appareils. Les moteurs s'essoufflent, l'habitacle tremble... Soudain, Parrado s'écrie :

— C'est là !

Le pilote secoue la tête.

— Je ne vois rien !

— C'est normal, on ne peut rien voir. Mais descendez, c'est là !

Le pilote obéit et bientôt apparaissent des petits points dans la neige, ces petits points deviennent des hommes qui agitent les bras, enfin on distingue la carcasse toute blanche d'un avion...

Parrado ne laisse pas le temps à l'hélicoptère de se poser. A peine la porte ouverte, il saute dans la neige et court en direction de ses compagnons en agitant le chausson rouge qu'il avait emporté avec lui.

— Je vous le rapporte ! Je vous l'avais promis !...

Et ce sont les instants bouleversants qu'on peut imaginer. Les seize hommes s'étreignent en pleurant de joie... Mais il faut couper court à ces effusions. Les hélicoptères doivent repartir immédiatement. L'après-midi est déjà bien avancé et il faut impérativement être rentré avant le coucher du soleil.

Commence alors le sauvetage des rescapés des

Andes qui, pour ces derniers, va être une ultime et terrible épreuve... Car l'air n'est pas assez dense pour que les hélicoptères puissent s'élever. Il n'y a qu'un moyen : prendre un courant ascendant, mais ceux-ci se trouvent le long des parois. Il faut donc les longer, au risque de fracasser les pales. Cela demande un métier exceptionnel. Les pilotes sont des spécialistes du sauvetage en montagne, mais le risque est réel.

A bord des trois appareils, Canessa, Parrado et leurs camarades tremblent pour leur vie... Non, ce n'est pas possible, ils ne vont tout de même pas mourir dans un accident d'hélicoptère ! Ils n'ont pas survécu à l'écrasement de leur avion, à l'avalanche, à la vie au cœur des Andes, à toutes les maladies et aux privations, pour finir aussi bêtement... Mais les pilotes sont décidément des as. L'un après l'autre, ils parviennent à prendre de l'altitude et, peu après, ils se posent dans la plaine chilienne.

Une aile de l'hôpital de San Fernando, la ville la plus proche, a été réquisitionnée pour les miraculés des Andes, ainsi que la presse du monde entier les appelle. Quand ils arrivent, les médecins et les infirmières n'en reviennent pas. Certes, ils ont maigri de quinze à vingt kilos, mais il s'agissait de joueurs de rugby qui en pesaient entre soixante-quinze et cent, et ils n'ont absolument pas l'air de rescapés ayant passé soixante-dix jours sans vivres ou presque. La première fois qu'il les examine, le médecin-chef leur pose la question :

— Qu'avez-vous mangé ?

Cette fois, il faut dire la vérité. Et personne ne tente de la dissimuler. Ils répondent :

— De la chair humaine.

Le médecin ne fait pas le moindre commentaire et ne juge pas nécessaire de modifier le traitement qu'il avait prévu pour eux. Ils n'ont aucune pathologie grave : toutes les fractures sont réduites, ils ont seulement des gerçures aux lèvres, ce qui, pour avoir passé plus de deux mois dans un des endroits les plus froids du globe, n'est pas grand-chose. Reste leur santé mentale, qui, elle, peut s'avérer préoccupante, surtout après la révélation qu'ils viennent de faire.

Et c'est alors que le médecin-chef a la plus judicieuse des initiatives. Sachant que les jeunes gens sont très catholiques, il interdit toutes les visites, non seulement des journalistes, mais même des amis et des familles, et il autorise seulement l'accès à l'aumônier de l'hôpital. C'est un jeune prêtre de vingt-six ans, le père Andrès. Tous se confessent à lui et à tous il déclare :

— Vous n'avez commis aucun péché. Vous vous êtes conformés à la volonté de Dieu en agissant comme vous l'avez fait.

Le religieux ne leur dit pas cela de sa propre initiative. Il connaît parfaitement les Ecritures et le droit ecclésiastique. Or, l'Eglise catholique autorise l'anthropophagie dans les cas extrêmes, lorsque sa propre vie est en jeu...

Les seize rescapés se rétablissent vite physiquement et moralement. Bientôt, les visites sont autorisées, y compris celles de journalistes, et le monde entier apprend ce qu'ils ne peuvent plus cacher : ils ont survécu en mangeant leurs morts. C'est une véritable bombe ! Si le sauvetage avait passionné l'opinion, cette nouvelle cause une sensation immense. Un débat s'instaure à l'échelle mondiale pour savoir s'ils ont eu raison ou non.

Certains les condamnent sans appel, beaucoup sont horrifiés, mais l'immense majorité les approuve. Et, ce qui a dû certainement compter plus que tout pour les joueurs des Old Christians, le pape en personne, Paul VI, intervient dans le débat pour dire que l'Eglise catholique leur donne raison : ils n'ont pas commis de péché.

L'épilogue de la tragédie a lieu moins d'un mois plus tard, le 18 janvier 1973. Ce jour-là, dix membres du corps de sauvetage des Andes, ainsi que le père Enrique Crosa, de l'armée de terre uruguayenne, se rendent en hélicoptère sur les lieux du drame. Ils dressent un camp pour quelques jours et réunissent les morts, ceux qui sont intacts et les restes des autres.

A environ huit cents mètres de l'avion, il y a un endroit à l'abri des avalanches où la terre est assez profonde pour qu'on y creuse une tombe. Ils y ensevelissent les corps, puis ils y déposent une dalle de pierre surmontée d'une croix. La pierre ne porte aucun nom, aucune date, simplement l'inscription : « Le monde entier à ses frères uruguayens ». Le père Enrique Crosa célèbre une messe de requiem, après quoi les membres du corps de sauvetage des Andes arrosent d'essence la carcasse du Fairchild et y mettent le feu. Ils attendent qu'il ne reste plus rien de l'avion. Alors, ils remontent dans l'hélicoptère et s'en vont.

La tragédie des Andes est terminée. Mais elle ne disparaîtra jamais de la mémoire des rescapés ni même de celle des hommes.

LA VICTOIRE D'ALAMO

On ne peut pas dire que l'affrontement qui se prépare à San Antonio, Texas, ce 23 février 1836, soit équilibré ! D'un côté, cent quatre-vingt-trois rebelles américains retranchés dans le fort d'Alamo, au nord de la ville, de l'autre, un détachement mexicain de deux mille quatre cents hommes.

Alamo n'est pas vraiment un fort. C'est une ancienne mission, bâtie au siècle précédent, qui s'appelait San Antonio, comme la ville voisine. Destiné à subvenir seul à ses besoins, l'ensemble regroupe un monastère, une école, une église, un centre d'exploitation agricole, une prison. Au fil des années, le mur d'enceinte s'est détérioré et on l'a plus ou moins bien réparé ; il a même été, en un endroit, remplacé par une simple palissade. En 1800, les moines sont partis, une garnison s'est installée à leur place, l'a pompeusement baptisé fort et lui a donné un nom nouveau : Alamo...

L'armée mexicaine a pris position dans la ville de San Antonio elle-même. Elle est commandée par le président de la République en personne, le général Antonio Lopez de Santa Anna. Un chef d'Etat qui prend la tête de ses troupes, ce n'est pas fréquent, mais, après tout, il y a eu un précédent illustre, peu de temps auparavant, avec Napoléon.

L'armée mexicaine a vraiment fière allure. Elle vient d'entrer dans la ville, musique en tête, drapeaux déployés, shakos à plumet au vent. Les soldats, aux pantalons blancs impeccables, aux uniformes rutilants et aux armes étincelantes, marchent comme à la parade et, derrière eux, vient le général-président Santa Anna, caracolant avec toutes ses décorations sur un cheval blanc.

Le contraste est saisissant avec les défenseurs d'Alamo, qui viennent de s'enfermer dans leur fort. Eux ne sont que des gueux, aux vêtements fatigués, des civils qui se sont hâtivement improvisés soldats et qui viennent combattre avec leurs fusils personnels. Et ils ne sont pas deux cents, avec quinze canons, pour défendre une enceinte incroyablement étendue, dont les faiblesses sont évidentes... Une vieille paysanne mexicaine, en voyant la lourde porte se refermer sur eux, se signe et déclare, en hochant la tête :

— Les malheureux, ils vont tous mourir !

Pour comprendre l'enjeu du combat qui va s'engager, il faut revenir sur la situation du Texas, en cette année 1836.

Elle est assez particulière. Cette ancienne colonie espagnole, un peu plus grande que la France, dépend en théorie du Mexique, qui l'a pendant longtemps négligée. Ne voulant pas l'exploiter lui-même, le Mexique a fait appel aux colons étrangers, c'est-à-dire américains. Pour s'installer au Texas, il suffisait de se proclamer catholique. En échange de quoi, on bénéficiait de toutes sortes d'avantages, dont l'exemption d'impôt.

Inutile de dire que de telles conditions ont provoqué une véritable ruée vers le Texas, d'autant que le pays est très riche et qu'on peut y faire fortune en un temps record. Et voilà comment le territoire, sous l'autorité nominale de Mexico, est devenu, en fait, américain.

En 1834, on y recense vingt-deux mille colons venus des Etats-Unis. Ils représentent 75 % de la population et détiennent quasiment toutes les richesses. Ils se conduisent en maîtres, ils ne parlent qu'anglais, ne pratiquent pas le catholicisme et ils ont des esclaves dans leurs plantations, ce qui est contraire aux lois mexicaines. Tant et si bien que le Mexique finit par s'inquiéter : les Américains ont mis en valeur le Texas, mais ils sont en train de l'accaparer.

Le conflit se radicalise avec l'arrivée au pouvoir, en 1835, du général Santa Anna. Cet homme à poigne, qualité première de tout militaire, décide de régler le problème du Texas par la force. Il abolit les privilèges des colons, rétablit les impôts et interdit l'esclavage. Les colons réagissent avec la même vivacité. Ils proclament l'indépendance du Texas et offrent le territoire aux Etats-Unis. Pourtant, ceux-ci refusent, ne voulant pas d'une guerre avec le Mexique.

Santa Anna décide l'envoi de troupes contre les rebelles. En face, une petite armée texane se forme, sous le commandement de Stephen Austin et de Sam Houston. Elle est composée de deux bataillons de soldats et de fermiers en armes, mais elle se comporte plus qu'honorablement, puisqu'elle parvient à s'emparer, début décembre 1835, de San Antonio, défendue par le général de Cos.

Ce n'est qu'un combat de médiocre importance, la ville ne comptant pas plus de deux mille habitants, mais c'est un affront que Santa Anna ne peut pas tolérer. De Cos n'est autre, en effet, que son propre beau-frère. Voilà pourquoi, dès qu'il apprend la nouvelle, il décide de mettre sur pied une expédition pour reprendre San Antonio aux Texans, ou plutôt Alamo, puisque ceux-ci, ne se jugeant pas en état de tenir la ville, se sont repliés sur le fort.

Du côté adverse, on veut éviter l'affrontement. Sam Houston, commandant en chef des insurgés, considère le siège d'Alamo comme perdu d'avance. Il envoie Jack Bowie porter ses ordres sur place : la garnison doit quitter le fort, après l'avoir détruit, afin que les Mexicains ne puissent pas l'utiliser.

Jack Bowie, qui va jouer un rôle de premier plan dans l'aventure, est un de ces personnages hauts en couleur dont regorge le Far West. C'est un colosse de 1,82 mètre, pour 80 kilos. Quarante ans, originaire de Louisiane, il a été dresseur d'alligators et s'est illustré dans plusieurs duels au couteau, avant de faire fortune dans le trafic d'esclaves.

Arrivé en 1828 au Texas, il a continué à s'y distinguer, tenant tête toute une journée, avec dix hommes, à cent soixante-quatre Indiens. Mais, en 1833, un drame personnel fait basculer son existence : il perd sa femme et ses deux enfants du choléra. Il devient alcoolique, désespéré aussi. Il est évident que, dans ce conflit, il cherche plus ou moins la mort. En tout cas, aucun danger ne peut lui faire peur...

En arrivant à Alamo, Bowie a le plus étonnant des comportements. Il constate bien toutes les faiblesses de la place, mais il est tellement impressionné par le moral des défenseurs qu'il les engage à tenir coûte que coûte. Prenant le contre-pied exact des ordres qu'il a reçus, il s'emploie à renforcer les installations et à chercher des renforts.

Le fort est alors commandé par le colonel Neil. Il demande à Bowie de rester et celui-ci accepte : il défendra Alamo. Il est pourtant, depuis peu, malade, très malade même, sans qu'on sache exactement ce qu'il a, mais cela ne l'arrête pas. Il écrit à Houston pour lui annoncer sa décision, en lui demandant, par la même occasion, des renforts. Et Houston ne lui tient pas rigueur de sa désobéissance. Bien au contraire, il lui envoie trente hommes, commandés par William Barret Travis.

Tout comme pour Bowie, il faut s'arrêter un instant sur Travis, qui va, lui aussi, jouer un rôle de premier plan.

C'est presque encore un jeune homme, puisqu'il n'a que vingt-six ans. Né en Caroline du Sud en 1809, il fait des études d'avocat et commence une assez brillante carrière, lorsque, à la suite d'infortunes conjugales, il quitte tout pour se rendre au Texas. Là, il vivote en rédigeant des testaments et des contrats, mais les troubles de 1835 lui permettent de donner toute sa mesure. Il s'impose rapidement comme un des chefs rebelles. Il a presque les mêmes mensurations que Bowie, 1,82 mètre pour 75 kilos, ce qui est une taille d'athlète à l'époque, et il est doué d'une incontestable autorité. Lorsque Sam Houston l'envoie en renfort à Alamo, il est lieutenant-colonel de l'armée régulière texane.

En arrivant sur place, Travis ne montre guère d'enthousiasme. Il considère cette mission comme indigne de son rang. Mais il est rapidement pris par l'ardeur générale et il se passionne comme les autres pour la défense du fort. Et c'est avec allégresse qu'il accueille, début février, un nouveau renfort : Davy Crockett.

Davy Crockett, le troisième héros d'Alamo, est de loin le plus connu. Pour ses contemporains, c'est même une véritable légende... Originaire du Tennessee, âgé d'une cinquantaine d'années, il n'est certes pas de ceux qui passent inaperçus, avec son nez allongé, son teint couleur brique et sa voix tonitruante. Sa tenue vestimentaire contribue tout autant à le faire remarquer : une veste et des pantalons de cuir, des mocassins à l'indienne et surtout son couvre-chef, qui est devenu un peu comme son emblème : un bonnet en fourrure de raton laveur, avec la queue pendant sur le côté.

Les histoires qui courent sur lui ne se comptent plus. On dit qu'il a tué quarante-sept ours en un mois, qu'il a tiré six daims en un seul jour, qu'il s'amuse à chevaucher les alligators et à forcer les ours dans leur retraite. On prétend qu'il est capable de vivre tout nu dans la neige, de rester sans boire dans le désert, qu'il est insensible au chaud comme au froid.

Et le plus étonnant, c'est que cet homme des bois, cette force de la nature, est un ancien parlementaire ! Il a été, en effet, élu député en 1827 et il est devenu une des figures les plus populaires du Congrès, ce qui se comprend aisément si on sait qu'il se rendait à la Chambre dans sa tenue vestimentaire habituelle. Auprès de ses collègues, il a défendu avec fougue les pionniers et il a été le plus ardent partisan du rattachement du Texas aux Etats-Unis. Il a même annoncé que, s'il n'était pas réélu, il irait défendre la cause texane les armes à la main. Aux élections de 1835, il est battu et il tient parole. Il franchit la frontière, en pantalons et veste de cuir, mocassins aux pieds, bonnet de raton laveur sur la tête, tenant son légendaire fusil. Apprenant que fort Alamo demande des volontaires, il s'y dirige et, en ce jour de février 1836, il y fait son entrée, avec douze de ses compatriotes du Tennessee.

D'emblée, Davy Crockett annonce qu'il ne veut aucun commandement. Il exige de combattre comme simple soldat. Avec lui, le moral de la garnison, déjà haut, atteint des sommets. C'est un héros vivant. Chacun se jure de l'égaler, dans le combat inévitable qui va avoir lieu. C'est un joyeux compagnon aussi. Il est venu non seulement avec son fusil, mais avec son violon, sur lequel il joue des airs du folklore. Un soir, il donne même un récital, avec un autre soldat qui joue de la cornemuse.

Quelques jours plus tard, le commandant de la place, le colonel Neil, s'en va, afin de collecter des fonds pour Alamo. On ne le reverra plus. Avant de partir, il désigne Travis, l'officier le plus élevé après lui, comme son successeur. Mais pour la première fois, des problèmes apparaissent chez les défenseurs, jusque-là si unis. Ils ne sont pas d'accord avec ce choix. Travis n'a que vingt-six ans, alors que Bowie s'est illustré pour la cause du Texas. Et, comme Bowie ne se gêne pas pour dire la même chose, la tension monte vite entre les deux hommes.

Pour y mettre fin, Travis réclame une élection. Celle-ci a lieu et désigne Bowie. Travis refuse pourtant de s'incliner et la situation menace de devenir dangereuse... C'est à ce moment que les guetteurs signalent l'arrivée des Mexicains. Devant le péril, Travis et Bowie mettent fin à leur rivalité. Ils conviennent qu'il y aura deux commandements et qu'ils se mettront d'accord pour toutes les décisions importantes.

23 février 1836... Les Mexicains sont là, c'est la veillée d'armes avant l'affrontement. Une veillée d'armes particulièrement dramatique : sur ordre de Santa Anna, le tocsin sonne à la plus haute église de San Antonio. Les défenseurs d'Alamo se précipitent aux remparts et ils voient monter sur le clocher un drapeau rouge : cela signifie que les Mexicains ne feront pas de quartier. Ils s'y attendaient, ils y étaient prêts, mais le spectacle est quand même impressionnant.

Travis réagit immédiatement. Il fait réunir tout le monde dans la cour, trace une ligne sur le sol et prend la parole d'une voix forte.

— Vous avez vu le drapeau ? On ne peut exiger le sacrifice de personne. Que ceux qui ne veulent pas lutter jusqu'à la mort passent la ligne !

Il y a un long silence et puis, un homme, un seul, se décide à la franchir. C'est un Français, Louis Rose, un ancien soldat de Napoléon. Sans doute s'est-il demandé ce qu'il faisait là, dans cet affrontement entre Mexicains et Texans. Toujours est-il que, peu après, il franchit les portes, en compagnie des femmes et des enfants, dont Travis a décidé de se séparer pour faciliter la défense.

L'engagement peut maintenant commencer... Le lendemain 24, au lever du jour, une déflagration retentit en provenance d'Alamo, tandis qu'une fumée blanche apparaît sur les remparts. Le fort vient de tirer son premier coup de canon. L'obus tombe en dehors de la ville et ne fait pas de victime, mais ce n'est pas l'important. Le sens du coup de feu est clair : c'est la réplique au drapeau rouge de la veille ; les défenseurs d'Alamo, eux aussi, iront jusqu'au bout.

C'est à ce moment que se manifestent les effets du double commandement. C'est Travis qui a fait donner du canon, sans en référer à Bowie, mais ce dernier pense qu'il est possible d'obtenir un arrangement. Il écrit à Santa Anna en s'excusant du coup de feu et lui demande quelles sont ses intentions.

La démarche ne va pas loin : le général-président refuse de lire le message et déclare qu'il exige une capitulation sans condition. Mais à Alamo, chacun est soucieux : cette cacophonie au niveau du commandement est des plus inquiétantes pour la suite. Pourtant la question se résout d'elle-même quelques heures plus tard. Bowie est pris d'une crise subite de sa mystérieuse maladie. Il tombe dans un état semi-comateux, il est hors d'état de commander, et même de quitter son lit. Travis est désormais le seul chef de la garnison...

Santa Anna, contrairement à ce qu'attendaient les défenseurs, ne lance pas immédiatement ses soldats à l'assaut. Il met en place ses batteries et commence le pilonnage du fort, tout en faisant creuser des tranchées. Il a décidé de mettre Alamo en état de siège avant d'aller plus loin. De leur côté, les Texans répondent à la canonnade avec les quinze pièces dont ils disposent, mais sur un rythme très lent, afin d'économiser les munitions.

Et les jours se succèdent sans qu'il se passe rien d'autre que cet échange d'artillerie... Le général mexicain n'est pas un militaire sans cervelle. Il a compris que la détermination des assiégés était totale et que le combat serait sans merci. Par ce pilonnage, il espère à la fois ébranler leur moral et surprendre leur vigilance.

Son plan est, en effet, d'attaquer par surprise sur les quatre côtés du fort à la fois. En agissant ainsi, il refuse de profiter de la grande faiblesse qui existe dans les fortifications : sur le côté est, les remparts se sont effondrés et ont été remplacés par une palissade. Il pense que c'est là que l'attendent les Texans, il se méfie et préfère attaquer de tous les côtés à la fois, pour noyer les défenseurs sous le nombre.

En ce qui concerne la palissade, il ne se trompe qu'à moitié. Travis ne lui a pas tendu de piège à proprement parler, mais il a placé à cet endroit Davy Crockett et ses gars du Tennessee. Tous ont juré que les Mexicains ne passeraient pas et il faut s'attendre à ce que, de ce côté, la bataille soit chaude...

6 mars 1836. Cela fait dix jours que les Mexicains sont devant Alamo, sans avoir rien fait d'autre que de tirer au canon. C'est alors qu'à 5 heures du matin, bien avant l'aube, c'est l'assaut général. Les sentinelles n'ont rien vu venir dans la nuit noire et elles entendent soudain des cris venus de partout à la fois :

— Viva Santa Anna !

— Arriba !

Un orage s'abat sur Alamo. Les canons texans ne tirent pas, les assaillants sont trop près. Des échelles sont posées contre les murs. Travis, réveillé en sursaut, dirige la défense. Il fait le coup de feu comme les autres. Il est en train de crier : « Tirez ! Mais tirez donc !... » Lorsqu'il s'écroule, le front percé d'une balle. Mais la mort de leur chef ne sème pas la panique parmi les défenseurs. Chacun s'attendait à l'assaut, chacun connaît son rôle, l'a longuement répété et fait face avec calme. Les échelles sont repoussées, les assaillants, qui s'attendaient à pénétrer facilement dans le fort, lâchent pied. Au bout de plusieurs heures d'affrontements indécis, les Mexicains doivent se replier avec de lourdes pertes. Et leur retraite est plus meurtrière encore, car les canons de leurs adversaires peuvent entrer en action. Un seul coup de feu de la plus grosse de leurs pièces tue quarante assaillants.

Dans ces conditions, Santa Anna, mortifié d'en arriver là contre des va-nu-pieds, fait donner ses grenadiers, ses troupes d'élite. Leur premier assaut est repoussé. Au second, s'aidant de madriers qui dépassent à un endroit de la muraille, ils réussissent une escalade. Ils ne sont que quelques-uns à entrer dans le fort, mais la surprise joue en leur faveur. Ils courent ouvrir l'une des portes et leurs camarades se ruent à l'intérieur. Dès lors, c'est dans Alamo que se déroulent des combats acharnés. Les Mexicains essaient de prendre les canons du fort, les Texans de les en empêcher...

Pendant ce temps, Davy Crockett combat enfin. Paradoxalement, alors qu'il avait été placé à l'endroit le plus exposé, il n'avait jamais été attaqué jusque-là. Santa Anna se méfiait trop pour attaquer la palissade, mais maintenant que l'assaut final est commencé, il donne l'ordre de passer également à l'action de ce côté.

L'engagement tient toutes ses promesses, il est farouche, féroce. On voit partout la silhouette massive du trappeur, surmontée de son légendaire couvre-chef. Il fait feu avec calme, application, et tous ceux qu'il a pris pour cible s'écroulent immanquablement. Les assaillants s'en rendent compte et tirent avec fureur dans sa direction, mais les balles semblent l'éviter comme par miracle.

Tout au combat, Davy Crockett ne se rend pas compte que la situation est désespérée. Travis est mort et Bowie vient de mourir à son tour. Le bruit de la bataille l'a tiré de sa léthargie. Il a demandé ses armes et, quand les Mexicains sont entrés dans sa chambre, il a fait feu, avant d'être abattu. Il est mort en combattant.

Et les autres défenseurs subissent les uns après les autres le même sort. Ainsi qu'ils l'ont annoncé avec le drapeau rouge, les Mexicains ne font pas de quartier. Chacun de leurs adversaires est cerné, criblé de balles jusqu'à ce qu'il tombe et ensuite achevé.

Le gros des survivants s'est réfugié dans les écuries. Davy Crockett les aperçoit à ce moment et tente de faire une percée pour les rejoindre. Par extraordinaire, non seulement il est vivant après s'être tant exposé, mais il n'a même pas une égratignure ! C'était pourtant trop beau. Tandis qu'il court, il ne voit pas un sabre se lever dans sa direction. Touché à l'arcade sourcilière droite, il tombe étourdi au milieu des Mexicains et il est aussitôt percé de toutes parts à coups de baïonnette.

Maintenant, les Mexicains, qui ont pris les canons

du fort, tirent sur les défenseurs avec leur propre artillerie. Les derniers survivants meurent dans l'écroulement des murs de l'écurie.

Alamo est tombé. Il n'y a pas eu de quartier, tous ses défenseurs sont morts. Pénétrant dans le fort après sa chute, le général-président Santa Anna tente de minimiser ce qui vient de se passer. Il déclare aux officiers qui l'entourent :

— Ce n'était qu'une petite affaire !

Ce n'est pas vrai et il le sait parfaitement lui-même... D'abord, sur le plan strictement militaire, il n'a guère à se réjouir de cette victoire. Elle lui a coûté très cher : six cents hommes, le tiers des effectifs engagés dans l'attaque, et surtout il y a le retentissement psychologique de l'événement.

Il est énorme. Aux Etats-Unis, l'émotion est considérable. La fin tragique des défenseurs d'Alamo est renforcée encore par la mort de Davy Crockett, une figure universellement populaire, ancien député de surcroît. Avec Travis et Bowie, il est hissé au rang de héros national et la question du Texas qui, jusque-là, ne passionnait guère l'opinion, passe au premier rang des préoccupations.

Au cri de « Souvenons-nous d'Alamo ! », les volontaires américains affluent pour combattre dans l'armée texane, sous le commandement de Sam Houston. Santa Anna a de plus en plus de mal à les contenir et il est vaincu peu après à la bataille de San Jacinto. On dit qu'en se rendant ses soldats ont crié, pour avoir la vie sauve :

— Je n'étais pas à Alamo !

En 1845, le Congrès décide le rattachement du Texas. Il s'ensuit une guerre officielle avec le Mexique, gagnée par les Etats-Unis. Pendant toute la campagne, le souvenir d'Alamo a été présent dans les esprits, galvanisant les uns, terrorisant les autres.

C'est bel et bien Alamo qui a décidé du sort du Texas et ce sont bel et bien Travis, Bowie, Davy Crockett et leurs compagnons qui, en se faisant massacrer jusqu'au dernier, ont remporté la victoire.

LE BOUT DU TUNNEL

Helmut Maier, trente-cinq ans, ne regrette pas d'avoir choisi Kaprun pour y passer le week-end en compagnie de sa fille Elke. C'est la première fois qu'il y vient, mais l'endroit est à la hauteur de sa réputation : c'est bien l'une des toutes premières stations d'Autriche. Le village a gardé son cachet montagnard, même si les installations hôtelières sont des plus modernes et l'ensemble est dominé par l'élégante silhouette du Kitzsteinhorn, un des plus fiers sommets des Alpes.

En fait, ce n'est pas Helmut Maier qui a choisi Kaprun, c'est Elke. Malgré ses dix ans, la fillette se passionne depuis longtemps pour les sports d'hiver. Elle est déjà très douée en ski et s'est mise depuis peu au snowboard. Or il doit y avoir une démonstration internationale de cette discipline sur l'une des pistes du Kitzsteinhorn. Voilà pourquoi Helmut Maier, qui, depuis son divorce, a sa fille un week-end sur deux, a choisi de l'emmener, ce 11 novembre 2000, à Kaprun...

Pour se rendre sur la piste, il faut emprunter le funiculaire. Cet engin ultramoderne fait la fierté de Kaprun. Plus qu'à un funiculaire, il ressemblerait plutôt à un métro. Il en a l'aspect : une longue rame de trois wagons flambant neufs et, tout comme le métro, il effectue la plupart de son trajet dans un tunnel. Celui-ci représente 3 300 mètres sur les 4 000 mètres du parcours total, qui amène les voyageurs de l'altitude de 900 mètres, à la station, à celle de 2 450 mètres, sur les pistes.

En ce beau début de journée, Helmut Maier est décidément ravi. Jamais il n'aurait pensé qu'Elke se plairait autant ici. Depuis qu'ils sont arrivés, l'après-midi dernier, elle s'est déjà fait une dizaine de petits camarades. Elke est d'un naturel très liant et elle a rencontré à l'hôtel plusieurs gamins et gamines de son âge venus eux aussi pour le snowboard, avec lesquels elle a discuté de leur passion commune. Elle a même parlé avec Sandra Schmidt, la championne allemande junior de la discipline, qui sera l'un des clous du spectacle...

Le père et la fille arrivent dans la gare d'embarquement du funiculaire. Il y a beaucoup de monde, en raison, précisément de la démonstration de snowboard. Le premier wagon du funiculaire, celui de queue, est déjà plein à craquer, aussi Helmut Maier se dirige-t-il vers les deux autres. Mais le groupe de garçons et de filles avec lesquels Elke avait lié amitié la reconnaît au passage et l'interpelle :

— Elke, viens avec nous !

La petite fille a un cri joyeux. Elle se tourne vers son père.

— Je peux, papa ?

— Mais oui, vas-y. Je monterai dans un autre wagon. A tout à l'heure !

— A tout à l'heure, papa !

Bientôt les portes du funiculaire de Kaprun se referment automatiquement et silencieusement. Métallisé et effilé comme il l'est, il fait irrésistiblement penser à une fusée. Vraiment, il a belle allure ! Il est plein à craquer aussi : cent quatre-vingts personnes, sa capacité maximale. En cela aussi il ressemble au métro : on se croirait aux pires heures d'affluence...

Le convoi démarre. Helmut Maier a pris place dans le wagon de tête et sa fille se trouve dans celui de queue. Cette circonstance va s'avérer capitale. Mais, bien sûr, il ne s'en doute pas un seul instant. Personne ne se doute un seul instant de ce qui va suivre.

La première partie du trajet est la plus spectaculaire : pendant cinq cents mètres environ, le funiculaire grimpe sur une rampe métallique qui domine la station. La vue est magnifique, surtout lorsqu'il fait un temps radieux, comme c'est le cas. A condition, bien entendu, d'être près des vitres et non au milieu, pris dans la foule. Helmut Maier a cette chance. Monté l'un des derniers dans le wagon numéro un, il est tout contre la porte. Il a même dû se pousser pour qu'elle se ferme. Cela aussi va s'avérer déterminant. Mais pour l'instant, il se réjouit seulement de pouvoir contempler le panorama.

La partie aérienne du parcours prend fin et l'engin entre dans le tunnel. Helmut Maier cesse de regarder à l'extérieur. Il ne pense à rien de particulier. Il n'y a rien de spécial à penser et tout le monde autour de lui affiche le même calme... En fait, le drame a déjà commencé, mais en haut de la rame, on ne peut pas s'en apercevoir.

C'est dans le troisième et dernier wagon que tout est en train de se jouer. Au moment où le funiculaire entrait dans le tunnel, un passager a dit :

— Il y a de la fumée quelque part !

Mais personne n'a fait attention. Il a insisté un peu plus loin :

— Je vous assure, il y a de la fumée !

C'est alors qu'une petite fille du groupe d'Elke a crié à son tour :

— Ça brûle par terre !

Cette fois, il n'y a aucun doute possible : des flammes sortent du plancher, tandis qu'une fumée âcre commence à s'élever. Le funiculaire a fait environ cinq cents mètres dans le tunnel. Des exclamations se font entendre, au milieu des premiers cris de panique.

— Il faut prévenir le conducteur !

— Où est l'alarme ?

— Il faut appeler d'un portable !

Mais on a beau chercher, il n'y a pas d'alarme visible. Quant aux portables, plusieurs essayent en vain : dans le tunnel, ils sont inutilisables, il n'y a plus de réseau...

Il n'y a effectivement pas d'alarme pour appeler le conducteur, mais cela n'empêche pas ce dernier de se rendre compte du drame. Il aperçoit des flammes dans son rétroviseur et appelle aussitôt la gare d'arrivée.

— L'arrière du funiculaire est en feu.

A la station terminale, on ne s'affole pas. On lui fait appliquer les directives prévues en pareil cas.

— Arrêtez le véhicule et ouvrez les portes.

Malheureusement, à cet instant précis, l'électricité se coupe, ce qui rend impossible l'ouverture automatique. Le conducteur l'annonce à son interlocuteur et conclut :

— Je vais ouvrir à la main...

Helmut Maier suffoque. La situation a évolué terriblement rapidement. En quelques minutes, les passagers du premier wagon, non seulement se sont aperçus du drame, mais s'y trouvent directement plongés. Eux ne sont pas confrontés à l'incendie, qui n'a atteint, pour l'instant, que la dernière voiture, mais les fumées provoquées par le sinistre ont envahi la cabine. Elles sont épouvantablement toxiques, elles font pleurer, tousser, elles brûlent. Il faut absolument sortir !

C'est alors que M. Maier, qui est écrasé contre la porte par les passagers qui poussent en vain et qui est sur le point de périr étouffé, voit le conducteur arriver une clé à la main. Il l'introduit dans la serrure et, l'instant d'après, c'est la libération. Helmut Maier est projeté en avant par une foule toussant, crachant et hurlant.

Il se retrouve dans le tunnel et, cette fois, il voit. Le troisième wagon est en feu. Des flammes gigantesques s'en échappent. Il n'a qu'une pensée : « Elke ! » Il se met à descendre et court vers le brasier pour tenter de la sauver, alors que l'ensemble des autres passagers, qui a vu également l'incendie, s'enfuit, au contraire, par le haut...

Dans le dernier wagon, les portes sont toujours fermées. Et pour cause : le conducteur en est encore à s'acharner sur celles du deuxième wagon. Ceux qui s'en sortiront ne pourront le faire que par leurs propres moyens. Un passager casse une vitre en plexiglas avec son ski. Il agrandit frénétiquement l'ouverture et plusieurs personnes parviennent à se précipiter par la brèche ainsi ouverte. La petite Elke a la chance de se trouver juste à cet endroit. L'homme l'agrippe par son anorak et la tire à l'extérieur. Elle s'enfuit avec lui...

Helmut Maier, essayant toujours désespérément de gagner le bas du tunnel, se trouve au cœur de l'enfer. Aucune comparaison ne pourrait être plus juste, tant ce qu'il a sous les yeux ressemble à ces lieux infernaux, qu'on décrit remplis de brasiers et de vapeurs de soufre. La chaleur est terrifiante. Il a l'impression de brûler lui-même. Et si, pour lui, ce n'est heureusement qu'une impression, plusieurs de ceux qu'il croise, tentant de fuir par le haut, sont réellement en feu. Les combinaisons synthétiques de ski, très inflammables, les transforment en torches vivantes.

Il essaie aussi de ne pas respirer. Il a pu constater que les fumées qui l'environnent sont mortelles. Plusieurs passagers sont tombés devant lui, foudroyés, les mains sur la gorge. C'est le cas du conducteur. Comme il était parvenu à la hauteur du deuxième wagon, Helmut Maier l'a vu s'effondrer, la clé à la main, devant une porte qu'il n'a pu ouvrir.

A présent, il est devant le troisième wagon. Il cherche désespérément sa fille des yeux. Mais il n'insiste pas davantage. Il sent très bien que, s'il reste ici quelques secondes de plus, il va mourir. D'ailleurs que pourrait-il faire ? Le troisième wagon ressemble à une boîte d'allumettes qui aurait pris feu.

Il réfléchit un court instant sur la conduite à tenir. Il est trop tard pour faire demi-tour. Il doit essayer de traverser le rideau de flammes qui barre le tunnel en dessous de lui. Il se lance en avant. La fournaise redouble, devient à la limite de l'insoutenable. Il croit qu'il va mourir, mais il ne meurt pas. Il a franchi les flammes. Il fait encore quelques centaines de mètres et se trouve à l'air libre, sur la rampe qui descend jusqu'à Kaprun. C'est alors qu'un cri retentit dans son dos :

— Papa !

Il se retourne.

— Elke !...

Dans les catastrophes, ce sont souvent des circonstances accidentelles qui font ou non les rescapés. Si Elke Maier n'avait pas été appelée par ses camarades, si elle n'avait pas pris place dans le troisième wagon, et si, poussé par l'amour paternel, Helmut Maier n'avait pas tenté de la rejoindre, il serait mort. Car sur les cent soixante-dix-sept personnes qui occupaient le funiculaire, douze seulement s'en sont sorties, celles qui ont choisi d'aller vers le bas et de traverser les flammes.

Sans la présence d'Elke en fin de rame, M. Maier aurait vraisemblablement fui d'instinct le danger apparent, les flammes, alors que le danger réel était les fumées toxiques qui, comme toutes les fumées, allaient vers le haut.

La plupart des victimes ne sont pourtant pas mortes asphyxiées, mais brûlées dans les rames, soit que les portes n'aient pas été ouvertes, soit qu'elles aient été coincées ou piétinées. L'incendie a été, en effet, d'une rapidité et d'une intensité incroyables. On a calculé que la chaleur avait atteint mille degrés. Le funiculaire, construit en aluminium, a fondu, de même que la rampe de fer qui courait le long du tunnel. Les corps étaient dans un tel état que, pour les identifier, on en a été réduit à prendre les brosses à dents et les rasoirs des clients manquants à Kaprun pour faire des comparaisons d'ADN. Les victimes n'ont pas été montrées aux familles, car le spectacle aurait été insoutenable.

Restent les causes de cette épouvantable tragédie. On a parlé un moment d'un passager du dernier wagon qui aurait emporté un jerrican d'essence, mais l'hypothèse était fantaisiste. C'était forcément le funiculaire lui-même qui était en cause. Or il s'agissait d'un matériel ultramoderne qui venait, de plus, d'être contrôlé. Les experts ont fait tous leurs efforts pour comprendre, mais la défaillance technique responsable est restée mystérieuse.

Le drame de Kaprun, l'un des plus graves accidents de funiculaire de tous les temps, restera sans doute à jamais inexpliqué.

LE GOUFFRE DU MAELSTRÖM

— N'y va pas, William, lui avait dit son père.

— William, je t'en prie, n'y va pas, lui avaient dit sa mère et sa fiancée.

William ne les a pas écoutés. Il n'a pas plus écouté son ami John, qui pourtant connaissait bien le problème, puisqu'il était guide dans la grotte du Mammouth.

— N'y va pas, William ! Tu te souviens de Stephen Bishop ? Il était guide avant moi. Il en a exploré des galeries, des kilomètres et des kilomètres, mais quand le propriétaire lui a proposé six cents dollars pour descendre dans le gouffre du Maelström, il lui a dit : « Excusez-moi, mais je ne suis pas fou. Je ne vais pas perdre la vie pour six cents dollars ».

— C'est pas les dollars, John, je veux y aller, c'est tout.

— Et puis quand ce professeur du Tennessee a voulu y aller lui aussi ? C'était pourtant un savant, lui, un spécialiste des grottes, il paraît. Il est descendu trente mètres et on l'a remonté inanimé. Tu sais ce qu'il a dit : « C'était affreux, j'ai eu l'impression d'étouffer et de mourir. J'étais dans la bouche de l'enfer ».

— Je sais, John, mais moi j'irai...

Non, personne n'a pu faire changer d'avis William Prentice. Après tout, c'est son droit de mourir dans ce trou effrayant, au cœur de la terre. Il est majeur. A vingt-deux ans, avec ses taches de rousseur, ses cheveux blonds hirsutes, il s'est fait une réputation bien établie, parmi les paysans de cette région du Kentucky : mauvaise tête, mauvais élève, bagarreur. C'est un obstiné, William, et surtout un casse-cou. Il n'a pas une notion très claire du danger. Quand il a décidé quelque chose, comme cela, parce que cela lui plaît, il le fait.

Oui, William Prentice a les qualités et les défauts nécessaires pour faire un aventurier : une bonne dose de courage et une dose non moins grande d'inconscience.

En cette année 1842, la grotte du Mammouth est déjà, comme elle l'est toujours, le plus grand réseau souterrain du monde. Elle s'étend sous les plateaux du Kentucky qui sont une région géologique exceptionnelle : une vaste plaque calcaire recouverte de grès, le terrain idéal pour la formation de grottes.

Avec le sens commercial qui les caractérise déjà, les Américains ont exploité tout de suite le côté touristique de cet exceptionnel phénomène naturel. On fait visiter les magnifiques successions de salles recouvertes de stalactites et de stalagmites aux noms évocateurs : on leur montre le « fauteuil du Diable », la « grotte aux fées », « l'église gothique » que le propriétaire loue d'ailleurs aux pasteurs des diverses religions désireux de faire leurs sermons dans ce cadre impressionnant ; on a installé un bar dans la « chambre des revenants » ; on est même en train de construire un sanatorium dans quelques-unes des salles, car l'air de la grotte est, dit-on, très salutaire pour les poumons.

Bref, dans les années 1840, la grotte du Mammouth a déjà toute une organisation qui fonctionne très bien. Il y a pourtant quelque chose qui chiffonne le propriétaire : c'est le gouffre du Maelström, un puits très profond qu'on n'a jamais exploré jusque-là et qui est peut-être le point de départ de tout un autre réseau de galeries.

Et le propriétaire a eu beau offrir de l'argent, personne n'a voulu tenter l'expérience. Un géologue du Tennessee a bien essayé par amour de la science, mais il a échoué.

Alors, bien entendu, ce même propriétaire est là, tout ravi et tout excité à la fois, au bord du gouffre avec la famille et les amis de William Prentice qui va se lancer dans l'inconnu, par un beau jour de 1842.

Puisqu'on n'a rien pu faire pour détourner William de son projet, au moins on est venu nombreux pour le soutenir moralement. Il y a même un médecin.

Mais William n'a visiblement nul besoin de cette sollicitude. Il est souriant, très calme. De toute évidence, sa belle inconscience ne l'a pas abandonné. Il aimerait déjà y être.

Et William, dans un grand silence, commence ses préparatifs. Il sort son matériel. Il est d'ailleurs tout ce qu'il y a de rudimentaire : une longue corde, une lanterne et une espèce de casque qu'il a confectionné lui-même avec des bandes de cuir, rien d'autre.

Pourtant, William ne se lance quand même pas tête baissée dans l'aventure. Sur le conseil de son ami John, le guide de la grotte, il fait attacher à la corde une pierre aussi lourde que possible et quelqu'un la descend lentement dans le gouffre en la cognant contre les parois, dans toutes les directions. Cette précaution est destinée à faire tomber les pierres qui pourraient se trouver en équilibre et qui sont évidemment un danger mortel.

Et il y en a des pierres. Dès le début, elles commencent à tomber, elles heurtent la roche, rebondissent, cognent de nouveau, s'entrechoquent, pour s'écraser au fond au bout d'un temps qui semble interminable.

A part William qui, lui, est occupé à mettre son casque et à attacher la lanterne à sa ceinture, tous les assistants ont frémi. Le bruit qui sort du gouffre et qui est répercuté par la voûte de la grotte est terrible, monstrueux. C'est un grondement, un roulement assourdissant, un hurlement, comme si cette bouche de ténèbres lançait un effrayant et dernier avertissement aux hommes.

Le bruit s'est tu. William est prêt. Absolument insensible à l'atmosphère sinistre, il se glisse à mi-corps dans le gouffre du Maelström. Il fait un petit signe de la main.

— Rappelez-vous, un coup pour stopper, deux coups pour descendre, trois coups pour remonter. A tout à l'heure.

Et la descente commence. Toutes les têtes se sont penchées au bord du trou. La lanterne s'enfonce lentement et éclaire en tremblant les parois circulaires.

Cinq mètres. Dix mètres. La petite lumière est maintenant loin. En haut, on retient son souffle. Soudain, un terrible bruit, le même hurlement infernal que tout à l'heure : une chute de pierres. William va être écrasé... Mais non, la petite lumière est toujours là, qui se balance, dix mètres plus bas. Alors on comprend. C'est William lui-même qui, au passage, fait tomber avec les pieds les pierres branlantes en dessous de lui. John, le guide, hoche la tête. Ce n'est pas une mauvaise idée, mais si ces pierres en retenaient d'autres, placées plus haut ?

La descente continue. On a maintenant déroulé quinze mètres de corde. Soudain, un seul coup : William demande qu'on s'arrête. Pourquoi ? L'attente commence. Elle se prolonge... Une minute, deux minutes. Est-ce qu'il ne faut pas le remonter tout de suite ? Est-ce que William n'est pas en train d'étouffer tout comme le professeur du Tennessee ?... Mais non, maintenant William tire deux coups : on peut continuer la descente.

En fait, quinze mètres plus bas, William a simplement voulu s'arrêter pour observer une importante galerie qui s'ouvre dans le flanc de la roche. Très calmement, il l'a inspectée avec sa lanterne et il a même sorti de sa poche un carnet et un crayon pour prendre quelques notes.

Jusque-là, William n'a pas fait du tout attention à l'atmosphère du gouffre. Oh, bien sûr, il ne se sent pas très à l'aise pour respirer avec cette corde sous les bras, et puis l'air devient quand même plus rare. Mais, de toute façon, il n'y a pas de raison d'avoir peur, il n'y a rien.

Il n'y a rien. Pourtant, c'est peut-être cela qui commence à troubler William. Il lève la tête. Où sont les autres ? En haut, c'est le noir absolu. En bas aussi. Derrière, il y a peut-être quelque chose ? D'un brusque coup de reins, William pivote sur sa corde. Non, il n'y a rien non plus.

— Allons William, faut pas t'énerver, mon vieux. Tiens, on va chanter un peu.

Et William, seul, dans le gouffre du Maelström, se met à chanter une chanson du pays : « J'suis un p'tit gars du Kentucky ».

En haut, quand ils entendent la chanson qui monte des profondeurs, tous frémissent. Car ce qui sort de la bouche sombre est plus impressionnant encore que le fracas des pierres tout à l'heure. La voix de William est horriblement caverneuse : une voix grave et tremblotante, une voix de spectre, comme si... oui, comme s'il était déjà un fantôme !

Aussi, tout le monde pousse un soupir quand la chanson s'arrête.

Et si, en bas, William s'est arrêté de chanter, c'est qu'il a eu brusquement une impression étrange : celle d'un accompagnement à sa chanson, d'une mélodie très douce qui se mêlait à sa propre voix. William tend l'oreille. Oui, il y a en bas une sorte de chuchotement. Du coup, sa gêne, son malaise se dissipent. Maintenant, il y a quelque chose. C'est la curiosité qui l'emporte. Il a hâte d'être plus bas. Il trouve qu'il descend trop lentement.

Le chuchotement s'est amplifié et William ressent peu à peu une impression de fraîcheur. C'est une source qui jaillit là, à flanc de roche, et qui tombe vers le fond. William se fait arrêter pour la regarder. C'est joli et rassurant. C'est une drôle d'impression de se dire qu'on a devant soi quelque chose qu'on est le premier à regarder, jamais personne n'a vu cette eau-là. Et, tandis qu'en haut on recommence à s'inquiéter, William s'attarde à contempler les millions de gouttelettes qui passent devant la vitre de sa lanterne.

Mais il faut aller plus loin. Et justement à cause de cette source qui a rendu confiance à William, sa progression devient de plus en plus pénible. Car, au fur et à mesure qu'il descend, le jet d'eau s'élargit et il arrose peu à peu une bonne moitié du gouffre.

William est maintenant sous une pluie continuelle, une sorte de crachin, d'humidité compacte qui ruisselle sur son visage, fait coller ses vêtements. L'eau est glaciale et elle menace à tout instant d'éteindre la lanterne. William suffoque, il respire de plus en plus mal. Malgré son optimisme revenu, il sent bien qu'il ne pourra pas continuer très longtemps comme cela. Dans quelques mètres, il sera obligé de tirer trois fois sur la corde pour qu'on le remonte. Alors, c'était vrai, c'étaient les autres qui avaient raison. Il va échouer. Mais quelle humiliation quand il devra paraître devant eux, vaincu, comme un quelconque vieux professeur du Tennessee ! Il faut tenir. Ne pas remonter tout de suite. Encore quelques mètres. On ne sait jamais...

L'humidité est maintenant totale. Et brusquement William sent quelque chose sous ses pieds. Le sol déjà ? Le gouffre du Maelström était donc si peu profond ? Non, ce n'est pas cela, car, à côté, il y a encore le vide. William continue à descendre ! Et c'est un mètre plus bas qu'il comprend la situation et qu'il comprend aussi qu'il va pouvoir continuer, que la victoire est possible.

Le gouffre est coupé par une vaste table de pierre horizontale sur à peu près la moitié de son étendue. Toute l'eau s'y précipite et disparaît dans un trou de la paroi en bouillonnant. Jusqu'où ? Par quel trajet mystérieux poursuit-elle sa course ? Rencontre-t-elle en chemin d'autres gouffres dont on ignore l'existence ?

William n'a pas le temps de se poser ces questions, car la brusque disparition de la chute d'eau lui permet de poursuivre son aventure. Le bain de gouttelettes glacé a enfin cessé. L'air est toujours humide et froid mais c'est supportable. William éprouve quand même de plus en plus de difficultés à respirer et il descend toujours. Il ne faudrait pas que le fond soit encore loin. Mais il n'y a toujours rien. William, de nouveau, se sent abandonné par son optimisme. Ce n'est pas qu'il ait peur cette fois, mais il commence à trouver cela long. Ces parois toujours les mêmes, ce puits de pierre qui n'en finit pas, c'est — comment dire ? — monotone. William Prentice découvre en cet instant que l'aventure est monotone et qu'elle n'exige pas seulement du courage, mais aussi une grande, une très grande patience.

Et puis brusquement, sans que rien ne l'ait laissé présager, c'est le sol. Ça y est, il est au fond. Combien cela peut-il faire ? Là-haut ils le savent. Lui, il ne peut que l'estimer : cinquante, soixante mètres sans doute.

En bas, malheureusement, il n'y a rien d'extraordinaire : pas de salles fabuleuses, pas de labyrinthes impénétrables, pas de stalactites monumentales aux formes étranges. Non, rien qu'un sol tout noir recouvert de quelques roches d'où s'échappent, quand on les déplace, de curieuses bêtes affolées. Des sortes de gros lézards blancs presque transparents sans yeux. Car il y a de la vie dans cette tombe, dans ce trou des profondeurs. William a un mouvement de recul. De quoi vivent ces êtres d'un autre monde ? Et de nouveau, il éprouve quelque chose qui ressemble à de la peur. Non, il n'a plus rien à faire ici. Il faut remonter.

Il tire trois coups secs sur la corde et c'est avec un réel soulagement qu'il se sent aspiré vers le haut.

Au bord du trou, les amis et la famille de William Prentice ont eux aussi poussé un grand ouf. Les hommes qui tirent la corde doivent se refréner pour ne pas la ramener trop vite, mais ils aimeraient déjà que tout soit fini. Pourtant ce n'est pas fini. Il y a un coup sur la corde et on est bien obligé d'arrêter la montée. Ce sacré William a eu encore envie de s'arrêter pour observer quelque chose. Il n'en aura donc jamais assez ? Mais qu'est-ce qu'il veut ? Il est arrivé au fond du gouffre du Maelström, il a réussi son exploit, il devrait n'avoir plus qu'une idée maintenant, remonter ! Il ne faut pas trop jouer avec la nature et avec la chance, il ne faut pas trop en vouloir.

Mais sans doute William en veut encore car la corde ne bouge toujours pas. Il s'est arrêté à quelque dix mètres du fond, à quarante mètres du haut. Une minute se passe, interminable, puis une deuxième et une troisième. Au bout de cinq minutes, c'est franchement l'angoisse parmi les assistants :

— Mais qu'est-ce qu'il fait, bon sang, qu'est-ce qu'il fait ? Qu'est-ce qui se passe ?

Et, si la famille et les amis de William savaient ce qui se passe, ils seraient beaucoup, beaucoup plus inquiets...

C'est un peu au-dessous de la grosse pierre plate qui retient la chute d'eau que William Prentice a voulu s'arrêter. A cette hauteur, en effet, s'ouvre une galerie magnifique qu'il n'avait pas bien vue à l'aller. Et là, non seulement il a l'idée de l'examiner, mais il a aussi l'idée de l'explorer.

Non, décidément, William n'a peur de rien. Le petit moment de malaise qu'il avait ressenti à deux reprises est maintenant oublié. Et puis William n'a jamais su résister à ses idées.

Il a tiré sur la corde, une fois. Quand il a été bien en face, il a donné un coup de reins et il s'est mis à se balancer dans le vide, puis il a agrippé la paroi et il a pris pied.

Mais là, comme si cela ne suffisait pas, William a une autre idée, encore plus folle. Cela ne va pas être commode de s'avancer là-dedans avec la corde autour de la poitrine. Alors... il la défait et il décide de continuer en la tenant à la main.

Mais ses parents et ses amis avaient raison. Il ne faut pas trop tenter la chance. Sur la pierre humide, William Prentice trébuche : il tombe à plat ventre sur le rebord de la galerie et, dans sa chute, il lâche la corde. Le temps qu'il reprenne ses esprits il est trop tard.

La corde est là, dans le vide, qui se balance en se tortillant comme si elle le narguait. Dans l'esprit de William, les pensées tournent très vite. Bien sûr, en haut, ils vont s'en apercevoir. Quand ils se rendront compte qu'il n'y a plus personne au bout, il y aura encore la possibilité d'envoyer quelqu'un d'autre.

Mais il faudra alors une seconde corde, car une seule ne supporterait pas le poids de deux hommes. Une deuxième corde qu'il faudra aller chercher. Et cela prendra combien de temps ? Et puis, il faudra que le sauveteur arrive jusqu'à lui, ce qui n'est pas sûr du tout...

Au risque de tomber, William Prentice s'est mis à plat ventre sur le rebord. Dans le vide jusqu'à la taille, il tend son bras de toutes ses forces. Mais il n'y a rien à faire : le trou doit faire environ, à cet endroit, deux mètres cinquante de diamètre et il manque entre le bout des doigts de William et la corde une vingtaine de centimètres.

William Prentice n'a rien emporté avec lui. Pas de piolet, de canne, rien. Il n'a que sa lanterne. Il n'a donc pas le choix. Seule sa lanterne peut le sauver.

Comme toutes les lanternes de l'époque, celle de William est surmontée d'un gros anneau de cuivre. En réunissant toute son énergie, William tire sur l'anneau dont les deux bouts, heureusement, sont mal soudés. Après un moment — combien de temps, il ne le sait pas lui-même —, il parvient à l'ouvrir suffisamment pour faire un crochet.

En haut, le désarroi est général. Cela fait plus de cinq minutes que William n'a donné aucun signe de vie. On discute avec âpreté. Deux clans se sont formés : il y a autour du père de William ceux qui veulent qu'on remonte la corde au plus vite et les autres qui préfèrent attendre un signe.

Ils ne se rendent pas compte que du résultat de leurs discussions dépend la vie ou la mort de William. Si on remonte la corde, il est perdu...

Quarante mètres plus bas, William s'est de nouveau penché au-dessus du précipice en tenant sa lampe à bout de bras, au risque d'être entraîné par elle. Et là, il a une affreuse déception. L'extrémité du crochet arrive juste contre la corde. Il n'y a pas moyen de l'attraper. La seule chose à faire, c'est de la repousser pour qu'elle revienne et l'attraper à ce moment-là. Mais c'est extrêmement risqué car si William donne des coups trop forts, on va les sentir là-haut et on va croire qu'il veut remonter.

Il faut donc faire tout doucement, le plus délicatement possible. Peu à peu la corde se met en mouvement. Enfin, William peut la saisir dans son crochet. Il l'amène à lui, aussi lentement qu'il le peut... Il l'a en main, il est sauvé.

Et, quand quelques minutes plus tard, en haut du gouffre, on sent deux coups, c'est une immense joie. Bien sûr, on ne comprend absolument rien à ce qui s'est passé, mais on sait que William est vivant. Maintenant, il faut le sortir de là.

On tire la corde à toute allure. Tout le monde s'y met ou presque, sans songer qu'à cause de cela un second drame va se produire.

Car il faut préciser de quelle manière est tirée la corde. On pourrait supposer qu'elle est enroulée sur un treuil, ce qui serait la seule façon rationnelle. Aussi invraisemblable que cela paraisse, la corde est simplement posée à même le sol. Et, pour qu'elle ne se déchire pas sur la roche, on a placé contre le rebord du gouffre une grosse planche. C'est contre cette planche que glisse la corde.

Et, tandis qu'on remonte le malheureux William à

toute vitesse, l'inévitable se produit. La corde s'échauffe contre la planche, et soudain il y a un cri : la corde brûle ! Tout le monde s'est arrêté de tirer. C'est la panique. Car on se rend compte avec horreur au même instant qu'on n'a pas une goutte d'eau.

On est à plusieurs kilomètres à l'intérieur de la grotte. Le temps d'aller dehors pour chercher de l'eau, il sera trop tard. Car la corde continue à se consumer. Un à un, les brins de chanvre noircissent et sautent. Bientôt elle va casser...

Et, brusquement, le père de William bouscule tout le monde. Il vient de se souvenir qu'il avait emporté pour son fils une gourde de bourbon.

Oui, c'est avec du bourbon qu'on a sauvé William. Maintenant, on reprend tout doucement l'ascension en s'arrêtant de temps en temps pour que la corde ne chauffe pas trop. Et, au bout d'un quart d'heure, William Prentice sort du gouffre du Maelström en souriant.

Tout cela, c'était il y a bien longtemps, à une époque où l'aventure n'était pas ce qu'elle est aujourd'hui : scientifique et organisée. C'était l'époque de l'improvisation où seuls comptaient le courage et l'inconscience, l'époque où les aventuriers risquaient mille fois de mourir faute d'avoir emporté l'équipement indispensable, mais étaient miraculeusement sauvés par un anneau de lanterne mal soudé et quelques gouttes de bourbon.

MORT SUR LE NIL

— Nous nous trouvons sur le parvis du temple de Louxor. C'est à Aménophis III et à son architecte Amenhotep qu'on doit sa conception. Il constitue le plus pur chef-d'œuvre du Nouvel Empire. A l'origine, l'édifice était précédé de deux obélisques dus à Ramsès II. Il n'en subsiste qu'un aujourd'hui, l'autre se trouvant à Paris, place de la Concorde...

La voix de la jeune étudiante égyptienne qui sert de guide au groupe de touristes suisses venus visiter le temple de Louxor, ce 17 novembre 1997, semble fragile et perdue, dans le cadre majestueux qui l'environne. Quelques pas plus loin se dressent les colosses royaux, qui les contemplent de toute leur hauteur, assis sur leur trône. L'étudiante poursuit :

— Les reliefs qui sont représentés à l'intérieur du temple traitent de thèmes militaires, rituels ou religieux. Leur style est d'une finesse et d'une élégance sans pareilles. C'est toute l'Egypte que nous allons découvrir avec eux...

La jeune guide ne se trompe pas : c'est bien l'Egypte que va découvrir ce paisible groupe de Suisses, tout surpris de se trouver en chemisette au mois de novembre, alors qu'au même moment, chez eux, il neige. Mais l'Egypte ne s'est pas arrêtée avec les pharaons. Et eux ont rendez-vous avec un des événements les plus sanglants et les plus dramatiques de son histoire.

Géraldine Vannier s'est décidée pour ce voyage sur un coup de tête. C'est dans son caractère, elle a toujours suivi ses impulsions, elle part du principe que la vie est courte et qu'il faut en profiter. La lecture d'un dépliant touristique l'a convaincue. A soixante ans, elle n'avait toujours pas visité l'Egypte. C'était impardonnable. Elle devait y aller pendant qu'elle avait encore la santé pour le faire. On était en novembre, c'était le moment idéal, car elle n'aurait pas supporté les grosses chaleurs.

Géraldine Vannier a la chance d'avoir un mari qui gagne largement sa vie et qui est doué d'une grande ouverture d'esprit. Il lui a aussitôt alloué les crédits nécessaires, mais dentiste de son métier et possédant un important cabinet à Genève, il ne pouvait évidemment pas l'accompagner en cette saison. Géraldine, répugnant à partir seule, a réussi à convaincre une amie, Mireille, épouse de dentiste comme elle, de l'accompagner. Elle a organisé le voyage dans l'improvisation la plus totale et voilà comment elle est passée en quelques jours des rives du Léman à celles du Nil et comment elle se trouve en face des merveilles de Louxor, en compagnie d'une centaine de ses compatriotes. Elle désigne à son amie Mireille les gigantesques pharaons de pierre qui les dominent.

— Alors, tu ne regrettes pas de m'avoir suivie ?

— Cela non ! C'est extraordinaire... Il n'y a que la chaleur qui me gêne un peu.

Géraldine Vannier acquiesce. Elle ne s'y attendait pas, mais bien qu'on soit à la mi-novembre, il fait effectivement une chaleur écrasante, pas loin de trente degrés... L'étudiante a arrêté son commentaire pour permettre de prendre des photos et des vidéos. C'est à ce moment que Géraldine dresse l'oreille.

— Qu'est-ce c'est que cela ? Tu entends ?

Une série de crépitements viennent, en effet, de

retentir au loin. Mireille a un léger haussement d'épaules.

— Ce sont sans doute des enfants qui s'amusent à lancer des pétards.

Mais les bruits se rapprochent et deviennent à présent de véritables détonations, toujours en rafales, un peu comme dans un feu d'artifice... Les deux Suissesses s'interrogent.

— Ce sont des coups de feu ?

— Comment pourrais-je te le dire ? Je n'en ai jamais entendu.

Des pas précipités résonnent sur les dalles vieilles de plusieurs millénaires et deux jeunes gens font irruption. Ils ont à la main une arme, une sorte de fusil, et portent un turban noir avec des inscriptions arabes. Ils frappent par leur aspect physique : ils sont très grands et très maigres, tout en os. Géraldine Vannier remarque qu'ils ont l'air particulièrement nerveux : ils ont des gestes brusques et saccadés. Qui sont-ils ? Des soldats ? Des gardiens du site ? Et, dans ce cas, que se passe-t-il ?...

A présent, ils leur disent quelque chose en arabe. Les Suisses qui, évidemment, ne comprennent rien se tournent vers leur guide pour savoir de quoi il s'agit.

— Ils nous disent de nous agenouiller.

— Pourquoi ?

— Je ne sais pas, mais cela a l'air grave...

Sans comprendre, les touristes obéissent. Ils ne sont pas inquiets, seulement surpris... A présent, ils attendent la suite des événements, à genoux, au pied des colosses royaux sur leurs trônes. Géraldine se tourne vers Mireille.

— Qu'est-ce que tu... ?

Elle n'achèvera jamais sa phrase et celle-ci n'aura jamais de réponse. La seconde suivante, un des hommes appuie sur la détente. L'arme, une kalachnikov, crache une longue rafale et le groupe est fauché comme dans un stand de foire. Géraldine Vannier, qui se trouvait de biais, est atteinte de deux balles au côté gauche, l'une au bras, l'autre à la jambe, qui lui fait éclater le genou. Curieusement, une seule pensée lui vient en cet instant : « C'est cela, les balles ? Cela ne fait pas mal... »

Mais le tueur fait un nouveau passage avec son arme et l'horreur redouble. Au moment où elle a été touchée, Géraldine Vannier a été jetée à terre sous la violence de l'impact. Son amie Mireille, elle, est restée dans la même position, à genoux. Elle voit le visage de celle-ci littéralement exploser. Elle est éclaboussée de son sang, mais elle n'a pas le temps d'en voir davantage. L'instant suivant, elle reçoit le corps d'un gros homme, qui chute lourdement sur sa jambe blessée ; quelques secondes encore et c'est une femme qui tombe à son tour sur elle. Et puis plus rien, le silence...

Complètement écrasée, étouffée, Géraldine Vannier ne pense qu'à une chose : s'extraire de sa position pour respirer. Un coup d'œil circulaire lui fait découvrir que les tueurs sont partis. Mais ils vont peut-être revenir pour achever les blessés. Il faut absolument qu'elle se sorte de là au plus vite !

Elle repousse sans trop de difficultés le corps de la femme, ce qui lui permet d'aspirer une longue bouffée d'air qui lui fait du bien. Mais se dégager de la pression de l'homme est beaucoup plus difficile, car il est lourd, très lourd. Chaque fois qu'elle le déplace, elle fait bouger en même temps son genou et elle souffre le martyre... Au passage, elle reconnaît le blessé : ils avaient échangé quelques mots, le matin, sur le bateau qui les a conduits à Louxor. Ils ont parlé de la beauté du Nil, des trésors de l'Egypte ancienne. Maintenant, il est en train de mourir et elle lutte désespérément pour survivre... Involontairement, son regard tombe sur le corps de Mireille, qui est juste à côté. C'est horrible, elle a une partie de la face emportée !

Mais Géraldine Vannier n'a pas le temps de se laisser aller à la douleur que lui procure cette vision, car les terroristes reviennent ! Leurs pas résonnent de nouveau sur les dalles. Ils ont dû aller un peu plus loin voir s'il y avait d'autres touristes et, n'en ayant pas trouvé, ils retournent sans doute pour achever les blessés... Géraldine s'immobilise. Il est trop tard pour fuir. Il faut, au contraire, se cacher et attendre, faire le mort pendant qu'il en est encore temps, pendant qu'ils ne font pas attention à elle.

Mais comment ? Elle n'a aucune blessure apparente. S'ils viennent pour le coup de grâce, elle n'aura pas la moindre chance... Elle fait preuve, alors, d'une remarquable présence d'esprit. L'homme qui l'écrase de son poids est tombé sur le ventre, il a une énorme plaie dans le dos et le sang s'en écoule à gros bouillons. Elle se saisit du foulard qu'elle a autour du cou, le plonge dans le sang, s'en barbouille le visage et s'allonge, se forçant à ne pas respirer.

Elle ne s'était, hélas, pas trompée : les terroristes sont bien revenus achever leurs victimes. Elle entend de courtes rafales. Ils économisent leurs balles, ils doivent viser la tête. Puis les coups de feu cessent. C'est le silence. Est-ce qu'ils sont partis ? Elle n'ose pas bouger pour voir. Et elle a raison, car ils reviennent à ce moment précis. Une jeune fille du groupe, complètement paniquée, appelle ses assassins au secours, alors que, vraisemblablement, ils s'éloignaient.

— Aidez-moi, je vous en supplie, ma mère est blessée !

Pour toute réponse ils lui lancent quelques mots en arabe. Elle redouble ses cris et ses pleurs.

— Vous ne vous rendez pas compte qu'elle est en train de mourir ? Faites quelque chose !

Géraldine ne voit rien, mais entend tout. Cela se passe tout près d'elle... La jeune touriste a une exclamation :

— Mais qu'est-ce que vous faites ? Lâchez-moi !

Elle ne termine pas sa phrase. Il y a un bruit abominable, une sorte de gargouillis, qui ne laisse aucun doute sur ce qui s'est passé : le tueur vient de l'égorger. Géraldine Vannier entend le choc mou du corps qui tombe à terre, puis les pas de l'homme. Elle est tétanisée ! Il vient exactement dans sa direction. Il se penche au-dessus d'elle. Elle perçoit sa respiration saccadée, elle sent l'odeur de sueur qu'il dégage. Et pour la première fois, elle prie. Elle prie pour qu'il lui reste des balles dans son chargeur et qu'elle ne soit pas égorgée comme sa compatriote...

C'est à ce moment qu'elle entend crier un nom :

— Abdallah !

L'homme vient d'être appelé par son chef. Il se redresse et s'en va. Mais le cauchemar n'est pas fini. Elle les entend un peu plus loin. D'autres les ont rejoints. Ils sont à présent toute une troupe. Tantôt ils chantent une sorte d'hymne, tantôt ils lancent des slogans... Géraldine Vannier, elle, pense à son mari, à ses enfants, à ses petits-enfants, à sa maison, dans la banlieue de Genève, qu'elle ne reverra sans doute jamais, à Mireille dont le corps ensanglanté est tout près d'elle. Elle ne veut pas mourir. Ne pas bouger, surtout ne pas bouger !

Et cela dure, cela s'éternise... L'homme qui l'écrase est mort, elle s'en est rendu compte. Avant, elle ressentait ses battements de cœur, qui causaient de douloureux élancements dans son genou broyé. A présent, elle n'éprouve plus qu'une douleur sourde : son cœur ne bat plus. Le temps passe. Il ne devait pas être loin de midi lorsque l'attaque a eu lieu, elle est en plein soleil et la chaleur est insupportable. Elle a soif, elle a des vertiges, elle ne sait pas jusqu'à quand elle va pouvoir tenir encore.

Et c'est alors que l'horrible se produit : des mains l'agrippent, la prennent par le cou. Elle va être égorgée comme la jeune fille de tout à l'heure. Elle se met à hurler :

— Non ! Je ne veux pas !

Elle ouvre les yeux et elle découvre alors que ce ne sont pas les hommes au turban noir qui se sont saisis d'elle, ce sont des infirmiers. Elle est sauvée ! Elle perd connaissance... Elle apprendra plus tard qu'elle a été secourue une heure vingt après l'attaque, elle est restée quatre-vingts minutes immobile !

Ainsi s'est terminé le drame de Louxor. L'attaque du commando Jammat-al-Islamya, un groupe d'intégristes musulmans qui avait voulu frapper l'Egypte en s'en prenant au tourisme, sa principale richesse, a été l'une des plus meurtrières du terrorisme au Proche-Orient, faisant soixante-huit victimes et de nombreux blessés. Cette démonstration de fanatisme et de haine dans un haut lieu du patrimoine de l'humanité a révolté le monde entier. Géraldine Vannier, quant à elle, essaie d'oublier. Mais il est à craindre, hélas, qu'elle n'oubliera jamais la mort sur le Nil.

MERCI, ROSITA !

Il pleut. Cela fait des jours et des jours qu'il pleut, en ce début mars 2000. Jamais, de mémoire d'homme, un automne n'a été aussi pluvieux. Un automne, car nous sommes dans l'hémisphère Sud, précisément à Chibuto, une petite ville près de Maputo, la capitale du Mozambique.

Les eaux boueuses du Limpopo, le fleuve qui arrose la ville, ont tout recouvert. Au début, on pouvait encore circuler en barque, mais le courant s'est fait de plus en plus violent et, à moins d'avoir une embarcation à moteur, il est hors de question de s'aventurer sur les flots. Mais qui possède une embarcation à moteur à Chibuto ? Le Mozambique est un des pays les plus pauvres du monde et il n'y a là que de misérables paysans. Démunis parmi les démunis, ils ont, pour les privilégiés, juste de quoi survivre et, pour les autres, c'est la misère.

Depuis vingt-quatre heures maintenant, Carolina Mabuingo est seule avec sa mère Rosita sur le toit de leur maison, une médiocre baraque en briques que le père de Carolina, mort depuis, a bâtie de ses mains. Mais du moins est-ce une construction en dur et non en bois, comme tant d'autres dans le quartier. Celles-là, elles ont été emportées dès le début de la crue et leurs occupants, on ne sait pas ce qu'ils sont devenus.

Carolina et sa mère peuvent apercevoir, de place en place, leurs voisins qui sont dans la même situation qu'eux et qui ont l'air, sur leurs toits, d'être dans des embarcations immobiles au milieu des flots jaunâtres et agités. Pour l'instant, aucun secours ne s'est manifesté, ni par bateau ni par voie aérienne, mais cela finira bien par arriver et il suffit d'attendre. Seulement, dans le cas de Carolina, la situation est particulièrement préoccupante : elle est enceinte de neuf mois !

Carolina Mabuingo a dix-huit ans. Son enfant, elle l'a eu avec un voisin de son âge, un soir où ils avaient trop bu tous les deux. Il a promis de l'épouser quand il a appris sa grossesse, mais depuis, il n'a cessé de remettre la chose à plus tard... Carolina soupire. Elle craint bien que ce « plus tard » signifie « jamais » et que le bébé n'ait pas de père : le garçon habitait une cabane en bois avec ses parents et elle a cru reconnaître son corps dans ceux qu'elle a vus emportés par les flots...

Pour la dixième fois de la journée, Rosita Mabuingo se penche vers sa fille.

— Tu ne ressens rien ? Pas de contractions ?

— Non, maman, rien du tout.

— De toute façon, reste calme, ma chérie. Quand cela arrivera, je serai là et tout se passera bien.

Rester calme, c'est ce que s'efforce de faire Carolina Mabuingo. C'est vrai, sa mère sera là pour l'aider, elle n'est pas sage-femme, mais elle a accouché elle-même et c'est une incontestable expérience. Oui, elle a raison : il faut garder espoir. Elle porte la vie en elle, elle va donner la vie, au milieu de cet environnement de malheur et de mort...

Et c'est alors que se produit le drame. Soudain, sans qu'on sache à la suite de quel phénomène, une grosse vague se forme au loin. Elle arrive rapidement dans leur direction, charriant les débris les plus divers — branches, poutres, cadavres de vaches au ventre gonflé —, et emportant tout sur son passage. Carolina et sa mère voient les maisons comme la leur s'effondrer les unes après les autres et les malheureux réfugiés tomber à l'eau avec des cris de désespoir.

Il n'y a pas un instant à perdre. Dans leur malheur, elles ont une chance par rapport aux autres : leur maison est bâtie juste à côté d'un gros arbre, dont les branches touchent le toit. Le père de Carolina avait choisi exprès cet emplacement pour leur demeure, afin qu'elle soit abritée lors des grandes chaleurs. Sans le savoir, il va leur permettre d'avoir la vie sauve.

Rosita Mabuingo saute la première et tend la main à sa fille. Carolina l'attrape juste au moment où la vague frappe le toit, qui se disloque dans un grand craquement, et elles se retrouvent toutes les deux sur une grosse branche au milieu des flots. Cette fois, elles sont seules. Leurs voisins ont disparu, leurs toits ont été emportés. Elles en voient passer plusieurs dans le courant jaunâtre qui filent sous elles à toute allure. Ils sont morts noyés.

Et c'est alors que se produit le second drame. Rosita Mabuingo fait un faux mouvement et tombe à l'eau. Elle tente de s'accrocher au tronc, Carolina se penche pour la retenir, mais rien à faire, le courant est trop violent. Elle est emportée par les flots boueux, lançant à sa fille un grand cri de désespoir :

— Carolina !

Un cri que le grondement de l'eau recouvre aussitôt. Carolina, les yeux agrandis d'horreur, la voit couler, revenir à la surface, faire des gestes désordonnés et désespérés, car elle ne sait pas nager, et s'enfoncer, cette fois, définitivement. Elle se retrouve seule sur son arbre. Il n'y a plus, à part elle, la moindre trace de vie humaine aussi loin que porte le regard et c'est à ce moment qu'elle ressent les premières contractions...

On peut imaginer ce qu'éprouve Carolina Mabuingo en cet instant. Elle n'a pas la moindre connaissance médicale, elle n'est jamais allée à l'école, elle est illettrée. Et les contractions qui redoublent et l'enfant qu'elle sent sur le point de sortir et de tomber à l'eau, comme Rosita il y a un instant !

Alors, la toute jeune femme qu'elle est fait face à la situation. S'adossant au tronc, là où la branche est la plus large et où elle a la meilleure assise, elle procède elle-même à l'accouchement. Elle parvient à contrôler la sortie du bébé. Il est vivant et même vigoureux à en juger par les cris qu'il lance. Elle n'a rien pour couper le cordon, alors elle le fait avec les dents. Elle constate aussitôt que le sang gicle avec violence des deux côtés du conduit sectionné. Elle comprend qu'il faut faire un nœud aux deux parties pour empêcher l'hémorragie. Elle y parvient dans des conditions dignes des plus périlleux numéros d'équilibristes. Ensuite, toujours au péril de sa vie et de celle du bébé, elle parvient à retirer le placenta. Et elle se laisse enfin retomber sur sa branche, exténuée, presque hébétée, avec sa fille dans les bras, car c'est une fille.

Combien de temps peut-elle tenir ainsi, dans l'état d'épuisement où elle se trouve ? Quelques heures au plus, peut-être moins, si elle fait un faux mouvement. Mais elle n'aura pas à attendre tout ce temps, car pour la première fois depuis le début de sa terrible aventure, la chance lui sourit. Un bourdonnement, perceptible malgré le grondement des flots, lui fait lever la tête. C'est un hélicoptère. Il l'a vue et descend vers elle. Il porte les couleurs de l'Afrique du Sud. C'est l'un des nombreux appareils envoyés à la suite de la catastrophe par ce pays et qui ont sauvé tant de vies que les Mozambicains les ont surnommés les « anges du ciel ».

Un militaire descend par le treuil pour se saisir du bébé, puis elle est hissée à son tour. Une fois qu'elle est allongée dans la carlingue, ses sauveteurs, après s'être extasiés du miracle qui vient de se produire, lui demandent, en lui désignant l'enfant :

— Quel nom lui avez-vous donné ?

Carolina Mabuingo avait pensé à « Angela » pour une fille, mais elle revoit alors l'image tragique de sa mère disparaissant dans les flots quelques minutes avant la naissance de son enfant. Et elle décide alors qu'elle portera le prénom de sa mère, tant en hommage à celle-ci que pour affirmer que la vie continue en dépit de tout... Elle répond :

— Rosita...

L'accouchement dans un arbre, le sauvetage de Carolina et de Rosita : l'histoire est déjà extraordinaire, mais le plus extraordinaire, c'est qu'elle n'est pas finie et que le plus surprenant est à venir.

Dès que la nouvelle est connue, les médias s'en emparent, des journalistes du monde entier viennent interviewer la jeune mère, qui ne tarde pas à devenir une vedette internationale. Son aventure a universellement ému et on la réclame partout. C'est ainsi qu'elle fait, avec sa fille, des tournées aux Etats-Unis, en Angleterre, au Canada.

Elle recueille des dons considérables pour les sinistrés de la catastrophe. Les victimes, quant à elles, sont estimées à sept cents, une fois que, les eaux retirées, on peut faire le bilan. Ce chiffre comprend, hélas, le père de la fillette, ainsi que Carolina en avait eu le pressentiment.

Les responsables mozambicains comprennent très vite que Carolina Mabuingo et sa fillette représentent pour eux une chance inespérée et ils décident de faire d'elles des ambassadrices extraordinaires. Le Mozambique, petit pays de dix-sept millions d'habitants, est une ancienne colonie portugaise pratiquement ignorée du monde. De plus, tout de suite après son accession à l'indépendance, il a connu une terrible guerre civile. Il en est sorti récemment et a retrouvé la stabilité politique, mais depuis il végète.

Or, du jour au lendemain, grâce à Rosita et à sa mère, le Mozambique sort de l'anonymat et occupe le devant de la scène. Les investisseurs se mettent à s'intéresser à lui, des usines s'implantent, le commerce redémarre.

Au G7 de l'an 2000, cette conférence qui réunit chaque année les dirigeants des sept pays les plus riches de la planète, ce n'est pas un homme politique mozambicain qui est envoyé pour tenter de faire annuler la dette du pays, ce sont Rosita et sa mère. Et cela marche ! Lorsque la conférence se termine, elle vote l'annulation de la dette du Mozambique.

Parallèlement, les dons ne cessent d'affluer. L'aide internationale dépasse tout ce qu'on attendait. On a pu la chiffrer à six cents millions de dollars, une somme prodigieuse comparée aux revenus du pays. Elle permet de refaire des infrastructures qui dataient de l'époque coloniale et qui étaient dépassées depuis longtemps. C'est un pays tout neuf qui émerge de l'inondation.

Bien sûr, Carolina et Rosita ne sont pas oubliées, même si ce qui leur est alloué des dons n'en représente qu'une infime partie. Le gouvernement construit pour elles une maison toute neuve à Maputo, la capitale, avec trois chambres, une cuisine et une salle de bains, un palais, comparé à la bâtisse construite de bric et de broc sous l'arbre providentiel.

Et, de toutes parts dans le pays, des habitations neuves semblables à la leur sortent de terre. La terrible catastrophe de mars 2000 s'achève ainsi en conte de fées. Les Mozambicains, stupéfaits et ravis, citent volontiers, quand on les interroge à ce sujet, un vieux proverbe portugais : « Il y a des malheurs qui font notre bien. » Mais le plus souvent, ils se contentent de dire simplement : « Merci Rosita ! »

LA MARCHE DES FACTEURS

Ce lundi 24 mai 1955 n'est pas un jour comme les autres à Rennes. D'abord, c'est un lundi de Pentecôte, on ne travaille pas, et puis les amateurs vont pouvoir assister à la « Marche des facteurs ». Cette manifestation éminemment sympathique et populaire réunit chaque année dans une ville différente les facteurs de toute la France, pour une compétition sous l'uniforme de leur profession. Elle est toujours d'un haut niveau, car, en 1955, les facteurs — qu'on n'appelle pas encore préposés — sont des sportifs ; les tournées ne s'effectuent pas en voiture, mais à vélo et souvent à pied.

Oui, une belle affiche, qui doit attirer du monde ! La fine fleur des PTT sera là : Astre, de Pithiviers, vainqueur de la Marche des facteurs 1954, Dubourg, de Montgeron, qui a fait deuxième à la dernière Marche internationale, et Leborgne, de Saint-Caradec, champion de Bretagne, la gloire locale. Quant à la partie musicale, elle sera assurée par l'Etincelante lilasienne, l'harmonie municipale des Lilas, qui vient de remporter le titre de meilleure fanfare de France.

Tout est réuni pour que la fête soit complète. Il n'y a qu'un détail gênant : la météo. Il fait chaud, incroyablement chaud, une température jamais enregistrée un 24 mai, à peine imaginable même. La nuit a été étouffante et, au lever du jour, il faisait près de trente degrés. Mais personne n'y prête vraiment attention. Cela rendra la compétition un peu plus difficile, voilà tout.

La Marche des facteurs de Rennes peut commencer. On va en parler longtemps !

Grégoire Laval s'éponge le front avec son grand mouchoir blanc. C'est vrai qu'il fait diablement chaud. Il est venu en voisin, puisqu'il représente la ville de Nantes, et il est venu pour faire un exploit, chaleur ou pas ! C'est que Noémie lui a promis d'être là. Noémie est sa petite amie et il la trouve assez distante avec lui depuis quelque temps. La Marche des facteurs sera pour lui le meilleur moyen de la reconquérir. Ils ont vingt-cinq ans tous les deux, il faudrait quand même qu'ils songent à se marier...

Il est un peu plus de 9 heures du matin. Il aperçoit la façade de la poste principale de Rennes, un imposant bâtiment à arcades. C'est là qu'ont rendez-vous les concurrents et ils sont déjà nombreux sur place. En approchant, Grégoire Laval découvre qu'une discussion animée s'est engagée entre plusieurs d'entre eux et les organisateurs. L'un de ces derniers brandit une feuille de papier sous le nez de ses interlocuteurs.

— C'est écrit noir sur blanc dans le règlement ! Ce n'est pas moi qui l'ai fait. « Vareuse de drap bleu et pantalon de toile. Le sac sera porté en bandoulière, jamais sur l'épaule. Il est formellement interdit d'ôter son képi, de laisser sa veste ouverte et de déboutonner sa chemise. Le port de la cravate est obligatoire. Les chaussures devront comporter des semelles de cuir. »

En face, on proteste énergiquement.

— Oui, mais le règlement n'a pas prévu une telle chaleur. Je viens de voir au thermomètre là-bas, il fait vingt-neuf degrés et cela va encore monter !

— On refuse de garder la cravate !

— Et on veut marcher en espadrilles, sinon ce ne sera pas tenable...

Devant cette fronde, les officiels se concertent

quelque temps à voix basse et l'un d'eux vient annoncer le résultat de leur conciliabule :

— Compte tenu des circonstances climatiques, le port de la cravate est supprimé, mais c'est tout. Ceux qui ne sont pas de cet avis peuvent déclarer forfait.

Pourtant, personne ne quitte le groupe. Pour tous les participants, la Marche des facteurs est trop importante. Ils s'y préparent depuis des mois et c'est une question d'honneur, le leur, celui de leur ville, de leur région... Satisfait, l'officiel entreprend de lire la suite du fameux règlement :

— « La marche est une progression exécutée de telle façon qu'un contact interrompu soit maintenu avec le sol », etc.

Après quoi, les compétiteurs montent dans un car, direction le vélodrome où va être donné le départ et où sera jugée l'arrivée. Assis sur son siège, Grégoire Laval regarde une dernière fois le trajet qu'il va tout à l'heure accomplir à pied : un circuit de 3 750 mètres à travers la ville, partant du vélodrome et y revenant. L'ensemble est à couvrir quatre fois, ce qui donne un total de quinze kilomètres. La principale difficulté est la côte de la rue Gambetta, relativement courte, mais assez raide.

Grégoire Laval a reconnu deux fois le parcours, les deux dimanches précédents. Il ne lui a pas semblé exagérément difficile, mais il est vrai qu'il ne faisait pas cette chaleur. Tandis que là, l'effort qui l'attend lui semble tout à coup énorme, gigantesque. Il se reprend. Il ne va pas se laisser aller au dernier moment. Puisque Noémie est là, il n'y aura pas de problème. L'amour donne des ailes, c'est bien connu...

9 h 45. Les trente concurrents de la Marche des facteurs font leur entrée sur le vélodrome de Rennes, salués par les accents martiaux de l'Etincelante lilasienne, meilleure fanfare de France. Ils sont vêtus de la tenue réglementaire : képi, vareuse de drap bleu bou-

tonnée, chemise blanche boutonnée également, mais sans cravate, pantalon de toile, chaussures de cuir. On leur remet leur sacoche, qu'ils passent en bandoulière, et ils s'avancent vers la ligne, sous les bravos du public.

Les ovations sont un peu molles, il faut bien le reconnaître. Les spectateurs ont beau être en chemisette ou robe légère, il fait tellement chaud que l'énergie manque pour battre des mains ! Le thermomètre a déjà dépassé trente degrés et il monte allègrement. Dans les tribunes, il y en a une, pourtant, qui ne ménage pas ses efforts, c'est Noémie. Elle a mis sa robe blanche du dimanche et elle agite frénétiquement les bras en direction de son champion.

Grégoire Laval est aux anges. Noémie lui est revenue ! Pour elle, il ira jusqu'au bout de ses forces, au-delà s'il le faut. Il va, non pas gagner, car un tel espoir ne serait pas raisonnable, mais finir honorablement, dans les premiers, sur le podium si c'est possible.

Les trente concurrents se rangent sur la ligne de départ et d'arrivée, tandis que l'Etincelante lilasienne entonne *La Marseillaise*. Grégoire Laval se met au garde-à-vous, dans ses chaussures de cuir, avec sa sacoche au côté, son lourd képi sur la tête. Et c'est alors que, pour la première fois, il éprouve un malaise. Pourtant, il a pris ce matin un Maxiton dans son café et c'est un dopant. Il ne s'en cache pas, tous l'ont fait. Mais cela ne l'empêche pas de se sentir mal. Il a même une sensation étrange : celle de courir un danger...

Grégoire se ressaisit. Un coup de revolver claque, le départ est donné ! Comme les autres, il s'élance à la manière des marcheurs, qui, contrairement à celle des coureurs, est peu gracieuse, avec des pas exagérément allongés, un déhanchement prononcé, des gestes forcés. Immédiatement, avec le commencement de l'effort, il a l'impression d'entrer dans la fournaise. Ce n'est d'ailleurs pas entièrement une impression. La chaleur a encore monté. On saura plus tard qu'elle a atteint trente-six degrés en fin de matinée, pulvérisant le précédent record de chaleur.

Grégoire Laval se sent comme plongé dans un bain bouillant. La sueur ruisselle partout sur son corps, l'air qu'il aspire et expire est brûlant, le goudron colle à ses semelles. Il essaie quand même de se maintenir dans le peloton de tête. Pour cela, il ne doit pas quitter Astre, Leborgne et Dubourg, les trois champions. Ils sont juste devant lui et ils pressent le pas : il les imite.

Les voici arrivés devant la côte de la rue Gambetta. C'est le moment de vérité... Grégoire grimace. Comme elle est dure, cette côte ! Elle coupe les jambes, le soleil est aveuglant, la sacoche cogne contre sa poitrine à chaque pas. Mais il doit s'accrocher, tenir bon pour Noémie. Et il réussit ! Il arrive au sommet en même temps qu'Astre, Leborgne et Dubourg. Il jette un coup d'œil dans leur direction et il constate qu'ils ne sont eux-mêmes guère brillants. Ils ont les mâchoires serrées, le regard fiévreux, le souffle court. Il en éprouve de la satisfaction, mais en même temps de l'inquiétude : si des hommes aussi entraînés sont dans un état pareil, c'est que l'épreuve est vraiment terrible. Et elle n'en est qu'à son début !

C'est le retour vers le vélodrome. Il s'efforce de ne pas accélérer dans la descente. C'est le piège dans ce genre d'épreuve. On est tenté de prendre de l'avance, parce qu'on progresse plus facilement, mais on le paye toujours après ; il faut au contraire en profiter pour récupérer. C'est d'ailleurs ce que font les trois champions : ils ont légèrement réduit l'allure et c'est au coude à coude que tous quatre rentrent sur le stade.

L'ovation qui les accueille n'est guère fournie. La foule, qui était nombreuse pour le départ, s'est considérablement clairsemée. Il fait bien trop chaud pour rester sur ces gradins chauffés à blanc. Mais Grégoire découvre que Noémie a eu ce courage. Elle est là, qui lui fait de grands signes. Alors, il se sent payé de tous ses efforts. Il continuera.

La fanfare des Lilas joue un air pour saluer le retour

des marcheurs. Grégoire ne peut s'empêcher de jeter un regard envieux en direction des musiciens. Bien que leurs tenues soient bien plus légères que la sienne, ils se sont mis à l'aise. Ils ont retiré leur veste, dégrafé leur col ; beaucoup ont remplacé leur casquette par un mouchoir noué aux quatre coins, certains, même, par un chapeau de gendarme en papier journal.

Mais pour lui, pas question ! Il doit continuer, avec son képi sur la tête, sa vareuse de drap bleu et sa chemise boutonnées, ses chaussures de cuir aux pieds. C'est le règlement. S'il n'est pas de cet avis, il n'a qu'à déclarer forfait, comme l'a si bien dit l'officiel. Il ira jusqu'au bout. C'est reparti pour un tour, selon l'expression consacrée. Il quitte le stade, direction la côte de la rue Gambetta...

Et c'est là que tout bascule. Dès le début de la montée, il a l'impression d'entrer dans l'enfer. Toutes les sensations qui étaient jusque-là douloureuses deviennent insupportables. Il est au bord de l'asphyxie, le soleil lui cause des éblouissements qui le font tituber, ses pieds, qui éclatent dans le cuir des chaussures, lui font subir un épouvantable martyre, il lui semble qu'il marche sur des braises ou des lames de couteau, le battement de la sacoche contre sa poitrine lui fait penser au martèlement des poings d'un boxeur.

Devant lui, Astre, Leborgne et Dubourg prennent le large. Il n'essaie même pas de les suivre, produire un effort supplémentaire le ferait s'évanouir sur place. Plus question de rivaliser avec les trois champions ; à partir de ce moment, sa seule ambition est de terminer.

Au bout d'un temps qu'il est incapable d'évaluer, il arrive, il ne sait pas trop comment, au vélodrome. Il n'en perçoit que des images et des sons confus : la robe blanche de Noémie, les flonflons de l'Etincelante, la ligne d'arrivée, qu'il franchit pour la deuxième fois. Il est à la moitié, seulement à la moitié !

Il repart pour son troisième tour. La côte Gambetta a des allures d'Himalaya. Deux concurrents s'effondrent juste devant lui. Il est dans un tel état qu'il n'a ni la force ni la lucidité nécessaires pour les éviter. Il trébuche par deux fois, mais il retrouve son équilibre et parvient à continuer. Des gens l'entourent. On lui parle, on lui crie des choses, il n'entend pas. Deux mots, seulement, surnagent, dans ce qui lui reste de conscience : Noémie, continuer...

Car les Rennais ont pris conscience qu'il se passait quelque chose d'anormal. Le public massé le long du parcours s'est mis à réagir. Ce n'est pas la Marche des facteurs qu'il est en train de voir, c'est un défilé de bagnards, de zombies, des hommes hagards, titubants, arrivés à la dernière limite de leurs forces. Il n'y a plus de peloton, il n'y a plus de course, il n'y a plus que des malheureux complètement perdus, qui ne savent plus où ils sont ni même ce qu'ils font. Certains se trompent de parcours, ils s'engagent dans d'autres rues. Alors, on va au-devant des concurrents, on essaie de les faire renoncer. On leur crie :

— Arrêtez !

— C'est de la folie !

— C'est du suicide !...

L'autre partie du public, celle qui a pris place dans le stade, a exactement la même réaction. Elle va prendre les officiels à partie.

— On ne peut pas continuer. C'est criminel !

— Il faut arrêter la course, ou, au moins, supprimer le dernier tour...

Mais les organisateurs se montrent inflexibles.

— Pas question. Il faut quatre tours, c'est le règlement...

Grégoire Laval arrive au stade pour la troisième fois. La fanfare ne joue plus. Le public a envahi la piste. Noémie est là, elle lui parle :

— Grégoire, arrête ! Tu en as fait assez. Je suis fière de toi, Grégoire, arrête-toi !...

Mais Grégoire continue. Il s'engage pour un quatrième tour. Pourquoi ? Il ne le sait pas lui-même. Sait-il, d'ailleurs, encore quelque chose ? Son cerveau, porté à ébullition, ne contrôle plus rien. Ses jambes décident pour lui, comme les canards à qui on a coupé la tête et qui continuent à courir. A ce moment, la moitié des concurrents a abandonné, tous ont reçu des soins et dix sont à l'hôpital. Mais ceux-là, du moins, on peut penser qu'ils sont sauvés. Ce sont ceux qui continuent qui risquent leur vie.

La côte Gambetta... La progression de Grégoire Laval tient du miracle. Un spectateur, croyant bien faire, lui jette une carafe d'eau au visage. C'est terrible, elle est glacée ! Il croit mourir. Mais il ne meurt pas. Il ne tombe même pas. Il marche, il marche, il marche, sans rien voir, sans rien entendre. Il est maintenant au-delà de la douleur, des sensations quelles qu'elles soient. Le vélodrome, il y est presque... Il y est... Il ne fait attention à rien, il n'aperçoit qu'une chose : la ligne d'arrivée...

Bien qu'il ne s'en rende pas compte, il règne sur place une atmosphère de drame. L'Etincelante lilasienne a définitivement quitté les lieux. Elle a été remplacée par des voitures de pompiers, de police et des ambulances, avec des équipes de réanimation, car plusieurs marcheurs sont dans le coma.

Grégoire Laval fait encore quelques pas et s'écroule sur la ligne. Les infirmiers se précipitent pour lui retirer son képi, pour défaire sa vareuse et sa chemise, qui étaient restées boutonnées. Noémie est là. Elle se penche sur lui.

— Grégoire ! Mon Grégoire, réponds-moi !...

Mais Grégoire ne lui répond pas, il ne la voit pas. Il a l'écume à la bouche, les yeux révulsés. Elle pousse un cri déchirant :

— Il est mort !

Et elle s'effondre en larmes, tandis que l'ambulance l'emmène, sirène hurlante, à l'hôpital.

Non, Grégoire Laval n'est pas mort. Il a fini par survivre, après deux semaines de soins intensifs et un coma de quarante-huit heures. Mais deux de ses collègues n'ont pas eu cette chance, ils sont bel et bien morts, victimes de la stupidité et de l'aveuglement des organisateurs, qui ont laissé partir les concurrents dans des conditions totalement incompatibles avec l'effort qui les attendait, d'autant qu'ils avaient tous pris des produits dopants.

Les organisateurs ont persisté jusqu'au bout dans leur ligne de conduite. Ils n'ont même pas annulé la cérémonie de remise de coupe. Sur leurs papiers officiels, ils ont inscrit : « Vainqueur de la Marche des facteurs 1955, Leborgne, de Saint-Caradec. » N'était-ce pas ce que stipulait le règlement ?

LE PILOTE SANS JAMBES

Il fait un temps admirable, en cette matinée du 8 août 1941, mais Douglas Bader n'est pas là pour profiter des rayons du soleil et si ce citoyen britannique se trouve en cet instant en France, ce n'est vraiment pas pour faire du tourisme !

Pour être très précis, le lieutenant-colonel Douglas Bader n'est pas en France, mais *au-dessus* de la France. Il survole, aux commandes de son Spitfire, les côtes du Pas-de-Calais. Il y a deux heures qu'il est parti, à la tête de son escadrille, pour une mission de « chasse libre », c'est-à-dire consistant à abattre tous les avions allemands rencontrés. Ces missions sont essentielles. La bataille d'Angleterre, qui vient de s'achever, a permis à la RAF d'empêcher l'invasion de l'île. Mais la victoire n'est pas vraiment définitive. La Luftwaffe reste puissante et ce sont des missions comme celle-ci qui contribuent à l'affaiblir...

Douglas Bader fait la grimace : sa situation est préoccupante. A la suite d'un engagement violent et confus avec des Messerschmitt, son escadrille s'est disloquée et il se retrouve seul, ce qui est une situation très dangereuse pour un pilote de chasse. Mais, bien sûr, pas question de renoncer. Il va continuer à patrouiller tant qu'il aura assez d'essence et il ne mettra le cap sur l'Angleterre qu'au tout dernier moment.

Soudain, il affiche un large sourire. Non, sa chance traditionnelle ne l'a pas abandonné : devant lui, six

Messerschmitt font route, groupés en trois paires. C'est une cible immanquable, il ne rentrera pas bredouille ! Pas un instant il ne songe qu'il va se battre à un contre six. Ce n'est pas cela qui peut lui faire peur. Il a vingt-trois victoires à son actif, en un an.

Il se place derrière la paire du milieu et ouvre le feu. L'un des deux avions laisse échapper une fumée noire, puis des gerbes de flammes, et tombe en vrille. Quant aux cinq autres, il faut croire qu'ils sont particulièrement distraits, car ils continuent ; ils n'ont rien vu ! C'est inespéré et Bader ne laisse pas passer une telle occasion. Il vise posément le deuxième appareil de la paire du milieu, qui explose d'un coup.

Mais cette fois, enfin, ses adversaires réagissent. Les deux Messerschmitt de droite décrochent, ils effectuent un virage très serré pour se placer derrière lui et leur manœuvre a été si rapide qu'il n'a pu l'empêcher. Le pilote anglais se sent perdu. Pas question de s'enfuir : le Messerschmitt va légèrement plus vite que le Spitfire. Aussi, il imagine une parade insensée pour leur échapper : se mettre entre les deux avions restants, qui continuent leur route, pour que les autres ne puissent pas tirer. Il s'engage délibérément entre eux et, brutalement, il ressent un choc inimaginable, comme si une force terrible avait attrapé son avion par l'arrière. Il constate que ses commandes ne répondent plus et commence à piquer vers le sol.

Il jette un regard derrière lui pour tenter de comprendre ce qui s'est passé et il reste pétrifié ! Derrière le cockpit, il n'y a plus rien : le fuselage, la queue, tout a disparu ! Il a dû heurter un des deux Messerschmitt et ils se sont brisés dans la collision. Ce qui reste de son Spitfire se met en vrille et tombe à toute allure vers la terre.

Bien entendu, le lieutenant-colonel Douglas Bader ne panique pas. Les gestes qu'il doit faire en pareil cas, il les a répétés mille fois. Il tire sur la petite poire de caoutchouc fixée au-dessus de sa tête : la vitre du cockpit s'en va d'un coup et un vent violent lui balaie le visage. A présent, il n'a plus qu'à déboucler sa ceinture, sauter et ouvrir son parachute.

Mais c'est alors que rien ne se passe comme prévu. Lorsqu'il tente de s'extraire, quelque chose le retient. Son pied droit est coincé dans l'habitacle endommagé et il est entraîné par les restes de son avion, qui tombe comme une pierre.

Pendant des instants interminables, il tire de toutes ses forces et la sangle qui retenait sa jambe cède enfin. Il n'a plus qu'à actionner l'anneau de son parachute et il se retrouve flottant dans les airs, alors que l'avant de son Spitfire continue sa route vers le sol. Tandis qu'il se balance mollement dans le ciel radieux, il a un sourire de triomphe. Pour la première fois, son infirmité lui aura servi à quelque chose ! Car, si sa jambe droite n'avait pas été artificielle, si ses attaches de cuir n'avaient pas rompu, il serait toujours prisonnier dans le cockpit et il serait mort.

Mais Douglas Bader retrouve toute sa concentration. Le sol se rapproche dangereusement. La partie est loin d'être gagnée, car son autre jambe aussi est artificielle et il n'est pas facile de se réceptionner au sol quand on est cul-de-jatte !

Il est au-dessus d'un champ... Si, au moins, il pouvait tomber sur la meule de foin qu'il voit là-bas, mais non, le vent le dirige vers une ferme. Il va droit vers une barrière. Il va s'empaler dessus. En ramant avec les bras, il parvient à l'éviter. Mais il va tomber sur sa jambe artificielle, qui va lui rentrer dans le corps. Il y a un choc, une douleur très violente, et il s'évanouit.

Douglas Bader, l'aviateur sans jambes, qui vient d'être abattu après vingt-cinq victoires, a toujours eu la vocation. Depuis sa naissance, trente ans plus tôt, il ne rêve que d'une chose : voler. Il passe très tôt son brevet de pilote et s'impose comme un des plus doués. En 1930, il entre dans la RAF comme sous-lieutenant. Il se spécialise dans les vols d'essai. En 1931, il a les deux jambes brisées dans un effroyable accident et il faut l'amputer.

Cela aurait dû être la fin de sa carrière, voire de son existence, s'il avait sombré dans la dépression, mais c'est là qu'il révèle des qualités morales extraordinaires. Grâce aux prothèses avec lesquelles on l'appareille, il parvient à marcher normalement, puis à conduire, puis à piloter. Il épouse l'infirmière qui l'a soigné et fonde un foyer. Mais, évidemment, il ne fait plus partie de la RAF, il doit abandonner tout espoir de ce côté.

Et puis, en 1939, c'est la guerre et, en raison de la pénurie de pilotes, il est réintégré. Il se couvre de gloire pendant la bataille d'Angleterre, qu'il termine chef d'escadrille. En 1941, quelques jours plus tôt, après sa vingt-troisième victoire homologuée, il vient d'être nommé lieutenant-colonel.

Douglas Bader reprend connaissance. Il est sur un brancard, dans une cour d'hôpital. Il y a des uniformes allemands autour de lui. Un homme en blouse blanche à petites lunettes se penche sur lui. C'est un médecin. Il soulève le drap qui le recouvre pour l'examiner, découvre le moignon et pousse une exclamation :

— Vous avez perdu votre jambe dans le combat !

Bader est très calme.

— Non, bien avant. Ma prothèse s'est détachée pendant que je me débattais pour sortir de l'avion.

— Vous vous êtes reçu sur une seule jambe. Cela a dû être très difficile.

— Assez...

— Voyons dans quel état elle est.

Le médecin allemand retrousse le pantalon et se redresse, tout pâle.

— C'était donc vrai !

— Vrai quoi ?

— L'histoire de l'aviateur anglais sans jambes. Je croyais que c'était une légende !...

De toutes parts, on s'attroupe près du brancard. Le Britannique garde tout son flegme.

— Pouvez-vous me dire où je me trouve ?

— A l'hôpital de Saint-Omer.

— J'aimerais vous demander une faveur.

— Si elle est en mon pouvoir, je vous l'accorde.

— Faites fouiller dans mon avion, mon autre prothèse s'y trouve. J'aimerais la récupérer.

— Ce sera fait...

Et Douglas Bader est emmené dans la partie de l'hôpital de Saint-Omer transformée en prison militaire. Il se retrouve dans une chambre à quatre lits où il y a trois autres aviateurs, deux Anglais et un Polonais de la RAF. Il n'a pas besoin de dire qui il est. Sa réputation l'a précédé. La nouvelle s'est répandue dans l'établissement comme une traînée de poudre. A peine a-t-il fait leur connaissance qu'il leur pose la seule question qui l'intéresse.

— Comment faire pour s'évader ?

L'un des Anglais lui désigne la fenêtre, grande ouverte en cette chaude après-midi d'août.

— Par là, avec une corde. Il n'y a pas de sentinelle de ce côté-là, tandis qu'il en y a une à la porte. Mais le problème, ce sont les habits. Ils nous les confisquent et nous n'irons pas loin dans notre accoutrement.

Douglas Bader constate, en effet, que ses trois compagnons sont en chemise de nuit et, d'ailleurs, la porte s'ouvre pour laisser le passage à des infirmiers, qui viennent lui prendre son uniforme et lui donnent à la place le même vêtement qu'aux autres. Il n'insiste pas. De toute façon, il a connu une journée plutôt mouvementée. Il a besoin de se remettre de ses émotions et de reprendre des forces.

Le lendemain, un officier allemand vient lui apporter, conformément à la promesse qui lui avait été faite, sa jambe artificielle manquante. Elle est toute tordue. Il a une grimace de dépit en la découvrant.

— Elle est dans un triste état !

L'officier a un sourire.

— Pas autant que votre avion. C'est un vrai tas de ferraille ! Mais ne vous inquiétez pas, nous avons de bons spécialistes. Nous la ferons réparer.

Et il le quitte en emportant la prothèse sous son bras. Un peu plus tard, à l'heure du déjeuner, Douglas Bader a une autre bonne surprise. La jeune infirmière qui lui apporte son repas lui parle à voix basse en français. Constatant qu'il ne comprend pas, elle s'adresse au Polonais qui, lui, connaît sa langue. Lorsqu'elle est partie, celui-ci traduit.

— Elle s'appelle Lucille. Elle dit que la Résistance veut vous faire évader.

— Pourquoi moi et pas les autres ?

— Parce que vous êtes un héros. Elle m'a aussi demandé si vous étiez d'accord et j'ai répondu que oui...

L'évasion de Douglas Bader s'organise donc et il faut faire vite, car son internement à Saint-Omer n'est que provisoire. Dès que les prisonniers en traitement sont rétablis, ils sont en effet envoyés en Allemagne. Dans son cas, ses blessures sont superficielles et son séjour ne sera pas long. Heureusement, tout avance au mieux. Deux jours plus tard, les Allemands lui rendent sa prothèse magnifiquement réparée et Lucille lui glisse avec son déjeuner un billet en anglais : « Mon fils attendra devant la grande grille de l'hôpital chaque soir de minuit à deux heures. Il fumera des cigarettes. » C'est signé « J. Hiècque ».

Bader n'a pas une minute à perdre. Il doit régler au plus tôt les deux problèmes restants : les vêtements et la corde. Il commence par les vêtements. Il fait appeler le médecin-chef, celui-là même qui l'avait examiné sur son brancard.

— Voilà, j'ai un ennui. Chaque fois que je vais dans le couloir pour me rendre aux toilettes, tout le monde fixe mes prothèses qui dépassent de ma chemise de nuit. C'est très gênant.

— Je comprends, mais que puis-je faire ?

— Me rendre mes vêtements...

Le médecin fronce les sourcils. Il reste silencieux un instant, puis il se décide :

— En principe, c'est strictement interdit, mais, pour vous, je vais faire une exception.

Il se met à rire.

— Vous n'allez tout de même pas vous évader sans vos jambes !

Douglas Bader fait écho à son rire de bon cœur et, peu après, il se voit doté de vêtements civils. Reste la corde. Pour cela, il a recours à la méthode la plus éprouvée par les prisonniers de tous les pays et de tous les temps : les draps. Le soir, il s'empare de tous ceux de sa chambrée et les noue ensemble. Cela fait juste la hauteur qui le sépare du sol. Il n'a plus qu'à descendre à la force des bras. En bas, comme prévu, il n'y a pas le moindre garde. La grille de l'hôpital n'est pas fermée à clé. Il n'a qu'à la pousser. Dans la rue, il distingue le point rouge d'une cigarette. Il se dirige dans cette direction. Une voix française l'interpelle :

— Douglas ?

— Oui, c'est moi.

— Suivez-moi.

Après une longue marche dans les rues de Saint-Omer, en guettant les patrouilles, il se retrouve avec son guide dans une ferme à la sortie de l'agglomération. La famille Hiècque est là qui l'accueille : le père, la mère et un autre fils. Le père s'adresse à lui.

— Demain matin, nous vous ferons aller dans une autre ville. Pour l'instant, allez vous reposer.

Douglas Bader accepte volontiers. Les émotions l'ont épuisé ; de plus, la marche prolongée est un exercice très fatigant pour lui. Il ne tarde pas à sombrer dans un sommeil réparateur. Malheureusement, son réveil va être brutal et dramatique. Mme Hiècque fait irruption dans sa chambre.

— Les Boches, venez avec moi, vite !

Toute la ferme retentit de bruits de bottes, d'exclamations et d'ordres en allemand. Suivant son hôtesse, Bader se rend dans la cour en sortant par une porte sur l'arrière et va se réfugier dans la grange, se dissimulant de son mieux dans la paille.

Il était temps. Il ne tarde pas à entendre des pas. Ce sont de nouveau des interpellations et des ordres en langue germanique. Il ne voit rien, mais il perçoit des bruits dans la paille. Ceux-ci se rapprochent et il voit soudain une baïonnette passer à un doigt de sa tête. Cette fois, c'est trop dangereux, le prochain coup sera pour lui. Il se dresse comme un diable sortant d'une boîte. Le jeune soldat allemand qui était en train de fouiller la paille recule, effrayé. Mais, heureusement, il garde son sang-froid. Il ne tire pas, il appelle son officier et, l'instant d'après, Douglas Bader est repris. Il s'adresse aux Allemands, en leur désignant les Hiècque, qu'il voit emmener en même temps que lui :

— Ces gens-là n'étaient pas au courant de ma présence. Je me suis introduit dans leur cour sans qu'ils le sachent...

Ramené à l'hôpital, l'aviateur est privé de ses prothèses et de ses vêtements et étroitement surveillé, avant d'être envoyé en Allemagne. Et, à partir de là, sa captivité est celle de tous les prisonniers, qu'ils aient leurs jambes ou non, qu'ils soient des héros ou non. Il reste quatre ans enfermé dans une forteresse, avant d'être libéré par les Américains.

Passant par Paris, avant de regagner l'Angleterre, il y reçoit un triomphe. Là, il pose aux autorités une question qui lui tient particulièrement à cœur : que sont devenus les Hiècque ? Des recherches sont faites et la réponse ne tarde pas à lui être communiquée. Ils n'ont pas été fusillés, mais emmenés en camp de concentration. Ils viennent, eux aussi, de revenir d'Allemagne en très mauvaise santé, mais vivants.

Cette fois, Douglas Bader, le pilote sans jambes, pouvait retrouver son pays. La guerre était finie et il ne laissait derrière lui aucun regret.

LES NAUFRAGÉS DU MONT BLANC

Samedi 22 décembre 1956. Qui dirait, à Chamonix, que l'hiver vient de commencer ? Il fait un temps absolument superbe, avec un ciel d'un bleu intense, un soleil éclatant. Même la température est clémente, moins cinq degrés, et ces conditions exceptionnelles incitent tout naturellement les alpinistes à s'élancer sur la montagne qui domine la station, le mont Blanc.

Parmi eux, deux très jeunes gens, le Parisien Jean Vincendon et le Bruxellois François Henry. De bon matin, ils quittent leur hôtel de Chamonix, avec l'intention de passer le réveillon de Noël au sommet des Alpes.

Contrairement à ce qu'on pourrait penser, leur départ ne doit rien à la météo. Leur expédition n'est nullement improvisée, elle est même préparée de longue date. Et, contrairement à ce qu'on pourrait penser également, ce ne sont pas des novices. Ils sont, malgré leur jeune âge, remarquablement expérimentés et, de plus, très bien équipés.

Jean Vincendon, vingt-trois ans, étudiant à la faculté des sciences de Paris, est un ancien champion universitaire du 400 mètres plat. Depuis l'âge de dix-sept ans, ce citadin s'est pris de passion pour la montagne. Il a effectué plusieurs stages d'alpinisme et il suit les cours d'aspirant-guide à l'Ecole nationale d'alpinisme.

François Henry, vingt-deux ans, est belge. C'est un colosse de 1,91 mètre, ce qui ne lui fait pas négliger les choses de l'esprit : il étudie la géologie à l'université de Bruxelles. Tous deux se sont rencontrés et liés d'amitié quatre ans plus tôt à Chamonix, au cours d'un stage, et ils ont fait leurs premières courses ensemble dans l'Oisans. Ils se complètent remarquablement. Jean Vincendon, plus expérimenté, est premier de cordée ; François Henry, plus athlétique, porte le matériel. Ils se sont entraînés toute l'année en vue de leur actuelle tentative. C'est qu'ils ne comptent pas s'en tenir là : ils espèrent être sélectionnés pour une prochaine expédition dans l'Himalaya.

Ils ne sont pas seuls à s'élancer sur les pentes. En même temps qu'eux, sur le versant italien du mont Blanc, une cordée à deux également réunit le guide Walter Bonatti et Silvano Gheser, lieutenant de chasseurs alpins. Eux se sont décidés au dernier moment, en raison de la météo. Ils vont tenter la première hivernale du mont Blanc par l'itinéraire de la Poire, convaincus qu'ils ne trouveront pas avant longtemps des circonstances aussi favorables. Et ils ont les meilleures chances de réussir : Bonatti est l'un des tout premiers alpinistes mondiaux, le vainqueur du K2, prestigieux sommet himalayen.

Comme on le voit, il n'y a pas la moindre imprudence, la moindre légèreté dans tout cela. Bien sûr, les uns comme les autres savent que la montagne est imprévisible. Mais comment imagineraient-ils ce qui les attend là-haut, dans ce décor de carte postale immaculé et radieux ?

Lundi 24 décembre. Après quarante-huit heures d'escalade de part et d'autre de la montagne, les deux cordées se rencontrent au refuge de la Fourche, à 3 700 mètres. Il fait toujours un temps splendide, même si la température est brusquement tombée à moins vingt degrés. Pour Vincendon et Henry, c'est une immense surprise et une immense joie de rencontrer une légende comme Bonatti. Ils passent un réveillon qu'ils n'oublieront jamais. Ils n'ont pour tout festin que les provisions habituelles de montagne, mais qu'importe ! Ils vivent la plus belle soirée de leur vie. Les deux jeunes gens multiplient les questions :

— C'est comment, le K2 ? Qu'est-ce que vous avez éprouvé au sommet ?

Ils écoutent les réponses de leur illustre aîné, puis ils parlent de leurs projets, et le guide italien, en connaisseur qu'il est, les encourage :

— C'est bien. Vous n'avez qu'à continuer comme cela et vous réussirez...

Au matin, toujours sous un soleil éclatant, les deux cordées se séparent. C'est le 25 décembre et ils se quittent en se souhaitant bon Noël. Tout se passe admirablement pour les uns comme pour les autres. Vincendon et Henry ont vécu un réveillon de rêve. La descente vers Chamonix ne présente aucun problème et, en continuant de la sorte, ils seront dans la station avant la fin de la journée. Bonatti et Gheser sont tout près du sommet : ils tiennent leur première hivernale.

Et puis, brutalement, inexplicablement, car les prévisions n'avaient rien annoncé de tel, les conditions climatiques se dégradent. Le ciel se couvre, le vent se lève et la neige se met à tomber. La température ne baisse pas, mais, évidemment, tout est changé. Car si un froid de moins vingt degrés est tout à fait supportable sous le soleil, dans la bourrasque il devient extrêmement éprouvant.

Du coup, les quatre hommes, qui étaient restés à portée de vue, se rapprochent et continuent à avancer ensemble, tant pour le moral que pour s'entraider en cas de problème. Ils progressent ainsi au prix de mille difficultés et, à la tombée du jour, ils s'arrêtent pour bivouaquer ensemble.

Mardi 26 décembre. A Chamonix, pour la première fois, on commence à s'inquiéter. Vincendon et Henry devaient rentrer le 25. Ils n'ont qu'un jour de retard, mais, vu le temps, leurs amis se font du souci. Car les conditions climatiques se sont encore dégradées : ce n'est plus de bourrasque, c'est de tempête qu'il faut parler. Et si, comme on peut le craindre, ils sont au-dessus de 4 000 mètres, ils doivent se trouver confrontés à des conditions extrêmes, notamment à une température de moins trente degrés.

Un de leurs proches, Claude Dufourmantel, dépose dans l'après-midi un procès-verbal de disparition auprès de la gendarmerie de Chamonix. Après quoi, il fait une demande de cordée de secours auprès de la compagnie des guides de Chamonix. Mais il se heurte à un refus. A Noël, les guides sont en famille ou occupés avec la nombreuse clientèle des vacanciers et puis, officiellement, il n'y a pour l'instant rien de grave. Il s'entend répliquer :

— Vous n'avez qu'à y aller vous-même !

Il ne lui reste plus qu'à repartir, avec cette question en tête, qui n'a pas fini de le hanter : où sont Vincendon et Henry ?

Où sont-ils ? Les intéressés ne sauraient le dire eux-mêmes, car le drame vient de se nouer... Au matin, ils ont quitté leur bivouac, en compagnie de Bonatti et Gheser. Devant l'aggravation des conditions météo, ils ont décidé de ne pas se quitter et de former une cordée de quatre. Leur objectif est de retourner à Chamonix. Plus question, pour les Italiens, de première hivernale.

Bien entendu, c'est Walter Bonatti qui prend la tête de cette cordée improvisée. Mais, après environ une heure de marche, il arrête tout le monde.

— Les conditions sont trop mauvaises pour descendre à Chamonix. Il faut passer par le versant italien...

Ses compagnons ne discutent pas. Ils savent que son expérience des Alpes est sans pareille. Mais cela leur impose à tous un effort supplémentaire. Il faut remonter, passer tout près du sommet et la tempête se déchaîne de plus belle. A 15 h 40, ils sont à 4 450 mètres. Entre deux nuages, la cime du mont Blanc se profile, toute proche, mais Vincendon et

Henry n'en peuvent plus, ils se traînent. Bonatti s'adresse à eux :

— Il faut aller plus vite. Faisons deux cordées.

Les jeunes gens ne protestent pas. C'est l'usage en montagne. Ils laissent partir les Italiens devant eux. Bonatti leur adresse un signe de la main.

— Rendez-vous au refuge Vallot !

— On vous suit. A tout à l'heure...

Mais Vincendon et Henry ne suivent pas Bonatti et Gheser. Malgré toute la fougue de leur jeunesse et l'entraînement qu'ils ont accumulé, ils ne sont pas de la classe d'un alpiniste himalayen et d'un lieutenant de chasseurs alpins. Ils se laissent distancer, bientôt ils les perdent de vue.

Un peu plus tard, Bonatti et Gheser parviennent, exténués mais sains et saufs, au refuge Vallot. Ils attendent que leurs compagnons les rejoignent, mais ceux-ci n'arrivent pas. La nuit tombe. Il faut se rendre à l'évidence : Vincendon et Henry sont perdus quelque part, non loin du sommet du mont Blanc.

Walter Bonatti et Silvano Gheser se sortiront vivants de l'aventure. Ils parviendront à regagner Courmayeur, en Italie, le dimanche suivant, après quatre jours d'efforts inhumains et après avoir risqué cent fois leur vie. D'ailleurs, Gheser n'arrivera pas indemne. Tombé dans une crevasse, il aura les deux pieds gelés. C'est dire la brutalité du changement de temps, c'est dire la fatalité qui s'est abattue sur les quatre alpinistes. On est passé de conditions idylliques à l'une des pires tempêtes qu'ait connues la région.

Jeudi 27 décembre. A Chamonix, on a pris conscience de la gravité de la situation. C'est la mobilisation générale et, dès le début, des moyens considérables sont mis en œuvre pour sauver les deux alpinistes.

Pour la première fois, on peut les repérer. Le temps s'est dégagé et Marcel Simond, responsable du téléphérique de Planpraz, aperçoit dans son télescope deux formes humaines à cent mètres du sommet du mont Blanc. L'un est debout, l'autre est assis dans une petite crevasse et semble en difficulté. Il alerte la gendarmerie qui à son tour prévient l'hélicoptère qui vient d'arriver du Bourget. Il s'agit d'un appareil Sikorsky S 55, un modèle tout à fait capable de recueillir à son bord les deux hommes.

Malheureusement, comme si la météo s'acharnait à tout faire échouer, dès qu'il décolle, le temps se couvre. Il ne peut voler sans visibilité et il est obligé de faire demi-tour. Tout ce qu'il aperçoit, c'est la cordée de Claude Dufourmantel. Car celui-ci a pris à la lettre ce qu'on lui avait dit : il y est allé lui-même ! Il a trouvé deux courageux volontaires et ils sont partis, dans des conditions épouvantables, avec de la neige jusqu'à la poitrine.

D'autres personnes viennent d'arriver à Chamonix, les parents de Vincendon et d'Henry. Ils se montrent les cartes postales qu'ils ont reçues de leurs fils. Elles sont brèves, une seule phrase, mais pleines d'optimisme : « Nous attaquons en très grande forme. François », « On espère très fort. Jean ». Alors, eux aussi veulent garder l'espoir et eux aussi veulent être optimistes, mais c'est pour eux une terrible attente qui commence.

Vendredi 28 décembre. La journée s'ouvre par un moment d'angoisse. Marcel Simond, qui observe toujours les deux jeunes gens au télescope, les voit se remettre en marche au matin. Ils sont visiblement épuisés, ils s'arrêtent sans cesse pour des pauses interminables, mais ce n'est pas le plus grave. Ils doivent être complètement désorientés, car ils sont en train de se diriger vers la corniche qui surplombe la Combe Maudite. Or ce chemin est très instable et, s'ils l'empruntent, ils sont perdus. Il faut absolument les prévenir, il faut qu'ils changent de direction !

Le président des guides de Saint-Gervais, localité proche de Chamonix, décide d'intervenir. Il monte à bord du Sikorsky qui doit leur remettre des colis de secours, en attendant le sauvetage proprement dit. Pendant le vol, il dessine sur une feuille de papier l'itinéraire qu'ils doivent suivre. Il faut qu'ils remontent et se dirigent vers le Grand Plateau, un endroit plat où on pourra les secourir. Bientôt l'appareil survole les deux hommes. Pour une fois, le temps est clair et il peut les voir distinctement. Henry agite vigoureusement les bras dans sa direction, mais Vincendon, qui semble beaucoup plus mal en point, ne réagit pas. Des vivres, des couvertures leur sont largués, ainsi que le message.

Le président revient les survoler vers 16 h 30, à la tombée du jour, et il constate qu'ils ont rebroussé chemin, ils remontent vers le Grand Plateau. Il est doublement satisfait. D'abord, ils ne tomberont pas dans le piège mortel de la Combe Maudite. Ensuite, cela prouve qu'ils ont lu son message et qu'ils l'ont compris. Ils sont encore conscients et capables de réagir. Tous les espoirs sont permis.

Au même moment, un conseil de guerre se tient à Chamonix. Le commandant de la base du Bourget vient d'envoyer un nouvel hélicoptère deux fois plus puissant que le premier, un Sikorsky S 58 à deux moteurs. C'est le matériel le plus performant dont dispose l'armée française.

Il est décidé que, si le temps est favorable, le sauvetage aura lieu le lendemain. Le S 58 ne récupérera pas directement Vincendon et Henry, mais il transportera une caravane de secours au sommet du dôme du Goûter. Les alpinistes se porteront à ski à la rencontre des naufragés et les amèneront au dôme où l'hélicoptère les prendra...

Dans l'ensemble, cette journée du 28 s'est montrée favorable. Mais elle se termine, pourtant, sur une note pénible. Au soir, la cordée Dufourmantel arrive à Chamonix. Les trois hommes ont échoué. La mort dans l'âme, ils ont fait demi-tour. Les conditions étaient trop difficiles, poursuivre aurait été un suicide.

Samedi 29 décembre. Théoriquement, ce devrait être le grand jour, celui du sauvetage de Vincendon et Henry, mais il n'en sera rien, encore une fois en raison de ce qui constitue, depuis le début, le pire ennemi des deux hommes : la météo. L'équipage et les alpinistes sont à pied d'œuvre auprès du Sikorsky, mais il n'est pas question de décoller. Le temps est complètement bouché, le vent souffle en rafales, la neige tombe en abondance.

Dans l'après-midi, une brève éclaircie permet de faire partir l'hélicoptère, qui parvient jusqu'aux naufragés. Et c'est pour découvrir avec soulagement qu'ils ont fait ce qu'on leur avait dit. Ils ont réussi ; ils sont sur le Grand Plateau, là où on pourra les sauver. On leur largue du thé chaud, des vivres, des couvertures et une tente. Le tout tombe à leurs pieds. Il n'en reste pas moins que, maintenant, le temps presse. Cela fait une nuit de plus qu'ils vont devoir passer par moins trente. Et si, demain, on ne peut toujours pas les secourir, alors le pire sera à craindre !

Dimanche 30 décembre. C'est la catastrophe : le temps est toujours aussi mauvais, il est impossible de faire partir le Sikorsky. Un petit avion peut tout de même décoller et il parvient au-dessus des naufragés. C'est malheureusement pour rapporter de très mauvaises nouvelles. Ils sont au même endroit que la veille et les colis qu'on leur a largués aussi. Ils n'ont pas eu la force d'aller les chercher. Sont-ils morts ? Pour la première fois, on peut se poser la question.

A Chamonix, c'est l'inaction forcée et c'est aussi le début de la polémique. Un nouvel acteur vient en effet d'entrer en scène, Lionel Terray. C'est un des plus prestigieux alpinistes de la planète, vainqueur de l'Anapurna et de beaucoup d'autres sommets, et il ne se gêne pas pour dire ce qu'il pense. Il s'en prend aux secours aériens :

— L'hélicoptère est un instrument merveilleux quand il peut voler. Quand il fait mauvais, il n'y a qu'une seule méthode, celle de toujours, la caravane de secours, qui a de tout temps permis de ramener vivants les alpinistes blessés ou égarés. Même si ce que Vincendon et Henry ont fait est stupide, ils l'ont fait. Même s'il n'est pas certain qu'ils soient encore en vie, on sait où ils sont. Il faut donc essayer de les sauver à tout prix. J'estime à soixante pour cent les chances de les ramener vivants, mais il n'y a pas une minute à perdre.

Lionel Terray tente donc d'organiser son équipe et lance un appel aux guides. Et, là, il se heurte à un refus. Certains s'expriment avec modération et une certaine gêne :

— Qu'on se mette à notre place. Nous avons tout fait pour décourager les jeunes gens de partir et pour leur présenter les dangers de leur folle tentative. Ils ont le droit de faire ce qu'ils ont fait. Nous les admirons, mais nous n'avons pas d'obligation envers eux.

Mais d'autres ne s'embarrassent pas de formules et disent leur point de vue plus crûment :

— Si Vincendon et Henry étaient partis avec un guide, il n'y a pas de doute que tous les autres guides auraient été volontaires pour leur porter secours dans un réflexe de solidarité bien légitime. Mais ils sont partis seuls, comme on dit à leurs risques et périls.

Alors, en l'absence des guides, Lionel Terray fait appel aux volontaires. Et, cette fois, il n'a pas à attendre : en deux heures sa cordée est formée. Elle réunit quatre jeunes alpinistes, amis de Vincendon et Henry, encore une fois autour de Claude Dufourmantel. Terray rassemble le matériel nécessaire et se fait déposer par la benne du téléphérique de l'aiguille du Midi à 2 350 mètres d'altitude. De là, il espère retrouver Vincendon et Henry le lendemain lundi, dans l'après-midi.

Lundi 31 décembre. De l'avis général, ce dernier jour de l'année 1956 va être décisif pour les naufragés du mont Blanc. Il faut prendre tous les risques pour les sauver, sinon ils sont perdus.

A midi, le ciel se dégage un peu. Ce n'est qu'un semblant d'éclaircie, mais le commandant Legal, qui dirige l'opération, n'hésite pas : il envoie le S 58 sur les lieux du drame. Quatre personnes se trouvent dans l'appareil : aux commandes, l'adjudant Blanc, à ses côtés, le commandant Santini et les deux sauveteurs, les guides Bonnet et Germain.

A 12 h 45, le Sikorsky arrive au-dessus du Grand Plateau. Les deux hommes sont là, couchés sur le côté, dans une sorte d'igloo. L'un d'eux les aperçoit et fait un signe de la main, l'autre ne bouge pas. Est-il mort ?

L'hélicoptère descend encore pour mieux les voir. Tout indique l'état d'extrême épuisement des naufragés. Les traces laissées dans la neige montrent qu'ils se sont traînés à quatre pattes. Ils se sont enroulés dans leur tente, qu'ils n'ont pas eu la force de monter. Autour d'eux sont éparpillés les colis qu'on leur a largués et qu'ils n'ont pas eu non plus la force de récupérer, bien qu'ils soient à quelques mètres.

Le Sikorsky est juste au-dessus d'eux. Depuis la carlingue on peut voir distinctement leurs visages. Le vent souffle terriblement fort, l'appareil est difficile à manier, toutes ses tôles vibrent, les pales ont du mal à le maintenir dans l'air raréfié de l'altitude et c'est alors que se produit la catastrophe. Un coup de vent plus violent que les autres plaque l'hélicoptère au sol. Il s'écrase, part en glissade et s'immobilise sur le côté gauche, à quinze mètres de Vincendon et Henry.

Quelques instants s'écoulent et ses quatre occupants s'extraient péniblement de la carcasse. Aucun d'eux n'est blessé, mais tous sont commotionnés par le choc.

Ils restent un moment immobiles dans la neige, puis ils se mettent en marche vers les deux naufragés, avec les plus grandes difficultés, car on enfonce jusqu'à mi-cuisse.

Enfin, ils sont devant eux. Henry parvient à se mettre debout. Il regarde, hébété, ces sauveteurs qui ne sont plus des sauveteurs et la grande carcasse du Sikorsky affalée dans la neige. Il murmure :

— Quelle émotion, quelle illusion, quelle déception ! Je nous voyais déjà à l'hôpital de Chamonix.

Et puis, il trouve la force de s'intéresser à leurs compagnons rencontrés quelques jours plus tôt.

— Et Bonatti ?

Le guide Germain lui répond :

— Sauvé, mais Gheser a les pieds gelés.

Henry hoche la tête.

— Le pauvre !...

Les deux guides s'approchent alors de Vincendon, qui est toujours recroquevillé par terre. Il est vivant, mais il semble avoir atteint l'extrême limite de sa résistance. Il a l'air d'un fantôme dans son anorak, son visage, boursouflé par le gel, n'a presque plus de traits. Il réunit ce qui lui reste de forces, pour déclarer :

— Sans Henry, je serais mort.

L'un des arrivants prend alors des photos. On y voit Vincendon enfoncé dans la neige, presque jusqu'à la ceinture, le visage baissé, les bras pendants. Henry est debout à ses côtés. Il sourit, d'un triste sourire contraint, s'efforçant de cacher l'abominable déception qui est la sienne. Lui n'est pas défiguré par le gel. Il a l'air jeune, si jeune...

Qui a pris ces photos, qui seront bientôt publiées par *Paris-Match*, puis dans toute la presse mondiale ? Ce n'est pas le guide Germain, qui figure sur l'une d'elles, c'est l'un des trois autres occupants de l'hélicoptère. Lequel ? On ne le saura jamais. Cela restera un mystère, le sinistre secret de cette histoire...

Jusqu'à présent l'aventure des naufragés du mont Blanc avait été dramatique, mais c'est maintenant qu'elle va atteindre toute son intensité dans la tragédie. Les deux guides se concertent. Ils ont quatre personnes à sauver : Vincendon, Henry, l'adjudant Blanc et le commandant Santini. Car ces deux derniers sont incapables de s'en sortir par eux-mêmes, ce ne sont pas des alpinistes, ce sont des aviateurs, qu'il va falloir prendre entièrement en charge.

Ensemble, les guides Bonnet et Germain ne peuvent sauver que deux hommes. Ils se trouvent donc confrontés à ce choix terrible : lesquels vont-ils emmener avec eux, lesquels vont-ils abandonner ?...

Ils sont tout de suite d'accord : Vincendon et Henry sont trop atteints, ils n'ont qu'une chance minime d'arriver vivants à Chamonix, alors que l'adjudant Blanc et le commandant Santini se sont sortis indemnes de l'accident. Ils ont encore toutes leurs forces. Ce sont eux qu'il faut sauver.

Alors, le guide Bonnet s'approche de Vincendon et d'Henry.

— Nous allons devoir vous laisser là. Nous allons conduire les aviateurs jusqu'au dôme du Goûter. De là, on les évacuera vers Chamonix et un nouvel hélicoptère viendra vous chercher.

Vincendon ne réplique rien. Henry a un hochement de tête.

— Je comprends. Merci et pardon...

Avant de partir, les quatre anciens occupants de l'hélicoptère installent Vincendon et Henry dans l'épave. Ils les recouvrent de plusieurs duvets, mettent des vivres et des médicaments à portée d'eux. Après quoi, ils s'en vont...

La cordée des quatre hommes s'éloigne. Elle n'a pas fait vingt mètres que l'adjudant Blanc, qui n'a aucune expérience de la montagne, s'écroule dans une crevasse et se blesse gravement à la tête. On ne le sort que par miracle et c'est quasi inconscient qu'il doit poursuivre sa route.

Quatre alpinistes les rejoignent. Ils ont été déposés par l'autre hélicoptère, le plus petit, au dôme du Goûter, en vue de leur prêter main forte. Mais rien n'est possible. Il est trop tard pour tenter le sauvetage de Vincendon et Henry. Ils rebroussent chemin et les huit hommes tentent de gagner ensemble le refuge Vallot.

Ils y parviennent dans un état d'extrême épuisement. C'est un refuge qui n'en est pas un, une baraque en aluminium autour d'un poêle vieillot, où il fait moins quinze, où il est impossible de dégeler les aliments et qui attire la foudre comme un paratonnerre. Ils ne pourront tenir longtemps dans de pareilles conditions. De plus, l'état de l'adjudant Blanc est critique : les sauveteurs sont devenus des naufragés...

Pendant ce temps, dans un vent qui souffle à 135 kilomètres-heure, la cordée de Lionel Terray poursuit sa progression. Mais c'est alors qu'un malentendu stupide va mettre un comble à la tragédie. Un avion a été envoyé pour repérer la position des alpinistes. Le pilote est au courant de l'accident. Au moment où il les survole, il coupe son moteur et leur crie :

— Ils sont tombés !

Croyant qu'il s'agit de Vincendon et Henry et non de l'hélicoptère, Lionel Terray fait demi-tour et il gagne le refuge le plus proche. Là, il apprend la vérité. Mais il ne pourra repartir que le lendemain et, à ce moment, les conditions seront tellement mauvaises qu'il sera obligé de renoncer définitivement.

Ainsi s'est terminé ce terrible 31 décembre 1956, qui restera comme la journée la plus noire de l'alpinisme français.

Mardi 1er janvier 1957. Il n'y a aucune amélioration de la météo. La tempête fait rage, le vent souffle à 100 kilomètres-heure. Deux Alouette, tout nouveau modèle d'hélicoptère léger, se posent sur la patinoire de Chamonix. Elles vont essayer de réussir là où le Sikorsky a échoué. Leur mission ne sera pas de se poser, mais d'hélitreuiller les victimes.

Lionel Terray redescend à Chamonix et, avec son

arrivée, la polémique bat de nouveau son plein : mise en accusation de l'organisation des secours, mise en accusation des guides de la station...

Chamonix regorge de journalistes et toutes sortes de gens s'expriment devant eux, des aventuriers, des illuminés, des gens en quête de publicité. Chacun a sa solution miracle pour sauver Vincendon et Henry et chacun l'explique longuement en posant complaisamment devant les photographes.

Et, dans tout ce remue-ménage, deux couples errent en silence, repliés sur leur chagrin. Ce sont les parents de Vincendon et d'Henry. Ils entendent dire que leurs fils sont des inconscients, des fous, des écervelés qui ont mis la vie de dizaines de personnes en danger. Mais ce n'est pas vrai, Vincendon et Henry ne sont pas des inconscients. Ils ont seulement été les victimes d'une terrible malchance. La meilleure preuve, c'est que des alpinistes du plus haut niveau comme Bonatti et Gheser sont tombés dans le même piège et ne s'en sont sortis que par miracle.

Jeudi 3 janvier 1957. Les deux Alouette sauvent les rescapés du refuge Vallot. Tous les huit sont sains et saufs et l'adjudant Blanc s'en sortira lui aussi. Mais rien n'est tenté et ne sera plus tenté pour Vincendon et Henry.

Mercredi 20 mars 1957, 6 heures du matin. Une cordée parvient sur le Grand Plateau. En ce premier jour du printemps, les responsables des opérations en montagne ont décidé de récupérer les corps des deux naufragés du mont Blanc. Le guide Germain, qui faisait partie de l'expédition, a décrit ainsi le tragique moment de la découverte : « Seule une roue du Sikorsky émerge. L'appareil est comme nous l'avons laissé le 31 décembre, à demi couché sur le flanc. La carlingue est recouverte d'un bon mètre de neige. Nous commençons par creuser par le haut et nous pouvons ouvrir un des hublots. Pour l'autre, il faut casser la vitre et les montants de la fenêtre. Nous trouvons Vincendon dans la position exacte où nous l'avons mis le 31 décembre. Il est toujours sur le dos dans son sac de couchage, seulement, il a sorti ses bras. Henry a tenté de sortir. Son buste était encore dans l'appareil, mais ses jambes étaient à l'extérieur. »

Pouvait-on sauver Vincendon et Henry ? Le guide Germain a répondu à cette question de la manière la plus formelle : « Non, c'était impossible. Ma conscience ne me reproche rien. »

Sans doute, très vraisemblablement même, est-ce la vérité. Sans doute lui et son collègue Bonnet ne pouvaient-ils rien pour eux et ont-ils pris la bonne décision en choisissant de partir avec l'adjudant Blanc et le commandant Santini. Il n'en reste pas moins qu'un malaise demeure...

Bien des accidents, bien des catastrophes ont été infiniment plus meurtriers que ce drame, même s'agissant de la montagne, et ce livre est là pour en témoigner. Mais si l'histoire de Vincendon et Henry a tant frappé les contemporains, c'est que, dans leur cas, il s'est produit un fait presque unique : on est arrivé à aller jusqu'à eux, mais pas à les sauver.

On les a rejoints, dans leur prison de neige et de glace, on leur a parlé, on les a touchés et on est reparti, on les a laissés là. Pire, on les a photographiés ! On ne les a pas ramenés, on n'a rapporté que leurs photos.

Vincendon et Henry n'ont pas été sauvés, ils ont été seulement photographiés et, aujourd'hui encore, malgré le temps écoulé, cela ne passe toujours pas.

PIERROT LE FOU

Paris, 22 juin 1944. La nuit est tombée. Une traction avant noire descend à cent vingt à l'heure l'avenue d'Orléans, qui ne s'appelle pas encore — et pour cause — l'avenue du Général-Leclerc. Le conducteur a un chapeau mou enfoncé sur le crâne et un des hommes à ses côtés lui passe une cigarette allumée dès qu'il a fini la sienne. Il a pour nom Pierre Loutrel, mais chacun l'appelle Pierrot le Fou, tout simplement parce qu'il a la gâchette facile. Il a été avant guerre un des caïds du milieu et, à la défaite, comme beaucoup de ses semblables, il s'est mis au service de l'occupant. C'est ainsi qu'il dirige la Gestapo de l'avenue Foch, dont la réputation n'est plus à faire.

Derrière lui, affalé au fond de la voiture, sous les pieds de deux complices armés, un homme gémit. Il a les doigts brisés, le crâne ouvert, le visage défiguré à coups de crosse. Il s'appelle Ricordeau et il sait qu'il va mourir.

L'inspecteur Ricordeau, à l'inverse de la plupart de ses collègues policiers, ne s'est pas mis docilement au service du gouvernement de Vichy et de ses représentants. Il a pris dès que possible contact avec la Résistance et, vu ses fonctions, a été vite chargé de missions importantes. La plus périlleuse lui a été confiée il y a un an : identifier les collaborateurs français de la Gestapo de l'avenue Foch.

Pour cela, Ricordeau a fréquenté, sous prétexte d'enquêtes dans le cadre de ses fonctions, les cabarets où se réunissaient les agents ennemis. Il a vite repéré l'homme idoine : un certain Launay, aventurier sans grande cervelle, entré dans la police allemande par appât du gain. Lui, c'était l'argent facile qui l'attirait et il n'avait pas la moindre sympathie pour les thèses nazies. Il était passablement lâche aussi et, bien que pas très malin, il se rendait compte, en ces premiers mois de 1944, que le vent risquait de très mal tourner.

Ricordeau a noué des relations amicales avec lui et, à l'annonce du débarquement allié, le 6 juin, il a vu arriver Launay complètement paniqué.

— Cette fois, c'est foutu ! J'ai joué la mauvaise carte.

— Je le crains, en effet. On n'arrêtera plus les Américains, les Anglais et les gaullistes. Dans moins de trois mois, ils seront à Paris.

— Cela n'a pas l'air de te faire peur...

— C'est que je me suis montré plus malin que toi. J'ai des amis des deux côtés. Toi, tu as joué la mauvaise carte, moi, j'ai deux cartes et je vais sortir la seconde.

Du coup, Launay s'est accroché à lui comme à son sauveur.

— Qu'est-ce que tu veux ? De l'argent ? J'en ai beaucoup. Chaque fois que je fais une arrestation, je rafle tout ce que je peux. J'ai un vrai trésor de guerre.

— L'argent ne m'intéresse pas.

— Quoi alors ?

— La bande de l'avenue Foch : voilà ce que je veux ! Avec leurs noms et tout.

— Mais je vais y laisser ma peau !

— Pas du tout. Tu te mets au vert et, en août ou en septembre au plus tard, tu rentres à Paris. Tes petits amis d'aujourd'hui auront déjà douze balles dans la peau. Toi, je ne te dis pas qu'on te donnera la médaille, mais avec mon témoignage, tu auras l'indulgence du jury. Je te garantis deux ans, pas plus, peut-être le sursis.

Launay a tenu parole. Une semaine plus tard, l'inspecteur Ricordeau avait les vingt fiches du groupe de l'avenue Foch et leurs photos, Pierrot le Fou en tête. Par la filière convenue, il les a fait transmettre à Londres. C'était un véritable exploit, un des plus beaux coups de la Résistance parisienne ! Seulement, il avait oublié deux traits de caractère de Launay : sa bêtise et sa lâcheté. Les autres se sont rendu compte que leur fichier avait été ouvert et ils ont tout de suite deviné le responsable : Launay. Comme ce dernier avait tardé à s'enfuir, ils lui ont mis la main dessus. Ils n'ont même pas eu besoin de le torturer pour le faire avouer. Il a parlé tout de suite. Ils l'ont abattu dans les locaux mêmes de l'avenue Foch.

Et ils n'ont pas perdu de temps ! A midi, l'inspecteur Ricordeau était en train de déjeuner dans un restaurant de Montparnasse, lorsqu'une serveuse affolée est arrivée vers lui :

— Inspecteur, on cambriole la bijouterie en face !

Il est sorti aussitôt. Dans la boutique, un homme masqué menaçait les commerçants. Il a braqué son revolver :

— Haut les mains ! Police française !

L'homme, curieusement, n'a pas réagi. Il ne s'est même pas retourné. Ricordeau a alors senti un contact métallique dans son dos, tandis qu'éclatait une voix sinistre :

— Police allemande !...

C'était lui, c'était Pierre Loutrel, Pierrot le Fou. Derrière, il y avait d'autres hommes, avec des feutres mous. Il s'agissait d'un guet-apens... Loutrel a souri.

— C'est gentil d'être venu, Ricordeau. On voulait te donner des nouvelles de ton ami Launay, car lui, il n'est plus en état de le faire, le pauvre...

Ricordeau a laissé tomber son revolver et Pierrot le Fou s'est adressé à ses hommes :

— Assaisonnez-le un peu, vous autres !

C'est ainsi que l'inspecteur Ricordeau, la main broyée et le visage en sang, s'est retrouvé dans la traction avant noire qui attendait dehors. Pierre Loutrel a pris le volant en annonçant :

— Direction avenue Foch...

Telles sont les images qui repassent dans la tête horriblement douloureuse de l'inspecteur. Mais c'est alors qu'une pensée lui vient. L'avenue d'Orléans, c'est la direction de la banlieue sud. On sort de Paris... Il se relève péniblement du plancher de la voiture et prononce avec difficulté :

— Mais on ne va pas avenue Foch !

Pour toute réponse, un des passagers de la banquette arrière prend son revolver et fait feu deux fois. Le policier ressent deux fulgurantes brûlures dans le corps. Il fait le mort. Il a compris. Ils le conduisent au bois de Clamart où la Gestapo française a l'habitude de faire ses exécutions. Ils ne vont même pas le torturer. C'est le dernier voyage.

Mais l'inspecteur Ricordeau n'est pourtant pas mort. Il se force à rester immobile, malgré l'abominable souffrance qu'il ressent. Tant qu'il y a de la vie, il y a de l'espoir, se dit-il, même si ce qui lui reste de vie est pratiquement égal à rien... Les pavés mal joints de l'avenue de Châtillon, qui mène au bois de Clamart, manquent de lui arracher des cris de douleur, mais il tient bon.

Soudain, la voiture freine, puis s'arrête. Il comprend que c'est un feu rouge. Pourquoi Pierrot le Fou respecte-t-il le code de la route ? Il aurait pu continuer. La Gestapo a tous les droits. Sans doute est-il un peu lassé de conduire à toute vitesse et s'accorde-t-il un instant de repos. En tout cas, c'est l'instant ou jamais !

L'inspecteur se précipite sur la portière, qui n'était pas fermée à clé, et s'élance dehors.

C'est une tentative absurde, qui n'a aucune chance, mais l'instinct de vie est le plus fort... Le voilà qui court ou plutôt qui titube dans l'avenue de Châtillon. Un homme sort et lui tire dans le dos. Il s'effondre d'un bloc en hurlant. Il crie tellement fort que la balle du coup de grâce, entrée derrière l'oreille droite, sort par la bouche sans casser une seule dent. Le gestapiste se penche sur lui, déclare :

— Il a son compte !

Et il remonte dans la voiture, qui fait demi-tour...

Ramassé peu après par des collègues, l'inspecteur est conduit à l'hôpital de la police, boulevard Saint-Marcel. Et, aussi inimaginable que cela paraisse, il reprend conscience sur son lit, juste avant l'opération. Contrairement à ce qu'avait pensé son bourreau, il n'a pas son compte. La balle tirée sous l'oreille n'a pas atteint le cerveau, elle est passée par en dessous, vers la mâchoire. Et les trois autres balles qu'il a reçues dans le corps ont provoqué des blessures graves, mais non mortelles.

Il est pourtant loin d'être tiré d'affaire... Le lobe intérieur du foie a éclaté ; après l'opération, il faut lui poser douze drains et le chirurgien est persuadé qu'il est perdu. Mais l'inspecteur Ricordeau ne meurt pas. Deux mois exactement après, le 25 août 1944, Paris est libéré et le héros qu'il est officiellement désormais se rétablit.

Il passe sa convalescence chez sa mère, à Nantes. Il a maigri de vingt-deux kilos, il marche courbé en deux, mais il a toute sa tête et c'est lui qui est chargé de coordonner les informations sur Pierrot le Fou, qu'il connaît mieux que quiconque.

Il faut dire que l'affaire est capitale. Pierrot le Fou, qui n'a pas été pris et qui n'a pas fui en Amérique du Sud comme tant de ses semblables, est resté en France où il multiplie les agressions. Il devient même l'ennemi public numéro un, jusqu'à ce que, soudain, fin 1948, on n'entende plus parler de lui.

Alors, aurait-il trouvé refuge à l'étranger comme les autres, estimant que son butin était suffisant ? On envoie des demandes de recherche par Interpol dans plusieurs pays. Mais c'est l'inspecteur Ricordeau qui, depuis sa retraite nantaise, va découvrir la vérité. Il apprend qu'on a arrêté un certain Courtois. Or il était un intime de Loutrel. Si quelqu'un sait quelque chose, c'est lui. Il faut l'interroger sans relâche !

Et Ricordeau ne se trompait pas : Courtois finit par avouer. Pierrot le Fou est mort. Il a été blessé le 2 novembre 1948 dans l'attaque d'une bijouterie rue Boissière. Il est décédé cinq jours plus tard et a été enterré par Courtois et ses autres lieutenants dans l'île de Limay, près de Mantes.

Pour la circonstance, l'inspecteur Ricordeau quitte Nantes et c'est à lui que revient l'honneur de reconnaître le corps de l'ennemi public numéro un et son ennemi personnel, qui n'a pas eu sa peau par un véritable miracle.

On creuse à l'endroit désigné. On exhume un corps. L'inspecteur se penche. C'est bien celui qui conduisait la traction avant noire à cent vingt à l'heure, avec un chapeau mou sur la tête et une cigarette au bec. L'affaire Pierrot le Fou est terminée. Une des plus sinistres figures du banditisme français du XXe siècle a cessé de nuire. Et l'inspecteur Ricordeau restera, lui, comme un des plus extraordinaires rescapés de la Résistance.

LE DÉMINEUR FANTÔME

Eté 1947. Raymond Larreture débarque en compagnie de sa fiancée, à Tunis, envoyé par la société d'installation d'enseignes au néon qui l'emploie. C'est une activité toute neuve à l'époque et les commandes ne devraient pas manquer. Malheureusement, une société concurrente les a précédés de peu et l'avance qu'elle a prise s'avère décisive. Il n'y a rien à faire. La société de Raymond lui demande de rentrer. Mais il refuse. C'est un entêté, Raymond, et puis il aime l'aventure. Il doit bien être capable de se débrouiller tout seul dans ce pays.

Mais rien ne se passe comme prévu. Il ne trouve pas de travail. Bientôt, sa fiancée et lui sont dans le dénuement le plus total. Couchant dans un hangar et mourant de faim, ils en sont à envisager le suicide, lorsque Raymond Larreture voit des affiches placardées aux murs de Tunis : « On embauche pour le déminage. » Il se doute que la tâche ne doit pas être de tout repos, mais comme c'est sa dernière planche de salut, il s'engage.

Ici, il faut faire une courte parenthèse historique. On s'est énormément battu en Tunisie, pendant la Seconde Guerre mondiale : les armées française, allemande, anglaise, américaine, italienne s'y sont affrontées et, début 1946, elles sont parties en laissant tout sur place. La Tunisie est peut-être alors le pays au monde où il y a le plus d'engins meurtriers au kilomètre carré.

L'Administration française — car la Tunisie est encore une colonie — a d'abord fait appel à des équipes privées de déminage, mais, devant le nombre de morts, celles-ci ont renoncé. L'armée française, sollicitée à son tour, a refusé de faire le nettoyage. On a alors essayé d'employer des prisonniers allemands, mais, devant l'hécatombe, c'est la convention de Genève qui a mis le holà. Il fallait pourtant faire quelque chose, les victimes civiles étant innombrables. Les Travaux publics, mis en demeure d'agir, ont refusé d'employer leur propre personnel et ont lancé un appel aux volontaires. D'où ces affiches qui fleurissent, en ce mois d'octobre 1947, sur les murs de Tunis. Ils sont quarante-deux à répondre à l'appel, quarante-deux qui ont rendez-vous avec l'enfer.

Oh, les Travaux publics ne les laissent pas sans formation. Ils ont droit à huit jours de cours, alors qu'il faut deux ans pour former un artificier. Trois grands tableaux noirs sont disposés devant eux ; sur le premier, les différents types de mines, sur le deuxième, les obus et les bombes ; quant au troisième, il est dissimulé par un voile noir, qu'on retirera, leur dit-on, le dernier jour.

Les instructeurs leur précisent en conclusion que ce qu'ils viennent de leur montrer est théorique, chaque engin pouvant avoir un défaut de construction, qui ferait qu'en procédant normalement on sauterait quand même. Et, sur ces bonnes paroles, ils découvrent le voile qui dissimule le dernier tableau. On y a dessiné une tête de mort surmontant deux tibias et inscrit la phrase : « N'oubliez jamais que votre première erreur sera la dernière. »

Et les voilà partis tous les quarante-deux, dans des camions, vers les pistes, les plages, les déserts et les montagnes, avec, pour tout matériel, un détecteur de métaux, qu'on appelle communément « poêle à frire », un marteau, un burin et une clé à molette. C'est avec cela qu'ils vont devoir neutraliser les millions d'engins de mort qui recouvrent le pays.

Ils font rapidement connaissance avec eux. Les plus dangereux sont les mines antipersonnel. Elles sont de deux sortes : les premières visent directement l'homme qui marche dessus. Si on appuie sur une sorte de bouton central, il jaillit avec la violence d'une fusée des milliers de petits bouts de métal propulsés verticalement comme une colonne. Les secondes, plus puissantes, sont destinées à tuer un groupe. Elles se placent principalement dans les endroits herbeux. Elles sont surmontées de trois tiges de quinze centimètres qui sortent de biais. Si on marche sur l'une d'elles, on déclenche une nuée de ferraille, non plus verticale, mais giclant dans toutes les directions, en gerbe.

Les mines antichars, bien que beaucoup plus puissantes, sont paradoxalement presque inoffensives. On peut marcher dessus sans les faire exploser et les manier pratiquement sans risque. La seule difficulté vient des mines italiennes qui, étant en bois, sont indétectables à la poêle à frire. Il faut donc, lorsqu'on se trouve en présence d'un champ de ce type, explorer le sol à la baïonnette, un travail exténuant, surtout par temps de canicule si fréquent dans le pays.

Mais l'imagination perverse des hommes n'ayant pas de limites, certaines mines antichars présentent quand même un danger mortel. Elles sont dites piégées, c'est-à-dire que sous la mine proprement dite a été déposée une mine antipersonnel, qui explose quand on soulève la première. Dans leur jargon, les démineurs l'appellent le « livre de messe », parce qu'elle a à peu près la forme d'un livre. En présence d'une mine antichar, il faut donc creuser assez profondément pour s'assurer qu'il n'y a pas de « livre de messe » en dessous.

Les obus, maintenant... Environ cinq pour cent n'explosent pas, c'est-à-dire des centaines de milliers pour toute la Tunisie. La partie active de l'obus, c'est la fusée, la pointe, qui contient l'explosif, le tube de l'engin ne renfermant que de la poudre inerte. Il s'agit de dévisser la fusée avec la clé à molette, mais comme elle s'est souvent tordue en tombant, il faut la redresser avec le marteau et le burin.

Le problème est le même avec les bombes, la taille en plus. Certaines font jusqu'à cinq cents kilos. Il faut s'affairer à cheval dessus avec marteau, burin et clé à molette.

Les mois passent, puis les années. Les quarante-deux démineurs, au début répartis en plusieurs équipes, finissent par n'en former plus qu'une, tant ils sont impitoyablement décimés. Des morts, Raymond Larreture en a vu tellement, qu'il ne se souvient plus de tous.

Ah, si ! Il y a un mort que Raymond n'oubliera pas. C'était son meilleur ami. Il n'était que fiancé avec sa compagne et, à l'époque, le concubinage était très mal vu. Ils ont donc décidé de se marier et ils lui ont demandé d'être leur témoin. Le lendemain, au cours d'une opération de routine, Raymond a entendu une explosion. C'était lui. Il avait le ventre ouvert, les tripes à l'air. Il était perdu. Ils le savaient tous les deux. Dans le camion qui le ramenait à Tunis, son compagnon lui a demandé de l'achever en lui mettant un détonateur dans l'oreille. Raymond n'a pas voulu. Son camarade est mort deux heures plus tard, dans d'horribles souffrances.

Et puis, il y a la fois où Raymond Larreture a failli mourir lui aussi. Cela non plus, il ne l'oubliera jamais. Il a marché sur une mine antipersonnel. C'était une du deuxième type, avec ses trois antennes de quinze centimètres de haut. Il a senti qu'il avait appuyé du pied sur l'une d'elles. Heureusement pour lui, ce n'est pas ce geste qui provoque l'explosion, il enclenche le ressort. C'est quand l'antenne est relâchée que le ressort se détend et que tout saute. Il était donc sain et sauf, à condition de ne pas bouger d'un centimètre, et il était seul. Sous un soleil accablant, il a hurlé à l'aide pendant des heures. Le temps passait, les crampes à sa jambe étaient tellement insupportables qu'il a été tenté de tout lâcher pour en finir. Enfin, au bout de quatre heures, un de ses camarades, inquiet de sa disparition, a fini par lui porter secours.

Encore une autre anecdote, tragi-comique, celle-là. C'était à Tunis même, dans un immeuble neuf, au beau milieu d'un quartier résidentiel. Si le bâtiment était luxueux, le promoteur, pour accroître ses bénéfices, y était allé à l'économie. En particulier, il n'avait pas pris la peine de déminer avant de construire. Et c'est ainsi qu'on a découvert un obus de cinq cents kilos dans une des caves.

On appelle Raymond Larreture et, bien sûr, on évacue tout le monde. Raymond arrive avec l'outillage perfectionné dont il se sert en pareil cas : marteau, burin et clé à molette. Mais la tâche s'avère plus ardue que prévue. La fusée de la bombe est coincée contre le mur de la cave et d'un accès très difficile. A cheval sur l'engin de mort, il doit faire des efforts de contorsionniste pour parvenir à l'atteindre. Au bout de trois heures, le responsable local lui fait demander par haut-parleur s'il a fini. C'est que les personnages importants qui forment la population du quartier en ont assez d'être dans la rue ; ils commencent à s'impatienter, ils n'ont pas que cela à faire ! Raymond sort et répond que non. Même demande deux heures plus tard par le même moyen et même réponse de l'intéressé.

Raymond Larreture s'échine en vain depuis huit heures et le jour est en train de tomber lorsque lui parvient de nouveau le son du haut-parleur. Le ton est, cette fois, franchement désagréable : est-ce que c'est bientôt fini, oui ou non ? Alors, Raymond en a assez : il sort et répond que oui. Tout le monde peut rentrer... Il s'en va et il revient en secret la nuit pour achever le travail, ce qui lui prendra encore de longues heures d'efforts, à cheval sur sa bombe. Bien sûr, si elle avait sauté, il y aurait eu des dizaines de victimes, mais ainsi qu'il le dira en rentrant chez lui :

— Si elle avait sauté, je défie quiconque de m'en faire le reproche.

Les années passent... Sous une chaleur torride, Raymond Larreture démine des hectares et des hectares à genoux, perçant le sol à la baïonnette, pour trouver les mines italiennes en bois, retirant les « livres de messe » des mines antichars piégées, tapant à coups de marteau sur les obus et les bombes, le tout dans la complète indifférence des pouvoirs publics. Les morts se succèdent. Lui-même est blessé à l'œil droit d'un éclat reçu lors d'une explosion. On l'envoie trois jours à l'hôpital et il repart au travail, avec vingt-cinq pour cent d'acuité en moins à son œil touché, sans la moindre pension ni indemnité.

Tout cela dure huit ans, jusqu'à l'Indépendance. Des quarante-deux du début, ils ne sont plus que deux survivants ! Et, bien qu'il ait été décoré d'une haute distinction tunisienne pour services rendus au péril de sa vie, Raymond Larreture et sa femme ne peuvent rester. Ils rentrent en France, avec une valise et leur chien.

Telle est la pathétique odyssée de Raymond Larreture en Tunisie, mais le plus incroyable, le plus révoltant, est à venir !

En 1981, Raymond a soixante ans. Il fait sa reconstitution de carrière pour sa retraite et y inclut ses années aux Travaux publics, certificats à l'appui. La réponse qu'il reçoit est catégorique : il est inconnu en Tunisie. Il a beau faire, malgré toutes ses démarches, il échoue.

Raymond Larreture est toujours aussi entêté qu'à vingt ans. Il parcourt la France et finit par trouver un des ingénieurs qui l'avaient embauché. Il exige des explications et il les obtient. Le responsable des Travaux publics lui répond froidement :

— C'est normal que vous soyez inconnu en Tunisie. Nous ne vous avons jamais déclarés puisque vous deviez mourir. D'ailleurs, nous ne nous sommes presque pas trompés, vous n'êtes restés que deux.

Point final. Raymond Larreture n'a jamais été en Tunisie. Il n'a été qu'un démineur fantôme. Par la volonté de l'Administration, il a rejoint les ombres de ses camarades, qui sont partis en fumée, dans la solitude et l'indifférence.

Alors, si un jour vous allez en vacances dans ce beau pays et que vous voyez vos enfants jouer sur la plage, songez qu'ils le doivent un peu à Raymond Larreture et à ses quarante et un compagnons, à ces démineurs fantômes qui ont tout risqué, tout donné pour recevoir en échange, dans le pire des cas la mort, dans le meilleur des cas l'oubli.

LA GROTTE DE LA CREUSE

La Creuse, contrairement à ce qu'on pourrait imaginer, n'a rien à voir avec le département qui porte ce nom. C'est à Blamont, un petit village du Doubs, à six kilomètres de la Suisse, que commence notre récit.

Nous sommes en novembre 1950. Ce jour-là, un groupe de six spéléologues nancéiens s'apprête à partir en expédition. Il pleut : c'est le temps idéal pour la spéléologie, car quelle que soit la météo à l'air libre, sous terre, il fait toujours le même temps.

A moins, bien entendu, qu'il ne s'agisse d'averses torrentielles, qui grossissent les rivières souterraines et constituent un danger mortel. Mais là rien de tel. Il s'agit simplement d'une petite pluie fine et désagréable qui donne envie de rester chez soi.

Pourtant, avant de descendre, les six hommes vont demander des renseignements au médecin du village, le docteur Mairey, qu'ils savent être spéléologue à ses heures et qui se joindra peut-être à eux. Ce dernier n'est guère encourageant dans ses commentaires :

— Vous voulez explorer la grotte de la Creuse ? Cela ne présente aucune difficulté, mais c'est sans grand intérêt non plus.

Raoul Simonin, qui fait office de chef de l'expédition, a un sourire fataliste.

— Dans ce cas, nous chercherons des cavernicoles. Un laboratoire de Nancy nous en a demandé.

Les cavernicoles sont des petits insectes qui, comme

leur nom l'indique, vivent dans les cavernes. Le docteur Mairey hoche la tête.

— Oui, cela, il y en a...

— Et la Creuse, avec cette pluie, vous ne pensez pas qu'elle puisse représenter un danger ?

— Absolument pas. Ce n'est qu'un ruisselet. Même multiplié par cent, elle ne pourrait pas gêner la marche. D'ailleurs, comme je n'ai rien à faire, si vous le voulez bien, je viens avec vous.

Environ une demi-heure plus tard, ils sont sept à s'engager dans un étroit boyau. En tête, le docteur Mairey. Comme il l'avait dit, la Creuse, qui coule à leurs pieds, n'est qu'un mince filet d'eau : elle n'arrive même pas à hauteur de leurs chevilles. Comme il l'avait dit aussi, la grotte n'offre aucune salle intéressante. Et les six Nancéiens, après avoir ramassé plusieurs cavernicoles, décident de faire demi-tour. Ils s'engagent dans le tunnel qui conduit à la sortie.

Le docteur Mairey se retrouve alors en dernière position. Et il entend Raoul Simonin qui, lui, se trouve en tête faire cette remarque :

— J'ai l'impression que l'eau monte...

Et c'est vrai qu'elle monte, très rapidement, même ! Le docteur n'y comprend rien, mais ce n'est pas le moment de chercher à comprendre. Le groupe accélère la marche. C'est alors que le docteur s'arrête : ses souliers sont défaits. Il doit absolument les relacer, malgré la perte de temps que cela représente, car il n'est pas question de continuer dans ces conditions.

Mais il a du mal à faire les nœuds dans le courant, qui devient de plus en plus violent. Lorsqu'il y est enfin parvenu, il redresse la tête et c'est pour constater que les autres ont disparu. Ils sont quelque part dans le boyau devant lui, mais on ne les voit plus...

Le docteur Mairey hésite. Que faire ? Les suivre ? Cela semble logique, mais la sortie est encore loin, à soixante-dix mètres environ et, à présent, l'eau touche presque le haut du boyau. Le docteur estime, au contraire, que sa meilleure chance de salut est de revenir sur ses pas, là où la grotte est plus élevée. Il va attendre que la Creuse, dont la crue est totalement incompréhensible, s'apaise et il sortira à ce moment-là.

Le voilà donc qui recule et, après avoir parcouru une dizaine de mètres, il est de nouveau dans la salle principale, haute d'un peu plus de deux mètres, là où ses compagnons ont pris leurs cavernicoles. Il y retrouve un canot qu'ils avaient gonflé et qu'ils ont abandonné, dans leur empressement à partir.

Il s'y accroche et il attend. Il n'a rien d'autre à faire. La Creuse, toute boueuse, jaillit avec de plus en plus de force, prête à le refouler comme un fétu de paille. Il s'arc-boute à son canot, qu'il a fixé à une aspérité de la paroi. L'eau lui arrive tantôt au ventre, tantôt à la poitrine. Elle fait un tel vacarme qu'il a l'impression d'être sourd.

Dans l'inaction forcée où il se trouve, le docteur Mairey essaie pour la première fois de comprendre ce qui arrive. Sans se vanter, il est sans doute le meilleur connaisseur du sous-sol de la région. Et il est impossible que la Creuse, ce ruisselet inoffensif, soit à l'origine du phénomène qui est en train de se produire. Ce ne sont pas les deux jours de petite pluie qui ont pu la faire grossir ainsi !

Et pourtant !... L'eau dépasse le sommet du tunnel de sortie : il est irrémédiablement prisonnier. L'eau semble aussi, par bonheur, s'être arrêtée de monter ; elle lui arrive toujours tantôt au ventre, tantôt à la poitrine. Il n'a pas le choix : il doit tenir coûte que coûte. C'est ce qu'il fait et les heures passent dans sa prison, des heures dont il n'a pas une conscience précise, car il n'a pas de montre.

Le docteur a alors une idée que, curieusement, il n'avait pas eue avant : fouiller dans le canot, pour voir s'il ne contiendrait pas quelque chose. Et miracle, il découvre une petite bouteille de rhum. Il s'interroge.

Doit-il en boire maintenant, pour lutter contre le froid qui commence à l'envahir ? Il décide d'être raisonnable et d'attendre plus tard, quand il sera vraiment frigorifié. C'est un tort. Car, à ce moment, le courant se fait plus fort et une violente secousse fait tomber la bouteille du canot. Elle se perd dans les tourbillons boueux.

En même temps, un puissant courant aspire ses chaussures, qui disparaissent à leur tour. Il essaie de garder le moral : sa situation n'est pas désespérée, s'il n'a pas de quoi manger, il a de quoi boire. Mais non, même pas. A peine a-t-il aspiré une gorgée d'eau fangeuse, qu'il est obligé de la recracher. Elle est totalement imbuvable ; il est tout aussi exposé à la soif que s'il était en plein désert !

Alors, essayer de s'en sortir avant que le froid l'ait totalement paralysé ? C'est d'autant plus envisageable qu'en promenant sa lampe dans la direction du tunnel de sortie, le docteur Mairey a la nette impression que l'eau a baissé. Oui, il doit tenter sa chance ! Il doit pouvoir s'en tirer.

Il quitte son canot et s'élance en direction du boyau. Mais il est beaucoup plus fatigué qu'il ne le pensait. Il s'étale de tout son long. Sa lampe électrique, qu'il tenait à la main, est emportée par le courant. Il est, à présent, dans le noir total...

A tâtons, il revient au canot et s'y accroche de nouveau. Maintenant qu'il n'y a plus de lumière, le bruit de la Creuse est plus assourdissant encore. Pour la première fois, le docteur Mairey se dit qu'il ne sortira pas vivant de cette aventure. Il se met à revivre toute son existence, il pense à sa famille, à ses enfants.

Puis, il décide d'écarter toute pensée sentimentale. Il concentre sa volonté sur un seul but : tenir coûte que coûte et aussi longtemps que cela pourra durer. Alors, il chante, il compte...

Parfois, il lui semble avoir entendu un appel des sauveteurs et il se met à crier, pour dominer le bruit de l'eau.

— Par ici ! Je suis là ! Au secours !

Mais non, il n'y a personne... Ce ne sont que des hallucinations. Alors, il se remet à compter et à chanter :

— Cent trente-huit, cent trente-neuf, cent quarante... Il pleut, il pleut bergère...

A l'extérieur, il est 20 heures. Le maire de Blamont, qui était au courant de l'expédition, a donné l'alerte. Il est arrivé sur les lieux avec les gendarmes et c'est pour découvrir un terrible spectacle : le gouffre rejette un corps, puis un autre, que les sauveteurs n'arrivent pas à réanimer.

Cette fois, chacun a compris que la situation est dramatique. On appelle des renforts. Des spéléologues des départements voisins arrivent. Mais ils s'arrêtent devant l'ouverture du boyau : la Creuse en jaillit avec une telle force qu'il est impossible d'y pénétrer. Il faut attendre.

Cette attente, que chacun pressent tragique, va, hélas, justifier les appréhensions : au matin, c'est le corps de Raoul Simonin qui est rejeté par la Creuse... Il y a maintenant énormément de monde à l'entrée de la grotte : les préfets du Doubs, de la Haute-Saône et du Territoire-de-Belfort, en compagnie d'effectifs considérables de pompiers et de gendarmerie.

Des spécialistes viennent d'arriver par avion de la capitale. L'eau baissant enfin, ils décident, malgré le danger que cela représente, de pénétrer dans la grotte. C'est la seule chance de trouver des survivants. Mais, quelques heures plus tard, ils ne ramènent que trois autres cadavres. Il manque encore un homme, le docteur Mairey.

Ce n'est qu'à dix heures du soir, dans cette même journée du lendemain après le début de l'expédition, qu'on parvient à le sortir de sa prison. Il est resté assis dans son canot, épuisé, les pieds nus frigorifiés. A l'arrivée des sauveteurs, il ne pose qu'une question :

— Où sont les autres ?

On refuse de lui dire la vérité, vu son extrême état de faiblesse.

— Ils s'en sont sortis...

En débouchant à l'extérieur, le docteur Mairey découvre une foule considérable, mais pas un seul des spéléologues. Il est pris d'un doute :

— Où sont-ils ?

On lui répond de nouveau :

— Ils sont sains et saufs. A l'hôpital.

Il n'apprendra que le lendemain la mort de ses six camarades. Et il saura peu après la raison du drame. Il est d'autant plus affreux qu'aucune erreur n'a été commise. Si la Creuse est montée si vite, ce n'est pas à cause de la pluie, mais d'un éboulement plus bas, qui l'a empêchée de s'écouler, éboulement qui est parti de lui-même tout de suite après le sauvetage et qui n'aura duré que le temps de tuer six hommes.

Le plus grave accident de spéléologie n'a pas été dû à l'imprudence, mais à la fatalité. Comme si, par ce caprice imprévisible, la nature avait voulu rappeler aux hommes que c'était elle la plus forte.

IL ÉTAIT UN PETIT NAVIRE...

Il n'y a pas de plus beau coucher de soleil que sur la mer. Pas de maisons, pas de silhouettes humaines, pas de formes biscornues, de rochers ou de montagnes, rien qui rappelle la civilisation et les hommes. C'est la nature toute seule, l'astre, le disque qui plonge lentement dans l'élément liquide.

Mais le capitaine Dudley se moque de la féerie du soleil couchant. Tout ce que cela signifie pour lui, c'est un jour de plus, c'est la fin de l'espérance, la voile qui n'est pas venue. Il faudra attendre demain, si demain on est encore en vie. Dix-neuf jours sans eau ou presque, sans nourriture ou presque. La fin n'est pas très loin.

Dans la lumière rouge, le capitaine Dudley jette un regard sur ses trois compagnons pendant qu'il peut les apercevoir encore. Ils sont là, affalés, épuisés sur les bancs de la chaloupe, eux aussi regardant vers le soleil, sans doute avec le même sentiment de lassitude et de désespoir. Trois fantômes barbus, squelettiques, couverts de sel, ébouriffés. Il y a le pilote Stephen, un grand roux, immobile, la main devant les yeux, scrutant la mer, le matelot Brooks, perdu dans ses pensées, et le petit mousse Parker, allongé au fond du bateau, presque inconscient.

Le mousse ne bouge plus... « S'il était mort ? » se demande Dudley. Non, il vient de remuer. Et Dudley se met à le contempler. Une contemplation qui tourne peu à peu à la fascination. Si jeune, il a l'air d'un enfant, mais sa barbe et ses cheveux hirsutes font qu'il n'a déjà plus d'âge.

« Il va mourir », se répète inlassablement Dudley. Quand l'idée lui est-elle venue ? Peut-être au moment où le soleil s'est couché. Il aimerait chasser cette idée, mais elle n'est pas de celle qu'on chasse. Elle vient de loin, du plus profond de lui, de l'instinct, cette partie animale de l'être qui se réveille dans certaines circonstances tragiques.

Le capitaine Dudley s'approche du mousse Parker. Il lui pose la main sur l'épaule. L'autre a un faible gémissement. Il fait nuit, ils ne se voient pas. Et pourtant ils savent l'un et l'autre ce qui va se passer.

C'est le 18 mai 1884, que le yacht *La Mignonnette* a quitté Southampton, direction l'Australie. Il s'agissait d'une croisière de plaisance pour milliardaires avides de sensations. Car, malgré les trois mâts de *La Mignonnette*, ce n'était pas une traversée de tout repos. Il allait falloir doubler le cap de Bonne-Espérance et ensuite affronter les alizés. Mais les passagers avaient payé pour cela et l'équipage en avait vu d'autres. Le capitaine Dudley, le pilote Stephen, le matelot Brooks étaient de vieux loups de mer et le mousse Parker, malgré ses dix-sept ans, n'avait pas froid aux yeux lui non plus.

Au début, tout s'est bien passé. *La Mignonnette* a fait escale à Madère, aux Açores puis sur les côtes d'Afrique. Tout a bien été jusqu'au 5 juillet, jusqu'au cap de Bonne-Espérance.

Les tropiques ne préviennent pas et ne pardonnent pas. Un ouragan s'est levé au large du cap de Bonne-Espérance. En une minute, le ciel bleu est devenu noir. Des éclairs apparaissaient devant, derrière, de tous les côtés et c'est dans leurs lueurs qu'on pouvait voir l'énormité des vagues qui déferlaient en rouleaux sur la coque, qu'on pouvait constater aussi qu'une à une les voiles s'arrachaient et que les mâts tombaient.

Il n'y avait rien à faire. Les marins qui savaient, qui connaissaient la mer, l'ont compris à temps.

— Aux canots de sauvetage !

C'était tout juste... Une lame plus forte que les autres a retourné le yacht démâté et l'a brisé. Les riches passagers, qui malgré les injonctions avaient obstinément refusé de quitter leurs cabines, n'ont sans doute rien vu venir. Seul l'équipage était sauvé.

Pendant des heures et des heures, les quatre hommes, sans se parler, sans se voir, ont ramé dans leur chaloupe. Ils ne pensaient à rien, tout ce qu'ils faisaient était mécanique, instinctif. Il fallait survivre, alors ils ramaient, ils ramaient de toutes leurs forces, sans savoir dans quelle direction, seulement pour s'éloigner de la tempête, pour prendre chaque vague de face, afin de ne pas être retournés.

Au matin, tout s'est brusquement calmé. Ils se sont enfin regardés. Ils étaient là, tous les quatre, épuisés, affalés sur leurs rames : le capitaine Dudley, le pilote Stephen, le matelot Brooks et le petit mousse Parker.

Ils ont d'abord eu un long moment de stupeur, de reconnaissance envers le destin, et puis ils ont pris conscience de la réalité, du sort qui était désormais le leur.

Il fallait d'abord savoir où ils étaient. Au large du cap de Bonne-Espérance, cela ils le savaient. Mais où exactement ? Il n'y avait malheureusement, dans la chaloupe, aucun instrument qui permette de faire le point, pas même une boussole. Et les provisions ? Le matelot Brooks avait emporté avec lui, sans même s'en rendre compte, trois boîtes de carottes en conserve. Elles étaient là, au fond de la chaloupe. Mais, à part cela, il n'y avait rien et, surtout, il n'y avait pas d'eau douce.

Le soleil se levait peu à peu. Il était beau, radieux, mais il est vite devenu très chaud.

A midi, ils ont ouvert la première boîte de carottes.

Elles étaient légèrement humides et agréables. Pour l'instant, tout allait bien. Mais chacun le sentait, même s'il ne le disait pas aux autres, ce jour n'était que le premier et il allait y en avoir d'autres, peut-être même beaucoup d'autres.

La chaloupe de *La Mignonnette* a dérivé effectivement pendant des jours. Ses occupants étaient désormais inactifs. A quoi bon ramer, à quoi bon lutter contre les courants, puisqu'ils ne savaient pas où ils étaient ? Autant se laisser porter dans le sens de la mer et économiser ses forces.

Les premiers jours ont été encore remplis d'incidents pourrait-on dire quotidiens, de ceux qui ressemblent à ce qui se passe dans la vie des gens normaux, qui sont sur un bon bateau qui flotte. Une tortue de mer, attrapée à la main par le capitaine Dudley et aussitôt partagée et mangée, a fourni à la fois un réconfort et des heures de conversation. Une averse inattendue, la première depuis le naufrage, a permis de boire enfin. Ils ont recueilli autant d'eau qu'ils ont pu dans la bâche de la chaloupe. Ils avaient une petite réserve, mais pour combien de temps ? Quand pleuvrait-il de nouveau ? Il faisait si beau, si désespérément beau !

Et les magnifiques couchers de soleil se sont succédé : quatre, cinq, six, dix... L'horizon était vide. Il y avait cinq jours que la dernière boîte de carottes avait été léchée et reléchée. La tortue de mer n'était plus qu'un souvenir, la dernière goutte d'eau avait été bue et il ne pleuvait toujours pas.

Apercevoir une voile à l'horizon était devenu leur obsession. Ils étaient là, tous les quatre, à s'user les yeux, chacun fixé à l'un des points cardinaux. C'est si petit une voile, si fugitif, et un moment d'inattention est si vite arrivé !

De temps en temps, l'un d'eux tendait le doigt et poussait un cri :

— Là, là !

Mais non, ce n'était qu'un peu d'écume ou un reflet

du soleil, ce soleil éclatant qui les accompagnait et qui les narguait depuis le début.

C'est quand le mousse Parker a annoncé, pour la dixième ou la vingtième fois : « Là, une voile ! » que la première dispute a éclaté.

— Il n'y pas de voile, imbécile !

— Mais si, j'ai vu une voile, là, là ! Regardez, elle vient vers nous.

Brooks, le solide gaillard, s'est jeté sur Parker.

— Mais tais-toi, tais-toi donc ! Il n'y a rien. Tu nous rends dingues.

Les hommes étaient à bout. Maintenant, ils se disputaient pour n'importe quoi. Seule l'autorité du capitaine Dudley empêchait qu'ils ne s'entretuent. Peu à peu, ils se sont transformés tous les quatre. Ils sont devenus des épaves sur une épave. Chacun maintenant avait son coin dans le bateau, où il se tenait, sans bouger, à l'écart des trois autres.

Combien de temps cela allait-il durer ? Plus très longtemps sans doute. Mais avant, avant l'inéluctable, il fallait bien faire quelque chose. N'importe quoi.

C'est au dix-neuvième coucher de soleil, alors que tous étaient en train de gémir de soif, malgré l'eau de mer qu'ils avaient bue, que le capitaine Dudley a eu une idée. Et, cette idée, il a tout de suite su qu'elle ne le quitterait plus désormais.

Il fait nuit... Après s'être assuré que le mousse Parker dormait dans un état à demi inconscient, le capitaine s'approche des deux autres, le pilote Stephen et le matelot Brooks. Il va d'abord vers Brooks :

— Il faut faire quelque chose. On ne va pas crever comme ça !

Brooks se redresse. Il fait totalement noir. Les deux hommes sont face à face. Ils ne se voient pas, mais ils se sont compris.

— Non, capitaine, on n'a pas le droit !

Le capitaine cherche dans l'ombre le troisième homme.

— Et toi, Stephen ?

Pas de réponse...

— Cela veut dire que tu es d'accord ?

Pas de réponse...

— C'est donc que tu es d'accord. Deux contre un, c'est la majorité. La nuit prochaine, si rien ne s'est passé, il faudra le faire.

Brooks répond encore : « Non ! », mais plus faiblement que la première fois et Stephen garde le silence.

La journée suivante est semblable aux dix-neuf précédentes : soleil éclatant, mer plate et rien d'autre. Le seul élément nouveau vient du mousse Parker. Son état de santé a beaucoup décliné. Il n'a plus la force de scruter l'horizon avec les autres, il reste allongé au fond de la chaloupe, demandant de temps en temps à boire.

La nuit est sur le point de tomber, après un vingtième coucher de soleil aussi magnifique que les précédents. Il fait encore clair, d'une lumière rouge qui évoque le sang. Le capitaine Dudley va prendre un couteau. Stephen ne bouge pas, Brooks prend la bâche du canot et s'en recouvre la tête.

Le mousse Parker n'a pas un geste de défense. Il voit son capitaine s'approcher de lui, avec le couteau tout brillant dans le crépuscule, et faire le signe de croix. Puis il le voit se mettre à genoux et prier. Alors, le mousse, lui aussi, se met à prier. Il accepte...

Le sacrifice a permis aux trois survivants de tenir encore quatre jours. Quatre jours, c'était suffisant, mais tout juste.

Quand un vapeur allemand a recueilli les trois moribonds autour d'un corps déchiqueté, ils étaient sur leur chaloupe depuis vingt-trois jours.

L'Angleterre, avec sa pluie fine, son brouillard, ses pelouses toujours vertes, le capitaine Dudley, le pilote

Stephen et le matelot Brooks pensaient sans doute ne jamais pouvoir la retrouver. Et pourtant, ils sont rentrés et ils sont là, chez eux, après leur extraordinaire et terrible aventure.

Tous trois sont passés à un doigt de la mort. Mais, à présent, ils vont devoir affronter une nouvelle épreuve. Car ils n'ont pas caché la vérité au capitaine allemand. Ils auraient pu dire que Parker était mort de mort naturelle et qu'ils l'avaient dépecé après, mais sans doute parce que c'était un poids trop lourd pour leur conscience, ils ont avoué le meurtre et, à peine débarqués, ils ont été arrêtés.

Leur procès s'ouvre le 6 novembre 1884, devant la cour d'assises d'Exeter. Ce n'est évidemment pas un procès comme les autres. Il agite toute l'Angleterre et passionne l'opinion. Le drame de la chaloupe de *La Mignonnette*, de ces hommes poussés par les circonstances à devenir meurtriers et cannibales, pose un cas de conscience sans précédent, constitue un problème juridique exemplaire, unique.

Les deux accusés sont le capitaine Dudley et le pilote Stephen. Ils ont mis eux-mêmes hors de cause le matelot Brooks qui, s'il a — comment dire ? — profité du meurtre, n'y avait pas donné son accord.

Les deux rescapés entrent, très dignes, dans le box et, tout de suite, le président propose aux membres du jury une procédure spéciale. Il leur demande « de se limiter à établir les faits eux-mêmes et de laisser ensuite à la justice le soin de décider si les accusés sont coupables et quelle peine il faut leur appliquer ». Bien entendu, les jurés acceptent avec soulagement cette proposition. Un tel drame humain, un tel problème moral les dépassent et ils n'ont aucune envie de prendre une responsabilité dans un sens ou dans un autre.

C'est donc une procédure exceptionnelle, quoique prévue par la loi anglaise, qui est appliquée à cette occasion. Les jurés reconnaissent la matérialité des faits survenus dans la chaloupe de *La Mignonnette* et délèguent leurs pouvoirs à une cour suprême, formée uniquement de magistrats. Ils tiennent toutefois à exprimer leur sympathie et leur commisération aux accusés. Les débats de la cour d'assises d'Exeter sont terminés quelques minutes seulement après avoir commencé.

La parole est désormais à la cour suprême. C'est la première fois depuis un siècle qu'elle se réunit. Dans le cadre solennel du Palais de justice de Londres, c'est donc une juridiction exceptionnelle qui va juger une affaire exceptionnelle.

Le procureur de la Couronne s'exprime le premier. Bien entendu, même s'il reconnaît les circonstances atténuantes, il soutient qu'il s'agit bien d'un crime.

— Votre Honneur, il existe bien une loi selon laquelle un homme peut attenter à la vie d'un de ses semblables, mais c'est en cas de légitime défense ou de guerre. Jamais aucune loi n'a permis de tuer un innocent, même pour sauver sa propre vie.

La défense, de son côté, rappelle le diagnostic du médecin du navire allemand : les trois hommes, s'ils n'avaient pas sacrifié le mousse, seraient certainement morts au moment de leur découverte. De plus, il est très vraisemblable que le jeune Parker n'avait que peu de temps à vivre et qu'en tout cas il serait mort le premier.

Mais l'avocat, bien entendu, ne s'en tient pas là. Il porte le débat sur le terrain général, philosophique. Un homme, arrivé à la dernière extrémité et sachant que sa seule chance de survivre est de tuer, a le droit de le faire. Il en a le droit s'il sait, s'il est certain que sa victime mourra avant lui. Dans des circonstances exceptionnelles, le meurtre n'est plus un meurtre ; le seul impératif est de survivre. On n'a pas le droit de juger et à plus forte raison de condamner des êtres humains qui ont eu le malheur de vivre un tel drame...

Le problème est effectivement bien posé et la justice

anglaise va le résoudre d'une manière à la fois élégante et ferme. Pour cela, elle procède en deux temps.

Dans un premier temps, la cour suprême condamne à mort le capitaine Dudley et le pilote Stephen, pour le meurtre du mousse Parker. Le président de la cour suprême tient à préciser les motifs de ce verdict :

— Il n'est pas permis d'attenter à la vie d'un tiers si celui-ci ne vous a pas attaqué. On ne peut pas juger soi-même de la situation de dernière extrémité. Sur quel critère peut-on se fonder pour apprécier qui est digne de survivre et qui ne l'est pas ? La force physique ? L'intelligence ? Le rang hiérarchique ? L'âge ? Dans le cas présent, c'est le plus jeune, le plus faible et le plus malade qui a été sacrifié. Même si la nature va dans ce sens, on ne peut en aucun cas approuver une telle décision.

C'est incontestablement un jugement sage. La justice ne peut, quelles que soient les circonstances, laisser à un être humain le droit de vie ou de mort sur son prochain.

Mais, quelques jours plus tard, à ce verdict succède une autre décision tout aussi sage. Sur proposition du Premier ministre, Sa Gracieuse Majesté la reine Victoria gracie les deux condamnés et commue leur peine en six mois de détention, sans travaux forcés.

Le capitaine Dudley et le pilote Stephen ont donc fait six mois de prison, cent quatre-vingts jours qui furent, on peut l'imaginer, des moments de paix et de délices, comparés aux vingt-trois jours qu'ils avaient vécus dans une chaloupe, quelque part au large du cap de Bonne-Espérance.

LE ZEPPELIN L 19

Dans la nuit du 31 janvier au 1er février 1916, le zeppelin L 19 est en route pour une mission de bombardement au-dessus de l'Angleterre. A son bord, il y a l'équipage normal de quinze hommes, sous le commandement du capitaine de vaisseau Ugo Loewe.

Un beau gaillard, Ugo Loewe. La trentaine, dynamique, courageux, tout comme ses hommes, d'ailleurs. Car il faut l'être pour combattre sur un zeppelin !

On a oublié aujourd'hui ce qu'étaient ces monstres, ces véritables dinosaures, qui se sont éteints un peu avant la Seconde Guerre mondiale et qui restent comme un témoignage de la préhistoire de l'aviation.

Le L 19, comme les autres zeppelins de l'époque, est immense. Sa longue enveloppe blanche, maintenue par une carcasse rigide en duralumin et gonflée d'hydrogène, ne mesure pas moins de deux cents mètres de long.

Et, tout comme les dinosaures, les zeppelins ont un corps immense et une tête minuscule. La tête, en l'occurrence, c'est la nacelle accrochée au ventre où la quinzaine d'hommes a tout juste de quoi se mouvoir. Une cabine de pilotage exiguë, une pièce pour l'équipage où s'entassent quelques lits et une autre pièce à l'arrière où se trouvent les leviers commandant la chute des bombes, placées derrière, dans une soute.

Quant aux conditions de combat, elles sont épouvantables et exigent un courage et une endurance physique exceptionnels. Car les zeppelins sont extrêmement vulnérables. En raison de leur lenteur, de leur énormité et de leur inflammabilité, ils sont pour les avions et pour l'artillerie au sol une proie immanquable.

Aussi, pour se protéger, les zeppelins n'ont qu'une seule ressource : l'altitude. Il leur faut monter le plus haut possible, là où les avions ne peuvent pas aller et où l'artillerie ne porte pas. Ils volent donc et ils opèrent à environ six mille mètres.

Mais si c'est une garantie de sécurité, c'est aussi, pour l'équipage, un véritable supplice. Les hommes ont beau être emmitouflés comme pour une expédition au pôle Nord, là-haut, même en plein été, ils gèlent. Il faut naviguer, combattre, dormir par moins trente. Et il y a aussi le manque d'oxygène car, bien sûr, à l'époque, on n'a pas de masque. Dans cet air raréfié où on respire à peine, le cœur s'accélère, chaque geste, même le plus simple, coûte des efforts inimaginables, le cerveau fonctionne au ralenti et, quelquefois, des hallucinations surgissent, ou bien cette dépression brutale que connaissent les alpinistes.

Oui, il faut beaucoup de courage et une santé peu commune pour faire partie de l'équipage d'un zeppelin !...

En cette nuit du 31 janvier au 1er février 1916, le capitaine de vaisseau Ugo Loewe et ses hommes sont précisément à six mille mètres au-dessus de l'Angleterre. Il fait atrocement froid. Ils osent à peine se regarder dans l'éclairage blafard des quelques ampoules électriques. Ils sont tous affreux, rouges, congestionnés, les yeux exorbités ; ils soulèvent la poitrine laborieusement à chaque inspiration en rejetant de grands nuages de buée.

Le commandant Ugo Loewe essaye de repérer sa position. A vrai dire, il n'y croit pas trop. La navigation sur un dirigeable, de nuit et à six mille mètres, ce n'est pas sérieux. Enfin, il n'est pas là pour discuter les ordres, mais pour les appliquer au mieux ou au moins mal.

Il est un peu moins de minuit. On doit normalement se trouver dans la région de Liverpool. Le commandant lance un ordre :

— Larguez !

Au-dessous, dans le silence de la nuit à six mille mètres, le sifflement des bombes retentit. Ugo Loewe est songeur. Sur quoi vont-elles tomber ? Sur un objectif militaire ? Il n'y a pas une chance sur mille. Sur un hôpital ? Là aussi, il n'y a pas une chance sur mille, mais elle existe. Alors, pourvu qu'elles tombent dans les champs et qu'on n'en parle plus.

Ugo Loewe ne saura jamais que son bombardement vient de faire soixante-dix morts et cent treize blessés dans la population civile, dont une majorité de femmes et d'enfants.

Maintenant, il faut repartir. Dans sa nuit polaire, le L 19 fait demi-tour. Les hommes sont exténués, transis de froid, en proie à l'abattement des grandes altitudes.

Mais cette nuit, cette nuit d'hiver du 31 janvier au 1er février 1916, est particulièrement glaciale. Et ce ne sont pas seulement les hommes qui en souffrent, ce sont aussi les machines et, dans ce cas, c'est plus grave.

Il est deux heures du matin quand le premier moteur s'arrête. Il n'a pas pu résister au froid. Une demi-heure plus tard, c'est le deuxième moteur qui s'immobilise. Et puis, tout de suite après, c'est au tour du troisième et dernier. Le zeppelin L 19 n'est plus qu'une immense masse blanche désemparée à six mille mètres d'altitude.

Le commandant lance un ordre :

— Descendez.

Et, dans le silence maintenant total, le monstrueux appareil incline doucement son nez tout blanc vers la terre.

C'est le petit matin. Dans ses jumelles, Ugo Loewe distingue une étendue plate de champs coupés par des plans d'eau. Il n'y a pas de doute possible, ils sont au-dessus de la Hollande. Il faut continuer comme cela, les vents portent dans la bonne direction. Avec un peu de chance, ils pourront aller jusqu'en Allemagne sans moteur.

Les hommes du L 19 ont repris confiance. Ils sont à peu près à mille mètres. Le froid infernal a cessé et ils peuvent respirer normalement. Bien sûr, il faut survoler la Hollande, pays neutre, mais ce n'est pas la première fois qu'un zeppelin emprunte ce trajet. Les Hollandais se contentent de tirer quelques coups symboliques en l'air et, jusqu'ici, tout s'est toujours bien passé.

Le gros dirigeable blanc survole les champs enneigés. En bas, deux petites fumées noires. Une batterie a ouvert le feu. C'était prévu, c'est seulement pour la forme.

Mais voilà... Cette fois, c'est la malchance incroyable, le drame. Un des deux coups de feu a touché de plein fouet le système de stabilisation du dirigeable, qui est devenu brusquement ingouvernable. De lui-même, sans qu'on y puisse rien, il fait demi-tour et se dirige, en perdant de l'altitude, vers la mer du Nord.

Une heure plus tard, comme un immense nénuphar blanc, il se pose sur l'eau qui, heureusement, en ce matin du 1er février 1916, est d'un calme exceptionnel. Elle est lisse comme un miroir.

Le capitaine Ugo Loewe et ses quatorze hommes d'équipage grimpent comme ils peuvent sur l'immense carcasse et ils attendent. Il n'y a rien d'autre à faire. Pourtant, ils restent confiants.

La mer du Nord est particulièrement fréquentée. Ils espèrent qu'un bateau allemand va les recueillir. Et si c'est un Anglais ou un Français, tant pis. Ils seront prisonniers, mais du moins ils seront sauvés.

A 9 h 10 exactement, ils aperçoivent une fumée et ils se mettent à faire des signes frénétiques avec les bras. La fumée se rapproche. On les a vus !

William Jones, le patron du chalutier anglais *King Albert*, a brusquement un sursaut. La mer est parfaitement calme, le ciel est totalement dégagé, mais il y a, droit devant, une espèce de grand nuage blanc juste au ras des flots.

Le patron du *King Albert*, intrigué par ce phénomène invraisemblable, se dirige à vive allure vers l'étrange nuage. Et, à mesure qu'il avance, il voit des points noirs sur la forme blanche. C'est alors qu'il comprend qu'il s'agit d'un zeppelin.

Dix minutes plus tard, le *King Albert* est à quelques mètres du zeppelin L 19. Le capitaine de vaisseau Ugo Loewe s'adresse dans un anglais impeccable au patron du chalutier. Et commence alors un incroyable dialogue.

— Pouvez-vous nous envoyer un canot de sauvetage ?

L'Anglais est désorienté, il ne sait pas quoi faire et il a la pire des réactions en pareil cas : il a peur.

— Je ne peux pas, vous êtes trop nombreux. Je n'ai pas la place.

L'Allemand, agrippé à l'immense ballon blanc, met toute la conviction possible dans sa voix.

— Vous avez la place, capitaine ; nous ne sommes que quinze, nous resterons sur le pont.

Mais William Jones secoue la tête.

— Non, non, vous êtes trop nombreux pour nous. Une fois que vous serez à mon bord, vous allez nous faire prisonniers. Vous êtes allemands après tout...

Ugo Loewe, tout en haut du dirigeable, malgré le danger que cela représente, s'est mis debout. Il lève la main droite.

— Je vous donne ma parole d'honneur, ma parole d'officier, que nous voulons nous constituer prisonniers. Nous n'avons pas d'armes.

Mais William Jones secoue la tête. Il ne veut pas d'ennuis. Un zeppelin en pleine mer, c'est une situation qui le dépasse. Il était là pour pêcher. Il avait la chance jusque-là de faire son métier en pleine guerre, tandis que ses camarades se faisaient tuer en France. Et ce n'est pas lui qui l'a voulu, c'est l'autorité militaire qui lui a demandé de continuer à gagner sa vie pour la nation. Alors, qu'est-ce qu'il a à voir avec ces Allemands ? Ce n'est pas son affaire. Il n'est pas soldat, lui, et cela, c'est une affaire de soldats. Il va rentrer à Douvres et puis il préviendra l'autorité militaire qui enverra les navires.

Il lance un ordre bref :

— Demi-tour.

Les machines du chalutier se remettent en marche et le bateau commence sa manœuvre.

Alors, sur la colline blanche que forme le grand zeppelin au-dessus de la mer, on voit un spectacle déchirant ; les quinze malheureux Allemands supplient par tous les moyens les Anglais de revenir. Dans son demi-tour, le chalutier passe encore plus près du zeppelin et les hommes sont à quelques mètres les uns des autres. Certains des Allemands sont à genoux en train de chanter des cantiques, d'autres agitent de malheureux billets de banque, les quelques marks qu'ils possèdent. Et, dominant les cris de ces hommes, la voix du capitaine Ugo Loewe s'élève dans un anglais toujours aussi impeccable :

— Au nom de la solidarité, au nom de l'humanité... Nous sommes vos prisonniers, capitaine... Capitaine, vous n'avez pas le droit.

Quelques dizaines de minutes plus tard, le patron des pêcheurs William Jones est de nouveau tranquille. On n'entend plus de cris, la forme blanche a disparu, on peut recommencer à pêcher le hareng, à gagner sa vie pour aider la nation anglaise en guerre.

La suite, on l'a sue, de même que l'entrevue dramatique avec le *King Albert*, par les messages que les naufragés allemands du zeppelin L 19 ont lancés, comme dans les romans d'aventure, dans des bouteilles.

Heure par heure, ils ont décrit leur angoisse. Quelque temps après le départ du chalutier anglais, une tempête s'est levée. Le dernier message, recueilli sur les côtes hollandaises, était signé Ugo Loewe et disait sobrement sans phrases inutiles : « 2 février 1916. 4 heures de l'après-midi. Ballon flotte encore en mer, espère sauvetage, sinon que la volonté du Tout-Puissant soit faite. Baisers à ma femme et à mes enfants. »

La fin tragique du L 19 a provoqué la colère des Allemands et un embarras certain chez les Anglais. Les Allemands ont publié un communiqué officiel dénonçant la conduite, l'inconduite, du chalutier *King Albert*. Les Anglais n'ont, bien sûr, pu opposer aucun démenti.

Quant à William Jones, l'homme qui ne voulait pas d'histoires, il a continué à pêcher le hareng, mais pas longtemps toutefois. Moins de deux mois après la rencontre du zeppelin L 19, le 25 avril 1916, le *King Albert* a été coulé en mer du Nord, par un navire allemand qui, lui, a recueilli tout l'équipage à son bord.

William Jones et ses hommes ont été bien traités par les marins allemands qui, tous, savaient ce qu'ils avaient fait, moins de deux mois plus tôt. Peut-être alors le patron du chalutier a-t-il éprouvé pour la première fois du remords et fait son examen de conscience. Mais, pour cela, il fallait qu'il eût une conscience, ce qui n'était pas certain.

LE CLANDESTIN

Bernard Mariani, employé à l'aéroport de Lyon, est de service, ce dimanche 17 janvier 1999. Son travail consiste à examiner les avions après leur arrivée : l'état du fuselage, des pneumatiques, le train d'atterrissage, etc., un examen bien sûr capital pour la sécurité des vols.

Mais ce n'est pas à cela que pense Bernard Mariani lorsqu'il se rend sur la piste pour effectuer sa vérification. Il a une hantise : découvrir un passager clandestin sous les roues. Il a lu à ce sujet quelques articles qui l'ont terrorisé : de malheureux candidats à l'immigration qu'on a retrouvés transformés en blocs de glace à l'arrivée. Ce genre de chose est rarissime, mais cela arrive et celui qui fait cette macabre découverte, c'est précisément l'employé qui exerce son activité.

A présent, Bernard Mariani arrive devant l'Airbus A 300 du vol d'Air Afrique Dakar-Lyon. Instinctivement, il regarde d'abord par terre, car c'est évidemment sur les trajets en provenance d'Afrique que les risques sont les plus grands. Mais à son soulagement, il n'y a aucune sinistre forme allongée sous l'appareil.

Rassuré, il entreprend son inspection : les ailes, le fuselage, le train d'atterrissage. Et là, il s'immobilise... Il aperçoit quelqu'un au-dessus des roues. Un instant, il pense à un mécanicien qui effectuerait une réparation, quoique ce soit tout à fait invraisemblable : c'est après son passage qu'ont lieu les interventions techniques.

Mais il ne s'agit pas d'un mécanicien. L'homme, un Noir, en jean et tee-shirt, descend prudemment de son perchoir et fait quelques pas vers lui. Il est jeune, très jeune. Il lui demande :

— Où sommes-nous ?

— A Lyon.

Le Noir hoche la tête longuement, comme s'il voulait assimiler l'information. Bernard Mariani l'interroge.

— D'où venez-vous ?

Le jeune homme pointe le doigt en l'air, vers l'avion.

— De là.

— Vous avez voyagé dans le train d'atterrissage et vous n'êtes pas mort ?

Non, il n'est pas mort, mais il s'effondre à cet instant sans connaissance. Bernard Mariani se met à courir en appelant au secours.

Le jeune Noir est hospitalisé d'urgence à l'hôpital Edouard-Herriot de Lyon. Là, sans tomber dans le coma, il reste pendant deux journées entières dans un état d'extrême faiblesse et sans prononcer une seule parole. Comme il n'a sur lui ni papier ni un élément quelconque permettant de l'identifier, son identité reste inconnue. En attendant, les médias se sont emparés de l'événement, les journalistes questionnent aussi bien les spécialistes de l'aéronautique que les médecins et les uns comme les autres confirment que la survie du passager clandestin tient du miracle.

Techniquement, il est tout à fait possible qu'une personne puisse se glisser dans la trappe qui abrite le train d'atterrissage de gros porteurs comme l'Airbus A 300. La place est suffisante pour un homme, même une fois les roues repliées. Mais l'entreprise est pour le moins périlleuse.

D'abord, il y a le décollage. Il faut s'agripper par les mains tout le temps que l'avion roule, ce qui nécessite une poigne de fer. Une fois que l'avion a quitté le sol survient alors le risque de se faire écraser par les roues ou les vérins pendant la rétractation. Pour y échapper, il faut très bien connaître l'avion ou alors avoir de la chance. Dans le cas présent, c'est certainement la deuxième hypothèse qui est la bonne.

Mais c'est après, lors du vol, que surviennent les plus graves dangers. En vingt-cinq minutes, l'avion atteint son altitude de croisière, entre 9 000 et 11 500 mètres. A cette altitude, la pression d'oxygène permet tout juste de respirer et la température tombe à moins cinquante. Or le train d'atterrissage n'est ni isolé ni pressurisé et, sur le vol Dakar-Lyon, le trajet à cette altitude dure cinq heures. De telles conditions auraient dû immanquablement entraîner la mort.

Si cela n'a pas été le cas, c'est qu'il y a des raisons. Pour ce qui est du froid, ce sont les techniciens de l'aéronautique qui apportent la réponse. Pour décoller, ce genre de gros porteur roule environ trois kilomètres, ce qui porte les roues à une chaleur de deux cents à trois cents degrés. Elles ont dû considérablement réchauffer la température ambiante. D'autre part, le logement du train d'atterrissage contient deux types d'équipements qui peuvent faire office de radiateurs. D'abord, les freins, qui sont utilisés au décollage. Ce sont deux masses d'une trentaine de kilos chacune, qui peuvent chauffer à deux cents degrés. Il n'est pas rare qu'une heure après le décollage, ils soient encore à cent. Ensuite, l'espace est traversé par des commandes hydrauliques chauffées à cinquante degrés environ. Dans ces conditions, on peut estimer que la température ne doit pas descendre en dessous de moins vingt durant le vol.

Reste le manque d'oxygène, que rien ne peut compenser, car l'endroit n'est pas pressurisé. Normalement, à cette altitude, il entraîne le coma en cinq heures par manque d'irrigation du cerveau et la mort en douze. Or non seulement le jeune clandestin n'est pas mort, mais il n'était pas dans le coma à l'arrivée, sinon il aurait lâché prise et il se serait tué sur la piste. Il lui a fallu s'accrocher avec les mains aussi énergiquement qu'au décollage.

Ici, ce sont les médecins qui ont une explication. Ils supposent que c'est précisément le froid qui l'a protégé. A la température à laquelle a voyagé le passager, aux alentours de moins vingt et sans vêtements protecteurs, le corps entre en hypothermie. Or, si cette hypothermie est dangereuse et risque même d'être fatale, elle diminue considérablement les besoins en oxygène. Elle permet de rester conscient plusieurs heures dans l'air raréfié de ces altitudes.

Telle est la seule explication à cette extraordinaire survie : il s'est produit un équilibre miraculeux entre les deux dangers mortels du froid et de l'asphyxie.

En attendant, les médecins restent attentifs à l'état du jeune clandestin. Sur le plan corporel, il n'a rien de grave, seulement des gelures, mais il n'est pas impossible qu'en raison des agressions subies par son cerveau il ait des séquelles neurologiques. Son mutisme pourrait être un symptôme allant dans ce sens. A moins, évidemment, qu'il ne se taise pour se protéger de la police...

Car, sur son lit d'hôpital, il est bel et bien en état d'arrestation. Il est entré clandestinement sur le territoire français et, selon la loi, il sera expulsé dès que son état sanitaire le permettra. Il y a pourtant un obstacle à cette éventualité : son âge. Si on ne sait pas la date de naissance du rescapé, pas plus que son identité, les examens médicaux semblent indiquer qu'il est très jeune, peut-être même mineur. Or, sur ce point, la loi est également formelle : elle interdit d'expulser un mineur ; il faut attendre sa majorité.

Et puis, il y a un autre obstacle, politique, celui-là. De nombreuses voix s'élèvent pour empêcher son retour vers Dakar. Des associations de soutien aux sans-papiers prennent fait et cause pour lui. Elles soulignent que le jeune homme a pris un risque fou pour gagner la France et qu'on ne peut pas le renvoyer. Une manifestation de soutien a lieu en sa faveur à Lyon, des avocats se mobilisent. Du côté des autorités, cependant, on ne semble pas décidé à se laisser fléchir. Car, si on faisait une exception envers le miraculé de Lyon, cela risquerait de faire des émules et des victimes, car les autres n'auraient certainement pas sa chance.

Enfin le troisième jour, le jeune homme parle. Il prétend s'appeler Bertrand Anri et avoir quinze ans. Pour le reste, il tient des propos décousus :

— Je ne veux pas retourner au pays des Noirs. Je suis dans le malheur...

Bien entendu, la police française continue à enquêter à son sujet, en collaboration avec celle du Sénégal. Et c'est de ce pays que parvient la vérité. Le jeune homme ne s'appelle pas Bertrand Anri, mais Bouna Wadé. C'est un pur produit de la misère africaine. Il vit en compagnie de douze frères et sœurs, auprès de son père, un ancien gendarme, qui n'a pour tout revenu qu'une retraite mensuelle de sept cent cinquante francs.

Mais le plus important pour sa situation actuelle est son âge. Il n'a pas quinze ans comme il le prétend, mais dix-sept ans et neuf mois, puisqu'il est né le 6 mars 1981. Autrement dit, pour l'instant, il n'est pas expulsable, mais dans trois mois il le sera.

Dès lors, c'est une course contre la montre qui s'engage entre les autorités et les associations de sans-papiers qui tentent d'obtenir la régularisation de Bouna Wadé en France. Elles lui ont fourni un avocat, qui essaie désespérément d'empêcher le rapatriement. Mais que peut-on faire contre la volonté de l'intéressé ? Le jour de sa majorité, Bouna Wadé, qui a depuis longtemps quitté l'hôpital, est interrogé par le juge et lui déclare qu'il est d'accord pour retourner au Sénégal.

Les associations protestent. Elles mettent en avant

les déclarations des médecins. Le manque d'oxygénation du cerveau pendant le voyage clandestin a pu altérer la raison du jeune homme : on ne peut pas tenir compte de la volonté qu'il vient d'exprimer. Veut-il vraiment rentrer à Dakar, lui qui a déclaré, en reprenant conscience sur son lit d'hôpital : « Je ne veux pas retourner au pays des Noirs » ?

Mais rien n'y fait. Et c'est librement que Bouna Wadé monte dans le vol Lyon-Dakar le 23 mars 1999. L'avion est le même qu'à l'aller, un Airbus A 300, mais cette fois il se trouve dans la cabine des passagers, sur un siège, comme les autres.

Des journalistes ont été lui rendre visite, par la suite, dans la capitale du Sénégal. Mais ils n'ont découvert qu'une réalité tragique et dérisoire. La misère, d'abord : le jeune homme habitait une banlieue déshéritée de Dakar, en compagnie de sa famille. Mais ils ont découvert surtout Bouna Wadé lui-même. Si, physiquement, ce bel Africain de dix-huit ans respirait la santé, mentalement il n'en était pas du tout de même. Et ce n'était pas en raison de son séjour à 10 000 mètres d'altitude. Il avait déjà fait auparavant plusieurs séjours en hôpital psychiatrique. En fait, c'est parce qu'il était très perturbé qu'il avait entrepris son aventure insensée.

Aux questions des journalistes, Bouna Wadé n'a fait que des réponses confuses. Et puis, un jour, il a disparu. Son père, ses frères et sœurs ont dit que cela était déjà arrivé, mais qu'on le retrouverait.

On l'a retrouvé, effectivement... Le 9 septembre 1999, on a découvert son corps disloqué sur le terrain de l'aéroport d'Abidjan où venait d'atterrir le vol en provenance de Dakar.

Bouna Wadé avait recommencé. Il avait de nouveau tenté sa chance. Il s'était trompé d'avion, bien sûr. Ce n'était pas pour passer du Sénégal à la Côte d'Ivoire qu'il avait risqué sa vie. Mais, cette fois, le destin ne s'était pas montré aussi généreux que la première fois. Il ne lui avait pas accordé d'équilibre miraculeux entre le froid et le manque d'oxygène. Il ne lui avait même pas accordé de quitter l'univers qu'il voulait fuir. Bouna Wadé, né au pays des Noirs, était mort au pays des Noirs.

L'ENFER VERT

— Plus vite ! Nous n'avons pas que cela à faire !

— Oui, dépêchez-vous, mon vieux, nous sommes pressés !

Nous sommes sur le petit aérodrome de Cuiabà, à l'est du Brésil. Les deux jeunes gens qui viennent de s'adresser d'une voix agacée à l'employé chargé de faire le plein n'ont pas vingt-cinq ans et, pourtant, il est évident qu'ils ont l'habitude d'être obéis au doigt et à l'œil et il est tout aussi évident que la raison de leur pouvoir tient en un mot : l'argent.

Oui, Milton Verdi et Antonio Gonzales sont riches, très riches même. Fils tous les deux de gros propriétaires brésiliens, ils ont des dollars plein les poches, par liasses, par paquets, à ne plus savoir qu'en faire. Ils possèdent chacun une automobile de sport, un yacht, des chevaux de course. Ils sont riches et ils s'ennuient.

Alors, pour passer le temps, ils s'inventent des hobbies. Le dernier en date est l'aviation. Ils ont acheté ce qu'on fait de mieux comme appareil particulier et Milton Verdi s'est mis au pilotage. Il s'est vite révélé très doué et, maintenant, ils parcourent en tous sens l'Amérique du Sud. Un jour à Rio, le lendemain à Buenos Aires, le surlendemain à Santiago, tout cela pour ne rien faire, pour descendre dans des palaces et aller dans les boîtes à la mode, c'est follement amusant ! Enfin, c'est amusant pour l'instant, car ils s'en lasseront, comme de tout le reste, et il leur faudra alors trouver une nouvelle folie pour tuer l'ennui.

— Voilà, messieurs, c'est prêt...

Dédaigneusement, les jeunes gens sortent de leurs poches quelques billets verts, les tendent à l'homme et montent dans l'avion étincelant qui les attend. Ils ont menti, bien sûr, ils ne sont pas pressés et ils n'ont justement que cela à faire. Mais ils veulent se comporter comme s'ils étaient déjà à la tête de leur futur empire, comme s'ils étaient déjà des hommes d'affaires importants et surmenés.

Pour l'instant, ce 29 août 1960, ils ont décidé d'aller à Santa Cruz, en Bolivie. Cela représente un trajet d'environ sept cents kilomètres, deux ou trois heures de vol. Personne ne les attend là-bas et personne ne sait qu'ils s'y rendent. Ils ont décidé au dernier moment d'aller voir si les filles du coin étaient jolies. Pourquoi celles de Santa Cruz ? Pourquoi pas ? L'existence de Milton Verdi et Antonio Gonzales n'obéit pas à la logique, mais au caprice.

Dans leur avion, outre leurs dollars et leurs chéquiers, ils n'emportent qu'une bouteille de whisky, une boîte de havanes, un flacon de lotion après rasage et un peigne. C'est comme cela à chaque étape. Le reste, ils l'achètent sur place en arrivant et ils le laissent sur place en partant. Cela aussi, c'est amusant, enfin, amusant pour l'instant...

Sous la main sûre de Milton, qui est décidément très doué pour l'aviation, l'appareil effectue un décollage impeccable et, bientôt, il atteint son altitude de croisière. Pour passer le temps, ils échangent des banalités, des plaisanteries sottes, quelquefois méchantes. Ils se moquent des autres, ils se croient les rois du monde. Oui, Milton Verdi et Antonio sont deux pantins sans cervelle, deux jeunes clowns fortunés, le résultat le plus inintéressant de ce que peut produire la société, ils sont tout ce qu'on voudra, mais ce qui les attend, on ne le souhaite à personne, pas même à eux.

Pour aller de Cuiabà à Santa Cruz, il faut d'abord traverser la petite chaîne de montagnes du Mato Grosso, puis survoler la jungle de l'Amazonie pendant cinq cents kilomètres environ et, enfin, déboucher sur la zone de hauts plateaux où se trouve la ville d'arrivée.

Il est près de midi. Depuis une heure environ, l'appareil survole la forêt vierge, une étendue d'arbres très serrés, sans le moindre espace libre. D'en haut, cela ressemble à une épaisse moquette ou à une mer vert sombre, c'est monotone et, à la longue, un peu enivrant. Mais les deux jeunes gens se moquent bien des impressions que peut produire le paysage. Ils disposent, luxe rare à l'époque, d'un électrophone à bord et ils écoutent des disques à la mode.

Antonio, à la place du passager, tend un verre de whisky à Milton aux commandes. Il ricane :

— Tiens, mon vieux ! Ici, il n'y a pas de gendarmes pour contrôler.

Mais il arrête son geste. Il désigne à son compagnon l'avant de l'appareil.

— C'est normal, cette fumée blanche ?

Milton Verdi écarquille les yeux et réplique, d'une voix étranglée :

— Le moteur brûle !...

La suite se déroule d'une manière irréelle, comme dans les cauchemars. L'avion perd rapidement de l'altitude. Milton essaie désespérément de retarder sa chute, car, quand il atteindra le rideau d'arbres, il va se désintégrer et ce sera la fin. Et puis, soudain, c'est le miracle ! Une clairière apparaît. Il a juste le temps de piquer et de faire un atterrissage de fortune. Ils sont fortement secoués, ils ont des bosses, des égratignures, mais ils sont vivants.

Devant l'exploit qu'il vient d'accomplir, Milton Verdi retrouve un instant sa vantardise.

— Tu as vu ? Je ne suis pas l'as des as ?

Mais Antonio Gonzales ne répond pas à son enthousiasme. Il s'extrait péniblement de la cabine et considère l'endroit où ils se trouvent. Il s'agit d'une clairière de cinq cents mètres de diamètre environ, dont le sol est tout noir, charbonneux. Au-delà, se dresse une barrière uniforme de vingt ou trente mètres de haut : la forêt. Il doit s'agir d'un impact de foudre. Le feu a tout brûlé là où elle est tombée et s'est arrêté de lui-même un peu plus loin.

Milton Verdi, de son côté, est allé examiner l'avion. Il conclut son inspection par une grimace : à l'atterrissage, une aile s'est brisée et les roues se sont démises, d'autre part le moteur a été très endommagé par l'incendie, il est inutilisable. Antonio l'interroge.

— Tu vas pouvoir repartir ?

— Non. Ce n'est pas possible.

— Tu sais où nous sommes ?

— Dans la forêt amazonienne.

— Evidemment, mais où ? Va voir ta carte !

Le jeune homme s'exécute, mais, sur sa carte de navigation, il n'y a, entre les montagnes du Mato Grosso et les plateaux de Santa Cruz, qu'une grande tache verte, sans la moindre indication d'un village quelconque, sans même un seul cours d'eau.

Les deux jeunes gens se regardent, les bras ballants, avec leurs costumes du meilleur couturier italien, leurs chaussures impeccablement cirées et leurs visages rasés de près, qui sentent l'after-shave coûteux. Ils ont les poches bourrées de dollars et ils sont brusquement plongés dans un univers où rien ne s'achète... Antonio Gonzales hasarde :

— On va venir nous chercher. Tu as déposé un plan de vol, non ? A Santa Cruz, quand ils vont voir que nous ne sommes pas là ils vont s'inquiéter.

Milton Verdi hausse les épaules.

— Pas forcément. Il nous est déjà arrivé de changer de destination en cours de route. Rappelle-toi...

— A Santa Cruz, ils n'en savent rien.

— Eux non, mais nos paternels le savent. Ils vont

les appeler et ils vont leur répondre : « C'est qu'ils ont été ailleurs. Ne vous en faites pas pour eux... »

Antonio soupire. Ils se taisent tous les deux et le silence s'installe. Le silence ? Non : là-bas, depuis la barrière végétale qui les entoure, leur parvient une rumeur continue. Dans cet enfer vert, des milliers et des milliers d'animaux luttent pour survivre, selon une loi féroce, impitoyable, celle de la jungle. Et, brusquement, Milton Verdi et Antonio Gonzales découvrent qu'ils ne sont plus, eux aussi, que des animaux et que, malgré les millions qu'ils ont dans les poches, ils sont les plus faibles et les plus démunis de tous.

Le premier problème qui se pose à eux est celui de la soif. Il fait épouvantablement chaud dans cette clairière toute noire, recouverte de bouts de bois calcinés. Or ils n'ont pas une goutte d'eau avec eux, seulement du whisky. Ils en avalent une gorgée, mais ils le regrettent : l'alcool leur brûle la gorge et leur donne encore plus soif. Alors que faire ? S'aventurer dans la forêt, avec ses bruits, ses cris d'espèces inconnues ? Ils n'ont aucune arme, pas même un canif !

La première journée, leur peur est plus forte que leur soif, ils ne quittent pas les abords de l'avion. La deuxième journée, ils hésitent, ils s'approchent de la lisière, mais rebroussent chemin. Le troisième jour, c'est la soif qui l'emporte. Leur langue a doublé de volume, ils n'en peuvent plus.

Ils s'aventurent de quelques mètres dans la forêt. Il y a bien des arbres fruitiers, portant des baies allongées et jaunâtres. Ils ne sauraient dire de quoi il s'agit : ils n'ont jamais rien vu de tel. Les branches grouillent d'insectes et il y a sûrement des serpents. Ils avancent prudemment la main : les fruits ont une odeur suspecte, peut-être sont-ils empoisonnés. Mais la soif ne leur laisse pas le choix : ils en emportent une provision et la mangent une fois dans l'avion.

Les baies inconnues ne sont pas vénéneuses et ils

n'ont pas de malaise après leur ingestion, mais ils se rendent compte rapidement qu'elles ne leur suffiront pas. D'abord, elles n'étanchent qu'imparfaitement leur soif et elles sont loin d'être assez nourrissantes ; peu à peu un nouveau mal les tenaille : la faim.

Une semaine s'est écoulée, pendant laquelle ils n'ont cessé de scruter le ciel dans l'attente des secours. Mais ils n'ont pas aperçu le moindre point dans le ciel, ils n'ont pas entendu le moindre bruit de moteur. C'est Milton Verdi qui avait raison dans ses sombres pronostics : on les croit ailleurs, on ne s'inquiète pas pour eux. Ils ne peuvent compter que sur eux-mêmes.

Alors, ils se résolvent à chercher de la nourriture. Ils vont à la chasse à mains nues, ils ramassent des animaux répugnants, des vers de terre, des insectes, en prenant soin de ne pas se faire tuer par les serpents et les fauves. Après quoi, ils font cuire leur butin comme ils peuvent. Comme combustible, ils utilisent tout ce qu'ils trouvent : leur carte de navigation inutile, leurs chéquiers, leurs dollars. Il y a dans l'avion un cahier d'écolier, mais Milton refuse de le brûler, il a commencé à y rédiger son journal. Pour allumer le feu, ils disposent d'une boîte d'allumettes. Quand elle sera épuisée, ils devront se résoudre à manger cru.

Le huitième jour, des compagnons viennent pour la première fois partager leur solitude. Mais leur venue ne leur procure aucun réconfort, bien au contraire : des vautours apparaissent dans la clairière. Ils volent très haut ou se tiennent sur les arbres. Ils n'approchent pas. Leur instinct leur dit que c'est pour bientôt, mais pas pour tout de suite. Ils ont tout leur temps.

Est-ce l'arrivée des charognards ? Toujours est-il que le moral d'Antonio Gonzales s'effondre brusquement. Tantôt il se met à pleurer, tantôt il tient des discours étranges. Milton le voit creuser avec ses ongles la terre de la clairière, en criant :

— De l'eau ! De l'eau !

Mais c'est un mirage, bien sûr... Le soir venu, son

compagnon le voit ouvrir le flacon d'after-shave et le boire goulûment.

— Arrête ! Tu vas être malade.

— Je m'en fous !

Antonio Gonzales se tord de douleur toute la nuit et, le matin, il meurt dans d'épouvantables convulsions.

Milton Verdi reste seul dans sa clairière, au milieu de l'enfer vert. Il tente d'enterrer son compagnon, mais il y renonce. Il lui faudrait creuser la terre avec ses doigts et il n'en a pas la force. Il dépose le corps sur une aile de l'avion et le laisse là. Il s'enferme dans la cabine, tournant la tête dans la direction opposée, pour ne pas voir l'arrivée des vautours. Il prend le cahier d'écolier pour raconter ce qui vient d'arriver et c'est grâce à ce journal qu'on va désormais suivre les étapes de son calvaire...

Le lendemain de la mort d'Antonio est pourtant, pour lui, un jour de joie et d'espoir. Il pleut toute la journée. C'est un véritable miracle. Il boit tant et plus, il se déshabille, se lave. Il renaît, il vit ! Mais quand il se met en œuvre de faire des réserves pour les jours suivants, il ne trouve que des moyens dérisoires. Un morceau de tôle à peine creusé ne contient qu'une petite flaque ; il cherche à construire une citerne avec des cailloux, de la terre et sa chemise pour retenir l'eau, il remplit ses chaussures. Peine perdue ! Dès que l'averse a cessé, tout s'évapore avec la chaleur accablante. Au bout de quelques heures, il ne reste plus une goutte d'eau.

La déception est en proportion de l'espoir qui l'avait précédée. Il écrit sur le cahier d'écolier : « Je suis seul. Mes seuls compagnons sont les oiseaux de proie qui sont en train de dévorer Antonio. Je vais mourir à mon tour. Pourquoi est-ce qu'il y a eu cette clairière ? Pourquoi est-ce que j'ai réussi mon atterrissage ? Si nous nous étions fracassés sur les arbres, nous serions morts tous les deux et ce serait beaucoup mieux... »

Pourtant, Milton Verdi résiste. Lui qui n'avait connu que la facilité et l'abondance, il fait preuve d'une énergie, d'une rage de survivre peu communes. Il continue à manger des insectes, des vers de terre, des racines et des baies jaunâtres pour l'eau qu'elles contiennent. Au quinzième jour, il arrive à tuer une tortue et il la mange crue, car il n'a plus de feu. Cette tortue, d'où venait-elle ? D'un cours d'eau, sans doute. Mais comment le trouver ?

Périodiquement, mais de manière très espacée, la pluie tombe et lui permet de reprendre à la fois des forces et de l'espoir. Mais il s'affaiblit inexorablement. Le soixantième jour après l'accident, il commence la description d'une lente et épouvantable agonie. « Je n'ai rien à espérer. Il n'y a rien autour de moi que la jungle et le squelette d'Antonio. J'ai peur. »

Soixante-sixième jour : « Je ne quitte plus la cabine. Je suis trop faible pour sortir. Je vais finir mes provisions. Les oiseaux ne m'auront pas. »

Soixante-huitième jour : « Les vautours sont là. Dès que je ne bouge plus ils attaquent les vitres à coups de bec. Ils ne m'auront pas. »

Enfin, le soixante-dixième jour, Milton Verdi remplit la dernière page de son cahier d'écolier : « Chaque chose en son temps. Aujourd'hui, pour moi, c'est le dernier jour. »

Quand une colonne de secours envoyée par les familles Gonzales et Verdi est enfin arrivée sur les lieux, au début de l'année 1961, elle n'a rien découvert des restes d'Antonio. Son squelette abandonné par les vautours avait été dissous par les pluies, les champignons et tous les micro-organismes de la forêt. L'aile sur laquelle son compagnon l'avait déposé était vide de toute présence.

Milton était à sa place dans l'avion, sur le siège du pilote, recroquevillé sur son cahier, les yeux grands ouverts, la bouche tordue dans un affreux rictus. C'était une vision de cauchemar, mais il était mort intact, ainsi qu'il l'avait voulu. Malgré tout l'acharnement des vautours, qui se lisait aux milliers d'impacts sur le pare-brise et les vitres, il n'avait pas été touché. La terrible fin que le sort lui avait imposée lui avait permis de manifester deux vertus dont il n'avait jusque-là même pas soupçonné l'existence : la dignité et le courage.

LE TEMPLE DU SOLEIL

Angelo Ramolinos regarde depuis sa fenêtre le paysage qui s'étend à perte de vue : cinq cents hectares d'orangers, citronniers et bananiers... La vie prend quelquefois des tours inattendus. Angelo Ramolinos, vingt-cinq ans, était étudiant à la faculté des lettres de Mexico. Il préparait une thèse d'archéologie sur les Mayas. Il s'était passionné, depuis sa petite enfance, pour cette lointaine civilisation qui avait occupé une partie du Mexique, jusqu'à l'arrivée des Espagnols. Il faut dire qu'il avait des raisons à cela. D'abord, une de ses grands-mères était indienne ; il avait un peu de sang maya dans les veines. Et aussi, le domaine qu'habitaient ses parents, celui où il avait passé toute son enfance, cette vaste hacienda consacrée à la culture des arbres fruitiers, était située dans le Yucatan, au cœur de l'ancien pays maya.

C'est cette splendide exploitation qu'Angelo Ramolinos voit à présent sous ses fenêtres, ce 24 octobre 1962. Tout est à lui. Ses parents se sont tués le mois précédent dans un accident de voiture et, puisqu'il est fils unique, il est le seul héritier et maître des lieux.

Nécessité fait loi. Angelo Ramolinos ne sera jamais docteur en archéologie. Mais dans le fond de lui-même, le jeune homme n'a pas renoncé à son idée : faire revivre la société maya disparue. Au contraire, maintenant qu'il est sur place et qu'il a des moyens considérables, ses chances de réussir sont bien plus grandes. La civilisation maya, il en est persuadé, n'a jamais vraiment disparu. Elle s'est perpétuée en secret, parmi les populations indiennes qui forment la majorité du Yucatan.

Tel est le grand projet d'Angelo Ramolinos. Il est exaltant, mais il pourrait être aussi terriblement dangereux. Les Mayas, peuple brillant, étaient tout sauf pacifiques. Est-il bien prudent de réveiller de vieux démons endormis depuis des siècles ?

On frappe à la porte... Angelo Ramolinos lance, sans quitter la fenêtre :

— Entrez !

Il se retourne. L'arrivant est Manolo Campes, un des contremaîtres de l'exploitation. Nez busqué, teint très mat, cheveux noirs, Manolo Campes a le physique typique de l'Indien. Angelo le connaît depuis qu'il est tout petit. Lorsqu'il est revenu à l'hacienda, il lui a posé les questions qui lui brûlaient les lèvres : est-ce que les Indiens pratiquaient encore les anciennes cérémonies mayas ? Manolo a répondu oui. Est-ce que Manolo y assistait lui-même ? Manolo a répondu oui. Est-ce qu'il pourrait le faire assister à l'une d'elles ? Manolo a hésité un moment et a répondu : « Peut-être... »

— Alors, Manolo ?

— C'est d'accord.

— Quand ?

— Ce soir, à minuit.

Minuit. Suivant Manolo, Angelo Ramolinos marche depuis plusieurs heures au cœur de la forêt. Son guide fait un geste.

— C'est là.

Le jeune homme s'arrête. Malgré l'obscurité, il distingue une cabane faite de branchages. Avec des sentiments mêlés, dans lesquels la curiosité et l'excitation l'emportent largement sur l'appréhension, il entre. La cabane est faiblement éclairée et pauvrement décorée.

Une dizaine d'Indiens, hommes et femmes, tous âgés, sont assis sur des bancs. Manolo va directement vers le fond de la salle. Deux personnages au type maya très prononcé, vêtus d'une cape et d'un bonnet de couleur vive, se tiennent immobiles. Il reconnaît les ornements traditionnels des prêtres.

Manolo Campes fait les présentations.

— Voici le padre major et le padre minor.

Angelo Ramolinos tend la main, mais les deux padre se contentent d'un léger signe de tête. Il fait de même. Manolo le prend par le bras et le fait asseoir sur un des bancs. La cérémonie débute. L'un des prêtres commence :

— *Dominus vobiscum.*

Les assistants répondent :

— *Et cum spiritu tuo.*

Et ainsi de suite... Pendant plusieurs heures, c'est une curieuse litanie qui mêle des formules de la messe catholique en latin et des rites païens. Mais c'est au lever du soleil que tout commence vraiment. Le padre major et le padre minor sortent de la cabane, suivis de l'assistance. Ils font quelques mètres jusqu'à un promontoire au milieu de la forêt, dirigé vers l'orient.

Il y a un long silence. Et, brusquement, comme s'ils savaient à la seconde près l'heure du lever, les deux prêtres font entendre un chant étrange, indéfinissable, une sorte de note suraiguë modulée. C'est le « chant du condor ». Angelo Ramolinos avait appris, au cours de ses études, que c'était ainsi que les prêtres faisaient apparaître le soleil. Maintenant, il l'entend vraiment. Le secret a traversé les siècles ! Il est bouleversé. Tandis que le soleil apparaît lentement, il va au-devant du padre major et du padre minor.

— Cette cabane est indigne de vous. Je vais mettre à votre disposition une de mes fermes. Il y en a plusieurs abandonnées sur l'hacienda.

Les deux Indiens s'inclinent sans prononcer une parole. Le jeune homme poursuit, en jetant un coup d'œil sur la dizaine de personnes âgées qui s'en vont, une fois le soleil levé :

— Votre communauté était en train de mourir. Bientôt, grâce à moi, c'est toute la région qui viendra à vos offices.

10 août 1963. Il y a maintenant neuf mois que les Indiens adorateurs du soleil ne se réunissent plus dans une cabane au milieu de la forêt. Grâce à Angelo Ramolinos, ils ont maintenant un temple en dur, qui rend jaloux les curés des paroisses environnantes, installés dans des églises misérables.

Et, avec le nouveau temple, décoré de fresques saisissantes dues à un artiste local, tout a changé. En quittant la clandestinité, en étant reconnu et encouragé par le principal propriétaire de la région, le culte du Soleil a acquis une sorte d'officialisation. Maintenant, ce ne sont plus une dizaine de vieilles personnes qui se rendent aux offices, c'est une bonne partie de la population des environs. Le temple, pourtant vaste, est plein à craquer toutes les semaines. Le padre major et le padre minor sont devenus des personnages importants. Ils en sont conscients et ils sont prêts à affirmer leur autorité à la première occasion.

Cette occasion se présente avec l'été 1963. « Été » est un mot qui ne convient pas à la saison qu'on est en train de vivre. Dire qu'il est pourri serait trop faible. C'est une aberration de la nature, comme il y en a quelques-unes par siècle. Depuis le début juin, il pleut sans arrêt. La plupart des récoltes sont perdues. Mais ce n'est pas tout. La mauvaise humeur du ciel semble avoir des répercussions sur la vie quotidienne. Au village le plus proche, il y a eu seize décès au cours du seul mois de juillet. Bien sûr, il s'agissait pour la plupart de personnes âgées, mais deux femmes ont accouché le même jour d'un enfant mort-né. Et cela, c'est un signe qui ne trompe pas. C'est la malédiction du Dieu-Soleil !

Ce 10 août, Angelo Ramolinos se rend en voiture à la ferme transformée en temple. Il est surpris de voir la foule qui s'y presse : plusieurs centaines de personnes. Comme les choses ont changé depuis la cabane des bois !

Il est minuit... L'office va commencer et va durer jusqu'à l'aube. Angelo Ramolinos admire avec quel talent les peintres locaux ont su reproduire l'effigie du serpent à plumes et des autres divinités mayas. Vraiment, il se croirait revenu mille ans en arrière, dans les images de ses livres d'archéologie.

Le padre major prend la parole :

— Mes frères, le Dieu-Soleil est très en colère contre vous. Mais le Dieu-Soleil m'a parlé. Il m'a dit comment faire pour que ses rayons reviennent et qu'il nous ramène la santé et la joie.

Il y a des cris d'allégresse dans l'assistance.

— Dis-nous vite ! Dis-nous vite !

Angelo Ramolinos, sans savoir exactement pourquoi, se sent vaguement inquiet. Le padre minor s'exprime à son tour :

— Pour revenir, le Dieu-Soleil exige une preuve de notre amour. Il veut prendre pour épouse, tout à l'heure à son lever, une des femmes ici présentes...

Le padre major continue, d'une voix plus exaltée :

— Une femme doit devenir l'épouse du Dieu-Soleil. Alors, il chassera les nuages, reviendra dans le ciel, guérira les maladies et fera mûrir les récoltes. Qui veut devenir l'épouse du Dieu-Soleil ?

Il y a un concert de cris féminins dans l'ancienne ferme.

— Moi ! Moi !

Le prêtre continue d'une voix égale :

— Celle qui acceptera de devenir l'épouse du Dieu-Soleil, ira le rejoindre à travers les flammes. Son corps sera consumé sur le bûcher, mais elle ne souffrira pas. Elle ira droit au ciel avec lui, comme cela se faisait chez les pères des pères de nos pères...

— Non !

C'est Angelo Ramolinos qui vient de crier dans le silence. Il savait bien que les Mayas faisaient des sacrifices humains, qu'ils immolaient de jeunes femmes au Soleil. Mais en réanimant cette communauté moribonde, il ne pensait pas à cela... On est tout de même au XXe siècle !

Pourtant, son cri n'a pas retenu l'attention. C'est au contraire vers une jolie brune de vingt-cinq ans environ que l'assistance porte ses regards. Angelo la reconnaît : c'est Inès Garcia, une des deux jeunes mères qui viennent d'avoir un enfant mort-né. Inès s'immobilise devant le padre major.

— J'accepte de devenir l'épouse du Dieu-Soleil.

Il y a un cri dans l'assistance.

— Inès, je te l'interdis !

C'est Ramon Garcia, le mari d'Inès. Mais il est immédiatement entouré, bousculé, frappé. La tête en sang, il s'écroule sur le sol. Angelo Ramolinos est livide. Il comprend qu'il a, sans le vouloir, déclenché des forces qui lui échappent. Il se rappelle, mais un peu tard, ce que lui ont appris toutes ses études : la civilisation maya était aussi brillante qu'elle était cruelle.

Dans le temple du Soleil, l'excitation est à son comble. Aussi, personne ne fait attention à Angelo lorsqu'il quitte sa place discrètement. Une fois dehors, il court vers sa voiture. Il faut absolument empêcher cette horreur, sauver cette malheureuse !

Le plus proche poste de gendarmerie est à cinquante kilomètres et, dans ce pays, les kilomètres comptent double ou triple. Aura-t-il le temps d'empêcher cet abominable sacrifice humain, commis au nom des dieux disparus qu'il a imprudemment ressuscités ?

Le temps passe très vite, terriblement vite ! Angelo Ramolinos accélère encore malgré l'effrayant état de la route. Il est deux heures du matin. La cérémonie se poursuit. Il risque d'arriver trop tard. C'est au premier rayon de l'aurore que le feu sera mis au bûcher.

La cérémonie se poursuit en effet. Sur l'ordre des

deux prêtres, des jeunes filles ont été chercher dans la nuit des fleurs des champs et des jeunes gens des branches et des bûches. Le padre major continue ses incantations.

— Le grand moment va venir. Le Dieu-Soleil va se marier avec la fille de la terre. Dès que le Dieu aura consommé son mariage, il reviendra parmi nous. Les nuages et les mauvais esprits disparaîtront. Il fera beau et il n'y aura plus de maladie.

Des cris de joie unanimes lui répondent :

— Alléluia ! Alléluia !

Enfin, unanimes, à une exception près : Ramon Garcia, le mari de la malheureuse victime, est toujours à terre, inconscient.

Quatre heures trente du matin. Nue et couronnée de fleurs sauvages, Inès Garcia sort du temple du Soleil entre les deux prêtres. Derrière elle, les fidèles chantent des cantiques. Une lumière diffuse, mi-rose, mi-grise, éclaire faiblement le bûcher qui a été dressé. La jeune femme y prend place courageusement. Elle est attachée. L'excitation des assistants est brusquement tombée. Chacun comprend d'un seul coup ce qui va se passer. Mais il est trop tard pour l'empêcher. Une petite lueur à l'est : c'est le premier rayon.

Le padre major s'approche. Il tient à la main deux silex. C'est l'antique manière des Mayas d'allumer le feu sacré. Mais le prêtre ne doit pas avoir l'habileté de ses ancêtres, à moins que ce ne soit le bois mouillé par la pluie qui tombe depuis des semaines, qui refuse de s'enflammer. Toujours est-il que pendant plusieurs minutes il s'escrime en vain.

Dans l'assistance, la tension est à la limite du supportable. Quelques murmures commencent à se faire entendre. Le padre major chuchote quelques mots au padre minor, qui disparaît. Il revient quelque temps plus tard et, cette fois, chacun sait que le dernier acte est arrivé. Pour qu'ait lieu cette cérémonie venue du fond des âges, les prêtres n'ont pas hésité à faire appel à la technique moderne : le padre minor tient à la main un jerrican.

A la première étincelle des silex, il y a une traînée de flammes, puis une fumée noire, puis un cri épouvantable, puis une atroce odeur de chair brûlée. Le padre major crie :

— Va, jeune épouse ! Va, voyage à travers l'air jusqu'au Dieu-Soleil !

Les hurlements de la malheureuse victime redoublent. Le padre minor prend la parole à son tour pour les couvrir :

— En avant, flammes ! Montez jusqu'au ciel ! Montez jusqu'au Dieu-Soleil !

Encore quelques minutes et tout est terminé. Il ne reste plus de celle qui était tout à l'heure une jeune et belle femme que quelques ossements qui se calcinent. Le padre major fait un large geste des bras en direction de l'assistance.

— Le Dieu-Soleil est heureux ! Le Dieu-Soleil a consommé son hymen ! Laissez-le en paix avec sa jeune mariée. Rentrez chez vous.

Sans dire un mot, comme frappés de stupeur, les fidèles se mettent lentement en mouvement. C'est alors qu'une voix, ou plutôt un hurlement, retentit derrière eux :

— Les prêtres ont menti !

C'est Ramon Garcia, le mari de la suppliciée, qui avait été roué de coups. Il titube, il a la tête en sang. Mais il est habité par une force que rien ne peut contenir.

— Ils vous ont menti ! Regardez le ciel ! Le Dieu-Soleil n'est pas apparu !

C'est vrai. L'aube est maintenant bien levée, mais les nuages sont aussi gris, aussi lourds, aussi denses que les jours précédents. Il commence même à pleuvoir. Les visages se durcissent. Plusieurs voix s'élèvent.

— Les mauvais esprits sont toujours là !

— Les prêtres sont de faux prêtres !

Le padre major est entouré d'un cercle menaçant. Il comprend la gravité de la situation. Il tente de la retourner.

— Oui, c'est vrai. Le Dieu-Soleil n'est pas apaisé. Mais je vais vous dire pourquoi : c'est parce qu'une seule épouse ne lui suffit pas. Il veut une autre victime !

Il y a un instant de flottement. Mais c'est Ramon Garcia qui l'emporte :

— Oui, il veut d'autres victimes. Et on va même lui en donner deux : le padre major et le padre minor !

Lorsque Angelo Ramolinos est arrivé, une demi-heure plus tard, en compagnie de plusieurs jeeps de police, il n'y avait plus personne auprès du temple du Soleil. Enfin, plus personne de vivant. Car, à côté des os calcinés d'Inès Garcia, il a reconnu les deux prêtres, ou ce qu'il en restait. Ils avaient été attachés nus à deux arbres et lapidés.

Hébété, se prenant la tête dans les mains, Angelo Ramolinos n'a même pas remarqué que le soleil était en train de percer les nuages, pour la première fois depuis des mois. Le chaud, l'éclatant soleil du Yucatan, berceau de la civilisation maya.

UNE VIE DE HÉROS

Un brave garçon, le petit René Signol ! A quinze ans, il est physiquement un peu en retard sur son âge. Ce n'est pas le genre à aller se bagarrer avec les autres gamins ni à courir les jupons. Il est docile, tranquille, plutôt rêveur. Il a suivi l'école jusqu'à son certificat d'études et maintenant il est mitron chez un boulanger de Toulouse. René habite un village à une dizaine de kilomètres de là. Et tous les jours, il fait le trajet à bicyclette. Parfois ses parents se demandent ce qu'il pense réellement, si le travail d'apprenti boulanger lui plaît. Car René est renfermé, secret. Mais, dans le fond, il vaut mieux ne pas insister. A cet âge, on garde tout pour soi.

D'ailleurs ses parents ont d'autres préoccupations, comme tous les Français à la même époque. C'est la guerre, l'Occupation. Nous sommes en juin 1942.

Et justement, ce soir-là, le 22 juin 1942, les parents de René ont une visite. C'est le patron de leur fils, le boulanger de Toulouse, qui vient les voir. Brusquement, ils sont inquiets. René n'est pas rentré. Que se passe-t-il ? Que lui est-il arrivé ?

Mais c'est exactement la question que leur pose le boulanger.

— Alors, qu'est-ce qu'il a, René ? Il n'est pas venu ce matin. Il est malade ?

Cette fois, pour les parents, c'est l'angoisse.

— Mais non, il est parti comme tous les jours avec sa bicyclette.

M. et Mme Signol, affolés, vont immédiatement prévenir les gendarmes. On cherche dans la région, mais les jours passent sans rien apporter de nouveau. René a disparu avec sa bicyclette.

C'est une semaine plus tard que sa mère découvre, dans la boîte aux lettres, une enveloppe non timbrée. Il y a simplement écrit, de la main de René : « Pour Papa et Maman ». Elle l'ouvre. Elle lit :

« Cher Papa, chère Maman,

« Je ne pouvais plus rester à la boulangerie. J'ai pris le maquis. Pardon pour le mal que je vous fais, mais si je vous l'avais demandé, vous ne m'auriez pas laissé partir. »

Pendant longtemps, les parents de René restent abasourdis. Leur fils dans le maquis, ils ne peuvent pas y croire ! Mais comment l'idée lui en est-elle venue ? Bien sûr, à la maison, ils écoutent chaque soir la radio de Londres et René l'écoutait avec eux. Mais jamais il n'a fait de réflexion particulière. Jamais il n'a évoqué son désir de se battre. Que se passait-il alors dans sa tête ? Sans doute, en secret, préparait-il déjà son départ. Et maintenant, lui, si timide, si discret, si fragile, est en train de se battre, de risquer sa vie ? Contrairement aux apparences, c'était donc une graine de héros !

Oui, un héros, c'est bien ce que va devenir René. Mais M. et Mme Signol ne vont pas tarder à se rendre compte qu'il n'est pas facile d'être les parents d'un héros.

Pour M. et Mme Signol, c'est l'attente qui commence, une attente angoissée où se mêle beaucoup de fierté. Plus que jamais, ils écoutent les nouvelles de Londres. Et puis, ils se renseignent, à droite, à gauche, auprès des autres parents qui, comme eux, ont un fils dans le maquis. Ils guettent les informations. Et le temps passe...

Eté 1944. Le pays, progressivement, se libère. Et, un jour, une lettre de René leur arrive, avec un timbre cette fois. René peut enfin leur parler au grand jour. Il leur raconte tout ce qu'il a fait depuis deux ans : son engagement dans le maquis, les combats qu'il a menés en Corrèze. Mais ses parents n'en retiennent qu'une phrase : « Je suis en bonne santé. J'arrive. »

En le retrouvant, en plus de leur émotion, ils ont un choc. C'est bien lui, ce grand athlète souriant, dans son uniforme kaki avec sa mitraillette sous le bras ? Il a grandi de vingt centimètres. Il dépasse d'une bonne tête son père, qui doit se mettre sur la pointe des pieds pour l'embrasser. Et puis cette voix grave, assurée. Oui, leur petit garçon est devenu un homme. Seulement, pour la plupart des parents, c'est une découverte qui se fait progressivement, jour après jour. Pour eux, c'est une révélation brutale.

Sa mère, un peu intimidée au début, le prend par le bras.

— Et maintenant, qu'est-ce que tu vas faire ? Tu vas rester avec nous, dis ?

Mais René secoue la tête. Il a toujours cet air songeur, absent, qu'il avait à quinze ans. Pour cela, du moins, il n'a pas changé. A quoi pense-t-il en cet instant ? A la boulangerie de Toulouse où il n'était qu'un petit mitron ? Aux montagnes, aux forêts, où il allait au-devant des balles ? Il répond en adoucissant le plus qu'il peut sa voix grave :

— Non, Maman. Je dois repartir. La guerre n'est pas terminée. Je me suis engagé dans la Ire armée du général de Lattre. Je reste avec vous jusqu'à la fin de la semaine.

Et c'est de nouveau, pour les parents de René, la même attente qui recommence : la même angoisse mêlée de fierté. La seule différence, c'est que cette fois ils ont des nouvelles. Ils peuvent suivre la progression de leur fils sur une grande carte qu'ils ont épinglée sur le mur de la salle à manger. La campagne d'Alsace, Belfort... Il est blessé, mais sans gravité. Il repart avec son unité. La traversée du Rhin, la campagne d'Allemagne. De temps en temps, ils relisent le texte de sa première citation : « Se bat comme un lion. Manifeste un mépris total du danger. » Leur fils est un héros...

Juin 1945 : cela fait trois ans presque jour pour jour que René a commencé à se battre et il n'a que dix-huit ans. Cette fois, c'est la victoire, la guerre est finie et le voilà, pour la seconde fois, de retour dans son village. Toute la population est là pour l'accueillir. Il est fêté. Le maire fait un discours. Le soir, ce sont enfin les vraies retrouvailles. René est seul, chez lui, avec ses parents. Autour de la table de la salle à manger, il répond aux questions de son père et de sa mère.

Mais il semble plus lointain, plus absent que jamais. De temps en temps, un voile passe devant ses yeux. Parfois, il se retourne, l'air surpris, comme si l'atmosphère de cette maison paisible le désorientait, comme s'il cherchait le bruit des balles, des explosions, le danger.

Sa mère aborde enfin la question qui lui tient à cœur :

— Tu sais, j'ai parlé à ton patron. Il te reprend tout de suite à la boulangerie. Et pas comme apprenti, comme ouvrier !

René répond sans lever les yeux de la toile cirée :

— Non, Maman, je pars. Pour moi, la guerre n'est pas terminée. J'ai signé un engagement de trois ans en Indochine. Je dois rejoindre mon bateau à Marseille.

Cette fois, les parents protestent, supplient. Mais René ne se laisse pas fléchir. Il a pris sa décision et il n'en changera pas. C'est vrai qu'il est devenu un homme et depuis longtemps. Ils l'avaient oublié.

Et l'attente reprend comme avant... René écrit souvent : des lettres enthousiastes. Il décrit avec exaltation les combats dans lesquels il est engagé. A l'autre bout du monde, en lisant ces feuillets serrés qui rythment toute leur vie, ses parents soupirent. Oui, René est toujours un héros, mais il ne parle que de combats, que de danger. On dirait que c'est toute sa vie, que, pour lui, il n'y a que cela qui compte.

Janvier 1948 : René rentre d'Indochine. Son engagement est arrivé à expiration. Cette fois, enfin, ses parents vont pouvoir avoir une vie normale et lui aussi va vivre comme les autres.

René, effectivement, reprend son métier de boulanger qu'il avait quitté six ans plus tôt. Comme par le passé, il fait chaque jour, à bicyclette, le chemin entre Toulouse et son village. Mais quand il rentre chez lui, c'est pour s'enfermer dans sa chambre. Elle est tapissée de photos découpées dans les revues militaires, qui sont ses seules lectures.

René ne se fait pas à la vie civile. Il n'a connu qu'une enfance un peu paresseuse, indolente, et la guerre, rien d'autre. Toutes ses émotions, toutes ses peines et ses joies véritables, il les doit à la guerre. Sa vie, c'était de se battre. Il ne sait faire que cela.

En rentrant, il s'attendait à être compris, aidé, encouragé. Pourtant, personne ne lui est reconnaissant d'avoir risqué sa vie pendant des années. Les gens sont poliment admiratifs devant ses exploits, mais dans le fond ils s'en moquent. Non, René ne s'y fait pas. Là-bas, à l'armée, c'était simple : on tuait ou on se faisait tuer. Il y avait une hiérarchie qu'on gravissait, une discipline qu'on respectait. Un caporal obéissait à un sergent, un sergent à un adjudant, et ainsi de suite...

Mais depuis qu'il est rentré, tout s'est compliqué. Ce ne sont pas les plus courageux, les plus aptes au commandement qui dominent. Ce sont ceux qui ont l'argent, les relations, l'astuce, la manière de s'y prendre. Lui, le héros décoré, il n'a rien de tout cela. Tout ce qu'il a fait depuis qu'il est parti au maquis ne lui a servi à rien. Au contraire, cela lui a donné une raideur, une franchise brutale que beaucoup n'apprécient pas. Il lui faut tout recommencer, tout réapprendre, comme lorsqu'il sortait de l'école et qu'il était un petit mitron. En fait, il est toujours un petit mitron. La seule différence est qu'il a maintenant des souvenirs qui l'encombrent...

1950. René est depuis plus de deux ans en France. On reparle de guerre et même de guerre mondiale à propos du conflit de Corée. René suit les événements avec passion. On sent qu'intérieurement il bout, qu'il imagine dans son esprit tout ce qui est en train de se passer sur le terrain.

Un matin du mois d'octobre 1950, en se levant, ses parents trouvent une enveloppe sur la toile cirée. Avant même de l'avoir lue, ils savent ce qu'elle contient.

> « J'ai rejoint le corps des volontaires français en Corée. Je ne pouvais plus rester enfermé. J'avais besoin aussi de me battre. Pardonnez-moi une fois de plus. Je suis heureux. René »...

Le 31 janvier 1951, on a frappé chez les parents de René. Ce n'était pas, comme d'habitude, le facteur qui apportait une lettre du front. C'étaient des gendarmes avec un télégramme. René avait été tué en Corée.

Ainsi s'est terminée la vie de René Signol, une vie de héros, glorieuse et forcément brève. Un héros, dans la vie ordinaire, c'est gauche, c'est bête, cela ne sait pas comment faire. Alors, à la première occasion, un héros repart se battre jusqu'à ce qu'il disparaisse, frappé par un obus aveugle ou une balle anonyme.

LE TORRENT

Il est 17 h 40 ce 24 avril 1952, et il pleut sur Menton et les environs. Rarement la Côte d'Azur aura si mal mérité son nom ! Il pleut depuis exactement trois jours. C'est une pluie ininterrompue, sans la moindre éclaircie, une pluie dense et violente, comme il y en a rarement sous nos climats, qui fait penser à ce qui se passe sous les tropiques ou à la mousson.

Située un peu à l'écart de Menton, la maison des Giordano est modeste mais charmante. Bâtie sur le mont Gros, une colline qui domine la ville, elle est entourée d'un jardinet qui réunit les arbres traditionnels de la région : un olivier, un citronnier, un oranger et un platane. Si le jardin est petit, sa position est idéale. La vue s'étend jusqu'à la mer et rien n'est plus agréable que de prendre ses repas sous le platane à la belle saison qui, ici, dure presque toute l'année.

Mais, pour l'instant, pas question d'aller sous le platane. Toute la famille Giordano s'est enfermée dans la maison. Il y a en tout cinq personnes : la mère, Marie-Pierre, la fille aînée, Mireille, dix-sept ans, qui se trouvent toutes deux au premier étage et les trois plus jeunes enfants, Laure, onze ans, Marie, neuf ans et le petit dernier, Jacques, sept ans, qui jouent au rez-de-chaussée.

Mireille Giordano est en train de faire ses devoirs dans sa chambre. C'est jeudi, le jour de congé scolaire à cette époque. Mireille est une élève sérieuse et cette année est importante : c'est celle du bac. Si elle le réussit, elle s'inscrira à la faculté de médecine, car telle est sa vocation. Par la porte ouverte, elle entend sa mère qui repasse dans la pièce à côté et les cris et les chamailleries de ses frère et sœurs en bas, avec, en fond sonore, le fracas de la tempête qui se déchaîne dehors.

Soudain, un bruit plus assourdissant encore se fait entendre. Ce n'est plus, comme jusqu'à présent, le hurlement des rafales, c'est beaucoup plus grave, beaucoup plus sourd, un grondement accompagné d'un fort tremblement. Depuis la pièce voisine, Mme Giordano s'adresse à sa fille.

— Qu'est-ce qu'il se passe, Mireille ? Va voir.

Mireille se lève, va à sa fenêtre et reste sans voix. C'est inimaginable, c'est hallucinant : des arbres passent devant elle ! Oui, des arbres sont en train d'avancer. Ils descendent la colline, debout, les uns derrière les autres, reposant sur une énorme traînée de terre boueuse... Ne l'entendant rien dire, sa mère s'impatiente.

— Eh bien, Mireille, qu'est-ce qu'il y a ?

Mais Mireille Giordano ne répondra jamais à la question. Car l'instant d'après c'est l'horreur.

Dans sa chambre, la jeune fille est violemment projetée par terre. Elle se relève et se précipite chez sa mère, qui pousse des cris de douleur. Sous l'effet du choc, la planche à repasser est tombée et le fer l'a brûlée. Mais Mireille n'a pas le temps de s'attarder, car d'autres cris lui parviennent d'en bas, ceux des enfants, qui expriment la panique la plus totale.

Elle se précipite et découvre un spectacle de fin du monde. Tout le rez-de-chaussée est inondé par un flot bouillonnant qui lui parvient d'un des murs, qui a été éventré. Ni son frère ni ses deux jeunes sœurs ne savent nager et le débit est tellement énorme qu'ils vont bientôt être recouverts. Mireille se jette à l'eau et, les uns après les autres, parvient à les mener jusqu'à l'escalier. Elle leur crie :

— Montez ! Montez vite !

Il y a un nouveau craquement, plus épouvantable que le précédent, et le mur qui avait été éventré s'ouvre plus encore. C'est à ce moment que Mireille Giordano comprend ce qui est en train de se passer. Par la brèche, elle voit un autre mur et elle le reconnaît : c'est celui de leurs voisins. La maison de leurs voisins, pourtant construite deux cents mètres plus haut, a été emportée par le glissement de terrain, tout comme les arbres il y a un instant, et elle vient de percuter la leur ! Elle les a éperonnés, comme un navire éperonne un autre navire.

Mais c'est la dernière réflexion qu'elle se fait, car elle se sent brusquement emportée par le courant. Elle a beau faire tous ses efforts, elle ne parvient pas à gagner l'escalier. Sous les secousses, la porte d'entrée s'est ouverte et toute l'eau se précipite avec violence par cette ouverture. L'instant d'après, Mireille se retrouve dehors, dans le jardinet si charmant, qui n'est plus qu'un champ de boue dévasté. L'olivier, l'oranger, le citronnier, le platane, tout a disparu.

Elle essaie de se mettre debout, de résister à la force qui l'entraîne le long de la pente, mais comment en aurait-elle la force, quand des arbres et même des maisons n'y sont pas parvenus ? Elle se sent entraînée, aspirée par un flot gluant. Cette fois, c'est la fin...

Et pourtant, non. Elle craignait d'être ensevelie par la boue et de périr étouffée, mais celle-ci lui fait descendre la colline, sans violence, lentement, mais inexorablement. Elle se retrouve ainsi sur la route, qui passe en dessous de chez eux. Elle tente de s'y arrêter, de se raccrocher à quelque chose, car elle sait qu'en dessous, c'est le Careï, le torrent qui vient de la montagne et qui doit en ce moment couler avec une force incroyable. Mais il n'y a rien à faire, après une chute brutale elle plonge dans le torrent.

Elle pousse un cri : l'eau est glaciale. Mais elle n'a pas le temps d'y penser davantage, car elle doit lutter de toutes ses forces pour se maintenir à flot. Le courant fonce à une vitesse inimaginable, peut-être cinquante kilomètres à l'heure, dans un bruit d'apocalypse. Le Careï qui, en été, n'est qu'un ruisseau et qui, en cette saison, ne remplit pas le dixième de son lit affleure ses berges. Charriant toutes sortes de débris, il dévale la pente à toute allure.

Par chance pour elle, Mireille Giordano est bonne nageuse. Elle est même excellente. Depuis qu'elle est toute petite, elle va à la plage et s'entraîne. Si ses études ne la prenaient pas tant, elle aurait même fait volontiers de la compétition. Elle enlève sa veste, qui gênait ses mouvements, et nage avec vigueur en direction d'une des deux rives.

La catastrophe avait surpris par sa brutalité, mais, à présent, les secours s'organisent. Les pompiers et les gendarmes, appelés en toute hâte, se pressent vers les lieux du drame, aidés par de nombreux volontaires. Mireille Giordano en aperçoit plusieurs, qu'elle croise à toute allure, emportée par le flot jaunâtre. Etouffée par le limon qui lui emplit la bouche, elle a la force de crier :

— Lancez-moi une corde !

Mais elle passe trop vite pour qu'ils aient le temps de tenter un geste. Un instant, elle croit pourtant qu'elle va être sauvée. Avec une rare présence d'esprit, un passant a enlevé son veston et, le tenant par le bout d'une manche, le lance vers elle. Elle l'effleure, le manque d'un doigt à peine et sa course terrifiante et désespérée se poursuit.

Car Mireille va mourir et elle le sait ! Le Careï coule pendant deux kilomètres en direction de la ville, mais avant d'atteindre la mer, où il se jette devant le casino, il parcourt plus de huit cents mètres en tunnel sous les jardins de Menton. En temps normal, les flots n'atteignent pas le sommet du tunnel, mais avec le débit qu'il y a en ce moment, c'est forcément le cas. Si elle ne se rattrape pas à quelque chose, elle va être noyée.

Cela, un homme le sait aussi et il a décidé de prendre tous les risques pour l'éviter. Le gendarme René Levray a vu une jeune fille en train de se débattre dans le torrent. Elle arrive vers lui à toute vitesse et il n'a que quelques secondes pour agir. Or il se trouve qu'il a, en cet instant, une corde à la main.

Avec une présence d'esprit remarquable, il se dit que, s'il la lui lance, elle n'aura que peu de chances de l'attraper. En revanche, s'il se jette à l'eau, il sera beaucoup plus à même de saisir la nageuse elle-même. Il tend un bout de la corde à un passant, il prend l'autre bout et se lance dans les flots tourbillonnants.

Il était temps ! Mireille arrive vers lui comme un bolide. Il tend la main vers elle, la manque, mais réussit à agripper le col de son corsage. Pendant quelques instants, il parvient à la retenir, il la croit sauvée, mais le col glisse sous ses doigts. Avec un grand cri qu'on peut entendre de la rive, malgré le grondement du torrent, Mireille Giordano reprend sa course vers la mort.

Le gendarme Levray n'abandonne pourtant pas la partie. Le tunnel est tout près, il n'est plus possible de l'arrêter avant, mais il veut croire qu'il reste quand même une chance à la jeune fille. Le courant est tellement violent qu'il peut lui faire traverser le passage dangereux en deux minutes environ. Si elle a assez de sang-froid pour ne pas s'affoler et assez de souffle pour retenir sa respiration pendant tout ce temps, elle peut s'en sortir !

Il bondit dans sa voiture, qui se trouvait tout près, et fonce, sirène hurlante, en direction du port. Il y est quelques minutes plus tard. Maintenant, il faut trouver un bateau pour lancer les recherches.

Le problème est que la nuit est presque tombée. Si le temps était dégagé, on y verrait encore à peu près, mais avec cette tempête, l'obscurité est pratiquement totale. Pour bien faire, il faudrait une embarcation possédant un phare. C'est le cas de celles de la gendarmerie et des douanes, mais le temps qu'on les alerte, il sera sans doute trop tard.

C'est alors que René Levray lève les yeux vers la haute silhouette qui domine la rade. Il s'agit d'un navire de guerre, le croiseur américain *USS Stephen Potter*. Lui a des vedettes rapides munies de phares. Il court vers la passerelle et s'adresse au planton en français, car il ne connaît pas un seul mot d'anglais.

— Une jeune fille à la mer ! Jetée dans le torrent par l'éboulement. Vite, s'il vous plaît, il faut faire vite !

Sa qualité de gendarme fait que le soldat le prend au sérieux. Il va chercher un de ses supérieurs qui comprend le français. René Levray s'explique et, peu après, une vedette est mise à la mer. Tous phares allumés, elle entame ses recherches. Elles sont longues, mais au bout d'une demi-heure, alors qu'on était près de désespérer, une tache claire apparaît. Ce sont des cheveux blonds, c'est elle et... elle nage !

La jeune fille est hissée à bord, mais elle a presque perdu connaissance, dans un état d'épuisement total. Elle est allée jusqu'au bout de ses forces, elle est même allée au-delà. Conduite à l'hôpital de Menton, elle décède deux heures plus tard. Ce qui avait failli devenir un miracle est resté une tragédie.

Malgré tout le courage, tout l'acharnement du gendarme Levray, Mireille Giordano figure au nombre des victimes de la catastrophe de Menton, qui a fait onze morts et treize blessés.

SANS BAGAGE

— Tu vas parler, espèce d'ordure ? Dis, tu vas parler ?...

Roger Bossé suffoque dans la baignoire au fond de laquelle son tortionnaire vient de le replonger, pour la dixième, la vingtième ou la centième fois, il ne sait plus... Nous sommes le 14 mars 1944, dans les locaux de la Gestapo, avenue Berthelot à Lyon, une adresse sinistre qu'on se chuchote avec crainte dans la ville, une adresse dont bien peu sont sortis vivants.

Roger Bossé a été arrêté trois jours plus tôt, en gare de Perrache. Dans sa valise, il y avait des tracts et des armes, le genre de chose qui ne pardonne pas. Il fait partie d'un des nombreux réseaux de la Résistance lyonnaise et maintenant la Gestapo emploie tous les moyens pour qu'il livre ses camarades. Mais il n'a pas cédé et il ne cédera pas.

Il regarde son bourreau, dont le visage est tout près du sien, la bouche tordue par un vilain rictus. C'est lui, l'ordure, et le plus étonnant, c'est qu'il n'a pas l'air de s'en rendre compte ! C'est un Français, un Parisien même, son pur accent de titi ne trompe pas. Il doit avoir le même âge que lui, vingt ans, guère plus. Pourquoi s'est-il mis au service de l'occupant, pour arrêter et torturer ses compatriotes ? Par appât du gain ? Par idéologie ? Roger Bossé lui lance un regard d'intense mépris et, réunissant toutes les forces qui lui restent, lui réplique :

— Je ne dirai rien.

L'autre l'agrippe par les cheveux et s'apprête à poursuivre le supplice, mais un homme intervient. C'est un Allemand en uniforme, très maigre, avec des petites lunettes rondes à monture métallique. Il n'a pas participé aux tortures ni même prononcé un seul mot depuis qu'il est dans la pièce. Il fait un geste de la main et, aussitôt, le Parisien, comme un chien bien dressé, relâche son étreinte. L'Allemand s'approche de la baignoire et dit, sans élever la voix, avec un fort accent :

— C'est fini. Vous serez fusillé, monsieur. Pas tribunal, fusillé.

« Fusillé, monsieur... Tu vas parler, ordure ? » L'accent allemand et l'accent parisien mêlés, comme un symbole de la situation qu'il a voulu combattre : combien de fois, depuis, Roger Bossé les a-t-il entendues, ces phrases ? Car le temps passe, sans qu'il ne se produise rien. Il est enfermé dans une cellule du sinistre fort de Montluc, à Lyon. Ils sont six, dans une cellule de trois mètres sur deux, et il attend. Un prisonnier qui était là bien avant lui a dit un jour :

— Quand ils viennent chercher un gars pour le fusiller, ils appellent son nom et ils ajoutent : « Sans bagage... »

7 juin 1944 : cela fait près de trois mois que Roger Bossé croupit dans sa geôle, sans qu'il y ait le moindre fait nouveau le concernant. Mais ce jour-là n'est pas comme les autres, car ses camarades et lui apprennent une nouvelle, et quelle nouvelle : le débarquement allié a eu lieu la veille en Normandie ! Ils accueillent l'annonce avec la joie qu'on peut imaginer, même s'ils se doutent que leur situation personnelle va en être aggravée. Car, face à cette situation, l'attitude des Allemands ne peut que se durcir.

Ils ne se trompent pas. Le 12 juin au matin, le fort de Montluc est réveillé par un intense remue-ménage.

Partout, ce sont des portes qui claquent, des bruits de bottes, des « Schnell ! Schnell ! ».

La porte de la cellule s'ouvre brutalement. Un fonctionnaire français fait irruption, encadré de deux militaires allemands mitraillette au poing. Il lance :

— Bossé, sans bagage.

Roger Bossé se sent devenir glacé des pieds à la tête. Bien sûr, il ne se faisait aucune illusion, mais l'être humain est ainsi fait qu'il espère quand même contre toute raison. Mais voilà, c'est arrivé, c'est maintenant. Il faut y aller, sans bagage... Il constate que ses compagnons de cellule sont, tous en même temps, devenus blêmes. Ils vont vers lui pour lui donner l'accolade, mais les soldats allemands interviennent brutalement, ils les repoussent à coups de crosse et le jettent dehors.

Dans le couloir, il y en a d'autres qui attendent comme lui. Ils quittent en file la prison. Ils sont vingt-trois. Dans la cour, on les attache deux par deux avec des menottes, puis on les fait monter dans un camion bâché. Quatre gardes en armes prennent place à leur côté. L'un d'eux leur lance :

— Pas parler...

Mais aucun d'eux n'a envie de parler. Ils sont tous assommés, hébétés. Le camion se met en marche, suivi de deux tractions-avant, dans lesquelles ont pris place des hommes armés, en civil et en uniforme. Le convoi traverse Lyon à toute allure. Roger Bossé peut voir des promeneurs, des hommes en chemisette, des femmes en robe légère, car c'est une magnifique journée de juin qui commence, une journée dont il ne verra pas la fin, son dernier jour. Pourtant, il a beau se le dire, il ne s'en rend pas vraiment compte. Il ne se rend compte de rien, tout lui semble irréel...

— Nous sommes foutus, Joachim.

C'est son compagnon de menottes qui vient de lui adresser ces mots, en l'appelant par son nom de Résistance. Roger Bossé le connaît bien, puisqu'il faisait partie de son réseau. Il s'appelle Jacques Tautelle, mais tout le monde, dans le maquis, l'appelait « Cavalier ».

Cela n'avait rien à voir avec le milieu hippique, c'était qu'il n'y avait pas plus cavaleur que lui. Ah, il s'y entendait, Jacques, pour faire tomber les filles ! Bossé soupire et répond simplement :

— Oui, Cavalier, nous sommes foutus...

Le camion bâché a quitté Lyon. Il passe en trombe à travers plusieurs villages et, au sortir de l'un d'eux, oblique dans un chemin de terre à travers bois. Il pile dans une clairière. Les deux tractions-avant s'arrêtent à leur tour. Huit hommes en sortent, quatre en civil, quatre en uniforme SS ; tous ont une mitraillette à la main.

Les prisonniers sont extraits du camion. On leur retire les menottes. Cette fois, c'est la fin. Mais leur mort imminente ne désarme pas la fureur des Allemands. Ils sont poussés en avant à coups de crosse, à coups de botte, sous un concert d'injures. L'un d'eux, qui aperçoit un bouton d'or et se baisse pour le cueillir, est frappé sauvagement. Enfin, les coups s'arrêtent. Les vingt-trois hommes sont au milieu de la clairière. L'officier qui commande l'exécution crie un ordre :

— Couchés, tous... Plat ventre ! Par terre...

Ils s'exécutent. Pas un ne fait de tentative pour s'enfuir. Roger Bossé a le nez dans l'herbe, l'odeur de terre et de végétation lui semble envahissante, presque enivrante. Jacques Tautelle, qui est toujours à ses côtés, lui adresse ses dernières paroles :

— Au revoir, Joachim.

Roger se tourne vers lui.

— Au revoir, Cavalier.

Il n'y a plus, à présent, que l'herbe et le ciel... Le silence s'est fait dans la clairière, à part des bruits de bottes derrière eux. Les tueurs prennent place. Mais Roger Bossé ne ressent ni haine ni peur. A vrai dire, il ne ressent rien du tout, comme si l'intensité de la situation anéantissait toute émotion... Soudain, c'est le déchaînement infernal, les rafales qui crépitent de tous côtés. Il sent un violent coup dans le dos et un second à l'épaule droite, rien d'autre. Et puis, le calme revient.

C'est un silence de mort entrecoupé de quelques gémissements.

Les rafales reprennent pourtant, mais avec beaucoup moins d'intensité. Roger Bossé ouvre les yeux... Un Allemand, mitraillette au poing, se penche sur les corps allongés. C'est un officier, il peut voir distinctement ses épaulettes. C'est lui qui aboyait ses ordres tout à l'heure. Maintenant, il vient pour le coup de grâce.

Après les moments hors du temps qu'il vient de vivre, Roger Bossé retrouve d'un seul coup toute sa lucidité. Par un miracle extraordinaire, il est vivant et il conserve une chance infime de s'en sortir mais, pour cela, il ne doit pas bouger. Il s'efforce de garder son immobilité, luttant contre son instinct qui lui crie de s'enfuir, ce qui, bien sûr, serait un suicide. Il attend, tandis que les rafales se rapprochent. Cela va être à lui. Surtout, ne pas bouger, faire le mort... Il y a un bruit assourdissant. Il a l'impression que sa tête éclate. Mais c'est seulement une impression, il vit, il vit !...

Il y a encore quelques rafales, les coups de grâce de ceux qui sont après lui, puis des bruits de pas qui s'éloignent, enfin des moteurs qui se mettent en marche ; leur son diminue et disparaît. C'est fini. Roger Bossé se redresse. Sa tête bourdonne, le sang remplit sa bouche et lui brouille la vue. Il prend la main de Jacques Tautelle, allongé près de lui :

— Cavalier...

Mais la main est complètement inerte, Cavalier est mort, ils sont tous morts, il est seul au milieu de vingt-deux cadavres. Maintenant, c'est rester qui serait un suicide. Il faut fuir, il n'y a pas un instant à perdre ! Mais en aura-t-il la force ? Il se lève et il se rend compte que oui. Il est dans un état de grande faiblesse, il souffre énormément, mais il peut marcher, il peut même courir. Il parvient à sortir du bois et il se retrouve sur la route où le camion avait bifurqué. Deux enfants arrivent à sa rencontre. Mais, à sa vue, ils ont un regard épouvanté.

— N'ayez pas peur. Dites-moi seulement où sont vos parents.

Les gamins lui montrent une ferme un peu plus loin et s'enfuient. Il y parvient non sans difficulté. Il n'y a personne, à part une vieille femme apeurée qui apparaît sur le seuil et qui lui dit, en le voyant tout dégoulinant de sang :

— N'entrez pas ! Vous allez tout salir.

Docilement, Roger Bossé se rend dans l'écurie et, là, il se laisse tomber sur la paille, à côté d'un cheval. Au bout d'un temps qu'il a du mal à évaluer, une femme arrive, sans doute la fille de la vieille dame, la mère des gamins de tout à l'heure. Elle ne semble pas avoir peur. Elle lui demande calmement :

— Qu'est-ce qui vous est arrivé ?

Il se dresse sur la paille et lui répond cette phrase extraordinaire que bien peu d'hommes, certainement, ont prononcée avant lui :

— J'ai été fusillé.

Comme elle le fixe avec des yeux incrédules, il précise :

— Dans le bois à côté. Nous étions vingt-trois.

— C'était cela, les coups de feu ?

— C'était cela...

La femme le quitte un court moment et revient avec une bouteille.

— Buvez. C'est très fort.

Il avale une gorgée au goulot. C'est effectivement un alcool très fort, mais cela lui fait du bien. Il peut se lever et suivre la fermière dans la maison. Un temps indéterminé s'écoule encore ; des minutes hors du temps, hors de la vie... Des hommes arrivent. Ils lui changent ses vêtements et le pansent. Ils lui apprennent qu'il est à Neuville-sur-Saône. Ils lui disent qu'on va s'occuper de lui, qu'il n'a rien à craindre, qu'il est chez des patriotes.

Une camionnette vient le prendre une heure ou deux plus tard. Installé à côté du chauffeur, il passe la Saône sur un pont. Il y a là une sentinelle allemande. Si elle les interpelle, ils sont perdus, mais elle les regarde passer sans rien leur demander.

Roger Bossé se retrouve ainsi à Lyon, qu'il avait quitté le matin dans le camion des condamnés à mort. Il est transporté à l'hôpital des Charmettes. Là, on lui apprend qu'officiellement il est Georges Duval, une victime du récent bombardement anglais sur Vaise. Des papiers à ce nom vont lui être établis. Trois personnes sont dans la confidence : la directrice de l'établissement, l'infirmière qui s'occupe de lui et un chirurgien.

Ce dernier l'opère sans attendre. Il lui extrait la seule balle qu'il ait dans le corps. Car aussi extraordinaire que cela paraisse, il n'y en a qu'une. Les autres sont ressorties sans toucher aucun organe. Le fusillé de Neuville-sur-Saône n'a que des blessures superficielles !

Mais il n'est pas question d'aller dans la salle d'opération, où on risquerait de se faire surprendre. Tout le personnel n'est pas sûr, il faut prendre des précautions. Le chirurgien l'opère dans sa chambre même, sans anesthésie générale, avec une simple piqûre locale. Il le prévient, avant de commencer :

— Je risque de faire un peu mal. Accrochez-vous aux barreaux !

Mais qu'est-ce que cette douleur quand on a vécu ce que vient de vivre Roger Bossé ? L'intervention se passe sans problème et, après quinze jours de convalescence, il est sur pied. Il reprend, d'ailleurs, immédiatement le combat. Par une filière clandestine, il peut rejoindre un autre maquis où il finira la guerre, après avoir accompli d'autres actions d'éclat.

Après la Libération, un monument a été élevé à Neuville-sur-Saône à la mémoire des fusillés du 12 juin 1944. Il comporte vingt et un noms. Sur les vingt-trois hommes qui sont partis sans bagage de la prison de Montluc, il en manque deux. L'un, parce qu'il est demeuré anonyme ; malgré toutes les recherches, on n'a jamais pu savoir de qui il s'agissait. Et l'autre, parce qu'il n'est pas mort. Le destin avait réservé à Roger Bossé un autre rôle : celui de témoigner, pour la postérité et pour l'histoire, du martyre de ses compagnons.

LA LUCETTE

Comment décide-t-on de faire le tour du monde en famille sur un petit voilier ? Eh bien, tout simplement, autour de la table familiale.

Chez les Robertson, en cette fin d'année, on s'apprête à terminer le repas. Comme c'est Noël et qu'on est en Angleterre, on vient de finir la dinde et on va bientôt attaquer le pudding.

C'est M. Robertson, Dougal Robertson, qui parle. Avec sa quarantaine, ses cheveux roux bouclés et sa barbe rousse, il a tout du vieux loup de mer. Et c'est effectivement un vieux loup de mer. Avant de s'établir comme fermier dans cette campagne du Staffordshire, il a beaucoup bourlingué ; il était capitaine au long cours.

Et, bien entendu, Dougal Robertson, en cette veillée de Noël, est en train de parler de mer. Ses enfants l'écoutent avec ravissement : l'aîné, Douglas, dix-huit ans, qui n'a jamais été très doué pour les études mais qui est bâti en athlète et reprendra certainement un jour la ferme ; et les plus jeunes, les deux jumeaux Neil et Sandy, des blondinets de douze ans, qui, chaque fois qu'on évoque la mer, se mettent à rêver tout haut avec leur père.

Pour l'instant, Mme Robertson, Lynn, n'est pas là. Elle est à la cuisine. C'est qu'elle s'occupe du pudding et elle n'entend pas Neil interrompre son père.

— Dis, papa, si on faisait le tour du monde, tous ensemble sur un bateau ?

Dougal Robertson, au lieu de sourire, s'est tu tout à coup et s'est mis à réfléchir. Il n'a même pas vu arriver le pudding. Et les jours suivants, il continue à réfléchir. Voilà... C'est par une réflexion d'enfant dite sans y penser que commence parfois l'aventure. Et l'aventure dont il va être question, c'est bien autre chose qu'un tour du monde.

Effectivement, Dougal Robertson a réfléchi : la quarantaine, c'est le dernier moment pour prendre les grandes décisions. Son aîné Douglas a terminé ses études, sa femme Lynn, réticente au début, a vite été séduite par le projet, les jumeaux auront droit à quelques mois de vacances inespérés, quant à lui, l'appel de la mer est irrésistible... Partir une dernière fois, et puis après vivre de souvenirs.

En réunissant toutes ses économies, il peut s'acheter un bateau d'occasion mais solide et sûr : la *Lucette*, une goélette de dix-neuf tonneaux et de treize mètres de long. Oh, ce n'est pas un yacht de milliardaire, mais tout de même. Il y a quatre cabines, ce qui est plus que suffisant quand on est cinq.

Et, en février 1972, c'est le grand départ, la nouvelle vie. La *Lucette* quitte l'Angleterre, droit vers l'Atlantique, avec à son bord un équipage gonflé d'enthousiasme. Dougal a rajeuni de vingt ans ; il est de nouveau capitaine, mais cette fois sur son bateau à lui. Douglas lui aussi est heureux, il va seconder son père du mieux qu'il pourra ; il n'a pas d'expérience mais il va lui montrer de quoi il est capable.

Lynn, dans son coin, sourit. Elle sait bien qu'avec son mari et ses trois fils, elle a un rôle irremplaçable à jouer. Car ce bateau, il ne suffit pas de le conduire, il faut aussi s'occuper des mille détails qui font la vie de tous les jours, il faut en faire leur foyer pendant un an, et cela, elle s'en charge. Quant aux jumeaux Neil et

Sandy, ils sont tout simplement radieux. Ils ont un père formidable. Il a suffi de lui dire : « Papa, si on faisait le tour du monde ? » pour qu'il les emmène réellement autour du monde. Et ils vont aller en bateau un an ou un peu plus, pendant que leurs petits camarades vont rester en Angleterre à faire leurs devoirs et étudier leurs leçons... Ah ça, ils ont de la chance !

Et le voyage commence. On découvre des pays, des endroits merveilleux : Lisbonne et le Portugal, les Canaries, les Bahamas. Et puis des îles beaucoup plus petites et moins connues dont certaines n'ont même pas droit à un nom sur la carte : ce sont juste quelques mètres carrés de sable avec des fleurs, des oiseaux et des poissons multicolores.

Mais la découverte n'est pas seulement dans le paysage. Car Dougal, pour renforcer son équipage et pour sortir les enfants du strict cadre familial, a décidé d'embarquer à chaque escale un ou deux étudiants volontaires, des bateaux-stoppeurs en quelque sorte. A chaque fois, ce sont de nouveaux amis avec lesquels ils font connaissance. Entre Lisbonne et les Canaries, un Américain et un Suédois ; entre les Canaries et les Bahamas, un Belge et un Canadien. Aux Bahamas, c'est encore un nouveau. Celui-là, il est avec eux pour quelque temps. C'est un Néo-Zélandais qui veut rentrer chez lui, de l'autre côté du Pacifique, un grand gaillard longiligne de vingt-deux ans : Robin Williams.

Robin a tout de suite été accepté par les jumeaux et toute la famille. Il n'est sans doute pas aussi bon marin que les étudiants précédents, il est même parfois franchement maladroit, mais il est tellement gentil ! Il est resté très enfant. Il a emporté avec lui une cargaison d'illustrés qui font le bonheur de Neil et de Sandy et puis, le soir, il raconte de si belles histoires sur son pays lointain de l'autre côté du grand océan, sur sa Nouvelle-Zélande, ce pays des antipodes où ils seront tous bientôt et qu'il promet de leur faire découvrir.

La traversée du canal de Panama est encore un sujet d'émerveillement. C'est impressionnant de naviguer entre ces deux bandes de terre, de passer toutes ces écluses, côte à côte avec les cargos et les gros pétroliers. Et puis, derrière, il y a l'océan Pacifique, avec tout ce que cela évoque.

Les îles Galapagos sont la première étape. La *Lucette* y a fait escale une semaine entière. On ne se lasse pas d'admirer la faune extraordinaire de cet endroit de rêve : des iguanes et des oiseaux, des poissons inconnus pour eux. Mais il faut bien partir pour l'étape suivante, et quelle étape : les îles Marquises à quelque trois mille milles, environ cinq mille cinq cents kilomètres.

15 juin 1972, l'après-midi se termine. Dougal s'est retiré dans sa cabine pour calculer la position de la *Lucette*. Le déjeuner s'est terminé plus tard que d'habitude et a été gai. Pendant longtemps, Robin a joué des airs pop sur sa guitare, ensuite ils ont écouté des disques. Dougal sourit... Jamais l'ambiance n'a été aussi bonne. Oui, c'était une idée folle de partir comme cela pour le tour du monde, tous ses amis le lui ont dit. Mais il a bien eu raison d'oser. Depuis à peine six mois qu'ils sont partis, Douglas, ce grand gamin de dix-huit ans, est devenu un homme. Lynn, sa femme, rajeunit de jour en jour, les jumeaux s'épanouissent à vue d'œil. Quant à lui, il a réalisé le rêve de sa vie, et combien d'hommes peuvent en dire autant ?

Dougal est même très content de lui. Il n'a rien perdu de son métier. Pas une erreur de navigation et la *Lucette* elle aussi est irréprochable. Oui, vraiment c'est un beau bateau. Dougal achève ses calculs :

— Voyons... On est à trois cents milles des Galapagos. Tout se passe comme prévu. Dans trois semaines on sera aux Marquises.

Et c'est alors que se produit l'imprévisible, l'incroyable. Un bruit, un bruit énorme comme une explosion, accompagné d'une secousse effroyable qui le jette par terre, renverse la table sur laquelle il était en train d'écrire. Des images se bousculent dans la tête de Dougal tandis que la *Lucette* est ballottée d'un côté à l'autre : 1941, le sous-marin allemand, la torpille dans la salle des machines. En même temps, il entend une voix sur le pont, celle de son fils Douglas qui hurle :

— Les baleines, les baleines !

En quelques secondes, Dougal est à l'extérieur et il voit... Des masses noires qui s'enfuient à toute vitesse. Ce ne sont pas des baleines, mais des épaulards, ces cétacés dont certains peuvent peser plus de trois tonnes. Ce qui vient d'arriver est exceptionnel, invraisemblable : la *Lucette* vient d'être littéralement torpillée par des épaulards.

Mais Douglas n'a pas le temps de réfléchir davantage. Un autre cri parvient du fond du bateau, cette fois. C'est Lynn ! Dougal se précipite dans leur cabine. La coque est ouverte, un trou de cinquante centimètres de diamètre, par lequel l'eau, la belle eau bleue du Pacifique, se précipite avec la force d'une cataracte. Au milieu de la pièce inondée, Lynn, hébétée, trempée des pieds jusqu'à la tête, tente d'une manière dérisoire de boucher la brèche avec son oreiller.

Dougal ne perd pas son sang-froid. Il faut agir et vite. La *Lucette* est en train de sombrer très vite. Trouver les jumeaux... Les gilets pour tout le monde. Sortir les embarcations de sauvetage... Les provisions et le reste après, si on a le temps.

Sur la *Lucette*, il y a deux embarcations de sauvetage : un grand canot en caoutchouc à rames de type classique de six mètres de long et un dinghy, c'est-à-dire un petit bateau d'un peu plus de trois mètres avec une voile.

Sur le pont, tandis que Lynn attache leur gilet aux jumeaux, Douglas et Robin ont déjà dégagé le canot. Dougal, de son côté, court mettre à l'eau le dinghy. Tout cela s'accomplit mécaniquement, sans penser à rien, sans prononcer une parole. Ce sont les gestes qu'on avait appris et répétés pour le cas où... Mais « le cas où » est arrivé.

Tout le monde est déjà dans le canot de caoutchouc. Seul Dougal est encore sur la *Lucette*, ou ce qu'il en reste. La *Lucette* est déjà un bateau coulé, un bateau mort. Dougal a déjà de l'eau jusqu'à la ceinture et le pont se dérobe inexorablement sous lui. Il doit se mettre à nager pour amarrer le dinghy au canot par un fil de nylon d'une dizaine de mètres de long. Avant de rejoindre les autres, il a le temps d'attraper au hasard un sac de plastique contenant des citrons et des oranges, la boîte à couture de Lynn, tout cela au milieu d'un bric-à-brac tragique : la guitare de Robin, l'ours en peluche de Neil, des casseroles échappées de la cuisine qui se dandinent et les coussins multicolores sur lesquels, tout à l'heure, ils prenaient des bains de soleil...

Longtemps, ils regardent tous sans rien dire le spectacle qui est là, devant leurs yeux : le haut du mât de la *Lucette* qui s'enfonce lentement et, un peu plus loin, les requins qui se sont mis à déchiqueter le cadavre de l'épaulard qui les avait percutés. L'eau devient toute rouge. Il est huit heures du soir.

Alors, brusquement, ils comprennent qu'ils sont devenus sans transition des naufragés. Tout à l'heure ils étaient heureux, ils chantaient, ils se bronzaient, ils faisaient des projets d'avenir. Maintenant, ils sont entassés à six dans un canot de sauvetage perdu en plein Pacifique. Oui, ce qui n'arrive que dans les histoires vient de leur arriver à eux : ils sont des naufragés. Mais Dougal garde toute sa lucidité : d'abord, voir ce qu'il y a dans le canot. L'eau, en premier lieu : dans le coffre de survie, à l'avant, il y a le bidon réglementaire de dix litres. A côté, bien alignés à leur place, deux jours de biscuits et de glucose pour dix personnes, une trousse de pharmacie, une écope et huit fusées éclairantes. Voilà, c'est tout, avec les citrons, les oranges et la boîte à couture de Lynn.

C'est alors que Lynn s'approche de son mari. Calmement et à mi-voix, pour qu'on ne les entende pas, elle lui dit :

— Il faut que tu nous en sortes. Pas pour nous, pour les jumeaux. Nous devons les sauver !

Dougal lui répond d'un hochement de tête grave et, tandis que Lynn retourne auprès de Neil, qui s'est mis à pleurer, il essaye d'examiner aussi calmement que possible la situation.

Ils sont à trois cents milles des îles Galapagos. C'est beaucoup plus de cinq cents kilomètres et, de toute façon, pas question d'y revenir, les courants portent en sens contraire. D'une manière générale, il ne faut pas espérer aborder sur une terre quelconque. Il n'y en a aucune qui soit habitée dans les parages, rien que quelques îles désertes, situées à l'écart des routes maritimes où personne ne viendrait jamais les chercher.

Dans ces conditions, la seule manière de s'en tirer est d'aller vers le nord. Il faut rejoindre l'axe Panama-Tahiti qui est très fréquenté. Là aussi, c'est à trois cents milles, mais dans cette direction, au moins, les courants et les vents sont favorables.

Oui, on peut y arriver. Le dinghy, la petite embarcation vide à laquelle ils sont accrochés, peut les y emmener. Dougal le ramène bord à bord en tirant sur le fil de nylon, déploie sa voile et le laisse partir devant. Dans vingt jours, ils seront sur la route Panama-Tahiti. Cela, c'est une certitude. Mais est-ce qu'ils y arriveront vivants ? C'est la seule question. Avec dix litres d'eau pour six, ils ont dix jours de survie, quinze peut-être pour les plus robustes.

Dans le coffre de secours, il y a encore un petit manuel qui indique la conduite du canot pneumatique. Dougal le lit hâtivement en profitant des derniers rayons du soleil. C'est un catalogue de banalités que tout marin connaît par cœur : le fonctionnement des rames, des recommandations comme celles de ne pas percer avec un objet pointu le caoutchouc des flotteurs, de ne pas boire d'eau de mer, de ne pas se baigner s'il y a des requins et le tout se termine par une belle formule en majuscules et caractères gras : « BONNE CHANCE ».

Dougal a jeté le manuel à la mer. La nuit est tombée, leur première nuit de naufragés. Mais personne ne dort, cette nuit-là. Il faut dire que quand on passe en quelques minutes de la cabine d'un joli voilier à un canot de six mètres où l'on est entassés à six, dans le noir au milieu des vagues, ce n'est pas tellement facile de dormir.

16 juin 1972. C'est pour la famille Robertson et Robin Williams leur deuxième jour de naufragés. On se regarde. Les hommes sont mal rasés et tout le monde est habillé un peu n'importe comment, tel qu'on était quand l'épaulard a frappé à mort la *Lucette*.

Devant, dansant presque gaiement à une dizaine de mètres, il y a le petit dinghy vide avec sa voile blanche qui les entraîne au nord, vers la route des bateaux, vers les autres hommes. Mais pour l'instant, c'est si loin...

Et la vie de naufragés commence. Un poisson volant s'abat dans un gracieux vol plané sur le caoutchouc du canot. Mariné avec un des citrons, il constitue leur premier repas, avec une gorgée d'eau chacun, un quartier d'orange et un biscuit pour six en guise de dessert.

Il fait beau, très beau. Il fait même très chaud. On est exactement à l'équateur. Il faut absolument qu'il pleuve avant dix jours, sinon... Alors, on parle. Lynn raconte des histoires aux jumeaux. Robin parle encore une fois de sa Nouvelle-Zélande natale.

C'est de nouveau la nuit. La première vraie nuit, celle où il va falloir essayer de dormir. Sur le fond du canot, il y a suffisamment de place ; enfin à condition de ne pas trop bouger. Mais les naufragés ont alors une sensation curieuse et désagréable. A peine sont-ils allongés sur le fond en caoutchouc qu'ils ressentent de petits coups qui les font sursauter ou des frôlements qui les chatouillent. Ce sont les poissons qui, en dessous d'eux, se cognent au canot ou le mordillent. Même en dormant, il est impossible d'oublier que la mer est là, partout, qu'on est seul au milieu d'un monde totalement étranger.

Il faudra pourtant s'habituer à dormir sur un matelas de poissons, s'habituer à cela comme au reste. D'ailleurs, le troisième jour se lève, nous sommes le 17 juin 1972.

La journée débute, comme la précédente, par un poisson volant qui vient atterrir dans le canot. C'est lui qui constitue le petit déjeuner. Le déjeuner, comme la veille, ce sera, un peu plus tard, un quartier d'orange, un bout de biscuit et une gorgée d'eau...

A bord du canot pneumatique de six mètres de long, la vie s'est tant bien que mal organisée. Lynn s'occupe des jumeaux, leur raconte des histoires, fait tout pour qu'ils ne pensent pas trop à la situation. De temps en temps même, elle leur fait réciter les leçons de mathématiques ou d'histoire qu'ils avaient apprises les jours précédents.

Dougal vérifie le cap et calcule la distance parcourue depuis le départ : vingt milles par jour, cap au nord ; c'est bien, à condition qu'il pleuve. Sous ses ordres, Douglas et Robin se partagent chacun un côté de l'horizon dans l'espoir de voir apparaître quelque chose. Mais il n'y a rien...

Et les jours passent, toujours les mêmes : un ou deux poissons volants le matin, puis l'attente de midi, c'est-à-dire du quartier d'orange et de la gorgée d'eau, puis l'attente du soir et la nuit où il faut essayer de dormir dans le frôlement continuel, les petits coups et le chatouillement des poissons qui passent en dessous, dans l'Océan.

Maintenant, on ne se parle presque plus ; la salive est rare, il faut l'économiser. Seule Lynn a encore le courage de raconter des histoires aux jumeaux et parvient à les occuper en les faisant dessiner sur le caoutchouc du canot.

L'embarcation, tirée par le petit dinghy dix mètres

devant, poursuit sa route dans la bonne direction et c'est vers le soir, alors qu'on s'apprête à prendre la deuxième et dernière gorgée d'eau de la journée, que Robin pousse un cri :

— Un bateau !

Tout le monde s'est dressé en même temps, au risque de déséquilibrer le canot. Mais oui, c'est vrai. Là-bas, à l'arrière, à six ou sept kilomètres peut-être, il y a une petite tache noire, un cargo qui vient de couper leur sillage et poursuit sa route perpendiculairement à la leur.

Douglas n'a pas perdu de temps. Il a déjà saisi, dans la caisse étanche à l'avant, une fusée éclairante. La mer s'illumine brusquement d'un rose violent, aussi aveuglant qu'un flash de photographe. Quand la lumière s'éteint, les six regards se portent en même temps à l'arrière. La petite tache noire est toujours là, un peu plus petite cependant. Le bateau continue sa route.

Alors, ils se mettent tous à crier, comme si on pouvait les entendre. Ils appellent, ils injurient, ils supplient. Ils crient dans la lueur rose de la deuxième fusée que lance Dougal, puis dans la troisième... Et puis, ils se taisent : la petite tache noire a disparu.

Dougal prend sa femme dans ses bras et la voit s'agiter d'étranges convulsions. Il met un moment à comprendre. Elle pleure, elle pleure sans larmes. Elle est tellement déshydratée qu'elle n'a plus une goutte d'eau dans ses glandes lacrymales.

Dougal sait bien que ce qui vient d'arriver est dramatique. Un espoir déçu est pire que tout. Maintenant, ils vont se sentir encore plus seuls, encore plus naufragés. Et puis, de toute façon, il n'y a plus que deux litres d'eau.

Mais dans la nuit qui suit, une nuit d'accablement, de désespoir, il y a un bruit et une impression étranges. Le bruit c'est celui d'un petit clapotis sur l'eau et l'impression, c'est celle, depuis longtemps oubliée, de fraîcheur et même de froid. Et, brutalement, violemment, c'est la pluie, la grande pluie équatoriale, un déluge.

En quelques minutes, tous les récipients sont remplis. Le fond du canot ressemble maintenant à une piscine, une piscine d'eau douce. Il faut écoper, mais jamais un effort n'a semblé aussi facile. Maintenant, ils rient de toutes leurs forces dans la nuit. Les jumeaux battent des mains, Douglas et Robin échangent de grandes claques sur l'épaule. Ils sont sauvés !

Et pourtant, c'est peut-être alors qu'ils vont connaître leur plus grande peur. Ils se trouvent confrontés brusquement à une autre sorte de danger. La pluie redouble, tandis que le vent fraîchit et se renforce. Ce n'est pas une simple averse qu'ils viennent de rencontrer, c'est une tempête !

Pendant un jour et une nuit entière, ils sont obligés d'écoper sans relâche, alors que le radeau et le dinghy, ballottés par des vagues énormes, menacent de se retourner à tout moment. Ils sont glacés jusqu'aux os, ils sont dans un état d'épuisement total, mais ils sont conscients que si l'un d'eux s'arrête un seul moment, ils sont tous perdus ! Lorsque la pluie cesse enfin, après vingt-quatre heures d'efforts incessants, ils s'endorment tous en même temps, en se laissant tomber à l'endroit où ils étaient en train d'écoper.

Dix jours passent encore. Ils font toujours route dans la bonne direction. Ils ont de l'eau et de quoi manger, car avec les aiguilles et les épingles du nécessaire à couture de Lynn, ils arrivent à pêcher des dorades ou à capturer des tortues de mer. Mais le problème est maintenant différent. C'est celui du canot.

Les chocs des poissons, des vagues, les rayons du soleil ont attaqué le caoutchouc, l'ont usé, percé. Au début, on a pu réparer grâce à la colle spéciale qui fait partie de l'équipement de secours. Mais il y a sans cesse de nouveaux trous et la colle s'épuise à son tour.

Le canot tient encore, il flotte, mais de moins en moins bien. Il faut maintenant, à longueur de journée et même de nuit, souffler dans les flotteurs pour les regonfler et écoper sans arrêt. Malgré cela, le niveau de l'embarcation s'abaisse régulièrement par rapport à la mer. Si le temps change, s'il y a des vagues, même moyennes, ils risquent d'être submergés. Et tout autour, il y a les ailerons triangulaires des requins, qui n'ont cessé de les suivre depuis le début du naufrage.

Alors, le 1er juillet, dix-septième jour, Dougal prend la seule décision possible. En tirant sur la corde de nylon, il amène le dinghy qui depuis le début les a tirés avec sa petite voile gonflée, et c'est le transbordement. On n'emportera sur le dinghy que l'eau, les fusées éclairantes et les hameçons et harpons de fortune qui servent pour pêcher.

Maintenant, ils sont tous les six dans le dinghy qui, débarrassé de sa remorque, file plus vite vers sa destination, vers la route maritime Panama-Tahiti. Oui, maintenant, ils avancent plus vite, mais dans quelles conditions !

Le dinghy, en effet, mesure trois mètres dix de long. Avec six personnes à bord, il est affreusement surchargé. Il dépasse seulement de quinze centimètres le niveau de l'eau. Les naufragés savent, maintenant, qu'ils sont en équilibre au-dessus de l'Océan. Aucun d'eux ne peut se déplacer, aller de l'avant à l'arrière ou de bâbord à tribord, sans qu'un autre, et du même poids, ne fasse en même temps le mouvement inverse. Sinon, l'embarcation se renverserait purement et simplement et, tout autour, il y a les requins qui attendent...

Mais ce n'est pas tout, il y a aussi le manque de place. Il est impossible, même en se recroquevillant, même en se contorsionnant, de s'étendre à six sur le fond. Il faut, chaque nuit, qu'un des adultes, à tour de rôle, se tienne debout, pendant que les autres essayent de dormir. Oui, il n'y a pas de doute possible : s'ils avaient été sept naufragés au lieu de six, ils auraient dû se résoudre à sacrifier l'un d'eux ou à périr ensemble.

Et pendant vingt et un jours, la famille Robertson et Robin Williams vivent ou plutôt survivent dans leur coquille de noix. Le dinghy, bien piloté par Dougal, arrive sur la route maritime Panama-Tahiti, mais là, on ne rencontre personne. Alors Dougal met le cap à l'est, vers l'Amérique. A cet endroit, les vents et les courants sont favorables. On peut espérer l'atteindre en un mois environ, sauf s'il y a une tempête ou une mer un peu forte.

Le 23 juillet 1972, trente-huit jours après le naufrage, Lynn Robertson est en train de s'occuper de la toilette des jumeaux, lorsque Dougal s'écrie soudain :

— Un bateau, droit devant !

Mais se souvenant de la terrible déconvenue qui avait suivi la première rencontre avec un navire, il ajoute aussitôt :

— Il n'est pas sûr qu'il nous voie. Ne bougez pas. Il ne faut pas déséquilibrer le dinghy.

Il s'empare des fusées éclairantes qui restent. Il en prend une en main, avec une terrible appréhension : que la tempête les ait rendues inutilisables, même si elles sont conçues pour résister à l'humidité. Mais non ! Il tire le percuteur, des étincelles s'échappent en même temps que de la fumée et, l'instant d'après, une fusée d'un rose intense s'élève dans le ciel, avant de retomber très loin derrière les vagues.

Dougal Robertson s'apprête à en lancer une seconde, mais il s'arrête dans son geste. Ce n'est pas la peine. Il a vu nettement la silhouette gris sombre du navire changer de cap et venir vers eux. C'est fini. Le thonier japonais *Toka Maru II* a mis fin à leur odyssée et la photo de leur sauvetage fera le tour du monde.

Mais, à partir de ce moment, les fils de Dougal Robertson n'ont plus jamais rêvé de mer si ce n'est dans leurs cauchemars. Ils se sont tous trois établis fermiers avec leur père. Et pour leurs vacances, ils ont juré de ne plus aller qu'à la montagne.

LES GALÉRIENS D'AUJOURD'HUI

Le *Pescamar* a vraiment fière allure, tandis qu'il est amarré sur un quai de Pusan, le grand port de Corée du Sud ! C'est un thonier de deux cent cinquante tonnes, flambant neuf et doté de l'équipement le plus moderne : radar, ordinateur pour le guidage par satellite, deux chambres de congélation, une à moins soixante-dix degrés et une à moins quarante. Il bat pavillon de complaisance, mais c'est un navire coréen.

Or un navire coréen, ce n'est pas très loin d'une galère ! La tâche est trop dure pour qu'on trouve des volontaires sur place. Ce sont des immigrés qui s'en chargent : Indonésiens, Vietnamiens, Birmans, Chinois. Ils travaillent pour un salaire de misère : l'équivalent de quatre cents francs par mois. Mais les officiers, qui, eux, sont tous coréens, en gagnent quinze mille. On imagine, dans ces conditions, le climat qui peut régner entre les uns et les autres.

En plus, le gouvernement chinois exige, avant de laisser partir les « volontaires », une caution de trente mille francs, somme exorbitante, qui ne sera rendue que si l'employeur s'est déclaré satisfait.

Tout cela fait que les navires sud-coréens, principalement les thoniers, sont les négriers modernes et leurs équipages les galériens d'aujourd'hui : des cadences de travail inhumaines, des repas pourris, de l'eau imbuvable, des châtiments corporels, dans les cas les plus graves la prison en chambre froide et, pour un oui ou pour un non, des retenues injustifiées sur les salaires. En 1995, il y a eu cent vingt-sept mutineries et onze officiers tués par leur équipage. Quand un navire coréen prend la mer, nul ne sait ce qui va arriver. Nul ne sait qui rentrera au port et qui ne rentrera pas.

Le 7 juin 1996, le *Pescamar* part de Pusan pour sa campagne de pêche au thon. A bord, dix-sept matelots : dix Indonésiens, sept Chinois, et six officiers coréens, le capitaine Choï, le navigateur, le cuisinier, le chef-mécanicien, le mécanicien en second, le chef des chambres froides.

Parmi les Chinois, il y en a un qui n'est pas tout à fait comme les autres. Zai Quian est, en effet, un intellectuel, un ancien professeur de littérature en Chine, qui a immigré en Corée, dans l'espoir illusoire d'y trouver de meilleures conditions. Zai Quian a pris immédiatement un grand ascendant sur ses compatriotes, qui sont tous d'anciens bûcherons et qui l'appellent respectueusement « Professeur ».

Le capitaine Choï, trente-quatre ans, exerce son premier commandement. Il n'a pas d'autorité naturelle, il est raide, cassant, brutal. Son comportement est, en outre, aggravé par la pression qu'exerce sur lui l'armateur. Il y a une concurrence effrénée entre les thoniers, les faillites se multiplient et seuls les plus rentables pourront subsister.

D'une manière plus générale, en cette année 1996, l'économie coréenne est en état de surchauffe, elle est au bord de la catastrophe qui se produira l'année suivante et qu'on pressent peut-être. En tout cas, chacun s'efforce d'accumuler au plus vite le maximum de profits.

C'est à la mi-juillet que le *Pescamar* arrive dans sa zone de pêche, en plein Pacifique. L'endroit est l'un des plus éprouvants pour l'organisme. Il est situé au milieu du pot-au-noir, une zone sans air où il fait toute l'année entre trente-cinq et quarante degrés, dans une atmosphère écrasante, surchargée d'électricité.

Le capitaine Choï réunit son équipage, fait uniquement de novices, et lui explique en quoi consiste la pêche au thon. Il faut six heures pour jeter les lignes et neuf pour les ramener. Ensuite, on n'a que vingt minutes pour congeler les thons. Il faut les achever d'un coup de stylet, les vider, les congeler brièvement à moins soixante-dix degrés, puis les mettre dans la chambre froide à moins quarante.

C'est Zai Quian qui traduit les explications aux autres Chinois, qui ne parlent pas suffisamment coréen. Ensuite, chacun prend son poste de travail. Mais tout se passe de travers et le résultat de la prise s'avère déplorable. Choï est furieux, il est certain qu'il s'agit d'une rébellion dont le chef est Zai Quian. Il le convoque devant tout l'équipage.

— Tu as fait exprès de mal traduire mes paroles, hein ?

— Je vous assure que non.

— Menteur !

Et le capitaine lui envoie une gifle retentissante. Zai Quian réplique immédiatement par un coup de poing. Les Coréens portent secours au capitaine ; en réplique, les Chinois s'arment de tout ce qui leur tombe sous la main et les Indonésiens se rangent à leurs côtés. On est tout proche de la mutinerie, mais elle est évitée on ne sait par quel miracle. Au dernier moment, tout le monde se calme.

L'incident n'est pourtant pas clos. L'équipage décide de se mettre en grève tant que le capitaine n'aura pas présenté ses excuses à Zai Quian. Choï est bien obligé de s'exécuter s'il ne veut pas que la campagne de pêche soit perdue. Mais le climat est devenu détestable. Les Coréens sont furieux et l'équipage considère le Professeur comme son véritable chef.

Il y a maintenant deux maîtres sur le *Pescamar*. C'est un de trop et le drame peut éclater d'un instant à l'autre, dans cette atmosphère étouffante et cette chaleur accablante...

Un capitaine qui aurait le moindre soupçon de psychologie aurait compris le danger mortel qui régnait sur le navire, mais pas Choï. Il ne cesse de ruminer l'humiliation qu'il a subie et, le 30 juillet, il décide de passer à la contre-attaque. Il réunit les autres officiers coréens en conseil de discipline. Là, il prend l'initiative, approuvée par les autres, de licencier les Chinois.

Ces derniers sont convoqués et le capitaine leur dit sans le moindre préambule :

— Vous êtes renvoyés pour faute grave.

Les marins se préparent à exploser de colère, mais sur un signe de Zai Quian, ils se taisent et se retirent sans un mot. Ils savent ce qu'il a décidé. Car il ne peut être question d'accepter. Etre licencié pour faute grave, ce serait perdre les trente mille francs de caution qu'ils ont versés en quittant la Chine, ce serait la ruine. Dès qu'ils sont dehors, le Professeur s'adresse à eux à voix basse :

— On va se mutiner. Une fois qu'on sera maîtres du bateau, on le ramène vers la Corée. On le coule au large des côtes et on débarque en canot.

— Et quand est-ce qu'on passe à l'action ?

— Il faut encore mettre au point les détails... Disons, dans la nuit du 2 au 3 août.

Ce délai va causer une victime de plus. Le 1er août, un autre navire thonier coréen, le *Dong Won*, croise la route du *Pescamar* et lui fait savoir par radio qu'ils ont un jeune stagiaire de dix-huit ans qui a l'appendicite. Est-ce qu'ils peuvent le laisser sur l'île Samoa, qui est tout près sur leur chemin ? Le capitaine Choï accepte.

La nuit du lendemain, alors qu'il est train de lire dans sa cabine, il est appelé par une voix :

— Capitaine ! Venez vite, capitaine !

Il sort sans méfiance. Il est égorgé d'un seul coup de couteau et son corps est jeté à la mer. Les mutins s'en prennent ensuite au cuisinier, un homme de cent kilos, qu'ils ont décidé de supprimer tout de suite après, en raison de sa force physique. Un Chinois va le réveiller.

— Le capitaine vous appelle.

— Maintenant, mais pourquoi ?

— Je ne sais pas. Il vous appelle...

Le cuisinier est égorgé à son tour et la tuerie se poursuit toute la nuit. Le meurtre du mécanicien en second est particulièrement dramatique. Frappé d'un coup mal ajusté, il est seulement blessé et tente de s'enfuir. Les mutins le poursuivent, le rattrapent et le jettent à l'eau. Mais le malheureux s'accroche au bastingage. Alors, ils lui coupent les mains et il tombe dans un hurlement.

Au matin, les mutins sont maîtres du navire. Ils ont tué cinq des six Coréens et fait prisonnier le navigateur, car ils en ont besoin pour continuer leur route. Un Chinois qui avait refusé de se rallier à eux et trois Indonésiens qu'ils jugeaient suspects sont enfermés dans la chambre froide à moins soixante-dix.

Les autres Indonésiens, terrorisés, sont conviés à rejoindre la mutinerie. Mais Zai Quian a imaginé de leur faire passer un test pour être sûr de leurs intentions.

— On veut bien vous prendre avec nous, mais avant, vous allez tuer le stagiaire coréen.

Le jeune homme, brûlant de fièvre sur sa couchette, est, par chance pour lui, endormi par les sédatifs. Il proteste à peine quand les Indonésiens s'emparent de lui et le jettent à la mer. Cette fois, Zai Quian, le Professeur, est maître du *Pescamar*...

Il fait mettre le cap au nord, comme il l'avait annoncé, mais, peut-être grisé par son nouveau pouvoir, il ne s'en tient pas là. Il prend les Chinois à part.

— Voici les instructions : quand on sera en vue de la Corée, on se débarrassera du navigateur et des Indonésiens.

Ses compatriotes ne comprennent pas.

— Le navigateur, d'accord. Mais pourquoi les Indonésiens ? Ils sont avec nous.

— Parce que je l'ai décidé. C'est un ordre !

Du coup, les Chinois, effrayés de sa férocité, se demandent s'il n'a pas l'intention de les supprimer eux aussi. L'un d'eux va prévenir les Indonésiens et une seconde mutinerie est décidée à la première occasion favorable.

Celle-ci se présente trois semaines plus tard, le 23 août. Ce jour-là, les moteurs tombent en panne. L'un des réservoirs est vide. L'autre est plein, mais en l'absence du mécanicien, personne ne sait l'ouvrir. De plus, les deux réservoirs sont l'un à bâbord, l'autre à tribord et faits pour servir alternativement un jour sur deux. Comme, depuis la mutinerie, on s'est toujours servi du même, le navire penche affreusement.

Le *Pescamar* se met à dériver sous une chaleur accablante. Il n'y a presque plus d'eau. Les harengs qui servent d'appâts aux thons pourrissent dans la soute, répandant une odeur épouvantable, et on peut à peine tenir debout sur le pont. Devant la gravité de la situation, Zai Quian réunit tout le monde et c'est le navigateur coréen qui émet une idée :

— Il faudrait aller dans la cale. Il y a de nombreux objets lourds. On les déplacera du même côté et le bateau retrouvera son équilibre.

Le Professeur donne son accord. Mais une fois qu'ils sont tous en bas, le navigateur et les Indonésiens se concertent en silence et remontent tous en même temps, puis ferment les écoutilles. Les Chinois, prisonniers, tambourinent comme des fous. Ils sont dans un endroit exigu presque sans air, au milieu du poisson pourri. Ils vont mourir !

Non, ils ne mourront pas. Le navigateur lance un SOS et, très rapidement, le patrouilleur japonais *Mikado* vient à leur secours. Les mutins, délivrés, sont arrêtés et ramenés à Pusan.

Ainsi s'est terminée la mutinerie du *Pescamar*. En Corée du Sud, la peine de mort est toujours en vigueur et elle se pratique par pendaison. Jugés, condamnés, Zai Quian et les siens ont été pendus comme au temps des flibustiers. Vraiment une histoire d'un autre âge à l'aube du troisième millénaire !

LE CALABRAIS ET LE PIÉMONTAIS

31 décembre 1940. L'hiver est rigoureux cette année-là, comme la plupart des hivers de guerre. Mais Salvatore Tolone et Giorgio Milelli transpirent de tout leur corps. Il faut dire que l'hiver au cœur du désert de Libye, cela n'a pas grande signification. Bien sûr les nuits sont froides, mais dans la journée, le soleil tape quand même et comme il n'y a pas d'ombre...

Salvatore Tolone et Giorgio Milelli, soldats dans une compagnie de transmissions, sont mobilisés depuis six mois en Libye. Il y a quelques semaines, les Anglais ont déclenché une violente offensive dans la région d'Harmarica où ils se trouvent et les combats font rage.

Tolone et Milelli avancent à pas fourbus. Physiquement, ils ne sont guère différents l'un de l'autre : ils ont tous deux une vingtaine d'années et le type méditerranéen. Mais leurs personnalités sont aussi opposées que possible. Salvatore Tolone est piémontais. C'est un citadin au tempérament réservé, pour ne pas dire froid. Avant la guerre, il était clerc de notaire. Giorgio Milelli, lui, est un paysan calabrais. Il a l'exubérance et la spontanéité des Méridionaux. Bref, ce sont deux êtres qui ne se seraient jamais rencontrés si la guerre ne les avait mis en présence. Depuis le début de l'offensive anglaise, ils sont affectés au même service radio.

Giorgio Milelli s'éponge le front. Il s'adresse à son compagnon :

— Fichue chaleur ! Je me demande comment tu fais pour supporter cela, toi, le Piémontais. Moi, pourtant, j'ai l'habitude...

Salvatore Tolone répond brièvement :

— Et moi je l'ai prise.

Il y a un silence prolongé. Giorgio Milelli reprend la parole :

— Fichu poste de radio ! Dire qu'il a fallu qu'il tombe en panne à dix kilomètres du dépôt. Enfin, c'est encore heureux que le caporal ne nous ait pas fait prendre le camion. A pied, on se crève, mais au moins on a des chances d'arriver. Hein, Tolone ? Tu nous vois dans un bahut avec les avions anglais ?

Salvatore Tolone ne répond pas et poursuit sa route. Milelli lui jette un regard noir et serre les mâchoires. Pour qui il se prend ce type ! Il méprise les gens du Sud, comme tous les Piémontais. Sale mec, va ! Puisque c'est comme cela, il ne lui dira plus un mot.

Mais au bout d'une demi-heure de marche, c'est plus fort que lui, Giorgio Milelli s'adresse de nouveau à son compagnon. Il n'en peut plus de ce silence, de cette étendue vide où l'ennemi est peut-être caché.

— Fichue guerre ! Tu peux me dire ce qu'on fait là dans ces cailloux au lieu d'être chez nous ?

Salvatore Tolone ne répond pas. Milelli sent la colère le gagner.

— Enfin ! Tu as envie de te faire tuer pour ce bout de désert ? Tu n'aimerais pas être chez toi dans ton foutu Piémont ?

Tolone hausse les épaules :

— Garde ta salive... tu vas te dessécher la bouche.

Cette fois, Giorgio Milelli se tait définitivement. Non pour économiser sa salive mais parce qu'il n'a plus rien à dire à l'autre affreux. Pas de doute, il est pour la guerre, lui ! Il croit au grand empire italien de Mussolini. Il doit militer dans les rangs des fascistes. Alors, dans ce cas-là, il vaut mieux effectivement se taire sinon cela pourrait être dangereux.

— Ecoute !

C'est Salvatore Tolone qui vient de rompre le silence. Giorgio Milelli est tellement surpris qu'il en reste immobile.

— Qu'est-ce qu'il t'arrive ? Tu as retrouvé ta langue ?

Mais son compagnon l'agrippe par le bras :

— Tais-toi ! J'entends un avion.

Giorgio Milelli dresse l'oreille à son tour. Effectivement, il distingue lui aussi un vrombissement lointain. Les deux soldats regardent autour d'eux. Ils ne pouvaient pas se trouver dans un endroit plus exposé. Tout à l'heure, le chemin passait au milieu d'éboulis de rochers. Là-bas, il y avait de quoi se protéger. Mais depuis deux kilomètres environ, le sol est absolument plat. Il n'y a ni relief ni végétation pour se dissimuler.

Le bruit grossit rapidement. Un point brillant apparaît à l'horizon. Tolone et Milelli ne se font aucune illusion : l'avion est anglais ; depuis le début des combats, les Anglais ont la maîtrise du ciel. Revenir sur leurs pas ne servirait à rien. Ils n'auraient pas le temps. Les deux hommes se jettent à terre. Milelli demande anxieusement :

— Tu crois qu'il va nous voir ?

Comme à son habitude, Salvatore Tolone se contente de hausser les épaules sans répondre.

Milelli continue :

— Et s'il nous voit, il ne va tout de même pas nous tirer comme des lapins. Nous, on ne l'intéresse pas...

L'avion anglais est maintenant tout près. Il vole à basse altitude. Les deux Italiens ferment les yeux et serrent les dents. Il va les voir. Il y a un bruit assourdissant et un sifflement aigu et saccadé. L'avion vient de passer au-dessus d'eux et de lâcher une rafale. Tolone et Milelli relèvent la tête. Ils se regardent. Aucun des deux n'est blessé. Milelli pousse un juron calabrais tandis que Tolone se débarrasse de la poussière dont il est couvert. Milelli conclut :

— On a eu du pot !

Mais aussitôt il pousse un cri :

— Non ! C'est pas vrai !

Si, c'est vrai... L'avion anglais vient de faire demi-tour et il revient vers eux en rase-mottes. Au lieu d'attaquer les camions ou les chars, comme c'est vraisemblablement sa mission, il a choisi de canarder deux malheureux soldats qui ne représentent de danger pour personne. Giorgio Milelli hurle :

— Le salaud !

Comme des insectes pris au piège, les deux Italiens se mettent à courir sans savoir où ils vont. L'avion arrive, des éclairs s'allument sous ses ailes et il remonte à la verticale vers le ciel. Giorgio Milelli sent une brusque douleur à la cuisse en même temps qu'une vive chaleur lui monte aux tempes ; il s'abat sur le sol en gémissant. Salvatore Tolone accourt vers lui, tandis que l'avion, sans doute satisfait d'avoir fait mouche, disparaît rapidement à l'horizon.

— Qu'est-ce qu'il y a, mon vieux ?

Milelli n'émet que des râles de douleur, mais sa réponse est superflue. La blessure est là, béante. La balle de mitrailleuse a arraché le pantalon et avec lui un morceau de chair gros comme le poing dans le haut de la cuisse. Le sang gicle, immédiatement absorbé par le sol poussiéreux du désert de Libye. Le blessé a un cri :

— J'ai mal !

Et il tente de porter la main à l'endroit qui le fait souffrir. Son camarade le retient.

— Non, il ne faut pas y toucher, tu agrandirais la blessure...

Salvatore Tolone sort de sa poche un bout de ficelle.

— Je vais t'attacher les mains, c'est le seul moyen.

Giorgio Milelli se laisse lier les poignets derrière le dos sans protester. Il redresse la tête.

— Pourquoi tu fais ça, puisque de toute manière je suis fichu ?

Tolone achève de serrer ses nœuds.

— C'est pour te retrouver vivant quand je reviendrai avec les secours.

Son compagnon a un faible sourire.

— C'est gentil, mais...

Tolone ne le laisse pas poursuivre.

— Les photos, tu les as ?

— Oui, dans ma veste...

Salvatore Tolone sort de la veste de son camarade deux clichés tout froissés et tout jaunis de soleil : la mère et la fiancée de Giorgio. Combien de fois il lui en a parlé ! Ou, plutôt, il a essayé de lui en parler. Car lui, Salvatore, il n'aime pas trop les confidences. Il aime bien rester silencieux, suivre le cours de ses pensées, même si on imagine parfois que c'est par indifférence ou par mépris.

Tolone installe les deux photos à quelques centimètres du blessé. Il les cale avec des cailloux afin de les faire tenir debout.

— Comme ça, tu les vois ?

Giorgio Milelli hoche la tête. Il fait un effort pour parler.

— Je m'étais trompé... Pour un Piémontais...

Tolone l'interrompt.

— Garde ta salive, tu vas te dessécher la bouche. A tout à l'heure, je reviens.

Et Salvatore s'éloigne en courant. Il n'entend pas son camarade qui murmure, la tête à même le sol poussiéreux :

— C'est gentil de me le faire croire...

Giorgio Milelli suit autant qu'il peut la forme qui disparaît, là-bas sur la route qu'ils auraient dû parcourir ensemble. Quand plus rien n'est visible, il tourne la tête de l'autre côté, en direction des deux photos.

Toujours en courant, Salvatore Tolone continue la piste qui conduit au poste d'Harmarica où ils devaient se rendre tous les deux. S'il ne rencontre personne en chemin, il sera trop tard pour le malheureux Giorgio. Harmarica est encore à une heure de marche et, même en faisant vite, les secours n'arriveront pas à temps : l'hémorragie est trop forte.

La piste est maintenant bordée d'éboulis rocheux, comme dans la première partie de son parcours. Tolone a un choc au cœur : là, abrité sous un gros rocher, un camion ! Pas de doute, il est italien. Si l'équipage est là, il le conduira jusqu'à son compagnon, si le véhicule est abandonné, il le pilotera lui-même. Il ne sait pas conduire, mais, dans le désert, cela ne doit pas être impossible.

Salvatore Tolone fait le tour du camion. Apparemment personne... Tant pis, il n'y a pas de temps à perdre ! Il ouvre la portière et s'installe. C'est alors qu'une voix retentit derrière lui en italien.

— Qu'est-ce que vous fichez là ?

Salvatore Tolone se retourne. C'est un lieutenant suivi de deux soldats. Tolone désigne l'endroit d'où il vient.

— Mon lieutenant, il faut aller là-bas. Il y a un blessé. Il faut faire vite !

Le lieutenant s'approche du camion.

— Pas question !

Salvatore est éberlué.

— Comment ? Mais il va mourir, je vous dis !

— Pas question ! Rouler avec un camion sur cette piste, c'est du suicide. Nous avons déjà été attaqués par un avion, tout à l'heure.

Salvatore Tolone ouvre la bouche pour protester, mais il n'en a pas le temps.

— Et puis assez discuté. C'est moi qui commande ici !

Ce qui se passe en lui à cet instant, Salvatore Tolone ne pourra jamais l'expliquer clairement par la suite. Il obéit à son instinct, à quelque chose d'invincible qui vient du fond de lui-même. D'un geste brusque, il abaisse son fusil vers l'officier et s'adresse aux deux soldats derrière.

— Les mains en l'air ou je tue votre lieutenant !

Complètement abasourdis, les deux hommes s'exécutent en tremblant. Tolone continue d'une voix dure :

— Qui sait conduire ?

Un des soldats s'avance.

— Moi.

— Allez, monte !

Salvatore referme la portière derrière lui et saute sur le marchepied, le fusil braqué dans la direction du lieutenant et du soldat restant. Il lance un ordre :

— Démarre !

Et, l'instant d'après, le camion s'ébranle dans un nuage de poussière. Par chance, l'aviation anglaise, qui avait mis tant d'acharnement à mitrailler les deux soldats à pied, ne repère pas le gros véhicule et, quelques minutes plus tard, Tolone accourt auprès de son camarade. Milelli le regarde et prononce avant de s'évanouir :

— Je n'aurais jamais cru...

Avec mille précautions, Salvatore Tolone et le soldat qui l'accompagne placent le blessé sur le véhicule et le voyage reprend en sens inverse, vers Harmarica où se trouve l'hôpital italien.

Encore une fois, par miracle, le trajet s'effectue sans attaque aérienne. Au passage, le camion s'arrête pour prendre le lieutenant et le second soldat. A l'hôpital d'Harmarica, le médecin déclare après un rapide examen :

— Ça ira. Mais il était temps...

Salvatore Tolone pousse un soupir de soulagement. Ses efforts, les risques qu'il a pris, n'auront pas été inutiles. C'est à ce moment qu'une voix retentit derrière lui.

— Les mains en l'air !

C'est le lieutenant. Il braque son revolver dans sa direction.

— Mais qu'est-ce que cela veut dire ?

D'un geste, le lieutenant ordonne à ses soldats de prendre le fusil de Tolone.

— Rébellion armée en temps de guerre. Menaces

de mort contre un officier : vous savez ce que cela coûte ?

Tandis que les soldats l'empoignent, Salvatore essaie désespérément de se justifier.

— Mais ce n'est pas de la rébellion. C'était un geste d'humanité, c'était pour sauver un homme...

Le lieutenant a un sourire qui ressemble à une grimace.

— Vous expliquerez au conseil de guerre votre conception de l'humanité...

Et Salvatore se retrouve dans la prison d'Harmarica... Il a tout le temps de méditer sur l'incroyable aventure qu'il vient de vivre. Sur la suite des événements, le lieutenant a hélas raison. Son cas n'est guère brillant. Accuser l'officier de lâcheté pour se défendre ne ferait qu'aggraver les choses. Et peut-être d'ailleurs n'était-ce pas de la lâcheté, peut-être avait-il des ordres.

Mais sur le fond, Salvatore ne regrette rien. Contrairement à ce que pensait Giorgio Milelli, il aimait bien ce compagnon de hasard que la guerre lui avait donné, un homme si différent de lui avec sa spontanéité de Méridional, un homme qu'il n'aurait jamais rencontré autrement. Et même s'il ne l'avait pas aimé, il aurait agi ainsi. Car, contrairement à ce que supposait aussi Milelli, il n'aime pas la guerre, il déteste Mussolini et les fascistes. Alors, le plus bel acte qu'il pouvait faire était de sauver un homme !

La guerre est une loterie. Giorgio Milelli aurait pu se vider de son sang dans le désert, Salvatore Tolone aurait pu tomber sous les balles d'un peloton d'exécution, mais pour l'un comme pour l'autre, le sort en a décidé autrement. Deux jours après que Tolone eut été emprisonné, les Anglais ont déclenché une attaque surprise sur Harmarica. Les Italiens se sont enfuis précipitamment en le laissant là. Salvatore s'est retrouvé de nouveau prisonnier, des Anglais cette fois, mais les circonstances n'étaient évidemment plus les mêmes... Il a été libéré après la fin du conflit, en 1946.

Tolone a retrouvé son étude de notaire et il a vite oublié son aventure dans le désert. Mais, cinq ans plus tard, il a reçu une lettre signée Giorgio Milelli :

« Depuis la fin de la guerre, je cherche à te retrouver. Je ne savais même pas où tu habitais. Au début, j'ai essayé par mes camarades de guerre, mais cela n'a rien donné. Alors j'ai eu l'idée d'écrire aux maires de toutes les communes du Piémont »...

Ils se sont revus peu après. Inutile de dire que Giorgio Milelli a beaucoup parlé et que Salvatore Tolone a surtout écouté.

Table

Pierre Bellemare et Jean-François Nahmias dans Le Livre de Poche

Crimes dans la soie n° 30476

Ils sont rois ou reines, princes ou princesses, grands de ce monde, milliardaires, ils ont la puissance, la fortune et la gloire, lorsque soudain, par intérêt, par jalousie, par haine ou pour toute autre raison, ils tuent. Et on ne s'étonnera pas si, par la suite, une justice complaisante ou aux ordres leur permet, pas toujours il est vrai, d'échapper au châtiment. Voici trente histoires réunissant des criminels hors série.

Destins sur ordonnance n° 30241

Ils ont entre leurs mains la vie et la mort de leurs semblables. Sauveurs de l'humanité ou criminels insoupçonnables, ils peuvent commettre le meilleur comme le pire… Dans toutes ces histoires, peuplées de savants et de fous, il n'est question que de vie, la vôtre, la nôtre, d'hommes et de femmes qui souffrent et qui guérissent, d'enfants qui meurent et de parents qui espèrent, tous spectateurs ou témoins des fantastiques progrès accomplis par la médecine. Passionnants, émouvants, instructifs, ces destins sur ordonnance en disent long sur la nature humaine.

L'Enfant criminel n° 14981

Comment l'âge de l'innocence et de la naïveté peut-il être celui de la pulsion sanguinaire ? Comment un adolescent peut-il, aussi vite, être envahi par le désir de violence ? Que ferions-nous si l'un de ces enfants était le nôtre ? Abordant des faits divers du passé ou plus récents, Pierre Bellemare et Jean-François Nahmias tentent d'éclairer les motifs, les mobiles, l'enchaînement des circonstances. On sait que la frustration affective, la solitude d'adolescents livrés à eux-mêmes ou persécutés sont bien souvent au point de départ. Et que la banalisation de la violence dans les films peut constituer un facteur aggravant. Un recueil d'histoires vraies et bouleversantes, mais aussi une incitation à regarder en face un problème qui est l'affaire de tous.

Ils ont osé ! n° 30801

Ils sont célèbres ou inconnus, ils appartiennent à toutes les époques, à tous les milieux, mais ils ont un point commun. Un jour, dans des circonstances extraordinaires ou banales, par idéal, pour sauver leur vie ou pour toute autre raison, ils ont fait ce dont on ne les aurait pas cru capables, ils ont accompli l'impensable, l'inimaginable: ils ont osé ! Tous ne sont pas sortis indemnes de leur aventure. Quelquefois, c'est la mort qui les attend à la fin de ces récits haletants, mais ils ont été au bout de leurs forces ou de leur idée, et ils méritent à jamais notre admiration.

Je me vengerai n° 15401

Le désir de vengeance est un sentiment qui vient de la nuit des temps. Même s'il ne nous paraît pas respectable, nous avons tenté de comprendre ce qui peut pousser un individu à accomplir une machination qui lui semble juste. De l'Égypte ancienne en passant par le haut Moyen Âge, des plus grands princes aux hommes les plus ordinaires, ce livre présente quarante vengeances qui, la plupart du temps, ont conduit leurs auteurs à leur propre mort.

Quand la justice perd la tête n° 15378

À chaque instant sur notre planète, le déferlement de la vie croise les destins et construit des histoires extraordinaires. Le but de cette collection est de permettre à tous d'ouvrir le dossier d'une aventure humaine et de vous en rapporter les récits les plus étonnants. Nous sommes ici dans les dédales de la justice des hommes. C'est parfois cruel comme l'erreur judiciaire, ignoble comme un déni de justice.

Les Tueurs diaboliques n° 6554

Par intérêt ou perversion, par vengeance ou par passion, ils tuent… Ce sont des crimes atroces, nés dans l'imagination folle de héros peu ordinaires : les tueurs diaboliques. Suspense, angoisse, horreur parfois… *Les Tueurs diaboliques* : des histoires à couper le souffle.

Composition réalisée par NORD COMPO

Achevé d'imprimer en juillet 2010 en Espagne par
LITOGRAFIA ROSÉS S.A.
Gava (08850)
Dépôt légal 1re publication : avril 2003
Édition 08 – juillet 2010
LIBRAIRIE GÉNÉRALE FRANÇAISE – 31, rue de Fleurus – 75278 Paris Cedex 06

31/5507/4